伝存太平記写本総覧

長坂成行　著

和泉書院

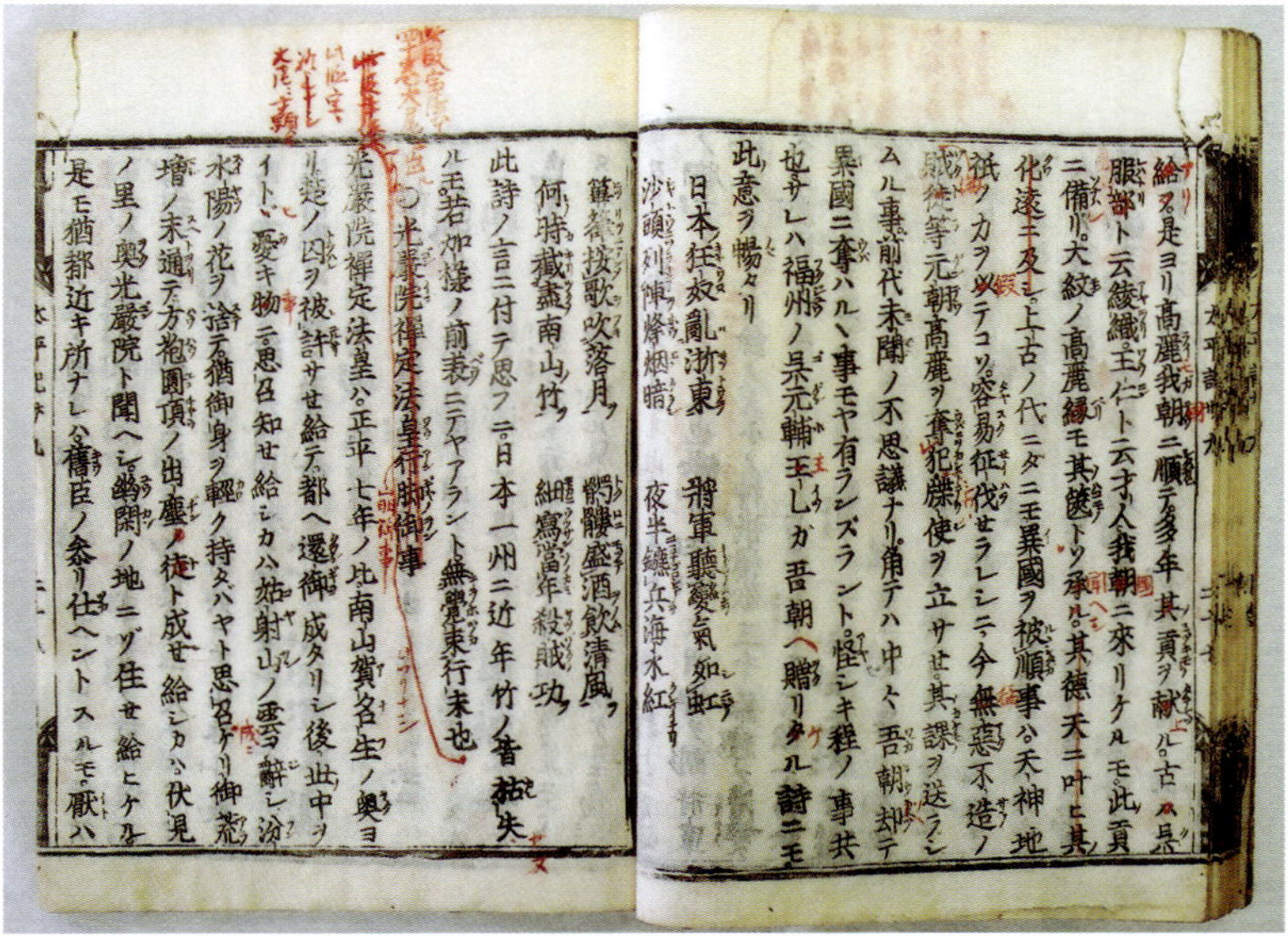

名古屋市鶴舞中央図書館河村文庫蔵・寛永無刊記整版本（河タ７）、巻三九・28オ（宝徳本では光厳院行脚の記事が大尾にあることを示す校異）

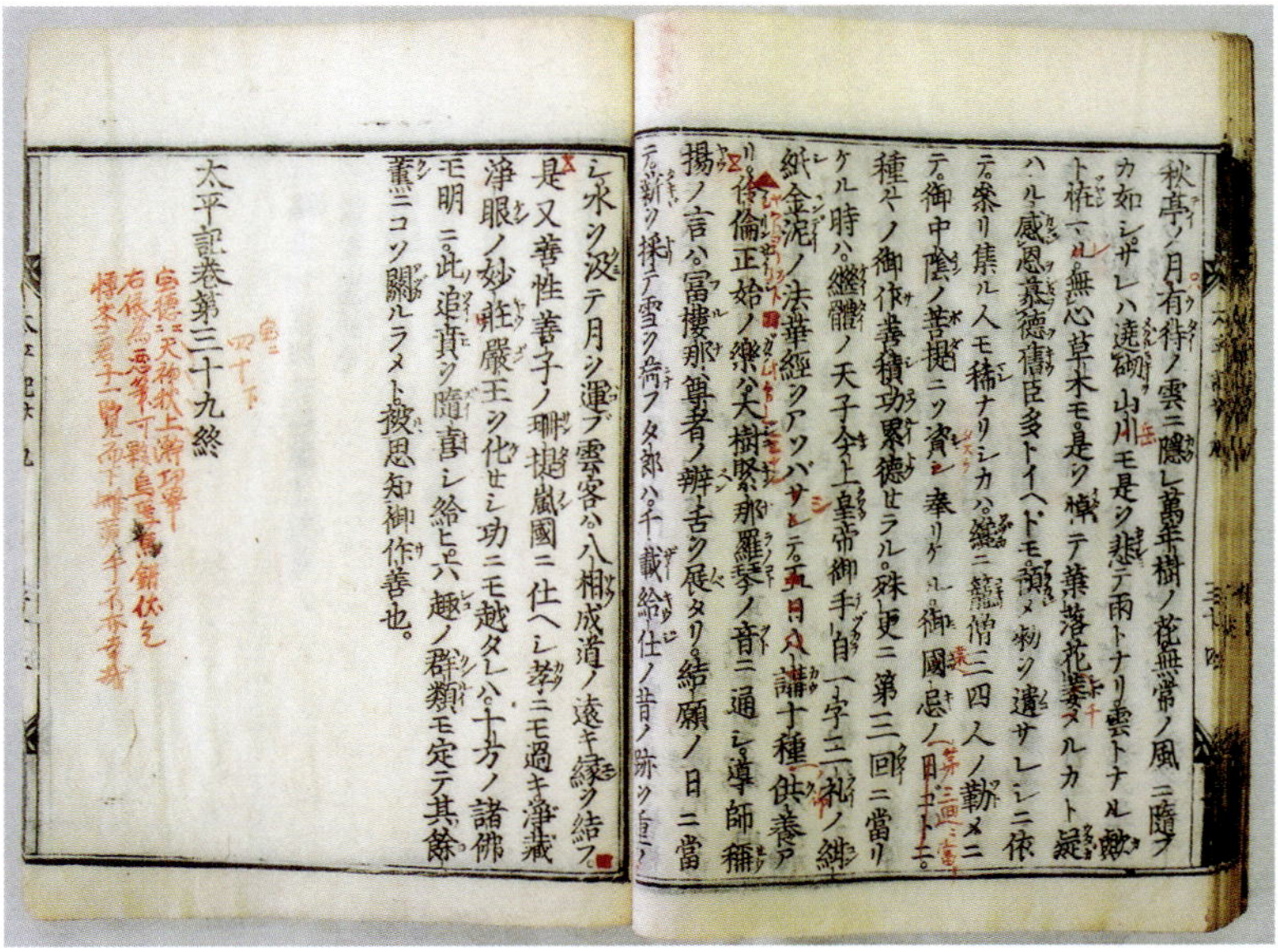

同書、巻三九末尾（宝徳本巻四〇下〔所在未詳〕の奥書が朱書される。18、宝徳本の項34頁参照）

凡例

一、本書は伝存する『太平記』写本、および『太平記抜書』の類について、書誌解題を中心に総覧を試みるものである。

二、掲載順序

全四〇巻の揃い、または揃いに近く、或は系統が判別できる写本はつぎのような順序で示す。なお細部にわたる本文検討がなされていない伝本が少なくなく、以下にする分類（1～4）は〈巻数および巻区分の仕方〉を規準にした鈴木登美恵「玄玖本太平記解題」（『玄玖本太平記（五）』一九七五・二、勉誠社）によるが、あくまで便宜的なものである。特に乙類・丁類についてはここに入れるべきか否か問題が残る本が多くあり、また流布本は巻区分のあり方からいえば乙類に属するが、後出本とみなし甲乙丙丁類の後に配した。

『太平記』写本

1　甲類本〈全体を三九巻に分割している本、即ち巻二二を欠く四〇巻本〉

2　乙類本〈甲類本の巻二六・二七の二巻に相当する部分を三巻に分割して、全体を四〇巻に分割している本〉

3　丙類本〈甲類本巻三二相当部分を二巻に分割して、甲類本巻三五のうちから〈北野通夜物語〉を別に巻三八にあて、さらに甲類本の巻三六・三七の二巻を併せて一巻とし、全体を四〇巻に分割している本〉

4　丁類本〈甲類本の巻一四から巻一八までの五巻に相当する部分を七巻に分割して、全体を四一巻に分割している本。および甲類本の巻一四から一八までを七巻に分割した上、甲類本の巻三八・三九・四〇の三巻を四巻に分割して、全体を四二巻に分割している本〉

5　流布本系統

6　零本〈零本でも1～4に分類される本と認定できるものはそちらに入れており、ここは流布本および未分類の零本〉

7　所在未詳本

〈『参考太平記』所引で所在未詳本〉

〈江戸末までの記録・目録などに載るが所在未詳の本〉

〈展観などで存在が確認され、内容がある程度わかる本〉

〈昭和以降の目録などに掲載されたが未確認の本〉

〈焼失とされる本〉

『太平記絵巻』・絵入本

『太平記抜書』の類

〈全巻の粗筋を要約した抜書〉

〈島津家本異文の抜書〉

〈『参考太平記』に関わる抜書〉

〈特定の地域・人物に関わる抜書〉

〈地名・人名等を総覧する抜書〉

〈語句に関する抜書〉

〔和歌などの抜書〕
〔部分的な抜書・抄出〕
〔古筆切〕
〔その他〕
〔追記〕

三、各項、おおむね以下の事項に言及する。

通し番号　所蔵機関（伝本名、通称または仮称、抜書の場合は書名）（必要あれば旧蔵者名）

〔整理番号〕

巻数、冊数、欠巻。以下、書誌事項（装丁について、楮紙袋綴の場合は特記せず）、奥書・識語（私に読点を付す。／は改行、」は改丁を示す）、印記など。奥書・識語なき場合の書写年代は依拠目録などによる。内容上の特色、本文系統については、先行論文などがある場合は略記するが、従来何らの言及がなされない写本については少しく詳述する場合もある。なお、原本未見は文字どおり、未調査は一見のみを意味する。

〔目録〕当該本の所在情報を載せる目録を示す。

〔翻刻・影印〕当該本の翻刻・影印を載せる資料を示す。

〔参考〕当該本に関する参考文献を挙げる。雑誌等論文が単行本に再収された場合、原則として後者で示す。なお頻出する左記の文献は**【　】**内の略称で記す。

・亀田純一郎「太平記」（『岩波講座日本文学』、一九三二・七、岩波書店）。→**【亀田】**

・高橋貞一『太平記諸本の研究』（一九八〇・四、思文閣出版）。→**【高橋】**

・小秋元 段「国文学研究資料館蔵『太平記』および関連書マイクロ資料書誌解題稿」（国文学研究資料館調査収集事業部『調査研究報告』二六号、二〇〇六・三）。→**【小秋元】**

〔備考〕その他の注記事項。

四、本文引用の際、左記の諸本により頁数を示す。頁数なきものは紙焼写真およびメモによる。

神田本―国書刊行会本
西源院本―刀江書院刊本
神宮徴古館本―和泉書院刊本
玄玖本―勉誠社刊影印本
竹中本―未刊国文資料刊行会本
教運本（義輝本）―勉誠社刊影印本
天正本―新編日本古典文学全集本
龍谷大学本―思文閣出版刊影印本
中京大学本―新典社刊影印本
梵舜本―古典文庫影印本
流布本―日本古典文学大系本
参考太平記―国書刊行会本

目　次

＊〔国フ（＝国文学研究資料館蔵フィルム請求番号）、紙（＝同紙焼写真請求番号）〕
＊目次で伝本名（書名）を太字にしたものは【高橋】がある程度詳記している本

『太平記』写本

零本

所在未詳本

【追記】

『太平記』写本

甲類本

【神田本系】

1 穂久邇文庫蔵（神田本）

原本未見、以下の書誌的事項は主に〔参考〕の「神田本太平記解題」（久曾神 昇・長谷川 端）により、東京大学史料編纂所の写真及び汲古書院刊影印本を参照した。

　室町中期写本、存一三冊二六巻（巻三・四・五・六・一一・一二・二一・二二・二九・三〇・三七・三八・三九・四〇の一三巻欠）、二巻を一冊に綴じる。楮紙袋綴。藍色花鳥模様表紙（近世中期頃の改装時のもの）、大きさ縦二五・五糎（～二五・七）、横不同（一六・九～一九・五糎）。表紙左肩に題簽（一八・一×三・〇糎）を貼り「古寫太平記 壹二 共十三冊」の如く記す。巻二五・二六の一冊は題簽欠落。用字は漢字片仮名・平仮名混用、一面行数も一〇～二〇行と不同、字面高さ二〇・七～二四・三糎とこれも不同。一筆書写だが字の大小、書写時期の隔たりなどで四種に類別できる。各巻巻頭に一つ書きによる目次あり、本文中の章段名は数字下げで表記する（一つ書きなし）。なお長谷川 端「四、諸本」（『太平記 創造と成長』第一章、二〇〇三・三、三弥井書店）の注（12）は「表紙の藍色花鳥模様は『花月草紙』（天理図書館蔵）のそれよりも少し大柄であるが、いかにも松平定信好みのものであり、題簽は、定信筆と認めてよい。」（五〇頁）とする。

　本書は親本を書写しながら、主として天正本系統本による切り継ぎ補入がなされている点が大きな特徴であり、国書刊行会本では区別なく翻刻されているために不明であったその箇所が、上記解題によって明らかにされた。また本書は「全紙に裏打ちが施され、むしろ裏打ち料紙を台紙のようにして補修してあるといった方がよいかも知れぬ」（解題一一〇二頁）として、巻二・二四・二五の三箇所の錯簡を指摘するが、その他に巻二の八九・九〇・九一・九二頁（影印・上）とある箇所は、正しくは九一・九二・八九・九〇頁と続くべきである（翻刻三一・三二頁該当）。

　印記としては、各冊第一紙に「文昌/堂印」（方形単郭白文）・「磯/部氏」（方形単郭朱文）・「松田/本生」（方形単郭朱文）が押されている。解題は「前二者は六粍の小印で或いは同一人のものかと思われる。後者は二・六糎で、この印は他に表紙及び各巻末、各冊二巻目の第一紙（目録）にも押されているので、改装時或いはそれ以降の所蔵者印である。」とする（同一〇九九頁）。この三印、前二者の印主は未詳、松田本生（一八一四～一八七七）は旧鳥取藩の医、通称主善、京都に住み勤皇の士に交わり維新後は太政官・宮内省等歴任（『名家伝記資料集成四』一九八四・二、思文閣出版、七一頁下）。巻三三目録の下方に「定／政／作（花押）」とあり、その右肩に「桑名侯欤」とある。桑名侯は後述の松平定信をさすか。

本書は他の写本に比し、全く特異な体裁を持ち、「草案之元本」（家珍草創太平記来由）ではないにしても、国書刊行会本例言が「元本を去ること遠からざる時代のものには疑ひなし」（二頁）というのも故なしとしない。巻三二は一部に割注形式で二種類の本文が併記されており、その一種類は永和本の本文と同じである（鈴木登美恵「太平記諸本の先後関係—永和本相当部分（巻三十二）の考察—」、『文学・語学』四〇号、一九六六・六）。

また和漢の故事、明確な出典を持つと思われる表現には「　」を付したり、二重三重四重の如き細書があるのも大きな特徴である。これらを子細に検討した鈴木孝庸氏は、前者は対偶符号、後者は従来いわれていた語りの符号ではなく、異文注記に関する符号であるらしいことを明らかにした（「神田本太平記の符号に関するおぼえ書」、『平曲と平家物語』付篇、二〇〇七・三、知泉書館、初出は一九八二・一二）。ただ二〇七例にも及ぶ異文注記らしきものが二重三重四重という符号とどう関係するのか、またどのような意図をもってなされたものかは未詳、残された大きな課題である。

重要美術品に指定。

〔翻刻〕
・『太平記 神田本全』（一九〇七・一一、国書刊行会）。
・高橋貞一校訂『新校太平記 上・下』（一九七六・二、九、思文閣出版）は天正本系統による増訂箇所を除いて翻刻したもの、神田本に欠ける一三巻分は西源院本による。読み易くするための校訂がなされている。

〔影印〕『神田本太平記 上巻・下巻』（古典研究会叢書第二期）（一九七二・二・一〇、汲古書院）。

〔参考〕
・【高橋】四八頁。
・鈴木登美恵「太平記に於ける切継（きりつぎ）について」（『中世文学』八号、一九六三・五）。
・長谷川端「太平記の古態性に関する基礎的研究」「巻二阿新説話の成立と発展」「巻十四の本文異同とその意味」（『太平記の研究』Ⅳ、一九八一・三、汲古書院）。

〔備考一〕
国書刊行会本には自得子の「家珍草創太平記来由」および「覺」の写真と翻刻とがのる。汲古書院影印本刊行時にはこの二点は『太平記』と離れ所在未詳の由である。伝来についての情報が載る前者と、後者の第一項を訓読しておく。

家珍草創太平記来由

夫れ此の書は、草案の元本也、甞て博陸豊臣秀吉公の蔵書たり、疑ふらくは足利将軍家累代所蔵の物、而して、義昭滅後、豊臣家に移る者也乎公薨じて大廳高臺院殿其の財物を領じ、此の書亦其の有たり、乃ち是を木下宮内少輔利房に賜ふ、傳りて長子淡路守利當に至る、予甞て利當の眷遇を蒙り、時に席に侍る、或る時利當予に語るに、此の書の来由を以てす、且曰く、乃ち翁は、太平記専門の宗師也、予大運院より太平記理盡抄を傳授来る、故に云爾、當にこれを吾子に授くべし、将に書の美と成すべき也、是れ吾此の書を重すの至り也、予再拝稽首してこれを受く、歓欣鼓舞す、於戯絶代の珎奇、公侯の典籍、今吾手に落つ、寔に刺史の仁恵也、而して天将にこれを縦せん、自家の隋珠和璧と謂ふべき也、如何か崇重せざらんや、故に常にこれを左右し、敢て放過せず、但願くは孫子永く予の志を継ぎ、敢て忽謾するなかれ、故に其の梗槩を紀し、以て亀鑑となすのみ、

　　旹重光協洽寛永八歳孟春之望／備之前州岡府醫生／自得子

覺

一　建武ノ比の草創の太平記一部五冊闕二十三ノ内疑ふ所これ有所持仕り候、此の御本は、備中葦守の領主木下淡路守殿より之を老父に賜ひ、今以て秘持致し候、世間無二の珍書の由承知仕り候、

（国書刊行会本一頁）

　（以下七項、主に理尽鈔伝授に関する記事、省略）

醫道正統／養安院／元祖　自得子七菴養元／一壺齋松菴養元評判理盡抄正統之圖／大運院陽翁法華法印／トモ呼来／自得子七菴養元／一壺齋松菴養元

＊寛永八年（一六三一）辛未（重光は辛、協洽は未の意）正月一五日、備前岡山の医者自得子の記である。自得子養元および理尽鈔伝授に関しては、若尾政希『「太平記読み」の時代―近世政治思想の構想―』（平凡社選書）（一九九九・六）第五章一八一頁以下参照。

さて「覺」にいう神田本の伝来であるが、室町幕府滅亡後、備後に居た足利義昭が豊臣秀吉の勧めで帰京したのは天正一六年（一五八八）、秀吉没は慶長三年（一五九八）八月、秀吉夫人高台院（北政所）は寛永元年（一六二四）九月六日七六歳で没。木下利房（一五七三～一六三七、父家定は北政所と兄妹）は備中足守城主（岡山市）、兄は木下長嘯子（勝俊、一五六九～一六四九）。利当（一六〇三～六一）は利房の長男で足守城主、寛永三年（一六二六）従五位下淡路守に叙任、槍術家でもある。「醫道正統　養安院」は、曲直瀬正淋（一五六五～一六一一、曲直瀬道三の弟子で豊臣秀吉・秀次、徳川家康・秀忠の侍医）。足利義昭→豊臣秀吉→高台院→木下利房→木下利当→自得子七菴養元→一壺斎松菴養元、という伝来の伝承については今の所傍証がなく真偽未詳。「覺」の「五冊闕二十三ノ／内疑ふ所これ有」について、二巻一冊仕立てにする本書は、現存の巻三六までで完本と認識されていたならば五冊欠ということに

なり、既に寛永八年の時点で一三冊存と見てよいのではなかろうか。また「二十三ノ／内疑ふ所これ有」というのは、解題が指摘する「巻第二十四の一丁が巻第二十三に紛れて綴じられたもの」（下巻一一〇三頁②）を指すか。

また来由書箱蓋裏書に「この太平記古寫本は、京都桂宮の御家臣山本要人といふもの傳来す、先公の御好古を承り及ひてゆつり奉らんと庶幾す、依てもらひ受給ひて、永く珍襲し給ふもの也、欠本ありて今十三冊存す」（国書刊行会本三頁下）と記されていた由。桂宮家の家臣山本要人は未詳だが、「先公の御好古」とは、後述の阿波国文庫本の奥書とも併せ考えると、『集古十種』に代表されるように古物を好んだ松平定信（一七五八～一八二九）のことであろう。

さらに、【亀田】によれば、本書は「保阪《(ママ)》潤治氏所蔵。もと神田男爵家の所蔵に係り、國書刊行会によつて刊行され、神田本として世に聞えるに至つた」（三頁）。また「阿波國文庫所蔵の太平記写本一冊は、その奥書によれば、弘賢が白川少将朝臣秘蔵の古鈔本の巻一巻二を借りて門人をして摹写せしめたものであるが、その白川少将蔵本とは疑ひもなくこの神田本である。神田本に磯部、松田の二旧蔵印のあるのと併せ考へて、この本が転々として所蔵者を変へたものである事が知られる」（四頁）。

ここでいう阿波国文庫蔵写本について、【高橋】は「阿波国文庫に、この書（神田本―長坂注）の巻一、巻二の一冊を模写したものがあり、不忍文庫旧蔵で、屋代弘賢の奥書に、

右太平記第一第二拝借 白川少将朝臣／秘蔵古鈔本課門人
山本篤盈摹／寫以補蔵本之闕焉　源弘賢

とあって、松平楽翁の所蔵であったことが知られるに過ぎなかった。」（四八頁）とする（奥書の本文は阿波国文庫本巻二の奥書を高橋貞一氏が臨写したもの、および青焼写真（架蔵）により訂した。山本篤盈については99阿波国文庫本の項（一三五頁）参照）。また、その後に「各冊の表紙は、藍色の花模様のある表紙で、江戸中期頃の改装にかかるらしく（この論文の後に花月草紙の表紙と同一なることを知る）」（四九頁）とも記す。阿波国文庫は昭和二〇年（一九四五）七月四日の徳島大空襲により焼失、高橋貞一氏は焼失前に披見されたものらしい（阿波国文庫については、『阿波国文庫と淡路国文庫』（第一七回企画展）徳島県立文書館、一九九八年一〇月、参照）。白川少将朝臣は松平定信（寛政五年〈一七九三〉七月二三日、将軍補佐役及び老中職を辞し同日左近衛権少将に任。渋沢栄一『樂翁公傳』一九三七・一一、岩波書店による）、屋代弘賢（一七五八～一八四一）は松平定信の信任あつく（『森銑三著作集　第七巻』一七六頁）、交流浅からざるものがある。松平定信と桂宮家の家臣山本要人との関係は未確認。

すなわち本書は一壺斎松菴養元所蔵の後、？→山本要人→松平定信と伝わり、以後、「文昌堂」「礒部氏」→「松田本生」、

そして神田男爵家（孝平→乃武）→保坂潤治氏→穂久邇文庫と伝来したか。保坂潤治氏は新潟出身の実業家、反町茂雄『一古書肆の思い出2　賈（かいひと）を待つ者』（一九八六・一二、平凡社）一五二頁・『定本天理図書館の善本稀書』（一九八一・七、八木書店）一〇七頁など参照。

〔備考二〕

神田本の写真六冊は東京大学史料編纂所に蔵される（整理番号、六一四〇、四・三、一〜六）。『東京大学史料編纂所写真帳目録［1］』（一九九七・二、東京大学出版会）一一八頁。第一冊（巻一・二・七・八）・第二冊（巻九・一〇・一三・一四）・第三冊（巻一五〜一八）・第四冊（巻一九・二〇・二三〜二六）・第五冊（巻二七・二八・三一・三二）・第六冊（巻三三〜三六）。表紙左横に「縦二五・五　横一七・〇センチ」と鉛筆書き。巻二冒頭、トレーシングペーパーに水色を付して切継箇所がわかるような措置あり。写真のみで切継箇所はある程度判別可能である。

【西源院本系】

2龍安寺西源院蔵（西源院本）

原本未見、以下は諸氏の報告による。

第一三冊（巻三八〜四〇）焼失、一二冊（巻一〜三七、巻二二は欠）存、重要美術品。漢字片仮名交、一面一四行、総目録あり（一つ書き）、各巻巻頭に一つ書きによる目録あり。

鷲尾順敬氏の解説を引用する。

> 西源院本太平記は京都龍安寺に藏せらる。龍安寺は、寶徳二年細川勝元が、妙心寺第五世義天玄詔を請して創建せし禪寺にして、西源院は當寺の塔頭なり。（中略）古くより同院に所藏せられし故を以て西源院本と稱せらる。全巻十三冊にして三巻を一冊にしたり。楮紙、袋綴、大本にして、片假名交り細字十三行、十四行又は十五行書なり。全巻四筆ありて、第一冊一筆。第二、第三、第四、第六、第九の五冊又一筆。第五、第七、第十一、第十三の四冊又一筆。第八、第十、第十二の三冊又一筆なり。何れも略ぼ同時代の書寫の如くなれども、皆その筆者の名を記さず。龍安寺誌たる大雲山誌稿によれば、是庵（大雲山誌稿の著者）は第一巻目録の書風を大休和尚の筆寫にか丶る西源録に同じと云へり。大休和尚は龍安寺第十世大休宗休（一四六八〜一五四九）にして、大永天文の頃、龍安寺に住し、西源院に居す。天文十八年（一五四九）八月二十四日世壽八十二を以て寂し、圓満本光國師の號を賜はる。西源録二巻は特芳（禪傑）の語録なり。今その龍安寺に藏するものを檢するに、上巻は天龍寺策彦周良（一五〇一〜七九）の筆にして、下巻は筆者の名を記さゞれども、相傳へて大休の筆

なりと云ふ。今これを西源院本太平記第一巻を以て對照するに、是庵の伝へる如く同筆なるべし。然れば太平記第一冊は、大休の筆として大過なかるべし。他の諸冊も、亦略ぼ同時代の書寫の如くなれば、西源院本太平記が、大永天文の頃（一五二一〜五四）に書寫せられしものたることは疑ひなかるべし。（四〜五頁）　＊括弧内は長坂注。

さらに現存本巻二九末の足利幕府執事管領職の補任次第の最後に、細川右京大夫道観（満元）の就任の応永一九年（一四一二）を記すが、辞任の年月は書かれていない。このことから、「西源院本太平記の原本は、満元の管領職就任の應永十九年以後、同職辞任の同二十八年（一四二一）以前に書写せられしものなることを推知すべし」（五頁）とする。以上の説は今日もほぼ認められている。明治四一年（一九〇八）四月、国宝に指定。昭和四年（一九二九）三月一八日龍安寺火災の際、第一三冊（巻三八〜四〇）焼失、他の冊も周辺に焼き損じあるという。

筆跡について【高橋】は五人ほどの合筆と見る。また「巻一には他本と校合して、イとして異文を添加し、又これを白墨にて消した所が多い。この異文は流布本の如き本文である。従つて江戸初期の校正であらうか」（七〇頁）として数例を示すが、史料編纂所の影写本には見当たらず、影写の際には消してあるためか省略されたものだろう。白墨云々は、『大雲山誌稿』一三（東京大学史料編纂所蔵、五七五・三七−一三）に「斯本自古西源所蔵也、世称曰西源院本、往昔水戸光圀卿撰参考太平記時挙用斯本、参考既成斯本還焉相伝、篇中往往以蛤粉塗抹者光圀卿之所命云」（三二左）とあるのに符合するか。

本書は『参考太平記』の校異に採用され、また早くに翻刻され古態本として広く認知されているが、やや特徴的な本文を持ち、小秋元 段氏の研究によれば古活字本の成立にも関与している写本らしく、今後の詳細な考究が望まれる。

〔翻刻〕鷲尾順敬校訂『西源院本太平記』（一九三六・六、刀江書院）。焼失の第一三冊（巻三八〜四〇）は東京大学史料編纂所蔵の影写本による。

〔影印〕黒田 彰・岡田美穂編『軍記物語研究叢書 第一巻〜第三巻 未刊軍記物語資料集1〜3 西源院本太平記1〜3』（二〇〇五・九、ゆまに書房）。底本は東京大学史料編纂所蔵の影写本。

〔参考〕

・【高橋】六九頁。

・西源院本の本文が持つ表現の特色については小秋元 段「古態本『太平記』論への一視点—西源院本の表現をめぐって—」（『太平記・梅松論の研究』第二部第二章、二〇〇五・一二、汲古書院）。

・『参考太平記』作成の際の本書の貸借については長坂成行

「水戸史館の『太平記』写本蒐集の一齣—金勝院本・西源院本を中心に—」(『軍記と語り物』三八号、二〇〇二・三)。

・西源院本の伝来に関与した篠屋宗礀については長坂成行「篠屋宗礀覚書—近世初期、京洛の一儒生の事績をめぐって(上)—」(『奈良大学紀要』三四号、二〇〇六・三)、同「同(下)」(『奈良大学大学院研究年報』一一号、二〇〇六・三)。

〔備考一〕

『彰考館図書目録』(一九七七・一一、八潮書店)八五頁に「太平記 西源院本・近衛家本対校」一四冊存(刊本)が載るが焼失。

〔備考二〕

本書の影写本は東京大学史料編纂所蔵。

(整理番号 三〇四〇・四、三、一~一三)

京都龍安寺蔵本の影写本一三冊、一冊目末尾に「山城国葛野郡衣笠村龍安寺所蔵/大正八年三月影写了」。

3 前田育徳会尊経閣文庫蔵(織田本)

(整理番号 三九・三・二八・書)

三九冊(巻二二欠)、天正一一年織田長意写。

紺色表紙(二六・三×二〇・六糎)の左肩に題簽を貼り「太平記第二之巻」の如く記す(巻一は剝落)。漢字片仮名交。一筆書写かと思われる。一面一二行、字面高さ約二一・六糎。朱点・朱引あり。各冊巻頭に一つ書きによる目録あり、次丁に内題「太平記第一巻」とし、本文に入る。本文中の章段名は一字上げで一つ書きを付す。

第一巻表紙見返しに「冊物 古珍書/二百三十番/太平記三十九冊」と墨書した小紙片を貼る。各巻尾題の後に「織田左近将監長意/天正十一季癸/未五月中旬書之」(巻二)の奥書あり。巻一のみ傍線部を「なかもと」と平仮名書きにし、巻二三・三四は波線部を「満書之」、巻四〇は波線部を「満書之者也」とする。

織田本は【高橋】八六頁が指摘するように西源院本の転写本と考えられるが、西源院本の注記的な記述は省略していることが多い。例えば西源院本は巻一の目録の前に、先代九代将軍家および桓武天皇十三代孫と題する二系図を載せるが、本書にはない。また西源院本は巻一目録の章段名に「中宮御入内事文保二八三」の如く年次を注記するが、本書は傍線部を欠く。こうした例は巻一・二・三・一〇・一二・一五の目録などに見える。西源院本巻六目録は「東国勢上洛事」と「大塔宮吉野御出事并赤松禅門賜令旨事」の順序を逆にしており、入れ替える符号が記されているが(影印本による)、本書では正しく訂されている。また西源院本にままみられる巻尾の注記(例えば巻二三末尾「諂諛《テンユ》ヘリクタリヘツラウ意也」、巻二九末尾の管領の表の後の妹子馬子注記など、六五七頁)も本書では省かれることが多い。但し、本書巻一七の尾題の後に「此時年号両分京方ハ建武三年丙子南方ハ延元々年」とあるのは西源院本にはなく、織田本書写者の記入だろうか。

本書は天正一一年（一五八三）五月中旬の書写、織田長意とはいかなる人物であろうか。西源院は織田家と関係が深いようで、織田信長の弟信包の三男、雪庭寿桂（一五八二～一六二五）が西源院に入り、以後三代にわたり織田氏出身者の住山が続いたというが（加藤正俊「角倉氏と竜安寺―伯蒲慧稜とその出自をめぐって―」『禅文化研究所紀要』八号、一九七六・八）、織田長意については未詳である。鈴木登美恵氏は織田信秀（信長父）の弟信次の曾孫信任が長意に該当するとする（「太平記諸本伝来の背景」一九九二・八作成の系譜）が、依拠するところ未確認。

西源院本が龍安寺西源院に蔵されていたことは認められるが、西源院本の項の〔参考〕拙稿で指摘したように一時期篠屋宗礀の許（龍安寺内の多福文庫）にあり、彼の遺言で西源院に納められた。宗礀は寛永二年（一六二五）六月三日に没しており、年齢は未詳だが七〇歳は越えていたか。宗礀が所持した以前に西源院本がどこに蔵されたかは確証がないが、もともと西源院にあり、それが天正一一年に織田長意によって転写されたものだろう。

〔目録〕『尊経閣文庫国書分類目録』（一九三九・一〇）四五八頁。

〔参考〕【高橋】八五頁。

【玄玖本系】

4 神宮徴古館蔵（神宮徴古館本）

（整理番号　典籍　九〇六）【国フ62－5－1、紙 E1996】

目録一冊共大本三六冊存、巻一〇・一五・二二～二四欠。永禄三年写。

渋引淡黄色横縞刷毛目模様表紙（二六・一×一九・七糎）の左側に「太平記　目録（一～四〇）」と打付書。表紙右上・右下に「九〇六」と記すラベルを貼る。楮紙袋綴。第一冊目は総目録。本文は漢字平仮名交。一面九行、但し巻一～八・一一・一二は一面一〇行。字面高さ二三・〇糎。朱引・朱点あり。別冊総目録は一つ書きなしで、「付」部分は双行書き。各巻巻頭に目録あり（巻一・二・二一・二五は一つ書きなし、その他の巻の巻頭目録は一つ書きあり、「付」部分は双行書き）。巻一、巻頭目録の次に改丁して内題「太平記巻第一」とし、二字下げで章段名（一つ書きなし）を記し、その後に本文を書き出す。巻一八は目録の丁に『蜀志』「諸葛亮伝」の引文を記した押紙あり、また同巻は最終丁を欠く。

巻四〇末の奥書、以下の如し。

本云／弘治元年臘月中旬、於寂照半作之蝸／舎、写獨清再治之鴻書、凡此愚本、有／蟙則尋有蟙之家、武勇亦伺武勇之／館、而以終書功畢、恐可謂證本歟、／法印辨叡記之」永禄三年仲冬下旬、奈林学士、以右／愚本不違片畫書写給畢、此業為／菅儒之裔、以吉筆之繆作善言之／書、則所望足耳、／法印證之」

とあり、奥に「欣賞」と記し、その下に印記「古經／堂」（長方形白文）を捺す。本奥書から、本書の底本は弘治元年（一五五五）一二月中旬、寂照半作之蝸舎において、法印辨叡が「獨清再治之鴻書」を慎重に書写したものとわかる。それを五年後の永禄三年（一五六〇）一一月に、奈林学士が転写し、辨叡はそれを証するために識語を加えた。法印辨叡・奈林学士ともに今の所、素姓が明らかでないのは残念だが、南都関係の人物かと推測される。「古經堂」は古経蒐集などで知られる浄土宗管長養鸕徹定（一八一四～九一）の印。さらに奥書の裏丁に、次のような江藤正澄の識語がある。

右古寫本太平記三拾六巻全本四十壱巻今脱十／十五廿弐廿参廿四合五／巻者、明治八年十月既望、於南都一骨董／家價得之、距今三百拾六稔、案可謂奇／世之珎書矣、後裔勿忽諸（緒）焉云爾／廣湍神社／大宮司正七位江藤正澄／因云、従弘治元年至永禄三年、其間四年也、

これによれば明治八年（一八七五）一〇月一六日、奈良の骨董屋にて入手という。江藤正澄（一八三六～一九一一）は九州・秋月の生れ、大和広瀬神社大宮司などを経て福岡に住む。明治二九年（一八九六）一二月、生涯の収集品の大部分を伊勢徴古館に奉納、本書はその中の一部である（九州大学附属図書館蔵『随神屋蔵書目』端がき）。養鸕徹定は明治二〇年（一八八七）一一月、七四歳にして神戸から海路九州へ赴き西岸寺に留まり久留米など各地の寺院を巡る。このころ「正澄江藤君宅観上古器物二首」と題して五言律詩二首を著しており（『古経堂詩文鈔』七、徹定上人遺文集刊行会編・発行、一九七八・三）、江藤正澄と接触があったらしい。「欣賞」はその際の優品との鑑定を示すものであろう。なお「欣賞」の賛辞、神宮文庫蔵江藤正澄旧蔵『大學章句』（江一四二〇二）の奥では「欽賞」と読める（『神宮文庫漢籍善本解題』一九七三・三、書影（二）頁の八）。

本書は甲類本のうち玄玖本と同系統の一本で、玄玖本系・神宮徴古館本系などと称され、以下にあげる松井本・真珠庵本、巻一以外の島津家本が同系統と目される。翻刻があり近時研究論文などで底本として使用されることが多いが、四巻分の欠巻は松井本で補っていることもあり、厳密には写真との照合が望ましい。

〔目録〕『神宮徴古館列品総目録』（一九七一・四、神宮徴古館農業館）一三四頁。

〔翻刻〕長谷川 端・加美 宏・大森北義・長坂成行編『神宮徴古館本太平記』（一九九四・二、和泉書院）。
＊巻一〇・一五・二三・二四は同系統の松井本を底本とする。欄上に玄玖本との校異を示す。

〔参考〕
・長谷川 端「独清再治之鴻書」（『太平記の研究』Ⅳ、一九八一・三、汲古書院）。
・長谷川 端「神宮徴古館本」（『太平記 創造と成長』第四章、二〇〇三・三、三弥井書店）。
・【小秋元】九四頁。

〔備考〕
・養鸕徹定については、『古経堂詩文鈔』別冊（一九七八・三、徹定上人遺文集刊行会編・発行）が最もまとまったもの、年譜が備わり参考文献も一覧される。
・江藤正澄については筑紫 豊「江藤正澄自筆稿本『遺憾録』について」（『図書館学』三号、一九五六・二、西日本図書館学会）・同編著『秋月が生んだ明治の文化人 江藤正澄の面影』（一九六九・一二、秋月郷土館）など参照。

5前田育徳会尊経閣文庫蔵（玄玖本）

書誌などは〔影印〕に詳細な解題があるのでごく簡略に記す。
全四〇冊（巻二二欠、総目録一冊）が高さ四二糎の倹飩箱に収納。茶褐色表紙包背装（二六・八×二〇・六糎）の左肩に題簽を貼り（貼付されるもの二三冊、剝落一七冊）、「太平記巻第一」の如く巻第を記す。楮紙袋綴。漢字片仮名交、一面一〇行、一筆書写、墨付合計一二二二丁。同筆の濁点・振仮名あり。朱点・朱引あり。総目録の表記は一つ書きなしの二段書き、「付」部分は双行書き。各巻巻頭に目録あり、一つ書きなし、「付」は小字書き、改丁して内題「太平記巻第一」とし、本文中の章段名は一つ書きなし、二字下げで「付」は小字書き。

巻一末尾に「為形見奉送玄長医王者也 甲寅十月八日 玄玖（花押）」の識語、巻一一裏表紙内側に綴じ込みの紙片に「太平記一部大坂賢久形見之授」とあり。これにより鈴木氏解題はつぎのように考察する。この本は甲寅の年の一〇月八日に医業の玄玖が、形見として同業の玄長に贈ったもの、さらに玄玖（賢久は当て字）は大坂在か、また本書の体裁から室町末期書写と想定すれば、甲寅は天文二三年（一五五四）が相当かという（解題四頁）。そしてこの本の所持者玄玖に『庶軒日録』文明一六～一八年（一四八四～八六）に名の見える、大坂から遠からぬ堺の大安寺の僧「玄玖侍者」を擬することも可能になるとし（第一冊、略解題）、なお広範囲に捜し求めるべきと結論づける。

玄玖は『庶軒日録』文明一六年七月一〇日条に「玄玖少年」、同八月二日に「玖少年」、同一七年正月四日に「玄玖喝食」、同一八年正月二日に「玄玖」、同三日に「玖童」、同二七日に「玖喝」、同三月二八日に「玖少年」、同一〇月一八日に「玄玖新戒侍者」、一九日に「玄玖度僧侍者」と見えており（大日本古記録）、当時かなり若年であったらしく、文明一八年から天文二三年まで六八年の隔たりがあるが存命の可能性がないでもない。なお解題に指摘ないが、巻一八尾題の下に「寶」印（円形単郭朱文）があり、旧蔵者の手懸りになるかもしれない。

本書について、解題は『太平記』全巻を成立当初に近い形態で読むための最良の標準的本文という。

〔目録〕未載。

〔影印〕『玄玖本太平記（一）～（五）』（一九七五・二、勉誠社）。
各冊に略解題、（五）に解題あり（鈴木登美恵氏）。

〔参考〕
・【高橋】二〇〇頁。
・鈴木登美恵「玄玖本太平記解題」（『玄玖本太平記（五）』一九七五・二、勉誠社）。
・太田晶二郎「尊経閣文庫の太平記」（『太田晶二郎著作集　第二冊』一四五頁、一九九一・八、吉川弘文館）。

6 静嘉堂文庫蔵（松井本）

（整理番号　五〇二・一六・二〇一七六）

四〇巻二〇冊、本来は一巻一冊のものを綴じ直して二巻一冊にしたらしい。巻二二は欠で、そこに剣巻を配する。

薄茶色表紙（二六・六×二〇・〇糎）、題簽なし、外題・目録題なし、各巻巻頭に目録あり（一つ書きなし）、改丁して内題「太平記巻第一」の如し、本文中の章段名は一字下げ表記（一つ書きなし）。漢字片仮名交、一筆書写。一面一〇行、字面高さ約二二・〇糎。朱引・朱点あり。

印記ほぼ以下の如し、奇数巻の目録右下に「宮崎／蔵書」（方型単郭朱文）・「植木／蔵書」（方型単郭朱文）・奇数巻の内題下に「静嘉堂珍蔵」（長方形双郭朱文）。巻七・一一目録右下、巻三・五・九・一三遊紙表右下に「松井／蔵書」（長楕円型単郭朱文）。松井簡治旧蔵本と判るものの、旧蔵者「宮崎」「植木」は未詳。

印象に過ぎないかもしれないが、松井本の筆跡は使用異体字の同一なども含めて宮内庁書陵部蔵一巻本『応仁記』（古典文庫三八一所収）の字体に酷似する。古典文庫の解説（和田英道氏担当）は書陵部本の筆について「書体から推して書写者は公家ではないだろう」とし、「本書は書陵部備え付けのカードに室町末期写とあるが、あるいはさらに上るかも知れない」（二一七頁）ともいう。松井本は玄玖本系統の有力な一本で、神宮徴古館本の翻刻は、同本の欠巻巻一〇・一五・二三・二四を本書で補う。

〔目録〕『静嘉堂文庫國書分類目録 続編』（一九三九・五）一一二頁。

〔マイクロ版〕『マイクロフィルム版　静嘉堂文庫所蔵　物語文学書集成』第五編　歴史物語・軍記物語の七九・八〇（一九八四・六、雄松堂フィルム出版）。

〔参考〕【高橋】一五七頁。

〔備考〕本書が静嘉堂文庫に入った事情については飯田良平「静嘉堂文庫に入りたる松井博士の蔵書について」（『書誌学』七巻三号、一九三六・九）など参照。

7東京大学史料編纂所蔵（島津家本）

（整理番号　島津家文書五四・一・一～四〇、貴重書）

目録一冊、巻二二欠四〇巻、存四〇冊。

原装濃紺表紙（三一・一×二二・二糎）の左肩に子持枠題簽（二〇・四×四・二糎）を貼り「太平記　巻之一」の如く書く。一面九行、漢字片仮名交、字面高さ約二四・五糎、一行二一～二二字、楷書、数名の筆跡。朱点朱引なし、付訓なし。漢文部分には返り点などあり。文字訂正は用紙を削り、上から追記。ほとんどの冊に版本との校異を示した付箋あり。

総目録は一つ書きなし、「付」部分は双行書き。一冊目は目録題「太平記一部目録」とし総目録（一つ書きあり）を記す。二冊目は内題「太平記巻第一」とし、続いて目録（一つ書きあり）を記し、改丁し再び「太平記巻第一」とあり以下に本文が始まる。巻二以降は目録題はなく、目録の次丁の本文の前に「太平記巻第二」の如く書く。本文中の章段名は二字下げ表記。巻二～二〇、および巻三六～四〇までの目録は一つ書きなし、「付」は多くは双行書き、本文中の章段名は一字または二字下げ表記（一つ書きなし）。巻二一～三五までの各巻頭目録は、「一～七」（巻二一）の如く番号をふやす一つ書きで、本文中の章段名は一字または二字下げ表記（一つ書きなし）。尾題「太平記巻第幾」、ただし版本と異なる大量の異文を末尾に載せる際に、巻一は尾題なく巻三は尾題を記した後に異文を掲出する。

奥書、蔵書印なし。巻一六最終丁の袋綴内側のノド右に「寛文十二壬子年八月　日　山城新右書之　三冊之内」と墨書（この冊本文と同筆）。寛文一二年は一六七二年でこの年書写か。山城新右は未詳。

本書は『参考太平記』の校異に使用されて以後、永らく所在不明であったが、『島津家文書』の中にあり一括して東京大学史料編纂所の所蔵となった。平成一四年度国宝指定。巻一に特異な異文が見られるが、それ以外は巻三末尾に楠金剛山構城事があるなど、ほぼ玄玖本系統に同じである。

〔目録〕『島津家文書目録 改訂版 第二分冊』（二〇〇二・一）二四一・二四三頁。

〔参考〕

・【高橋】二一三頁。

・長坂成行「島津家本『太平記』の出現」（長谷川　端編『論集

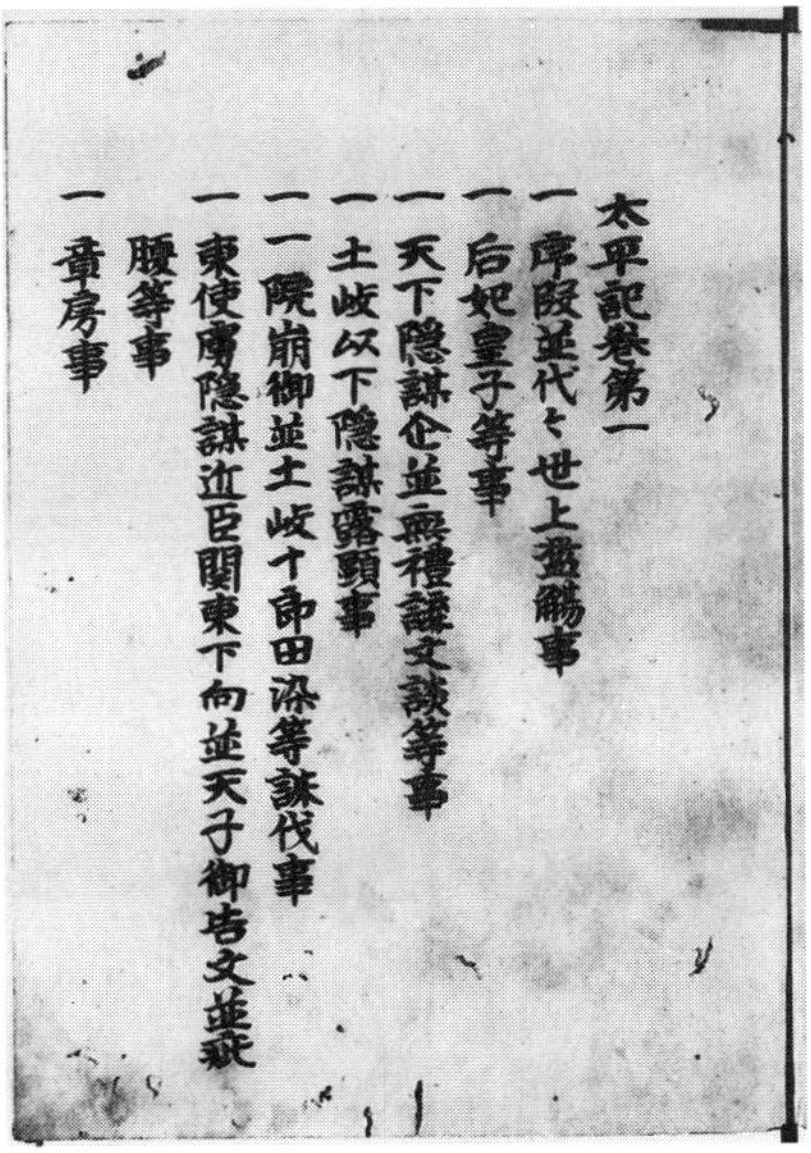

太平記巻第一
一 序段並代々世上濫觴事
一 后妃皇子等事
一 天下隠謀企並無禮講文談等事
一 土岐以下隠謀露顕事
一 一院崩御並土岐十郎田添等誅伐事
一 東使廣隠謀近臣関東下向並天子御告文並眠
腰等事
一 章房事

7、島津家本、巻一巻頭目録（東京大学史料編纂所蔵、島津家文書54・1・1）

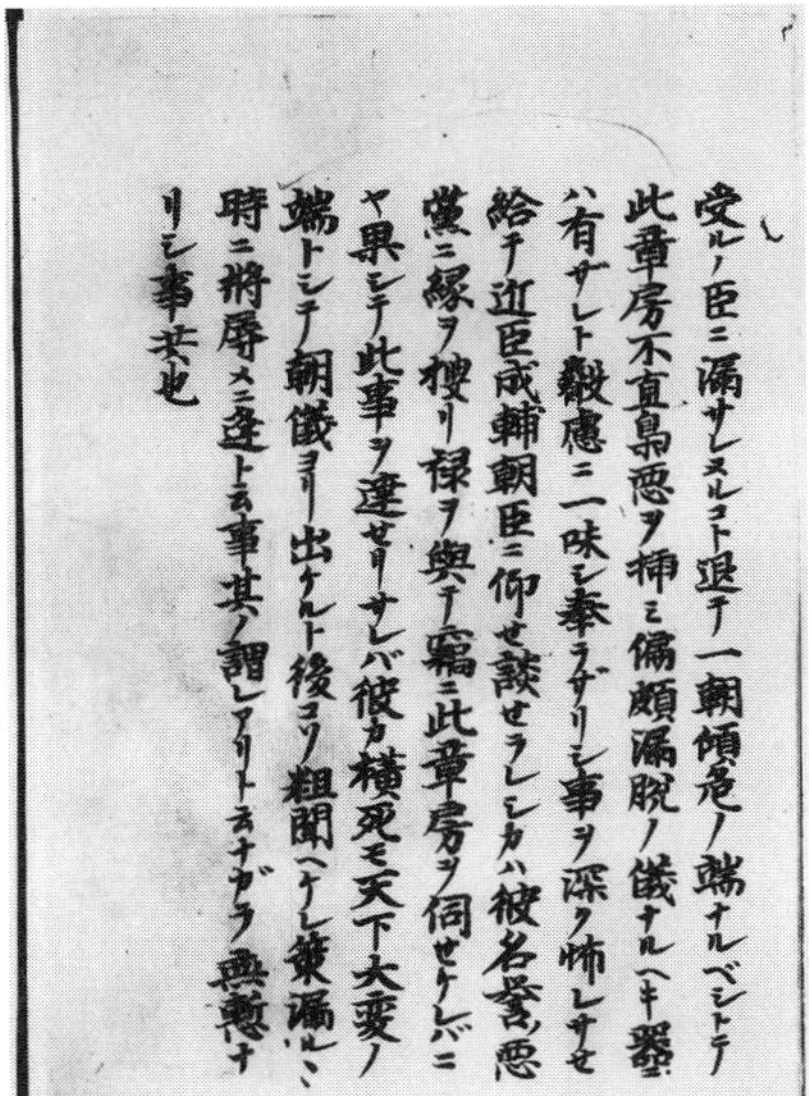

受ル臣ニ漏サレヌルコト退テ一朝傾危ノ端ナルベシトテ
此章房不直鳥悪ヲ挿ミ偏頗漏脱ノ儀ナルヘキ擧
ハ有ザレト叡慮ニ一味シ奉ラザリシ事ヲ深ク怖レサセ
給テ近臣成輔朝臣ニ仰セ誅セラレシカハ被名誉悪
黨ニ縁ヲ採リ禄ヲ與テ竊ニ此章房ヲ伺セケレバニ
ヤ果シテ此事ヲ遂セリサレバ彼カ横死モ天下大変ノ
端トシテ朝儀ヨリ出ナルト後コソ粗聞ヘナレ兼テ漏ルニ
時ニ將辱メニ逢ト云事其ノ謂レアリトコソナガラ興覧サ
リシ事共也

同、巻一巻末

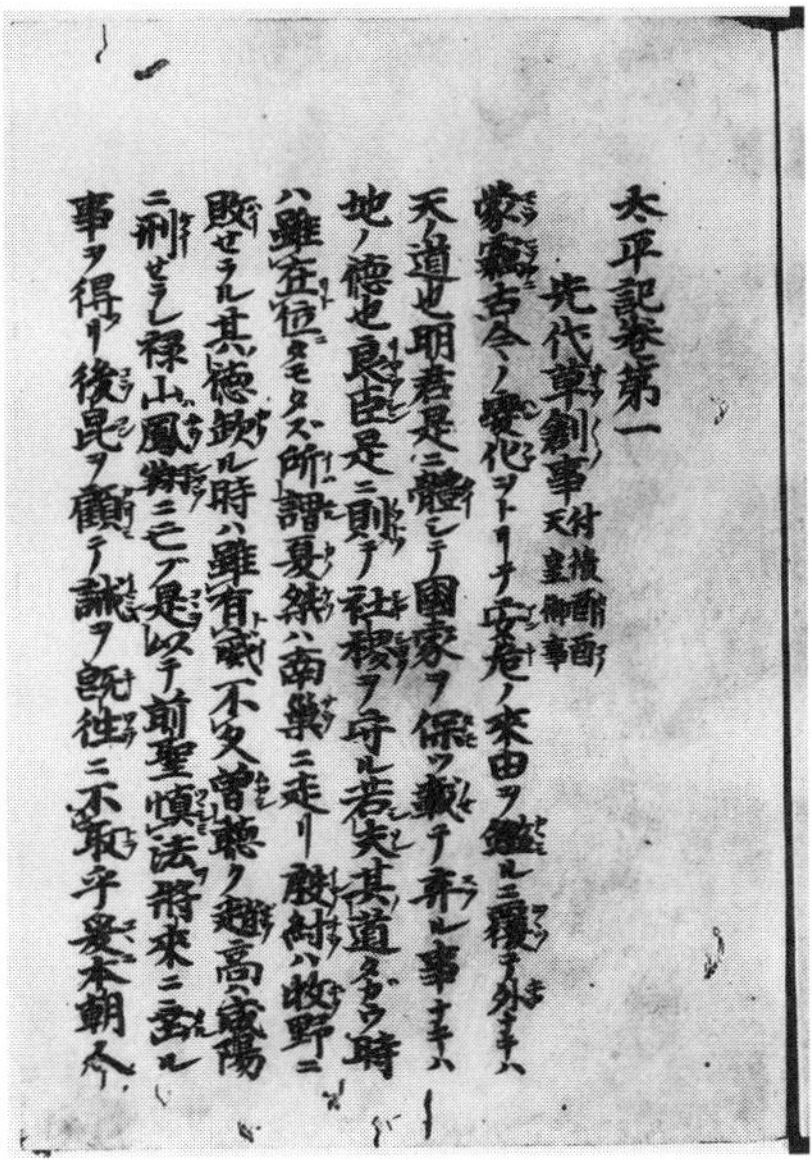

太平記巻第一
先代草創事 付後醍醐天皇御事
蒙竊古今ノ變化ヲトリ安危ノ來由ヲ鑑ルニ覆テ外ナキハ
天ノ道也明君是ニ體シテ國家ヲ保ツ載テ棄ル事ナキハ
地ノ徳也良臣是ニ則テ社稷ヲ守ル若夫其道欠ル時ハ
雖在位モタモタズ所謂夏桀ハ南巣ニ走リ殷紂ハ牧野ニ
敗セラル其徳缺ル時ハ雖有威不久曾聴趙高咸陽ニ
刑セラレ禄山鳳翔ニ亡ブ是以テ前聖慎テ法ヲ將來ニ垂ル
事ヲ得リ後昆顧テ誡ヲ既往ニ不取乎爰本朝人

同、巻一本文冒頭

太平記の時代』二〇〇四・四、新典社)。
・長坂成行「島津家本『太平記』の本文についての報告」(『奈良大学紀要』三三号、二〇〇四・三)。

8神田喜一郎氏蔵(真珠庵本)

原本未見、【高橋】一八六頁以下による。

目録一冊、三九巻、計四〇冊、巻二二欠。一面一〇行、漢字片仮名交、美濃判楮紙袋綴、室町末期写。「眞珠庵」の印記あり大徳寺真珠庵旧蔵であろうという。巻三は末に楠金剛山に城を構える事があるなど玄玖本に同じ。巻二六・二七の区分の仕方も玄玖本に同じく、巻二七に雲景未来記事・天下怪異事・大嘗会事を欠くことも玄玖本に一致する。巻五巻末に、大塔宮が般若寺に潜んだ話の異伝ともいうべき記事があること(今野達「《ひろば》太平記拾遺—大塔宮の般若寺受難など—」、『言語と文藝』五一号〈九巻二号〉、一九六七・三。→『今野達説話文学論集』二〇〇七・一二、勉誠出版に再録)などは真珠庵本の特徴と思われ、精査が要請される写本である。

〔参考〕【高橋】一八六頁。

【南都本系】

9国立国会図書館蔵(簗田本)

(整理番号 四〇・八三四・八)

四〇巻四〇冊。巻二二欠、総目録一冊、二巻一冊に改装し二一冊。

茶褐色表紙(二九・二×二〇・五糎、改装により表紙二重、旧装をいう)の左肩に貼題簽、「太平記 一」の如く墨書。楮紙袋綴。平仮名漢字交(平仮名ごく多し)、一面一〇行、字面高さ約二四・二糎。各巻巻頭目録は目録題「太平記巻第四」の如く書き、その後に一つ書きで表記する。改丁して本文中の章段名は一字下げ表記(朱丸あり、一つ書きなし)。

各巻二オ(本文書き出し)欄上中に印記「帝國/圖書/館藏」(方型単郭朱文)。奥書、巻四末に「簗田遠江守書之」、巻八末に「簗田遠江守氏親書写畢」、巻一五末に「書畢 簗田遠江守平氏助(花押)」、巻一六・二五末に「簗田遠江守氏親書之」、巻一八末に「簗田遠江守氏助書之」、巻三三末に「如證本書寫畢」とある。氏親・氏助の二名の名あり、数名の筆か。

別冊の総目録の奥に、別筆で次の如くある。

太平記古寫本現品卅九本外ニ總目合現四十冊/(總目壱冊壹巻
ヨリ四十巻ニ至ル)内第廿二巻欠本也、/筆者之記冊第八
十五 十六 十八 廿五 卅三、六冊之奥書々/簗田遠江守

氏親 平氏助 如證本書寫畢ノ記あり／　大正三甲寅歳十月吉日第七百七拾壱番□□百廿円

その次丁に、巻数・紙数・筆者の一覧がある。巻二五の項に斜線を引き、紙数の記入がないのは不審。一覧の後に「計千六百八十四枚／紙数ハ墨付數也、目録壱冊本文現在卅九合四十冊／大正三年第七百七□一番／左粘ノ取調書ヲ見ルベシ／此ノ記大正六年六月廿七日　別冊ノ目録帳ヨリ書取也」とある。さらに総目録の裏表紙の見返しに貼紙があり、以下の如く記す。

太平記古寫本目録四拾壱冊ノ内第廿弐巻壱冊欠四拾冊現在／、氏親ハ北條氏康ノ子氏親ナラン、姓平トアリ、北條氏親ハ美濃守ナレド／後カ前カニ遠江守ト言シ事アルナラン、年代ヨリ考フルニ、太閤代ノ人ナンドナリ、／簗田ハ所ノ名ニテ姓ニナク、知行所ノ名カ、或ハ後簗田ト呼シカ、多分年代ヨリ／考テモ相違ナカラン、北條氏親ハ天正十八年小田原ノ和睦トヨツテ出城ス、□／□時豆州韮山ノ城ニ籠リ、寄手五万ヲ引請勇ヲ振事度々、落城セズ和睦ニヨツテ／出城ス、詩歌ヲ能ス文武両道ノ達人ナリ、慶長前後ノ人ナリ
（ミセケチは元のまま）

【亀田】は『参考太平記』所引の北条家本の異文と本書とが一致することに注意を促すが、詳細は未詳。簗田氏親または北条氏親の素姓についても今後の検討課題である。

〔目録〕『新編帝国図書館和古書目録 中巻』（一九八五・一〇）八二二頁上。

〔翻刻〕増田 欣『南都本系太平記校本』（巻一～一〇）は本写本を底本にし、内閣文庫本を以て校合したもの（巻六まで）。巻七～一〇は南都本・相承院本・筑波大学本が校合本に加わる。前田美稲子「翻刻簗田本太平記巻一」（『名古屋自由学院短期大学紀要』七号、一九七四・一二）がある。

〔参考〕
・【亀田】七頁。
・【高橋】一六四頁。

〔備考〕本書は南都本系統の一本、国立国会図書館蔵のためもあり早くから知られた。『反町茂雄収集古書販売目録精選集 第二巻』（二〇〇〇・八、ゆまに書房）七五頁に、大正一三年（一九二四）一一月、某家所蔵古書籍入札会（山本文集堂の記録あり、「364古写太平記菊田（ママ）遠江守筆 四〇冊 巻二二一冊欠本」と載る。この某家蔵品は反町茂雄『一古書肆の思い出1 修業時代』（一九八六・一、平凡社）二二八頁によれば、広瀬都巽コレクションらしく、広瀬氏は京都の人、古和鏡の蒐集家という。総目録末尾の識語は大正三年（一九一四）のもので、この入札で帝国図書館に入ったものだろう。

10国立公文書館内閣文庫蔵（内閣文庫本）

（整理番号　林四〇・一六七・六三）

四〇巻四〇冊、巻二二欠を流布本系で補。巻三九は表紙外題に巻三八とあるが、内容は巻三九に相当する。

表紙大きさ二六・九×二〇・九糎。胡粉色表紙（巻一～三・八・九・一二・一三・一五・二〇～二二・二六・二七・三一・三五・三七～三九）、茶色表紙（巻四～七・一〇・一一・一四・一六～一九・二三～二五・二八～三〇・三二～三四・三六）、縹色表紙（巻四〇）。題簽の有無、外題の書き方は冊により異なる。表紙左肩に「太平記巻第一」の如く打付書する巻（一・二・一四・一五・二〇・三一・三七）、「太平記　三」の如くする巻（三・六・八・九・一〇・一三・一六・一七・二一・二二・三五・三八）、「五」の如く巻次のみの巻（五・三三・三六）。巻四は貼題簽に「太平記　四」、他は淡縹色題簽に「太平記巻第十二」の如く書く（一二・二四～二七・二九・三〇・三二・三四）とまちまち。巻七・一九・二八は外題なし。巻三九には巻三八の表紙が誤綴される。

各冊一オに目録あり。一面一〇行。字面高さ約二二・九糎。漢字片仮名交、訓点・振仮名あり。朱筆の校異あり。各巻巻頭に「太平記巻第一」の如く記し、一つ書きによる目録あり。本文中の章段名は一字下げ表記（一つ書きなし）。巻四・二二の二冊は目録に一つ書きなく、本文中の章段名は二字下げ（一つ書きなし）。本文冒頭に内題があり、他冊とは異なる補写らしい。巻二二前遊紙裏に「古本并／薩摩本二十二之巻闕／此一冊以新板本補之、然與古本二十三之巻／重復又有異同」と墨書あり。

印記、表紙右肩に「昌平坂／學問所」（長方形単郭朱文）、一オ（目録面）に上から「林氏／蔵書」（方型単郭朱文）・「大學校／圖書／之印」（前同）・「大學／蔵書」（前同）・「日本／政府／圖書」（前同）・「圖書／局／文庫」（前同）・「淺草文庫」（長方形双郭朱文）、巻尾に「日本／政府／圖書」・「昌平坂／學問所」・「圖書／局／文庫」を捺す。「林氏／蔵書」は林述斎の時代、寛政九年（一七九七）に幕府が湯島聖堂に昌平坂学問所を開いた時、林羅山以来収蔵の家蔵書のすべてにこの印を捺したという（『改訂増補内閣文庫蔵書印譜』一二頁）。「大學校／圖書／之印」・「大學／蔵書」は大学校・大学の印で明治二～四年（一八六九～七一）の間に捺したもの（同前書一〇七頁）。「淺草文庫」は明治八～一四年（一八七五～八一）の間開かれた公開図書館浅草文庫の印（同一一三頁）。「圖書／局／文庫」は明治一五年（一八八二）新刻の内務省図書局印（一五七頁）。「日本／政府／圖書」は太政官文庫が内閣文庫と改称された明治一九年（一八八六）の新刻（一二七頁）。

内閣文庫本は巻四・二二を除いては南都本系統の本文を持つ。本書は林羅山の蔵書印はないものの、その手沢本であろうことが〔参考〕小秋元氏論文によって明らかにされた。寛文八年（一六六八）林鵞峰が『本朝通鑑』の編纂にかかっていた頃、薩摩の島津久通から旧本『太平記』（薩州本）が届き、鵞峰は校合のため京都から古本『太平記』を取り寄せた。この古本が林羅山旧蔵の内閣文庫本である。薩州本との校合の成果は、同本の異文抜書である内閣文庫蔵『太平記補闕』にうかがえ、『本朝通鑑』には俗本（流布本）以外に古本・薩州本も引用されている。また内閣文庫本に残る朱筆書込みや押紙も薩州本との校合の痕跡である。

〔目録〕『改訂内閣文庫國書分類目録　上』（一九七四・一一）二六四頁下。

〔参考〕

・田中正人「林鵞峰の『太平記』研究―『国史館日録』とその周辺から―」（『軍記と語り物』二六号、一九九〇・三）。

・長坂成行「島津家本『太平記』の出現―『太平記抜書』の類、薩州本との関係を中心に―」（『論集太平記の時代』二〇〇四・四、新典社）。

・小秋元段「内閣文庫本『太平記』と林羅山」（『太平記と古活字版の時代』二〇〇六・一〇、新典社）。

〔備考〕増田欣『南都本系太平記校本』の対校本（巻七～一〇はこれに相承院本・簗田本・南都本が対校本に加わる）。

11 筑波大学附属図書館蔵（筑波大学本）

（整理番号ル一四〇・三五）【国フ6－63－1、紙E224】

四〇巻二〇冊、第一冊は総目録・巻一・二、第二冊は巻三・四、以下二巻一冊。巻二二は欠、それを流布本系巻二二で補配。総目録の巻二二に「闕　先代無此巻、或此巻ニ廿一ノ末廿三ノ始ヲ取リテ一巻ト／ス本アリ　不可用之」。

薄縹色刷毛目模様表紙（二八・七×二〇・二糎）の左側に「太平記　三　四」の如く打付書。漢字片仮名交、一面一一行（巻二二のみ一〇行）、字面高さ約二五・三糎。朱引・朱点あり。

第一冊、一六丁分の総目録を載せるが、補修の綴じ誤りで一オが「巻之二」、一ウが「太平記目録巻之一」となっている。一五・一六丁は順序が逆で、一六オに巻四〇目録の後半半丁が貼られている。一七オに「先代九代将軍家」として歴代鎌倉幕府将軍を記し、そのあとに「桓武天皇十三代孫」として北条時政から高時までの系図を載せる。この二点、注記に一部異同があるが、西源院本の総目録の次に載る系図（刀江書院本三三頁相当）とほとんど同じである。

各巻巻頭に目録題「太平記巻第一」の如くし、目録一丁（一つ書きあり）、その後に内題なしで本文が始まる。本文中の章段名は二字下げ（一つ書きなし）。

奥書・識語なし。印記、第一冊目表紙右肩に「花弐百十六全廿」と墨書し、その下に「西荘文庫」（短冊型子持枠朱文）

の印を捺した貼り紙あり。各冊目録丁の上に「東京師／範學校／圖書印」（方型単郭朱文）・本文頭丁の上に「東京高等／師範學校／圖書館印」（方型単郭朱文）。本書は小津桂窓（一八〇四～一八五八）旧蔵本、桂窓については、例えば沖森直三郎「西莊文庫のことども」（『天理図書館善本叢書月報9〔第九回配本 第二二巻〕』一九七三・三、八木書店）、山本 卓「新収『西莊文庫目録』―小津桂窓と西莊文庫―」（『関西大学図書館フォーラム』一〇号、二〇〇五・六）など参照。

〔目録〕『筑波大学和漢貴重図書目録稿―旧分類の部―』（一九八七・三）六八頁。

〔参考〕【高橋】一三〇頁。

〔備考〕増田 欣『南都本系太平記校本』巻七～一〇の対校本。

12 水府明徳会彰考館文庫蔵（南都本）

〔整理番号 〇一五二一〕【国フ32－11－1、紙E612】

三三冊、巻一～五・二二欠、巻二一・二三は合冊、他は一巻一冊。

紺色表紙（二六・四×二〇・五糎）の左肩に朱色題簽（一五・四×三・五糎、枠なし）を貼り「太平記 十」の如く記す。巻七・一一・一五・一七・三四は双辺枠題簽（一七・七×三・八糎）を使用。表紙右肩に「丑・弐弐」とした貼り紙あり。本文は漢字片仮名交、一面一〇行、字面高さ二一・五糎、朱引・朱点あり。各巻巻頭に一つ書きによる目録を記し、改丁し本文を始める。本文中の章段名は一字下げ、一つ書きなし。奥書・識語なし。印記、本文冒頭右下に「彰考館」（瓢箪型単郭墨文）。『参考太平記』凡例によれば本書は南都にて入手の由。『参考本』は巻一～五の異同を記しており、この五巻が失われたのは『参考太平記』編纂後となろう。例えば巻二六の冒頭の章段「持明院殿御即位事」の下に「此段ヨリ山名伊豆守住吉軍段ニ至テ／印本ノ二十五ナリ」と朱書するのは『参考本』編纂時の痕跡だろう。

本書は甲類本が四系統に分けられるその一系統で、南都本系統という通称が定着している。同類に簗田本・筑波大学本・相承院本・内閣文庫本・三春本・貝原益軒旧蔵本・龍門文庫本などがあり、室町期に最も流布した系統であろう。玄玖本の本文に近いところもあるが、〔参考〕小秋元氏論文により、天正本系・西源院本系による増補の跡があり、やや後出であることが明らかにされた。

〔目録〕『彰考館図書目録』（一九七七・一一、八潮書店）八五頁。

〔参考〕

・【高橋】九〇頁。

・小秋元 段「南都本『太平記』本文考」（『太平記・梅松論の研究』第二部第三章、二〇〇五・一二、汲古書院）。

〔備考〕増田欣『南都本系太平記校本』巻七～一〇の対校本。

13 前田育徳会尊経閣文庫蔵（相承院本）

（整理番号　二〇・三・三〇・書）

四〇巻二〇冊（二巻ずつ綴じる）で巻二二欠。天正二～五写。朽葉色表紙（二九・二×二一・六糎）の左肩に「太記《ママ》第一第二」の如く墨書、その下に「相承院」と墨書（巻によっては記さず）。巻頭目録あり（一つ書きあり）。本文中の段名は二字下げ、一つ書きなし。本文は一面九行または一〇行、字面高さ約二五・〇糎。漢字片仮名交と漢字平仮名交の冊と混在。巻二・一二・一六・二六は平仮名交九行書写、巻一・三・八・九（最初の二丁のみ）・三二は平仮名交一〇行書写、他は片仮名交一〇行書写。また一巻中に片仮名平仮名の混在する巻もある。印記、巻一・四〇の目録の右下に「雪下山／相承院」（長方型（四・三×三・一糎））双郭朱文）。

二八巻分の巻末に奥書あり（〔参考〕横田氏論文によれば二巻を一冊に合綴したため、奇数巻の奥書が残存しないことが多い）。既に【高橋】九七頁以下、及び横田氏論文に翻字されているが、本稿の性格上改めて以下に示す。

巻二末に、

天正二年甲辰八月廿七日、極樂寺月影弟子〔師を見せ消ちにして〕書功了／同假名朱點等校合了、

巻三末に、

于時天正二年甲戌八月七日、我覺院尊良書功了、

巻四末に、

于時天正二年甲戌八月日、世田谷御本申請／草案了、重而可有清書、所望間不顧悪筆、

巻六末に、

等覺院書寫了

于時天正二年甲戌十月十二日、書功了、連々依／所望、世田谷御本申請、拾書々寫、重而清／書了、　鶴岡相承院長山（花押）

巻七末に、

于時天正二年甲戌十月十日、世田谷御本申／請、料紙不足之間、拾集草案了、重而清／書可然也、不顧悪筆書功了、同朱點了、／鶴岡供僧之内／相承院長山（花押）

巻八末に、

天正二年甲戌十月十四日、朱點了、安養〔陽を見せ消ちにして〕院／之内□人筆功にて憑了、所望之間如斯、重而清書可然也、／鶴岡相承院長山（花押）

巻一一末に、

于時天正三年乙亥三月十三日、書功了、鶴岡相承院長山（花押）

巻一四末に、

天正三年乙亥三月廿五日、鶴岡於相承院、書功了、

巻一六末に、

于時天正三年乙亥壽福寺桂蔭〔慶庵を見せ消ちにして〕奉憑了、
／四月十二日、鶴岡相承院長山（花押）

巻一八末に、

天正三（ママ）乙亥四月廿五日、令草案了、

巻一九末に、

天正三年乙亥四月廿九日、草案了、重可有清書、／鶴岡八正
寺之内相承院長山、千代松丸授與了、

巻二〇末に、

于時天正二年甲戌潤十一月十一日、令草案畢、／重而可被
致清書者也、当時所用之間、不顧悪筆／書功了、　鶴岡相
承院融元（花押）

巻二一末に、

于時天正三年乙亥五月四日、草案了、重而可有／清書者也、
／鶴岡相承院長山（花押）

巻二三末に、

于時天正三年乙亥五月八日、書功了、／鶴岡相承院長山（花
押）

巻二四末に、

于時天正三年乙亥五月十一日、草案了、依連日所望、草案了、
／重而可有清書者也、鶴岡相承院長山（花押）

巻二五末に、

于時天正三年乙亥五月十七日、草案了、／鶴岡相承院長山（花
押）

巻二六末に、

于時天正四年丙子五月廿一日、校合了、壽福寺桂蔭〔慶印を見
せ消ちにして〕庵／憑了、鶴岡相承院常住也、

巻二七末に、

于時天正三年乙亥〔甲を見せ消ちにして〕八月廿六日、書功了、
／鶴岡相承院長山（花押）

巻二八末に、

于時慶長六年辛丑仲秋上旬之侯（ママ）、於鎌倉雪下僧室、依／師主
相承院御房御誂、乍悪筆書継之了、／右筆生國相刕賴元

巻三〇末に、

于時天正三年乙亥五月廿二日、草案了、可有清書者／也、
鶴岡相承院長山（花押）

巻三一末に、

于時天正四年丙子〔甲を見せ消ちにして〕八月十二日、草案了、
重而書改尤候、／一校了
相承院長山

巻三三末に、

于時天正四年丙子八月廿八日、草案了、落字多カラン、／於
後日可被書直者也、鶴岡相承院長山（花押）

巻三四末に、
于時天正四年丙子九月五日、書功了、／鶴岡相承院　為後世草案了、
巻三五末に、
天正四年丙子九月廿四日、草案了、／鶴岡相承院長山(花押)
巻三六末に、
于時天正四年丙子十月二日、草案了、重而可有清書、／鶴岡八正寺供僧相承院長山（花押）
巻三七末に、
于時天正四年丙子十二月朔日、令草案了、重而可有清書也、／相承院中納言元與授與了、／長山（花押）
巻三八末に、
于時天正五丙丑二月廿八日、書功了、／同校合了、
巻四〇末に、
本云／右一部息女依所望書寫了、同及假名處也、／誤所後日可直付者也、／于時永祿十年十月十日、　宗哲御判アリ／于時天正五年丙丑四月十日、世田谷御本借用申／草案了、或筆憑或以自筆書留者也／融元房（花押）
（＊傍線は長坂による。二重傍線部は融元以外の書写者）

以上の奥書に基づき書写の様相を、横田氏論文に倣い巻別成立年月順に並べ、時期別に群分けしておく。

（巻）	（年月日）		（書写者、自筆は融元）
巻三	天正二年（一五七四）	八月七日	我覚院尊良
巻二	同右	八月二七日	極楽寺月影弟子
巻四	同右	八月――	自筆
巻七	同右	一〇月一〇日	自筆
巻六	同右	一〇月一二日	等覚院
巻八	同右	一〇月一四日	安養院内某氏
巻二〇	同右	閏一一月一一日	自筆
巻一一	天正三年（一五七五）	三月一三日	自筆
巻一四	同右	三月二五日	自筆
巻一六	同右	四月一二日	寿福寺桂蔭
巻一八	同右	四月二五日	自筆
巻一九	同右	四月二九日	自筆
巻二一	同右	五月四日	自筆
巻二三	同右	五月八日	自筆
巻二四	同右	五月一一日	自筆
巻二五	同右	五月一七日	自筆
巻三〇	同右	五月二二日	自筆
巻二七	同右	八月二六日	自筆
巻二六	天正四年（一五七六）	五月二一日	寿福寺桂蔭
巻三一	同右	八月一二日	自筆
巻三三	同右	八月二八日	自筆

巻三四	同右	九月五日	自筆
巻三五	同右	九月二四日	自筆
巻三六	同右	一〇月二日	自筆
巻三七	同右	一二月一日	自筆
巻三八	天正五年（一五七七）	二月二八日	自筆
巻四〇	同右	四月一〇日	自筆
巻二八	慶長六年（一六〇一）	八月上旬	相州頼元

また巻末につぎの識語があり、本書書写の経緯を説明する。

太平記備考

此書ハ第四十巻ノ奥ニ

右一部息女…（今略之）

于時永禄十年十月十日、　宗哲御判アリ

トアリ、宗哲ハ北條早雲ノ末子長綱（幻庵）ノ別號ナリ、永祿七八年ノ頃、北條氏康ノ女ガ武州世田谷領主吉良氏朝ニ嫁セリ、本文ニ息女トアルハコノ女ナルベシ、當時幻庵ガコノ女ノ爲ニ、婚姻ノ儀式作法ヨリ舅姑ニ事フル心得一族又ハ臣下ニ對スル心得等ヲ記シテ與ヘタル北條幻庵覺書ナルモノアリテ、下總宮崎文書ニ見ユ、是等ヲ參照シテ考フルニ、本書ハ同女カ婚姻ノ際宗哲ガ之ヲ書冩シテ與ヘラレシモノアリテ、之ヲ世田谷御本ト稱シタルト思ハル、ナリ、鎌倉鶴岡八幡宮八正寺ノ内、相承院ノ僧長山融元ナドイヘル人ガ、天正二年ヨリ五年ノ間ニ及ビ、右ノ世田谷本太平記ヲ借リテ、壽福寺極樂寺又ハ旅人等ニ依頼シテ書冩セシ書ナルガ如シ、本書殆ンド毎巻ニ奥書アリ、其中ニ、第四、第六、第七、第四十ノ冊ニノミ世田谷御本中請云々トアルノミナレドモ、恐ク全部同本ニヨリテ書冩セシモノナルベシ、

大正二年十一月六日大日本史料編纂官藤田明氏寄貽、

藤田明氏は明治三八年（一九〇五）東京帝国大学史料編纂官となり、大正四年（一九一五）一一月五日没、三九歳。本書書写の事情の詳細については〔参考〕横田氏論文に譲り、藤田氏識語と重複するが、以下概括的にまとめておく。相承院本は天正二年（一五七四）八月から同五年四月にかけて、鶴岡八幡宮の供僧坊のひとつ、相承院第一五代院主融元（生年未詳、一五九五年没）が中心となって世田谷御本を書写したものである。横田論文によれば、相承院における融元の法嗣空元（巻一九・三七奥書の「千代松丸」「元与」）の所望に答えたもの、即ち院内での『太平記』による師弟教育がその目的であったという。巻四・六・七・四〇の奥書（傍線部）から本書の親本は「世田谷御本」とわかる。巻四〇奥書の宗哲は北条長綱（幻庵）で早雲の三男、兄は氏綱でその子が氏康である。息女とあるのは武蔵国世田谷城主吉良氏朝に嫁した氏康女のことをさし、宗哲にとっては甥の娘である。宗哲は若くして出家、箱根権現の第四

○代別当（大永四年〈一五二四〉）を務め、のちに北条氏の長老的存在となる。氏康女が吉良氏朝に嫁ぐ際、礼式作法など二四箇条を記し与えた『北条幻庵覚書』（永禄五年〈一五六二〉）は著名である。ところで北条氏に係る『太平記』といえば、『参考太平記』所引で現在所在不明の北条家本（氏康旧蔵）があるが、『参考本』の異文を検する限りでは、本書とは一致しない。奥書の「同じく仮名に及ぶ処なり、誤る所後日直し付くべき者なり」は、読み仮名を付す意味であろう。

江戸時代、加賀藩の前田綱紀の命を受けた書物奉行津田太郎兵衛光吉が、鎌倉で書籍の調査にあたったのは延宝五年（一六七七）冬のことであった。『松雲公採集遺編類纂書籍 九六』（金沢市立玉川図書館加越能文庫蔵）「延宝五年冬相州鎌倉辺書籍等捜索方被命留記」（書物調奉行津田光吉の前田綱紀への復命書）に以下のようにある。

覚／書本／一、太平記 廿二巻不足 廿冊／此書鶴岡相承院元喬所持本ニ御座候、江戸ニ貸／置候間、江戸ニ而貸可申由、於鎌倉約束仕、今日私／方迄参申候、古本ニ御座候間、御見合ニも可罷成／哉と上之申候、以上／ 十二月十七日、 津田太郎兵衛

相承院元喬は延宝元年（一六七三）四月隠居、貞享四年（一六八七）二月六日没という（『鶴岡八幡宮寺諸識次第』四九頁上）。

本書は慶長六年書写の巻二八以外は南部本系の本文を持つ。巻二八の記事順序はつぎの如くである。

一 土岐周済房謀叛事 ①
一 若将軍御政務事 ②
一 在登卿被逢夭死事 ③
一 太宰少弐聟直冬事 ④
一 三角入道謀叛事 ⑤
一 鼓崎城依熊落事付将軍西国進発事 ⑥
一 直冬朝臣蜂起事 ⑦
一 錦小路殿落南方事 ⑧
一 自持明院殿被成院宣事 ⑨
一 恵源禅巷南方合躰事 ⑩
一 漢楚合戦事 ⑪
一 自吉野殿被成綸旨事 ⑫

〔参考〕鈴木氏論文が指摘するように、これと同じ記事構成を持つ本は未報告である。神宮文庫本は②①④③⑤…という順序で、神宮文庫本と同類の梵舜本は①③を欠き、その二章段を尾題の後に補記する。天正本（巻二七）は「仙洞妖怪法家勧進事」から始め、③④⑤⑥①⑥（付の部分）⑦と続き、②は巻二六で既述である。また相承院本巻二八の尾題の次丁に電光の戦のこと、源恵（玄恵）の別名などの注記があり、これは梵舜本巻二八末尾のそれ（古典文庫七・一七二頁）と同じである。

〔目録〕『尊経閣文庫国書分類目録』（一九三九・一〇）四五八頁。
〔参考〕
・【高橋】九七頁。
・金井清光「相承院本太平記と桟敷崩れの勧進田楽」（『解釈』四巻八号、一九五八・八）。
・鈴木登美恵「尊経閣文庫蔵太平記覚え書」（『国文』一四号、一九六〇・一二）。
・横田光雄「戦国期密教僧の文化活動と大名領主層—融元と相承院本『太平記』を中心に—」（『金沢文庫研究』二九四号、一九九五・三）。
・朝倉治彦「書物捜索記」（『図書』四三五号、一九八五・一一）。
・菊池紳一「「相州鎌倉書籍等捜索書」について」（『季刊ぐんしょ』五四号〈一四巻四号〉、二〇〇一・一〇）。
〔備考〕増田 欣『南都本系太平記校本』巻七～一〇の対校本。

14 三春町歴史民俗資料館蔵（三春本）

〔整理番号　三春文庫五一号〕

巻二二欠、存三九冊。

原装薄茶色横縞模様表紙（二八・六×二二・三糎）、中央に貼題簽（一七・〇×三・五糎）、「太平記　一」と墨書。江戸中期写、一面一〇行、字面高さ約二三・五糎、漢字片仮名交、数名の筆か。一オに目録題「太平記巻第一」とし、その後に目録（一つ書き）あり、改丁して本文を始める。本文中の章段名は一字下げ（一つ書きなし）。各章段の文頭に朱丸あり、僅かに異本との校合あり。奥書・識語なし。巻一・一一・一六・二一・二六・三一など数冊の巻頭右下に方型白文の印記「□□宮」（未読）あり。また多くの冊の巻末左下に「参春／文庫」（方型単郭朱文）。一冊目見返しに「廿二巻目ナシ　故斎改印候時／之札也」と記す押紙あり。

未紹介なので簡略に本文系統の指標を記す。巻三末尾に楠城を構える事なし。巻四前半の囚人流刑の記事配列は西源院本・天正本以外の多くの諸本に同じ、勢多の橋での源具行の和歌の下句「渡ルモ悲シ勢多ノ長橋」で南都本などに一致。一宮の配流、有井の館・三時の護摩の記事なし。先帝の隠岐への道行きの条、明石の浦の直前に「憂カリケル身ヲ秋風ニサソワレテ思ハヌ山ノ紅葉ヲソ見ル」の和歌あり、筑波大本・群馬県立歴史博物館蔵貝原益軒旧蔵本・陽明文庫本に同じ、内閣文庫本・相承院本にはこの歌なし。巻一一の末尾に「金剛山寄手被誅事付佐介右京亮事」があり、玄玖本・南都本の類に同じ。巻一五は「多々良浜合戦事付高駿河守異見事」まで、巻一六を「西国蜂起官軍進発事」で始める形で、玄玖本・南都本などに同じ。巻二六・二七の巻頭目録を示す。

太平記巻第二十六

一 持明院殿御即位事
一 宮方怨霊会六本杉事付医師評定事
一 藤井寺合戦事
一 宝剣執奏事付邯鄲午炊夢事
一 山名伊豆守住吉軍事
一 正行参吉野事
一 四条合戦事付上山討死事
一 正行討死事付吉野炎上事

太平記巻第二十七
一 賀名生皇居事
一 師直師泰奢侈事
一 上杉畠山擬讒高家事付廉頗藺相如事
一 妙吉侍者事付始皇帝事
一 直冬西国下向事
一 将軍塚鳴動事付清水寺炎上事并勧進田楽事
一 左兵衛督欲誅罰師直事
一 師直師泰囲将軍事
一 直冬筑紫落事
一 直義朝臣落髪事付玄恵法印末後事
一 上杉畠山流罪死刑事
一 大礼事

この二巻の巻区分のあり方は甲類本と同じで、巻二七に「雲景

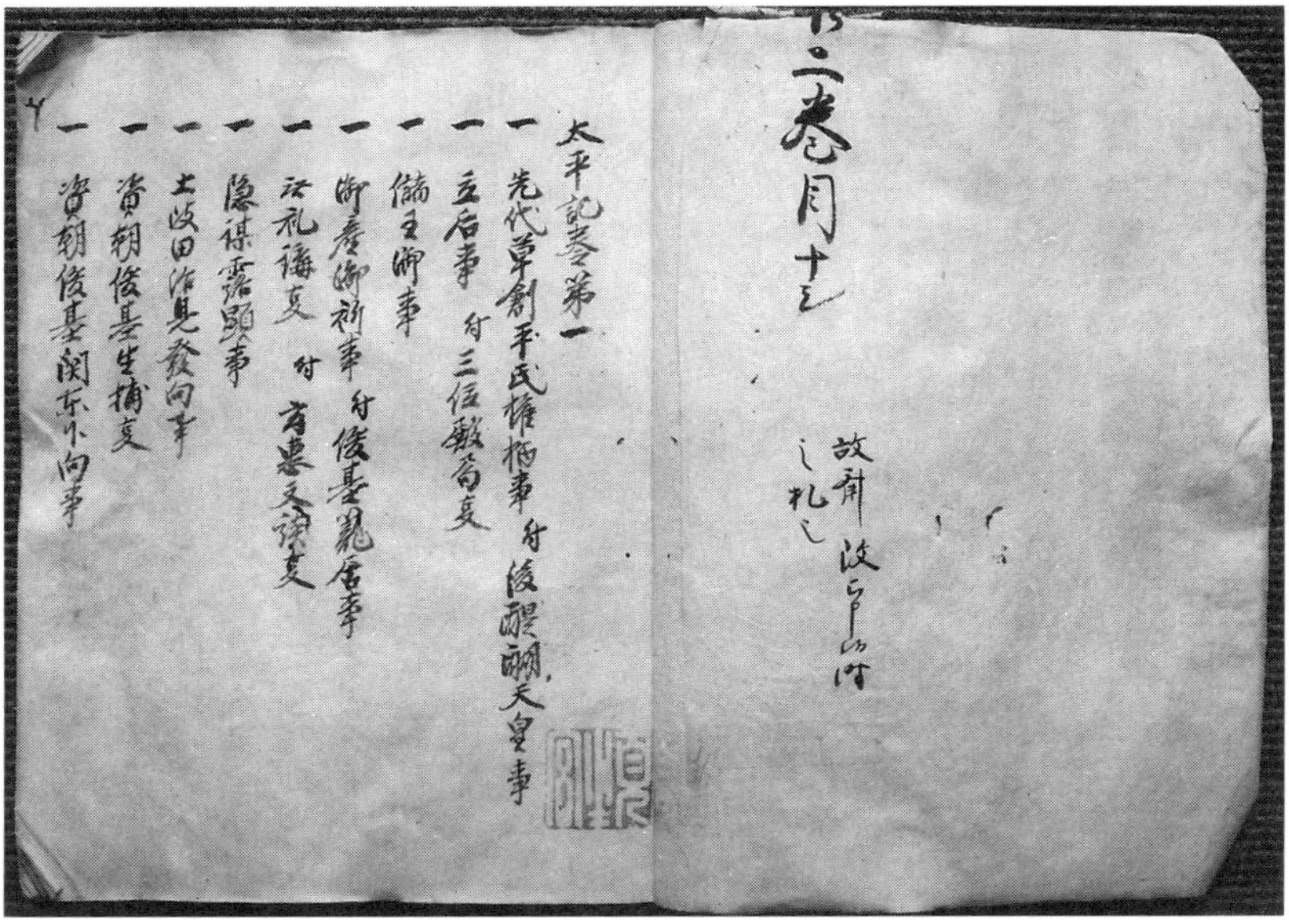

14、三春本、巻一巻頭目録（三春町歴史民俗資料館蔵、三春文庫51）

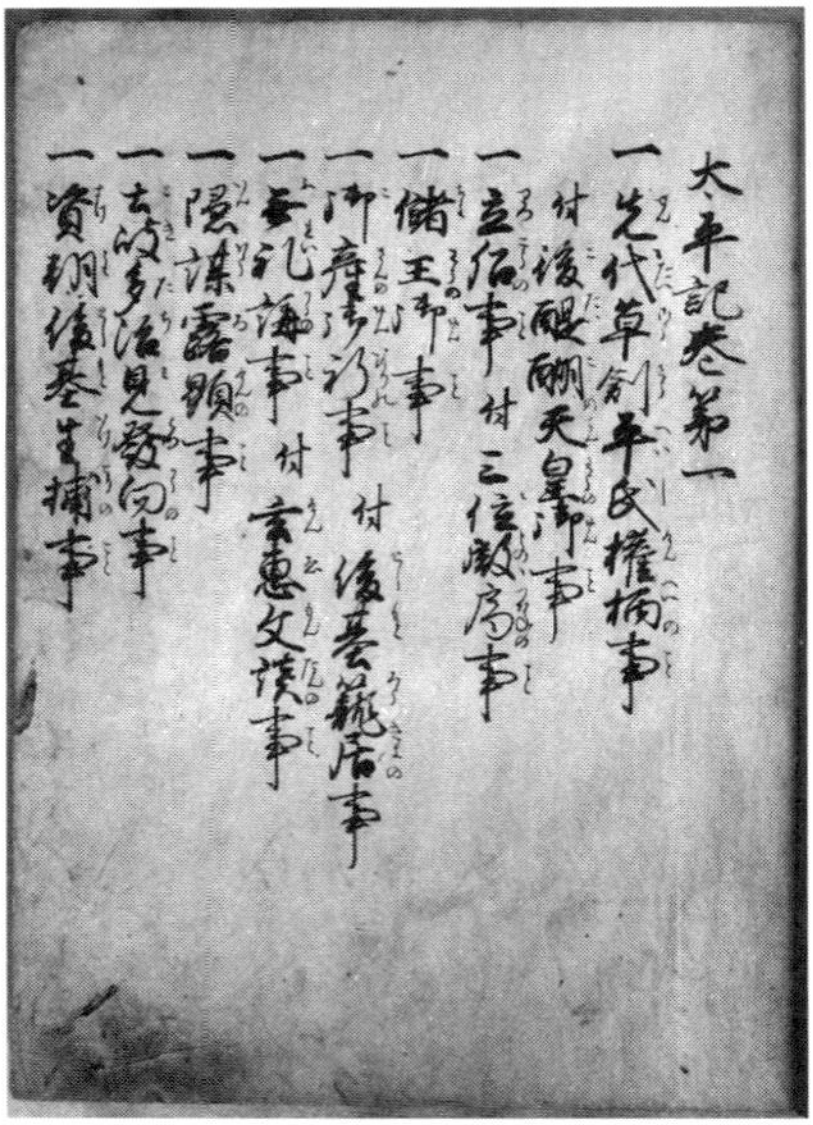

15、貝原益軒旧蔵本、巻一巻頭目録
（群馬県立歴史博物館蔵）

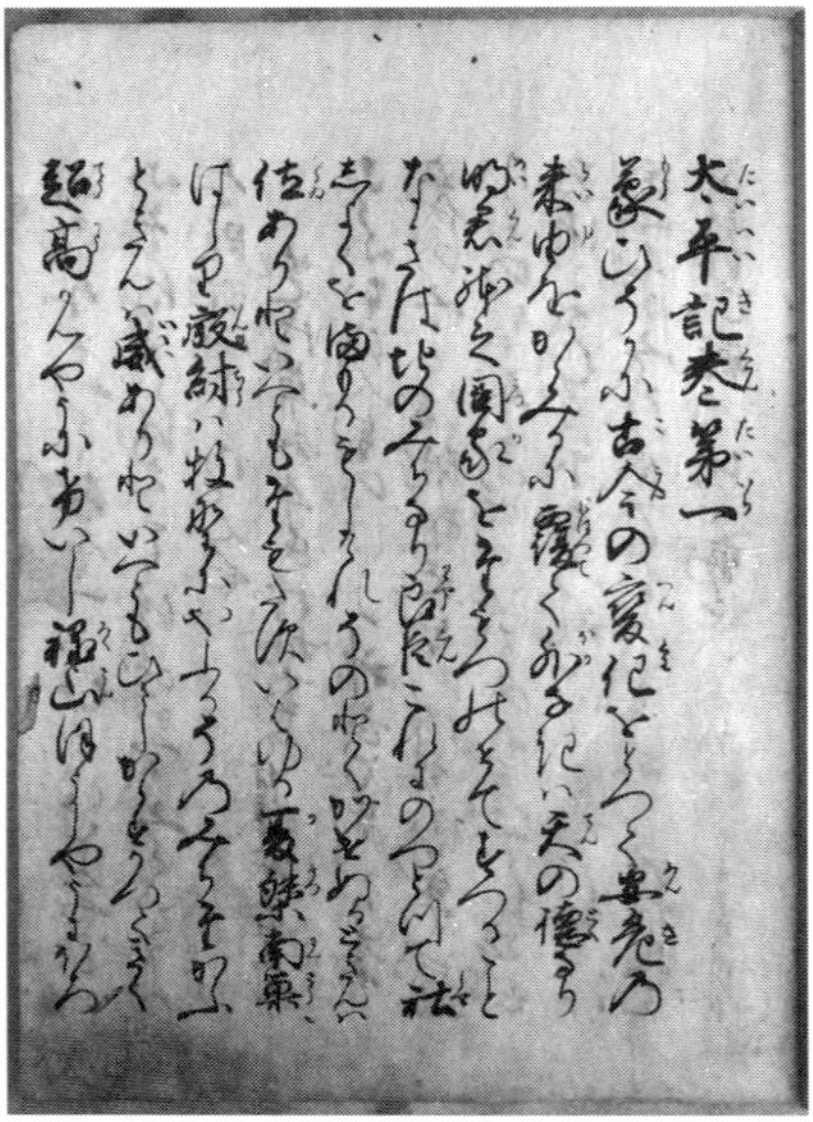

同、巻一本文冒頭

同、巻三七表紙

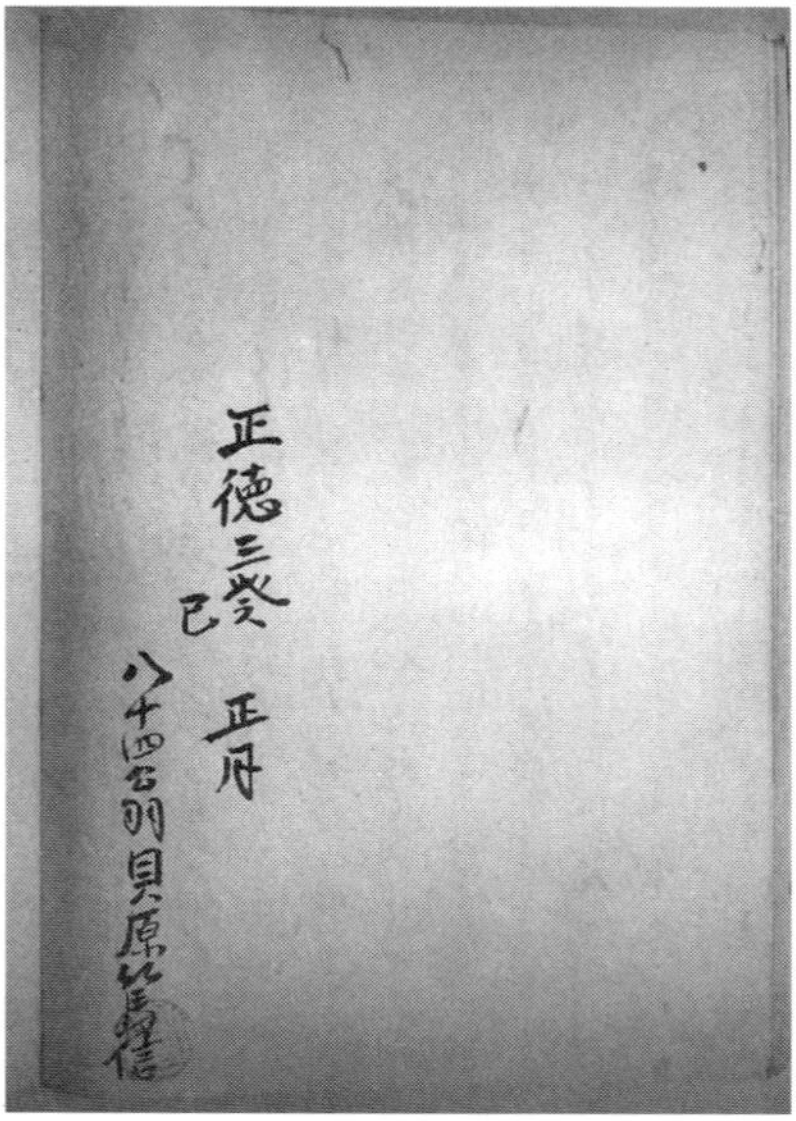

同、巻三七巻末

未来記事」はなく、義詮上洛の記事、大礼事はあり南都本の類に同じ。田楽桟敷倒壊の条に「去年ハ軍今年ハ桟敷打死ノ所ハ同シ四条成ケリ」の落書があり南都本の特徴に合致する。巻三二は「茨宮践祚事」から「京軍事付八幡御託宣事」まで、東寺の門の落首三首あり、南都本の類に同じ。巻三五の「北野通夜人々雑談事」に日蔵上人のこと、泰時修行のこと、貞時修行のことあり、玄玖本・南都本など多くの諸本に同じ。また聞き手として頼意登場せず。巻四〇は「高麗人来朝事」から始まる。以上、三春本は南都本の類とみなされる特徴を持つ。

〔目録〕『三春町歴史民俗資料館蔵書分類目録』（一九九〇・六）八〇頁。

15群馬県立歴史博物館蔵（貝原益軒旧蔵本）

巻一～五・七～二一・二三・二四・二八～三七の三二冊存、目録なし。

縦長木箱の表蓋（三四・八×二二・九糎）に以下の如くあり。「太平記／三十二冊／益軒／貝原篤信／蔵書」（右肩紙片）・「太平記 巻壱～巻三十七迄」（中央墨書）・「正徳三年正月／八十四翁貝原篤信／蔵書」（左端墨書）。表蓋の裏に存巻数を書く。木箱にビニール紐を巻く、それに「購96・27」と記した紙片添付。

原装紺地金泥浮雲草木模様表紙（二八・七×二一・四糎）の中央に貼題簽（一六・〇×三・八糎、朱地金泥草木模様）、「太平記巻第一」の如く墨書。見返しは金銀泥で波模様など、裏表紙も同様。本書の装丁は嫁入本に似るも料紙豪華ならず、水濡れ・虫食い或は鼠蝕の痕跡あり。一面一〇行、字高約二二・八糎。漢字平仮名交（漢字の割合、京大本より多し）。付訓あり本文に同筆、朱点・朱引なし。一オ目録題「太平記巻第一」と記し、その後に一つ書きによる目録あり、改丁して内題「太平記巻第一」、つぎに本文始まる。本文中の章段名は二字下げで表記（一つ書きなし）。

巻三七の末に「正徳三癸巳 正月／八十四翁貝原篤信」（印）と記す。印記（円形（直径二・三糎）単郭朱文）未読。巻三七にこの識語あることは、益軒所蔵時には既にこの巻が冊尾であったことを示すだろう。正徳三年は一七一三年、益軒は正徳四年八月二七日に八五歳で没。益軒は寛永一八年（一六四一）一二歳の時に初めて『太平記』を読んだという（『益軒全集』第一巻「益軒先生年譜」五頁）。

本文系統を伺う指標を略記する。巻四の記事順序は南都本の類など多くの諸本に同じ。源具行の勢多での和歌下句「渡るもかなしせたの長はし」、帝配流の明石の直前に「うかりける身を秋風に」の歌あり。巻一一は末尾に「金剛山寄手被誅事付佐介右京亮事」を置く。巻一五は「多々良浜合戦事付高駿河守異見事」で終り、巻一六を「西国蜂起官軍進発事」で始める。いずれも南都本の類に同じ。巻二三・二四の目録は以下の如し。

太平記巻第廿三
一　畑六郎左衛門時能事并鷹巣城事
一　義助参吉野事并隆資卿物語事
一　上皇御願文事
一　土岐参合御幸致狼藉事
一　高土佐守傾城事
太平記巻第二十四
一　義助朝臣与州下かふ道の間の事
一　正成をん霊剣をこふ事
一　義助朝臣死去の事付たり河江の城軍事
一　備後鞆の軍の事
一　世良田の城いくさの事

この記事配列は神田本・西源院本・玄玖本・南都本など甲類本のそれに一致する。巻二三「土岐参合御幸致狼藉事」の冒頭は「今年の八月は故伏見院の三十三年の御遠忌にあひあたりければ、彼御仏事ことさら故院の御きうせきにてとりおこなはせ給はんために、当今上皇伏見殿へ御幸なる」とあり、神田本以外の甲類本の書き出しに同じ。巻二四「世良田の城いくさの事」の末尾、大般若経講読の効力で正成の亡霊が鎮まったとし「まことにこれ鎮護国家の経王利益人民の要法也、さて其のゝち盛長か刀をは、天下のれい剣なれはとて、左兵衛督直義朝臣のかたへたてまつりたりしを、事まことしからすとて、さして賞翫の儀もなかりけれは、いさこにうつもれたる断剣のことくにて、凌天のひかりもなかりけり」とある。これは甲類本諸本に同じである。巻三二は「茨宮践祚事」から「京軍事付八幡御託宣事」までで、末尾に東寺の落首三首あり。巻三五「北野通夜人々雑談事」は頼意は登場せず、日蔵上人のこと、泰時修行のこと、貞時修行のことといずれもあり玄玖本・南都本などに一致する。本書は系統認定のための重要巻である巻二六・二七を欠くのは残念だが、全体的に南都本の類と認められる。

〔参考〕長坂成行「管見『太平記』写本二、三―伝存写本一覧、補遺―」（『汲古』四六号、二〇〇四・一二）。なおこの旧稿で本書の巻六欠・巻二四存を誤記した。本稿のように訂する。

16　龍門文庫蔵（龍門文庫本）

（整理番号　二・一八、九九、一四）

巻二三～二八・三一～三八の一四冊存を二帙（上六冊、下八冊）に収納。帙は布張、茜色地の白抜き丸模様あり、左肩に題簽を貼り「太平記 古写 上帙／□」と墨書、□の位置に「龍門文庫」（長方形単郭朱文）の印記あり。また帙の見返しの左下に「龍門文庫」（長方形無辺白文）の印記。

原香色表紙（二七・三×二一・三糎）の左肩に題簽（一三・三×三・〇糎）を貼り「太平記第廿五」と墨書、原題簽残存は巻二五・三二～三六、他は剝落。全巻料紙に裏打ちあり。見返し本文共紙、遊紙一丁、次丁に巻頭目録（一つ書きあり）、その次の丁から本文始まる（内題なし、すぐに章段名を記す）。一面八行、漢字平仮名交、達筆な草書。字面高さ約二三・〇糎。振仮名も本文同筆平仮名。数名ほどの寄合書か、朱点・朱引あり。本文中の章段名は二字下げ表記（一つ書きなし）。奥書・識語なし。印記、目録丁右下に「龍門文庫」（長方型（三・七×一・六糎）単郭白文）。「慶長頃写」と記した紙片挟み込みあり。巻三三見返しに「目録章段之外は神田本ト全ク相同じき巻也　高橋貞一識」と記した押紙あり（巻三四遊紙にも同趣旨の貼り紙あり）。巻二一の上部、特に後半二〇丁ほどは破損多し。

龍門文庫本は一四巻分しか残存しないが、系統認定のかぎになる巻二六・二七・三五・三六など特徴的な巻の本文から判断すれば南都本系統である。

〔目録〕『龍門文庫善本書目』（一九八二・三、阪本龍門文庫）六一頁。

〔参考〕

・【高橋】一四四頁。

・長坂成行「龍門文庫蔵『太平記』覚書」（『青須我波良』三二号、一九八六・一二）。

17 刈谷市中央図書館村上文庫蔵（村上文庫本）

（整理番号　二九七七）【国フ30－433－4】

巻一二のみ一冊存の零本。江戸前期写、文政七年（一八二四）一一月一八日村上忠順補写。

水色表紙（二七・一×一九・二糎）、表紙左肩の題簽剥脱の跡に「太平記」と打付書（村上忠順筆か）。表紙右上に別筆、「□□天神事六丁ニ見／□□事／弘法大師守敏ノ事末ニ見ユ」とあり。一丁目裏に「太平記巻第十二」とし、続いて目録（一つ書きあり）を記す。目録の最後「一　兵部卿親王流刑事付驪《リ》姫《キ》事」の次に、別筆で「一　大森彦七事」とある。本文は漢字片仮名交、一面一一行、字面高さ約二二・五糎。所々に付訓（本文と別筆）。本文中の章段名は二字下げ（一つ書きなし）。和歌は一行書き。巻一二の記事が終った後の、末尾一一丁は別筆で「大森彦七事」（漢字片仮名交、一面一二行、字面高さ約一九・〇糎）。こちらは流布本系か。「大森彦七事」の末尾に「コノ外ニ傳評通考頭書等数多雖有之、今是ニ略スル／モノナリ、／文政七甲／申冬黄鐘中八日／右終　三川州碧海郡堤邑之住／村上忠順寫／十三童」と記す。印記、目録題（一ウ右中）に「村上／圖書」（方型単郭朱文）。本文冒頭右上に「刈谷／圖書／館藏」（方型単郭朱文）。

目録は内閣文庫本に一致し、巻一二の本文は南都本系である。例えば「廣有射怪鳥事付神泉苑事」で、彼の射術を人々が見物する場面、

諸家ノ侍ヲ始トシテ、堂上堂下ニ充満シテ直衣束帯ノ袖ヲ

連タリ、文武百寮是ヲ見テ左右ナク射テ落サン事イカヽアランスラント堅唾ヲ呑テ手ヲ握ル、誠ニ一期浮沈ノ名望何事カ是ニ如ント見物ノ貴賤心ヲ不動ト云事ナシ、広有已ニ立向ヒ打上テ弓ヲ引ントシケルカ、（大系四一九頁相当）

とあり、内閣文庫本に同じである。神宮徴古館本（三三四頁）・西源院本（三一三頁）・流布本は傍線部を欠いた本文を持つ。

〔目録〕『村上文庫図書分類目録』（一九七八・二）一〇二頁上。

〔参考〕【小秋元】一〇五頁。

【甲類本のうち系統未分類】

18国立国会図書館蔵（宝徳本）

（整理番号　ＹＤ・古・三二二六〈マイクロフィルム〉）

（旧整理番号　一一七・一七〇）【国フ18‒3‒4】

　巻一～一〇の五冊存（二巻一冊）、安永一〇年写。

　改装茶色表紙（「帝國圖書館藏」の空押あり、大きさ二五・六×一七・〇糎）の左肩に双辺刷枠題簽（一八・三×三・七糎）を貼り「太平記　巻第一、二」の如く墨書。各巻頭に目録一丁（一つ書きなし）、漢字平仮名交、楷書、一面巻一・二は九行、巻三以降一〇行、字面高さ約二二・〇糎。巻一では料紙上部にある二箇所の欠損部の範囲を朱で示す。巻一は本文中に章段区分、章段名なしだが行間に章段名を書き、それを抹消し「後加筆」と朱書した箇所がある。巻二以降も本文中の章段名の書き方は、巻頭目録と不一致の箇所多く不規則。本文中に見せけちの符号を付し、欄上に訂した文字を書く。また欄上には藍色で「一尺七寸太刀」「内甲」（巻二）など故実に関わる語を摘記する所もある。巻一は朱訓あり。巻一〇は「罡々タル郊原ノコトシ死骸ハ焼テ見エネトモ」で終わり以下欠落（大系三六〇頁相当）。

　巻一序文左下、巻二・四・五・六・七・一〇内題下、及び巻八内題前丁に「主明室寶正居士」とある。宝徳本の旧蔵者を示すらしいが素姓未勘。『圖書寮典籍解題　漢籍篇』（一九六〇・三、宮内廰書陵部）によれば、書陵部蔵『太平恵方和剤局方』（七冊、元版、四〇三・六七）の毎冊巻首に「主明室寶正居士」の墨書ある由（二三二頁上）。原宝徳本の旧蔵者は医に関わる人物であろうか。

　本奥書、巻一末「寶徳三季辛未仲冬晦日書功早」、巻二末「寶徳三季辛未季冬佛成道日功早」、巻四末「寶徳三季辛未仲冬十八日功早」、巻八末「寶徳二壬申正月廿三日功畢早」。宝徳三年は一四五一年。

　本書は安永一〇年（一七八一）に稲葉通邦が書写したものだが、それに関わる識語、以下の如し。巻一見返し中央に扉題「寶徳本太平記第一騰」と書き、次行に小字で以下の如く記す。

　元本神郄信九郎源忠貞本也、安永初年篤卿遊西／歸于京師得之于西地之一寺、全三十九巻闕二十二別有／目録一巻、但後

人之補也、今不騰二十二巻之目亦闕、而後人之補／蓋不下于国初欤、
邦不堪好古之情、安永十年正月／二十五日終請而繕写也、

安永年間書写にかかわる識語、巻一末に、

以寶徳古写本如本写之一校了、安永十年二月十五日／越
通邦〔ココマデ朱筆〕（印）／任所好標題了〔以上藍色〕、

巻二末に、

安永十年十二月二十七日、以宝徳古写本書写且校正了、元
本即友人／源篤卿家本也、篤卿甚愛此本、及邦請而写也、
乃曰先人見氏子魚有／言、予亦思焉而卿成予志今之請非惟卿
之請　予亦欲請／騰写之成也、然篤卿即世十二日、邦雖不
敏請成友人之志／越 通邦〔ココマデ朱筆〕（印）／同日加標
題訖〔以上藍色〕、

巻三巻頭内題前に、

通邦云、此一本寶徳古写本闕矣、後人補塡亦是古写本也、
〔以上朱筆〕

巻三巻末に、

安永十年二月二十七日以源篤卿本騰写校讐了、／越　通邦
〔ココマデ朱筆〕（印）／同日標題了〔以上藍色〕、

巻四巻末に、

以寶徳古写本写之校讐了、越　通邦〔ココマデ朱筆〕（印）

（印）は二・〇糎方形単郭の中に丸枠あり、白文。稲葉通邦のものと思われるが未読。また巻二・四の一丁目、上方ノド近くに長方形単郭白文の印記あり、未読「□□融□」。

本書は名古屋の国学者神村忠貞（篤卿、一七四〇〜一七八一）が、安永初年（一七七二）に西地の一寺で入手した宝徳古写『太平記』三九巻（巻二二欠）を、同じく尾張藩の国学者稲葉通邦（一七四四〜一八〇一）が安永一〇年（一七八一）正月から二月にかけて書写したものである。別に目録一冊があったものの後の補写と判断されたためそれは写さなかった。しかしその目録（これにも巻二二は欠）の書写も尾張開藩（一六〇〇年）以後には降らないであろう。また巻三は宝徳古写本は欠で後の補塡であるが、これも古写本であるという。巻二末識語によれば、稲葉通邦は安永一〇年二月二七日に本書の書写・校正を完了、その一二日前に所有者神村忠貞は急死している。

本書は宝徳古写という、『太平記』諸本の中では永和本を除いては格段に古い本奥書を持つものの、巻一〇までの残欠本で全体の本文系統を把握するには至らずさして注目されなかった。しかし名古屋市立鶴舞中央図書館河村文庫蔵の寛永無刊記整版本（河タ七、四〇巻二一冊、総目録・剣巻あり）に、尾張藩の書物奉行河村秀穎（一七一七〜八三）が宝徳古写本との校異を全巻にわたって朱書しており宝徳本の復元が可能になった。それによれば、宝徳本は巻二六・二七・二八の区分は乙類本の形をとるが、本文詞章は西源院本を基調としつつ、神田本・玄玖本など甲類の古態本と一致する箇所も多く、古態本の一本とし

て位置付けることができる。また巻三三（他本巻三二相当）は永和本に一致し、巻四〇を上下に分け、「光厳院行脚事」を大尾に置くなどの点も注目される（本書巻頭図版参照）。なお巻三三巻頭目録「東寺合戦事」には「應永廿三年丙申當六十年」と注記があり、原宝徳本の書写年次を示唆する。さらに、奥書にある「江州甲賀郡圓岳寶正居士」「信菴叟洪誠」（巻一七）、「永泉庵南」（巻三五）、「永泉西軒」（巻三八）など未勘の固有名詞の究明も重要な課題である。

印記、巻首上に「帝國／圖書／館藏」（方型単郭朱文）、同下に直径二・〇糎二重丸印を押し、中に「圖」、その外側に「明治四〇・三・七・購求」とある。巻一・三の目録右下に「稲葉氏藏」（縦長楕円単郭朱文）。稲葉通邦・神村忠貞・人見子魚・河村秀穎および河村家の学問については、福井保「尾張藩の古書」（『内閣文庫書誌の研究―江戸幕府紅葉山文庫本の考証―』一九八〇・六、青裳堂書店）、阿部秋生原著『増訂復刻河村秀根』（二〇〇二・六、『河村秀根』増訂復刻版刊行会）、『樂壽筆叢　十如是獨言』（名古屋叢書三編第一一巻）解説（杉浦豊治）（一九八五・一）、『尾張名古屋の古代学』（一九九五・二、名古屋市立博物館）など参照。

〔参考〕

・【高橋】一五〇頁。
・長坂成行「尾張藩士の『太平記』研究―宝徳本・駿河御譲本・両足院本のことなど―」（『青須我波良』二九号、一九八五・六）。
・長坂成行「宝徳本『太平記』復元考―河村秀穎校合本による―」（『奈良大学紀要』一四号、一九八五・一二）。→佐伯真一・小秋元段編『平家物語・太平記』（日本文学研究論文集成14）（一九九九・七、若草書房）に再録。
・長坂成行「宝徳本『太平記』巻三十三本文箚記」（『奈良大学紀要』一五号、一九八六・一二）。
・長坂成行「『太平記』終結部の諸相―〝光厳院行脚の事〟をめぐって―」（『日本文学』四〇巻六号、一九九一・六）。
・【小秋元】九七頁。

〔備考〕

・国文学研究資料館に昭和六年亀田純一郎氏謄写本の青写真あり（チ四、三七六、一～五）。
・『帝国図書館和漢図書書名目録　第三編』（大正二・六）の明治三三・一から明治四四・一二までに増加したる和漢書の中に義輝本（教運本）（八三八頁下）・宝徳本（八三九頁上）見。

19天理大学附属天理図書館蔵（正木本）（文禄本）

（整理番号　二一〇・四―イ三一）

四〇巻四〇冊。室町時代中期写。

青色表紙、大きさは冊により相違あり。例えば巻一は二五・

四×二〇・四糎。巻二は二五・五×二〇・三糎、巻二二は二七・二×二〇・五糎。表紙左肩に雲形模様題簽（一三・四×三・一糎）を貼り「太平記巻第一」の如く墨書。巻三七の題簽は剥落、見返しに挟み込む。見返し本文共紙（表紙から剝れる）。一オ内題「太平記巻第一」とし、次行から目録（一つ書きあり）を記す。二オ、序の次に「先代草創平氏権柄事付後醍醐天皇御事」と章段名を記し（一字下げ、一つ書きなし）、以下本文を始める。漢字片仮名交、一面一一行、字面高さ約二三・〇糎。朱点・朱引なし、追記・校異は墨書（同筆だが後のものか）。

識語、巻一末「此物語全部於花洛求之、東山大仏在旅之刻／以類本一校早　正木前左近大夫長時／文禄五年乙未孟夏日法名雄峯玄英」。各冊巻末、ほぼ同様の識語あり。但し乙未の年は文禄四年（一五九五）。なお巻一以外の巻は「此物語全部□於花洛」のように、「全部」と「於花洛」の間、数字分を切除し別紙（巻二では一〇・〇×二・三糎白紙）を貼る。巻八・九・一二の識語は空白なく詰めて記す。また「雄峯玄英」とするのは巻一・四のみで、他は「玄英」。

『天理図書館稀書目録』によれば、箱に「環斎様御時分より」の紙片付（未見）。環斎は正木頼忠の号。正木頼忠は相模三浦氏支流で左近太夫時忠の五男、初名邦時。里見氏に仕えるなどし、息為春の縁で紀州に赴き元和八年（一六二二）八月一九日、七二歳で没（『寛政重修諸家譜』九、一〇〇頁）。〔参考〕濱田氏著書に、入道後雄芳玄英と号したとある（六頁）。『三浦系図伝』『諸家系図纂』によれば、正木頼忠は正木長時と同一人物。『太笑記』『あだ物語』などの仮名草子作者三浦為春の父。東山大仏は方広寺大仏のこと、天正一四年（一五八六）建立、文禄五年（一五九六）閏七月の大地震で破壊。

印記、一オ右端に「寶玲文庫」（長方形〔五・六×一・八糎〕単郭朱文）、一オ右下および巻尾左下に「天理圖／書館蔵」（長方形〔二・七×一・八糎〕単郭朱文）。

本書は基本的には甲類本の西源院本・南都本の本文に近いが、多くの異文が混入した複雑な本文を持つ。巻四は一宮二宮配流、八歳宮歌、師賢事、具行最期という、多くの諸本とは異なる配列順序で西源院本と同じ。巻一三「足利殿東国下向事付時行滅亡事」には行間に校異の書き入れ多し（本文同筆）、長文の二箇所は一五行にわたり細書し、貼り紙にする。異文は金勝院本系統の本文である。巻一五、表紙見返しに「一、将軍御進發事トアルヨリ東坂本皇居トアル迄十四ノ巻コユル／写本如此也」とある。巻一六の前半「正月廿七日京軍事」から「高駿河守古例引事」までは、巻一五の後半「又京合戦事正月廿七日」から「多々良浜合戦事付高駿河守異見事」と重複する。巻一八の末尾、「武家寄進ノ地トメ副ラレケリ」（ここまで本文、大系二七一頁相当）のあとに以下の貼り紙あり。「随所示現ノ誓ヒ既ニ叶フ、現世安穏ノ人望願ヲ生西方ニ豈非／後生菩提ノ指南乎、八王子者（以下約二二行略）大悲問類利生ノ道給フ」。巻二一「佐渡判官入道流罪事」に山門奏状があるように、本書には金勝院本の異文が諸所に見られる。巻二二は古態本の巻二三をあてており、従って巻二三の記事には重複がある。巻二六・二七の区分は古態本に同じ。巻二七の末尾近く、「大礼事」（一字下げ）と段名を記すが、本文なくここで丁を終わり、次丁は「雲景未来記事」とし、その記事を始める。異本により「雲景未来記事」を補入したといえる。全体的に検討すべき点が多く、精査を要する本である。

〔目録〕

・『天理図書館稀書目録　和漢書之部第三』（一九六〇・一〇）一四七頁下。
・『天理図書館善本写真集9　日本史籍』（一九五七・一〇）に略解説と巻五「大塔宮熊野落事」の一丁、巻四〇奥書の図版あり。

〔参考〕

・【高橋】三六五頁。
・鈴木登美惠「太平記に於ける切継（きりつぎ）について」（『中世文学』八号、一九六三・五）。
・濱田康三郎『三浦為春』（一九三九・一、紀伊郷土社）。
・川瀬一馬「「三浦本」百番謡本に就いて」（新註國文叢書『謡曲名作集（中）』一九五一・六、大日本雄弁会講談社）。

20松浦史料博物館蔵（松浦本）

（整理番号　乙一六九・一九九四）

原本未見、以下は〔参考〕小秋元氏論文および紙焼写真による。

三九冊（うち目録一冊）存、巻二二・三六欠。

渋引刷毛目横縞模様表紙（二五・〇×一八・〇糎）の左肩に双辺刷題簽を貼り「異本太平記　二」と墨書。その右にいずれも方型「子孫／永寶」（白文）「平戸藩／藏書」（単郭陽刻）「樂歳／堂圖／書記」（単郭陽刻）の蔵書票を貼る。平戸藩主松浦静山（一七六〇～一八四一）の収書である。第一冊は総目録。一ウに楓橋夜泊詩を書く（一〇行）。二オ、「太平記目録」とし、以後目録を記す。巻数は二字下げ、章段名に一つ書きなし、一面九行。第二冊、外題は「異本太平記二」、巻頭に目録（一つ書きなし）、内題「太平記第一巻」、外題の漢数字は第何冊目かを示す。総目録に一冊あてるため、以下二二冊目が巻二一、巻二二は欠で、二三冊目以後三五冊目までは冊巻数が一致、巻三六は欠で三六冊目から三九冊目までが巻三七から巻四〇に相当する。本文中の章段名は二字下げ（一つ書きなし、朱丸付す）。漢字片仮名交、一面九行。字面高さ約二〇・五糎。朱引、異文の朱書あり。長文の異文は巻末に補記する。

本書は巻二二を欠く四〇巻本で、巻二六は「御即位之事」から「吉野蔵王祈出之事」まで、巻二七は「賀名生皇居事」から

「上椙畠山死刑事」までで、甲類本に分類できる。〔参考〕小秋元氏論文の結論を引用すれば、松浦本は神宮徴古館本や西源院本などの系統を基底にする巻が多いが、これ以外の本文を基底とする巻もあり、複雑な混合形態をとる写本で、天正本系・梵舜本系の本文をも参看し本文の詳細化に意欲的な本であるという。

〔目録〕『国書類目録　其二（旧松浦家蔵書）』（一九六六・一〇）一〇八頁右。

〔参考〕小秋元段「松浦史料博物館所蔵『太平記』覚書」（武久堅編『中世軍記の展望台』二〇〇六・七、和泉書院）

〔備考〕『山鹿素行先生著書及舊蔵書目録』（一九三八・三、軍事史学會）所収「積徳堂書籍目録」（延宝三年〈一六七五〉成立、天和二年〈一六八二〉加筆）に「太平記書本 二冊不足三十八冊」とある本か。昭和一二年調査の折には「ナシ」とあり（五頁）既に松浦伯爵家に預けられたものか（三頁）。

21 穂久邇文庫蔵（竹中本）

（整理番号　八二・八八）

一見のみ、原本未調査。以下は未刊国文資料の翻刻、および『穂久邇文庫 志香須賀文庫 展覧書目録』（一九八三・一〇、愛知大学国文学会編）による。

目録・巻一八・二〇・二一・二三・三一〜四〇の一四冊存。廃棄処分にしたため無表紙。本文漢字片仮名交、一オ右下に陽刻印「竹裏館文庫」、竹中重門（竹中半兵衛重治の子、一五七三〜一六三一）旧蔵。総目録によれば巻二二を備える四〇巻本。本文途中にまま校合・注記が見られ、注記は仏典・漢籍にかかわるものが多く書写者の知識の程が窺える。各巻の冒頭に目録（一つ書きあり）があり、その後に内題を「太平記巻第十八」の如くに記す。本文中の章段名には一つ書きなし。

本書については解説は未刊だが、目録及び翻刻によって可能な範囲で本文系統を推定してみる（以下、現存の巻数は太字で示す）。

巻一の目録の末尾の四項（上四頁）は、

一　昌黎文集事
一　頼直回忠事
一　南都北嶺行幸事
一　為明卿歌事

とあり、大部分の諸本では巻二にある「為明卿歌事」を巻一に含み、この形は吉川家本に一致する。

巻四の目次（上六頁）を示す。

一　万里小路大納言囚成給事
一　源中納言栢原奉誅事并殿法印被虜事
一　平宰相成輔奉失事　附侍従中納言并実世卿赦免事
一　宮々諸国奉流事

一　第九之宮八歳御歌事
一　尹大納言師賢遠流事
一　藤房季房遠流并輔御局身擲事
一　前帝御遷幸并俊明極相看事
一　和田備後三郎落書事并呉越闘事

この巻の前半部は、甲類本の中でも神宮徴古館本と西源院本とでは記事順序が大きく異なる。また米沢本・毛利家本の類、天正本の類、中京大学本（日置本）は各別の配列を有し、計五種類に分けられる。目録から判断する限り、本書の巻四の記事は、

万里小路大納言嘆き → 源具行 → 殿法印 → 平成輔 → 侍従中納言公明 → 実世 → 宮々配流 → 九宮八歳歌 → 大納言師賢 → 藤房・季房 → 前帝遷幸

と続き、この順序に合致するのは中京大学本（日置本）のみである。

巻一〇の目録は、特徴的な書き様をするので次に示す。

巻之十　元弘三年三月廿七日高氏立鎌倉　同四月十六日京着　同廿七日／着丹波篠村　同五月七日攻京　七日之夜八日暁両六波羅落出番／馬　五月九日四百卌二人自害了
一　足利殿御子息鎌倉落事
一　新田殿御謀叛事　元弘三年五月八日打立給
一　先代之一家滅亡事　九代百六十余年也　元弘三年癸酉五月廿二日一所ニテ／八百七十三人自害

とあり、当該章段記事の年月日や人数を詳記しようとする意識が顕著である。

巻一一の最後は「金剛山寄手共被誅事并佐介歌事」（上一〇頁）で、神宮徴古館本・南都本など多くの諸本に同じ。巻一二は「兵部卿親王流刑事」のあとに目録では「神明御事」がある。本文がないため推測であるが、西源院本巻一三の尾題の後にある「抑太神宮ノ御祭礼ハ」で始まり「思カネ三角柏占問ヘハ沈メハ浮フ涙ナリケリ」の歌を含む三角柏の記事（刊本九六一頁）に該当するか。この記事は梵舜本（三・一八〇頁）・神宮文庫本・天理図書館蔵甲本では巻一二の尾題の後に載る。『明徳記』下巻の「三角柏の神事」「白鷺の奇瑞」（岩波文庫一四六頁・一五〇頁）にほぼ同じ内容である。

巻一四末には「東坂本皇居事并日吉御願文事」があり、西源院本以外の多くの諸本に同じ。

巻一五は「賀茂神主改補事」で終わり、巻一六を「将軍筑紫御開事」で始める。これは流布本等に同じ。**巻一八**は「一宮ノ御息所ノ事」の直前に、義顕首大路渡の記事が一行のみあるが（上五七頁）、それについての批判的論評（大系二四八頁相当）はなし。

巻二二・二三・二四はやや複雑、以下に目録を示す（上二〇・二一頁）。

巻之二十二〔＊コノ巻二十二ノ目次ノミ小字〕
一　畑六郎左衛門事（A）

一　義助被参芳野事并隆資卿物語事（B）
一　佐々木信胤成宮方事（C）
一　義助予州下向事（D）
一　義助朝臣病死事 付 鞆軍事（E）
一　大館左馬助討死事 付 篠塚勇力事（F）

巻之二十三
一　畑六郎左衛門時能籠鷹巣城并於伊土山打死事 [A]
一　脇屋義助参吉野殿并一級進事 [B]
一　依直義病悩上皇被籠御願書於八幡宮事②
一　土岐頼遠参会御幸致狼籍被死刑事③
一　高土佐守被盗傾城事 [C]

巻之二十四
一　義助朝臣与州下向道間事 [D]
一　正成亡霊為怪物往大森彦七盛長家乞剣事①
一　大館左馬助氏明於世田城自害事 [F1]
一　義助五月四日於与州病起七日死去事 [E]
一　篠塚伊賀守自世田落隠岐嶋事 [F2]

この目次で見ると、巻二二の（A）～（F）は巻二三・二四の[A]～[F1]・[F2]に重複する。巻二二を除いた形にすると、巻二三・二四は西源院本・神宮徴古館本など古態本の記事構成と同じになる。おそらく巻二二がないことに気づいた者が、流布本などの巻二二によって後に補配した結果であろう。目次が小字で書かれている（二〇頁注記）のもそのゆえだろう。なお流布本巻二三は①②③という順序で構成される。巻二五「天竜寺并供養事付祇園精舎之事并忠算与慈恵大師法問事」は、目録から判断すれば祇園精舎建立説話あり（西源院本にはなし）。

巻二六は「御即位事」から「吉野蔵王祈出事」まで西源院本・玄玖本など古態本と同じ巻区分。諸本間の異同の多い巻二七の目次（上二三頁）は以下の如くで、区分の仕方は古態本に同じである。

一　加名生皇居事
一　師直師泰奢侈事
一　上杉畠山猜高事
一　廉頗藺相如事
一　卞和璧事
一　妙吉侍者事
一　秦始皇求仙術事并趙高企叛逆事
一　直冬西国下向事
一　天下怪異事
一　清水寺炎上事
一　田楽桟敷崩倒事
一　長講伴天狗事
一　出羽雲景記天狗語事
一　三条殿討師直被相計事

一　師泰上洛事
一　師直囲大樹事
一　妙吉侍者逐電事
一　左馬頭殿上洛事
一　上杉畠山流刑事

傍線を付した雲景未来記と義詮上洛記事を持つのは乙類本・丙類本であるが、目録だけでは細部の記事配列は窺えず、どの本に一致するかは未詳である。

巻三二の末尾、総目録には、

一　鬼丸鬼切二剣事
一　神南合戦事▲
一　京合戦事
一　右兵衛佐去東寺陣被退住吉天王寺事
一　八幡御託宣事

とある(上二九頁)が、巻三二の巻頭目録は「神南合戦之事」▲で終っており、本文も同合戦の末尾を「亡卒ノ遺骸ヲバ帛ヲ散シテ収シモ、角ヤト覚テ哀也。」(三八頁)で閉じる。そして**巻三三**は「三上皇自吉野出御之事」で始まる。つまり総目録では巻三二の末にある「京合戦事」から「八幡御託宣事」までの三章段を、本文では欠く。ところで流布本巻三二は「神南合戦事」で終わり、巻三三は「京軍事」で始まる。竹中本で三章段がないのは、巻三二は流布本と同じ巻区分をしており、巻三三は西源院本など古態本に同じ構成を持つからである。この部分は別系統の本の取り合せがなされたと考えるべきであろう。

巻三五「北野参詣人政道雑談事」の位置は大部分の諸本に同じく、巻三五後半にある。聞き手に日野僧正頼意は登場せず古態本に同じ。問民苦使、日蔵堕地獄、泰時修行の記事はあるが、貞時修行のことを欠く。この特徴は西源院本・陽明文庫本・学習院本・豪精本などに一致する。

巻三六「仁木京兆参吉野殿事」で、情勢不利の仁木に味方していた土岐右馬頭が、降伏をすすめる弟らに送った歌「霜ヲケバウツロヒ安キ白菊ノ同ジタネトワミヱヌモノカナ」(中一三八頁)は他本にまったくみえない独自のもので注意される。巻三六「志一上人調伏法事」で、細川清氏が子らを八幡六郎・同八郎と名付けたことを聞きつけた佐々木道誉の行動をつぎのように記す。

道誉是ヲ聞テ、スワヤ相模守ガ過失ハ出来ニ皃トハ独笑シテ居タル所ニ、外法成就志一上人鎌倉ヨリ上、判官入道ノ許へ御座シタリ。様々ノ物語シテ、左テモ都ハ帰テ旅ニテ、万ヅ左社無レ便御事ニテ候ラメ。誰カ旦那ニ成奉テ、祈ナンドノ事モ申入候ト問皃バ、*未甲斐々々シキ知音檀那等モ候ハデ、何ツシカ在京難レ叶心地候ツルニ、細川相模殿ヨリ社両三日前ニ、(中一五三頁)

この部分は、諸本による本文異同が甚しく、また古態・改訂の相をめぐる従来の説に関する疑義が提出されている箇所でもある（小秋元 段「巻三十六、細川清氏失脚記事の再検討」、『太平記・梅松論の研究』第一部第四章、二〇〇五・一二、汲古書院）。神宮徴古館本・神田本・西源院本などは＊の箇所に、「何となく故郷にて候へは、京都も服しく候ふ上、畠山聊管領に申事候て、其為に上洛たりとそ申ける、此志一上人は」と書き出す約二八〇字強の記事があり（神宮徴古館本一〇八八頁相当）、志一が道誉に上洛の理由を答え、志一に対する作者の考えが書かれている。竹中本はそれらを欠く。また、後に義詮が八幡社に清氏の願文を出させること、および志一上人は畠山の推挙で上洛したこと、の二つの記事（大系三六〇頁相当）もない。以上の構成は吉川家本・米沢本・毛利家本・梵舜本・陽明文庫本・天正本・中京大本などに共通し、小秋元氏によればこの系統の本文に本来の姿が認められるという。

巻三九は光厳院行脚で終わり、**巻四〇**を中殿御会事で始める。この区分は西源院本や流布本に同じ。

以上、主に目録から記事構成をみるに、竹中本は巻二二は本来なく、巻二六・二七の区分などの点からは甲類本の特徴を持つかと推定されるが、巻一の範囲は吉川家本に一致し、巻一五・一六の区分の仕方は流布本に同じ、「北野参詣人政道雑談事」は西源院本の構成に近く、巻三六は乙類本の特徴を持つなど、一系統では律し切れない複雑な特徴を持つ。

ところで、巻三六の尾題の後に「愚案 法花珠林第四云、」と注があり、その奥に足利将軍の略歴を記す。さらにそれに続いて歴代の執事・管領の名と任期を列挙する。後者は「高武蔵守／〇師直 執事職自建武三年至／観応二年 十六年」から始まり、「細川右京大夫／〇道観 管領職自応永十九年」までが載り、西源院本巻二九末尾のそれ（刊本八四二頁）とほとんど同じである。西源院本の場合、最後の細川右京大夫道観の管領就任時が書かれ、辞任の年月応永二八年七月が記されないことから、同本の原本の書写年代を応永一九年（一四一二）以後、応永二八年（一四二一）以前とする徴証にされている（解説五頁）。

前者の竹中本の足利将軍の略歴は、管見の限りの『太平記』写本では他にあるを知らない。「〇等持院殿尊氏」（生没年、年齢、法名、号などを記す）から始まり、義詮・義満・義持・義教・義勝・義政・義熙・義材と続き「義澄将軍永正五年江州没落、同年義材将軍自周防上洛。」（中一六三頁）で終る。将軍は第一一代義澄のあと、義材（初名義材、明応七年〈一四九八〉に義尹、永正十年〈一五一三〉に義植と改名）が再任しこれが永正五年（一五〇八）七月のこと。従ってこの記事は、永正五年七月以降、第一二代義晴の就任（大永元年〈一五二一〉一二月）以前に書かれたものとみてよいか。竹中本、またはその原本書写の年代考定の手懸りになるやもしれない。

〔翻刻〕藤井隆・藤井里子『穂久邇文庫蔵太平記〔竹中本〕と研究

(上)・(中)』(一九八九・四、一九九三・九、未刊国文資料刊行会)

＊(上)に総目録・巻一八・二〇・二一・二三、(中)に巻三二〜三六を収める。(下)は未刊。

22国文学研究資料館蔵(永和本)

(整理番号 高乗勲文庫八九―一)

存巻三二のみ、永和三年以前写一冊。本書は特異な形を持つ。もと袋綴で、まず『太平記』巻三二に相当する本文三一丁、および鷺とウソの問答物語三丁を書写する。つぎに袋綴の折り目を切り袋裏面に「酢日記」半丁、『穐夜長物語』二〇丁、詩文・経文三丁、「蹴鞠口傳修々事」三丁、和歌九首(半丁)、御子左系図など半丁が書写されている。

『太平記』に相当する側について。素紙表紙(二五・五×二二・〇糎)、右下に「主玄心之」と墨書。一オに以下のような目録(一つ書きあり、二段書き)を記す。

一 茨宮御位事　一 無剱璽御即位無例事 ＊
一 山名右衛門佐為敵事　一 武蔵将監自害事
一 佐々木秀綱討死事　一 山名攻落京事
一 南朝与直冬合躰事　一 獅子國事
一 虞舜孝行事　一 直冬上洛事
一 鬼丸鬼切事　一 神南軍事
一 東寺軍事　一 八幡御託宣事 ＊

この後に改丁せず、続けて本文を始める。本文中の章段名(巻頭目録と小異あり)は一つ書きなく、本文と同じ高さで記す。

＊印の章段名は本文中にはない。章段名または段落に相当するいくつかの箇所に朱の合点あり。

本文は漢字片仮名交、一面一四行、字面高さ約二三・〇糎。『太平記』三一丁の後に、鷺とウソの問答物語三丁あり、ここは一面一三行。末尾に五字下げで、「永和元年三月嵯峨ノ釈迦堂大念仏中、其門／前ニ立札也、狂言倚語之謬ヲ以テ、仁義礼／智信之宝ヲ知セントノ意歟、」と記す。後表紙見返しに「于時明徳元年十月日 玄勝律師相傳／主玄心之」とある。これにより本書は明徳元年(一三九〇)一〇月、玄勝律師から玄心に相伝されたものとわかる。

印記、一オ右下に「紫郊書院」(長方形双郭朱文)、後表紙見返し中央に「高乗／氏蔵／書印」(方形単郭朱文)、共に高乗勲氏の蔵書印。〔参考〕落合氏論文によれば醍醐家旧蔵という。

本書の書写年代について、『穐夜長物語』の末尾に「永和丁巳仲春 七日 書写了」と奥書があり、裏面は永和三年(一三七七)二月七日の書写である。すると表面の『太平記』はそれ以前の書写となるが、上限については論ずる材料がない(〔参考〕小秋元氏論文一二六頁参照)。

永和三年(一三七七)二月以前に書写された永和写本は、『洞院公定日記』にいう『太平記』作者小島法師の円寂（応安七年〈一三七四〉四月）からごく僅かの間に写された、『太平記』最古の写本であり、本書の出現は『太平記』研究史の中で最大の出来事といえる。

「主玄心之」について、〔翻刻〕高乗　勲は「墨色から考えて太平記書寫の際の記入と推定される。（中略）玄心についてはその傳記を詳細にすることは出來ない。法名から考えて叡山關係の僧ではなかったかと思われる」（三四頁）とし、氏架蔵の『後愚昧記』の年月未詳三日条にみえる「碩学」とされ「年齢七十有餘」の「玄心房」を候補に挙げるが、〔覆製〕太田晶二郎氏例言は「なほ考慮を要するかも知れない」（二）とした。その後『後愚昧記』が公刊され、この玄心は康安元年（一三六一）四月三日条に「浄花院長老玄心上人浄土宗／最長、才學抜群僧也、／此四五日円寂之由聞之」（大日本古記録一・一八頁）とある人物であり、年代的に該当しない（増田　欣『『太平記』の比較文学的研究』七七頁、一九七六・三、角川書店）。玄勝・玄心の素姓の探求は重要な課題である。

本書は書写年代は古いものの〔参考〕小秋元氏論文によれば、増補改訂の箇所が見受けられるという。それは成立当初からほど経ない頃、記事の見直しが行われ、ある程度自由に記事をまとめ直すことができた環境で作られたものかと推測する。

〔覆製〕太田晶二郎例言・高乗　勲解説『太平記・秋夜長物語』（原装影印古典籍覆製叢刊）（一九七八・一一、雄松堂書店）。

〔翻刻〕高乗　勲「永和書写太平記（零本）について」（『国語国文』二四巻九号、一九五五・九）。

〔参考〕

・【高橋】一五頁。

・鈴木登美恵「太平記諸本の先後関係―永和本相当部分（巻三十二）の考察―」（『文学・語学』四〇号、一九六六・六）。

・長谷川　端「永和本『太平記』をめぐって」（国文学研究資料館編『田安徳川家蔵書と高乗勲文庫　二つの典籍コレクション』（古典講演シリーズ九）、二〇〇三・三、臨川書店）。

・落合博志「高乗勲氏蒐集の古典籍―『徒然草』関係資料その他―」（同右）。

・小秋元　段「『太平記』成立期の本文改訂と永和本」（『太平記・梅松論の研究』二〇〇五・一二、汲古書院）。

〔備考〕『国文学研究資料館創立30周年記念　特別展示図録』（二〇〇二・一一、国文学研究資料館）に図版（一八頁）と解説（三九頁下）。

乙類本

23陽明文庫蔵（陽明文庫本）（今川家本）

（整理番号　近　タ　二二）【国フ55－168－2－1、紙E2911】

巻四〇欠、三九冊存。

朱色包み表紙（二八・〇×二〇・五糎）の左肩に題簽を貼り「太平記 四」の如く記すが、ほとんどの冊で剥落。巻一、巻頭に内題「太平記第一」とし、その後に一つ書きで目録を一丁分書く。二丁目から序を記すが、この丁のみ墨筆の匡郭あり（二三・三×一七・八糎）巻一の末尾、多くの諸本の最終記事（資朝佐渡配流）まで段落・章段名なし。その後の中宮御産祈・中原章房事など増補と思われる部分は内容の変わり目で改行する。巻二～巻八の巻頭目録は一つ書きで表記。巻九以降のそれは一つ書きなし。巻二以降は本文中に章段名を記す（一つ書きなし、二字下げ）。漢字片仮名交、一面九行、字面高さ約二三・〇糎。朱点・朱引あり。付訓本文同筆。巻一から巻二〇まで、および巻二四・三四は同筆、巻二一以後は別の複数の筆か。印記、巻一～巻二〇、二八・二九・三三・三四の見返し中央に「陽／明／蔵」（方型単郭朱文）。

奥書・識語、巻一のを示す。

太平記巻第一（尾題）／永正二年乙丑五月廿一日右筆丘可老年五十四、」右此本、甲刕胡馬縣河内南部郷ニテ書写畢、／御所持者當國主之伯父武田兵部太輔、受領伊豆守、／實名信懸法名道義、斎名臥龍ト号、書籍数／奇之至リ、去癸亥之冬駿州國主今川五郎源氏親／ヨリ有借用、雖令頓写之、筆之達不達欤、又智之熟／不熟欤、損字落字多之、誂予一筆之為写早、既及／六十、眼闇手疼、辞退千萬、雖然□難背貴命、／全部書之訖、雖然烏焉馬之謬、猶巨多也、然處」爰伊豆之國主伊勢新九郎、剃髪染衣、号早雲庵／宗瑞、臥龍庵主与結盟事、如膠漆耳、頗早雲庵／平生此太平記嗜翫、借筆集類本、糺明之、既事成／之後、関東野州足利之学校へ令誂、学徒往々糺明之、／豆州へ還之、早雲庵主重此本ヲ令上洛、誂壬生官務／大外記、点朱引讀僻以片假名矣、實我朝史記也、／臥龍庵傳聞之、借用以又被封余也、依應尊命、重／写之早、以此書成紀綱号令者、天下太平至祝、

とある。以下巻二以降の奥書を列挙すれば、

巻二　永正二年乙丑五月廿二日
巻三　永正二年乙丑五月廿三日
巻四　永正二年乙丑五月廿四日
巻五　永正二年乙丑五月廿五日
巻六　永正二年乙丑五月廿六日
巻七　永正二年乙丑五月廿七日

巻八　永正二年乙丑五月廿八日
巻九　永正二年乙丑五月廿九日
巻一〇　永正二年乙丑六月一日
巻一一　永正二年乙丑六月七日
巻一二　永正二年乙丑六月□□
巻一三　永正二年乙丑六月十一日
巻一四　永正二年乙丑六月十三日
巻一五　永正二年乙丑六月十四日
巻一六　□□□年乙丑六月十五日
巻一七　永正二年乙丑六月十七日
巻一九　永正二年乙丑六月十九日
巻二〇　永正二年乙丑六月廿日
巻二一　永正元年甲子七月十日（内題巻二一、尾題巻二二）
巻二四　天文十三甲辰小春吉辰
巻三四　天文十三年甲辰十月吉辰
巻三九　永正元年甲子八月二日書早」

右甲刕胡馬郡河内南部郷ニテ書寫之、御所持者當／國之主之伯父武田兵部大輔、受領伊豆守信懸源ノ／朝臣法名道義、別稱仲翁、斎名臥龍ト号、武藝之／□者文道数奇也、去ル癸亥之冬、駿州之國主今川ノ／…氏親ヨリ有借用、而河内之借緇素之筆、信／…江湖雑還之輸、損字落字耳、誂予一／…尊命全部寫訖、雖然烏焉馬／…時伊勢新九郎入道…」…用之紕明之、我朝元弘／…書成紀綱号令者、天下太平至祝、

（巻三九奥書は破損多いが、ほぼ巻一奥書に同趣、傍線部は巻一に見えない表現。「…」は破損で読めず）

＊巻一八・二二〜二三・二五〜三三・三五〜三八の諸巻は奥書なし。

巻一・三九奥書によれば、甲斐の国主の伯父信懸（法名道義、別称仲翁、斎名臥龍）は文武に優れ書物を好み、癸亥の冬（文亀三年〈一五〇三〉一〇〜一二月）に駿河の国主今川氏親から『太平記』を借り頓写させたが誤写が多かった。そこで私（丘可）に命じて全巻を書写させた。齢六〇に近く目も手も不如意の身で主命により写したが、なお誤りも多いだろう。ところで信懸は伊豆の北条早雲と親しく、また早雲は『太平記』を好み研究に怠りなく、関東の足利学校や京都の壬生官務大外記に校訂を依頼していた。この早雲所蔵の校訂本を信懸が借り受け、永正二年（一五〇五）五・六月、再度丘可に書写させた、というのである。巻二〇までは巻一の奥書のいう永正二年丘可筆本で、巻二四・三四は天文一三年（一五四四）のこれも丘可写本であろう。奥書の有無、筆の相違、印記の有無など併せ考えると巻二一以降は補配された巻がある。

甲州胡馬縣河内南部郷は山梨県南部町（甲府市南方約五〇キロ）、国主の伯父信懸は『武田系図』に載る信介の子信縣「刑

部大輔、号忠翁道義」(続類従五下、一五頁上) と思われる。当時の国主は信玄祖父晴信父の信縄「五郎従四位下、左京大夫、前陸奥守、旗楯無相続、永正四年〈一五〇七〉丁卯二月十四日卒、号長興院渓山群公」(同一六頁上) か。今川氏親 (一四七三〜一五二六)・北条早雲 (一四三二〜一五一九、出家は一四九五) の生存年代と矛盾はない。丘可が二度目に書写を命じられた永正二年 (一五〇五) 以前に早雲から校訂を依頼された壬生官務大外記は誰に該当するか。【高橋】二一七頁は小槻伊治 (天文二〇年〈一五五一〉五六歳で没) とし、『小田原市史 史料編 原始古代中世Ⅰ』(一九九五・三) は「雅久カ」(五二三頁) とする。小槻伊治は永正二年には一〇歳で若すぎる。壬生雅久は永正元年 (一五〇四) 一一月没で (中島善久『官史補任稿 室町期編』〔日本史史料研究会叢書1〕、二〇〇七・五、日本史史料研究会、一〇六頁)、年齢から考えると後者の可能性の方が高いか。下山治久『北条早雲と家臣団』(一九九三・三、有隣堂) も雅久とする (八九頁)。なお、永正一五年 (一五一八) 四月、中御門宣胤 (今川氏親妾は中御門宣胤女) は『太平記』の中から今川氏の名が出てくる箇所を書き抜いた抜書一巻を氏親に送っており、今川氏の『太平記』に対する関心の様が窺える (加美宏『太平記享受史論考』三〇八頁など参照)。

巻区分の仕方のうち、諸本分類の指標となる箇所をあげておく。巻一五は「賀茂神主改易事」で終り、巻一六を「将軍筑紫御下向事」で始め、流布本などの区分に同じ。巻二〇は「黒丸城初度軍事付足羽度々軍事」から「結城入道々忠堕地獄事」まで、巻二一は「八幡炎上事」から「結城入道々忠堕地獄事」までである。従って「八幡炎上事」から「結城入道々忠堕地獄事」までの記事は重複となる。現存陽明文庫本巻二一巻は、このような巻区分をした写本を写したかと思われるが、該当する本は管見に入っていない。巻二二は「天下時勢粧事」から「塩冶判官高貞讒死事」までで他本の巻二一に該当する (巻頭内題は巻第廿二、尾題は巻第廿一とある)。巻二三・二四は玄玖本など甲類本と同じ記事配列である。巻二六は「御即位事」から「吉野炎上事」まで、巻二七は「賀名生皇居事」から「大礼事」までとするのは、南都本系の巻区分に同じ。巻二八は「南方合躰漢楚戦事」で終わるが、巻二九は「越後守師泰自石見引返事」から始まり、他本にある「宮方京攻事」「将軍上洛事付阿保秋山河原軍事」「将軍親子御退失事付井原石窟事」(大系本の章段名で示す) を欠くことになる。

巻三〇は「将軍御兄弟和睦事」から「主上々皇并三種神器并梶井宮南山幽閉事」までで、以後巻三五までの巻区分は玄玖本などに同じ。ただし、巻三〇内題上に「□□卅一也」、巻三一目録題上に「余本三二也」、巻三二内題上に「余本ニハ／卅三巻也」、巻三三内題上に「余本ニハ／卅四也」、巻三六内題上に「余本ニハ／卅七巻」、巻三八内題上に「余本ニハ／卅九巻也」

（本文と同筆）とあり「余本」との巻数の相違についての注記がある。すなわち巻三〇以降で陽明本が参照比較した写本は一巻ずつ巻数が増している。この余本と同じ巻数を持つ写本は現在のところ米沢本のみで、陽明文庫本書写の段階であろうが、巻三〇以降の巻数が、米沢本と等しい写本が周辺に存在していたのだろう。

巻三六は「仁木京兆参吉野殿事」から「畠山入道々誓落鎌倉事」まで、巻三七は「清氏正儀京入事」から「楊貴妃事」まで、巻三九は「大内介降参事」から「光厳院禅定法皇崩御事」まで、これら三巻の巻区分は古態本のそれとは異なり、流布本に同じである。巻二六・二七の区分および全体の巻数を基準にすれば本書は甲類に属するが、その他の箇所の区分や、本文詞章には諸本による増補改訂のあとが窺え、『太平記』の本文形成の複雑な様相を究明する上で、詳細な検討が要請される本である。

本書を今川家本とよんだのは『参考太平記』凡例だが、この名称が誤解を招きやすいとの、尤もな疑義が〔参考〕【小秋元】によって出されている。現在の所蔵者の名を借り陽明文庫本と称するのが適切かと思われる。

〔目録〕『陽明文庫蔵書解題 国書善本 貴重漢籍』二二二頁（高橋貞一氏稿）。

〔参考〕
・【高橋】二二六頁。
・矢代和夫「陽明文庫蔵本太平記の紹介—対校本・今川家本・太平記補闕—」（『人文学報』〔東京都立大学〕九六号、一九七三・三）。
・【小秋元】九六頁。

〔備考〕本書は高橋貞一校訂『新校太平記 上・下』（一九七六・二、九、思文閣出版）の対校本。『彰考館図書目録』（一九七七・一一）に焼失本として「太平記西源院本、近衛家本校（欠本一四、刊）」（八五頁）とあるのは西源院本と本書とを対校したものか。

24 吉川史料館蔵（吉川家本）

四一冊（目録一冊四〇巻）、永禄六～八年写、重要文化財。

黒塗りの倹飩箱に収納（箱蓋に金泥で「太平記」と書く）。青色刷毛目模様表紙（二八・三×二一・五糎）の左肩に原題簽（一五・四×三・一糎、金泥にて、草花水辺模様地）を貼り「太平記 一」の如く墨書。楮紙袋綴、見返し本文共紙、漢字片仮名交、一面一〇行、字面高さ約二四・〇糎。朱引あり、朱の異本書き入れあり。各巻頭に目録一丁（一つ書きの有無は巻によりまちまち）、本文中の章段名は巻一のみ、一字上げで一つ書きし、一字下げで段名を記す。巻二以降は本文中の章段名二字下げで一つ書きなし。

奥書、巻一は「永禄六年癸亥 潤十二月 元春」と朱書。以下年月が変わるのみで全四〇巻に同様な奥書あり。年月別に整理

すると、

永禄六年潤一二月（巻一）
永禄七年正月（巻二・三・四・五）
同年　二月（巻六・七・一〇）
同年　三月（巻八・九・一一）
同年　六月（巻一二・一三・一四）
同年　七月（巻一五・一六）
同年　八月（巻一七・一八・一九）
同年　九月（巻二〇・二一・二五）
同年一〇月（巻二二・二三）
同年一一月（巻二四・二六・二八）
同年一二月（巻二七・二九）
永禄八年四月（巻三〇）
同年　五月（巻三一・三二・三四・三五）
同年　六月（巻三八）
同年　七月（巻三三・三七・三九）
同年　八月（巻三六・四〇）

本書は「元春が毛利両川（吉川・小早川—長坂注）の大軍を以て尼子義久の本城富田《とだ》月山城を包圍攻擊中、毛利氏の本陣洗骸城（島根県松江市—長坂注）に於て戰爭の餘暇を利用して、永祿六年（一五六三—長坂注）閏十二月より同八年八月に至る二十一ケ月間に、全部四十巻を極めて流麗雄渾なる字體を以て謄寫したるもの」（〔参考〕瀬川氏著四七八頁）である。永禄八年正月から三月までは書写されていないが、これは四月一六日から開始した富田城総攻撃のためという。尼子義久は永禄九年（一五六六）一一月、毛利元就と和睦、富田城は開城した（加美宏『太平記享受史論考』第一章第三節その三に、吉川家本書写と戦闘状況とを対比した表あり）。

本史料館にはこの四〇冊とは別に毛利元就筆とされる（瀬川秀雄『毛利元就』一九四二・二、創元社、二六一頁）目録一冊が蔵される。楮紙袋綴だが表紙なく仮綴、大きさ二八・八×二一・四糎、一オ左に「太平記目録」と打付書。一面九行、漢字草書。〔参考〕長谷川端氏は本目録と吉川家本の各巻巻頭の目次とは細部まで一致するが、巻三〇の微細な異同の検討から、「目録一巻は、吉川元春が書写した四十巻本の各巻の目次を、丁寧にしかもかなりの速さで写したものと考えられる。その時期は、目録の筆者が元就であるならば、永禄八年八月以降で、元就の死の元亀二年（一五七一）六月以前ということになろう」（一八九頁）とする。

本書は巻二二を持つ四〇巻本で、巻二二は古態本の巻二三をあて、古態本の巻二七を二分し巻二六を「賀名生皇居事」から「四条桟敷倒事付清水寺炎上事」まで、巻二七を「出羽雲慶天狗語記事」から「大礼之事」とする。巻区分の上からは乙類本に属するが、他本にない独自の特徴も少なくない。巻一は、諸本の巻二前半にある「為明卿哥事」までとし、島津家本などにある章房変死事を持つ。巻四の前半、元弘の乱の事後処理の条は諸本により記事順序が大きく異なる問題の箇所だが（鈴木登美恵「太平記巻四の考察」、『国文』一五号、一九六一・六）、吉川家本の巻頭「笠置囚人死罪流刑事」は、「去程ニ元和《（ママ、弘が正）》二年壬申三月ニ按察大納言公敏卿ハ上総／國ニ流シ、東南院ノ僧正聖尋ハ下野國、峯ノ僧正俊／雅ハ對馬國ト聞エシカ、俄ニ其儀ヲ改メテ長門國へ流サレ給フ、／第四ノ宮ヲハ未幼稚ニヲハシマシヽトテ、中御門中納言…」（大系一三〇頁相当）で始まる。以下、足助重範・北畠具行の処刑、殿法印良忠の記事、平成輔・花山院師賢・万里小路藤房の記事を欠くなど、諸本とは大きく異なる。巻一一の「金剛山寄手等被誅事」が「先帝入洛正成参兵庫事」の前にあり、古態本とは異なり、米沢本・前田家本の順序に同じ。巻一五を「賀茂神主改補事」で終り巻一六を「将軍筑紫落事」で始めるのは流布本に同じ。巻一七は上下に分かれ上は長年討死で終り、下は「江州合戦并道誉偽降参事」で始める。巻二七は雲景未来記から始め、義詮上洛記事を欠き、大礼事で終る。巻三一・三二の区分は玄玖本など古態本に同じ。巻三五「北野参詣人世上雑談事」は日蔵上人・泰時修行・貞時修行を欠き神田本に類する。巻三九は光厳院崩御で終り、巻四〇は中殿御会再興で始まり流布本に同じである。その他〔参考〕長谷川氏論文に各所についての考察がされているが、なお残された課題の多い本である。

また巻四〇は、「目出カリシ事也」として記事を終った後に、妙法院狼藉に関する佐々木道誉関係記事が一一丁半ある。一五オから一七オまで「一　佐渡判官入道流刑事　太平記廿一巻ノ内在之」とし巻二一の本文を載せる（〔参考〕長谷川論文は西源院本に近いとする）。その末尾は「山門理訴ニ疲テ嘆状徒ニ積テ、道誉ハ法禁ヲ軽シテ奢侈弥恣也、因之三千衆徒捧奏状奉驚／其状云、／請特ニ蒙　天裁、…」（大系三三九頁、参考本九〇頁下相当）とし、以下『参考太平記』が金勝院本にあり（九〇頁下～九二頁上）として載せる奏状がある（一七オ～二〇ウ）。このあと「暦應三年十月廿四日政所三塔集會議曰／欲早經奏聞、可召渡道誉法師同子秀／綱并黨類郎徒交名別紙等於衆徒中ニ、由／以勅使被仰遣武家ヘ子細状」と題して、佐々木道誉父子を山門へ引き渡すよう、武家に勅使を送るよう命じて欲しい旨の奏状を載せる。具体的には以下三項目を挙げる。

一　道誉秀綱暴逆以依無比類、不可寃斬罪事（二〇ウ～二一ウ）

一　道誉以下、不可違建久定綱父子并黨類／断罪例事（二一ウ～二三ウ）

一　道誉父子以下ノ科條、可超過先規道理尤／分明ナリ、而ニ奸佞ノ輩、不顧國家ノ安危ヲ、偏以／私曲ヲ、欲塞衆訴ノ次第ヲ、武将尤可被存知間事（二三ウ～二六オ）

この三項は、学習院本巻二〇掲載のそれに同じであるが、『参考太平記』が前掲金勝院本の奏状の次に「按、金勝院本と載する所大同小異」として掲げる「佐々木道誉狼藉時山門訴状」（九二頁）とも異なり、また『大日本史料』第六編之六掲載の山門道誉訴訟事件の諸史料に該当するものなく、検討を要する。

〔参考〕
・瀬川秀雄『吉川元春』（一九八五・一復刻、マツノ書店）四七六～四八三頁。
・河合正治「吉川元長の教養―戦国武将の人間像―」（『芸備地方史研究』三六号、一九六一・一二）。
・【高橋】三八八頁。
・長谷川端「吉川家本」（『太平記 創造と成長』第四章、二〇〇三・三、三弥井書店）。

〔備考〕本書の影写本。東京大学史料編纂所蔵（巻一目録奥書、岩国吉川家蔵本写一冊）（整理番号 三〇四〇、四・二）は本書の巻一（六三丁）の謄写本。

25 山口県文書館蔵（口羽通良写零本）

（整理番号 七五八）

巻二六のみ一冊。永禄三年（一五六〇）六月写。

原装縹色表紙（二六・一×一九・四糎）、後表紙は表色剥落、題簽剥落の痕跡なし、書題なし。目録題「太平記巻第廿六」、巻頭目録一丁（一つ書きあり）、内題なし。一面一〇行、字面高さ約二三・五糎。漢字片仮名交、墨筆の振仮名、訓点あり。人名・地名等に朱引あり。振仮名・濁点のごく一部に朱筆。墨付二四丁。本文中の章段名は一字下げ、一つ書きなし。巻末、尾題なく朱筆で「永禄三 六月廿七日 通良（花押）」（本文とは別筆）。本文は右筆の手で署名は口羽通良のものとみてよいだろう。

本書は吉川家本とほとんど同一であるが、微細な異同から考えて口羽本・吉川家本は共通の本から派生したものという（〔参考〕小秋元氏論文補記）。口羽通良（？～一五八二）は毛利家譜代の重臣であった志道元良の二男で、毛利氏の山陰経略に寄与し、吉川元春・小早川隆景とともに毛利輝元を補佐した。志道元良の長男広良（一四六七～一五五七）も『太平記』を所持していたことは毛利家本の項（五三頁）参照。

〔目録〕『福岡県直方市口羽家文書目録』（山口県文書館）三四頁。口羽家文書は平成一七年（二〇〇五）に口羽家の子孫から寄贈された全八九一点、口羽家は毛利元就の家臣口羽通良の三男元可を祖とし、近世期は萩藩手廻組や大組に属した。もと口羽家にゆかりの岡本正子氏蔵。

〔影印・翻刻〕
・岸田裕之・中司健一「永禄三年の口羽通良書写『太平記巻第廿六』―その解説と翻刻―」（『内海文化研究紀要』三二号、

二〇〇四・三)。

〔参考〕

・『平成15年度 秋の企画展 安芸吉川氏とその文化―今よみがえる戦国時代の新たな歴史像―』(二〇〇三・一〇、広島県立歴史博物館)一六頁・九〇頁に関連記事あり。

・岸田裕之「〈史料紹介〉岡本正子氏所蔵の口羽通良書写『太平記巻第廿六』一冊」(『山口県地方史研究』八九号、二〇〇三・六)。

・長坂成行「管見『太平記』写本二、三―伝存写本一覧、補遺―」(『汲古』四六号、二〇〇四・一二)。

・小秋元 段「益田兼治書写本『太平記』について」(『太平記・梅松論の研究』第三部第三章、二〇〇五・一二、汲古書院)。

26米沢市立米沢図書館蔵(米沢本)

(整理番号 九一三 善一九八)【国フ27－14－1、紙E1128】

四〇冊四一巻(巻二二欠)。

朱色表紙(二九・三×二一・九糎)の左肩に題簽を貼り「太平記巻第一」の如く墨書。楮紙袋綴。各冊巻頭に目録一丁(一つ書きあり)。本文中の章段名は二字下げ(一つ書きなし)。漢字片仮名交。巻五まで一面九行で字面高さ約二一・五糎(欄上の余白広し)、巻六以降は一〇行(字面高さ約二五・五糎)。数名の筆になる。朱点・朱引あり。奥書・識語なし。印記、毎冊目録右下に「米澤藏書」(長方型単郭朱文)。本書を収める箱底に「太平記・松倉」と記す。「松倉」は未勘。室町末期書写、〔参考〕小秋元氏論文によれば、元禄一二年(一六九九)米沢藩学問所の長であった矢尾板三印(拙谷、一六四〇~一七〇五)が蔵書点検の際作成した『官庫御書籍目録』に本書は登載されている(森 鹿三「米澤藩學とその圖書の歴史」一四頁、内田智雄編『米澤善本の研究と解題』所収)。

本書は甲類本の巻二六・二七に相当する部分を三巻に分けており乙類本に属する。巻二七以降は一巻ずつ繰り下がり、巻四一は中殿御会再興の前に「修理大夫入道道朝杣山城楯籠事」がある。米沢本は古態性を多く残しながら、後出性の見える本文をも併せ持つ。記事配列の改変や、他本の異文を抄出して増補する姿勢も見られ、史書あるいは類書として享受された『太平記』の一面が窺える。

〔目録〕

・内田智雄編『米澤善本の研究と解題 附興譲館旧蔵和漢書目録』(一九五八・八、臨川書店)一八七頁下。

・『珍書目録』(一九三五・一〇、米澤圖書館)に「太平記 古写本 四十一冊第二十二缺、/朱表紙、箱ノ裏ニ「太平記松倉」ノ五字ヲ記ス、毎巻「米澤藏書」ノ朱印アリ、/天正本太平記ニ比スレハ一層古寫ナルカ」(二四頁)とあり。四一冊とあるは誤りだろう。

〔参考〕
・【高橋】三三七頁。
・小秋元 段「米沢本の位置と性格」（『太平記・梅松論の研究』第三部第一章、二〇〇五・一二、汲古書院）。
〔備考〕「米澤藏書」印については、近時岩本篤志「「米澤藏書」からみた江戸期における藩校蔵書の形成―国会図書館蔵旧興譲館本を中心に」（『汲古』五二号、二〇〇七・一二）がある。

27 水府明徳会彰考館文庫蔵（毛利家本）

（整理番号　丑二三）【国フ32―8―1、紙 E611】
四〇巻四〇冊（巻二二存）。
淡香色布目表紙（二六・六×一八・六糎）の左に題簽（一九・二×三・八糎）を貼り、「太平記　毛利家　一」の如く記す。巻四・五・一二・一三・一六・一九・二〇・二二・二三・二四・二九・三三・三六・三九・四〇は原題簽で、巻数の上の余白に「丑」（方型単郭朱文）を捺す。表紙右上に「丑　弐弐」とした縦長蔵書票を貼る。各冊巻頭に目録一丁（一つ書きなし）、本文中の章段名は二字下げ（一つ書きなし）。漢字片仮名交、一面八行（巻五・一六・一七・一八は九行）、字面高さ約二一・〇糎。室町末期写、数名程度の筆。朱点・朱引あり。注記等書き入れあり。印記、各冊内題右下に「彰考館」（瓢簞型単郭朱文）。

巻四〇末に奥書「太平記四十本安藝中納言大江輝元／所授興聖寺権僧正昭玄也」（本文とは別筆）。大江（毛利）輝元（一五五三～一六二五）は元就の孫、隆元の子、妻は叔父吉川元春の女。輝元の権中納言在任は慶長二年（一五九七）三月一〇日から慶長三年（一五九八）四月一八日まで（『公卿補任』三・五一三頁上）。興聖寺は真宗興正派本山の興正寺。昭玄はその五代、本願寺顕如の次男顕尊の子、母は冷泉為益女、元和二年（一六一六）七月一三日権僧正に任、同八年（一六二二）四月一四日、三八歳にて没。昭玄は毛利輝元養女（実は宍戸元秀女・妙尊尼）を夫人にしており（慶長七年〈一六〇二〉八月一二日、『言経卿記』）、輝元から『太平記』写本を贈られるのも故なしとしない。その時期は〔備考〕『言経卿記』に見える『太平記』が本書ならば、慶長八年六月以前。或いは婚姻祝いの贈物か。

本書は乙類本の一系統で、〔参考〕小秋元氏論文によれば巻一八までの多くの巻は梵舜本の如き本文によっており、巻一九以降のほとんどの巻では書陵部本のごとき本文によるという。また本文の混合化もはなはだしく、天正本系の教運本のごとき本文により、特に史的事実に関する記事を多く取り込んだ増補がなされている。

なお、巻二〇・一四オに、以下のような金勝院本系統の本文の押紙があり、注意される。

敵ハ遠江国橋本ニ支タリ、大将名越尾張五郎時基並苅田式部七郎／末里伊井介高顕已下雖拒闘、小勢ナリケレハ叶ハテ引退…（以下三一行中略）…鎌倉勢ハ只引ニソ引タリケル、＊遠江國橋本ヨリ佐夜ノ中山江尻高橋箱根相模川形瀬腰越十ケ坂、十七度ノ戦ニ平家二万余キノ兵共、或ハ討レ或ハ疵ヲ蒙、纔ニ三百余キニナリニケリ、サレハ諏訪参川守ヲ始トノ宗トノ大名四十三人、

＊印までは金勝院本巻一三該当（参考本四一二頁上一行目から四一三頁上後六行目まで）。金勝院本が所在不明の現在、この引文が金勝院本そのものに拠るのか、『参考太平記』からの引用かが気になる所だが、例えば傍線部は『参考本』に「拒キ戦フトイヘトモ、小勢ナレハ」とある。この程度の小異が他にもあり、押紙が『参考本』から写されたものとも考えにくい。また＊印から引用の末尾までは枠で囲んであり、その後に「遠江國より本書ニ合」との注記があり、この押紙は『参考太平記』編纂の過程での、金勝院本と毛利家本との対校の結果を示すものであろう。ただし、それが毛利家本巻二〇「八幡炎上事」の途中に綴じ込まれた理由は不明である。

　巻二四の「諸卿議論事」のうち、応和の宗論の条「草モ木モ佛ニナルト説時ハ」の和歌の直前の二七オの欄上に志道《しじ》廣良本からの引用があり、吉川家本・益田家本のみにある特殊な異文であることが、〔参考〕小秋元氏論文二〇九頁に指摘されており、本書が毛利輝元旧蔵であることから当然ながら、毛利氏の文化圏で享受されたことを示唆する（『太平記③』〈新編日本古典文学全集〉一八四頁参照）。

〔目録〕『彰考館図書目録』（一九七七・一一、八潮書店）八五頁。

〔参考〕

・【高橋】六〇三頁。
・小秋元 段「毛利家本の本文とその世界」（『太平記・梅松論の研究』第三部第二章、二〇〇五・一二、汲古書院）。
・加美 宏「『言経卿記』―戦国公家の『太平記』読み」（『太平記享受史論考』第二章第七節、一九八五・五、桜楓社）。
・興正寺年表刊行会編『興正寺年表』（一九九一・四、興正寺）。

〔備考〕『言経卿記』慶長八年（一六〇三）六月一一日条に「興門（興正寺昭玄）ヨリ太平記一ヨリ十マデ借給了」、同一一年（一六〇六）六月二二日条に「同門大進被来之間、太平記十冊言伝了、興門（昭玄）へ返了」とある。この『太平記』は毛利家本の貸借を示すものか。

28宮内庁書陵部蔵（書陵部本）

（整理番号　二七三・九二）

四〇巻二〇冊（目録なし、巻二三有、二巻一冊とする）。江戸初期写全巻一筆。

原装朽葉色表紙（二四・〇×一九・〇糎）。左肩に題簽「太

平記 一之二」の如く記す。各巻一丁に目録（一つ書きなし）、内題「太平記巻之一」。一面九行、字面高さ約二一・〇糎、漢字片仮名交、朱にて付訓、朱引あり、校合なし。本文中の章段名は一字下げ（一つ書きなし）。奥書・職語なし。江戸初期写、全巻一筆書写。印記、一オ上に「豊□／學校」（方型単郭朱文）・「漢學／所印」（方型単郭朱文）、二オ上「圖書／寮印」（方型単郭朱文）。漢学所は新宮藩・広瀬藩・母里藩にあるが、ここは明治初期の学習院の前身か（『国史大辞典』一一）未詳。

本書の本文の性格については、毛利家本を検討した〔参考〕小秋元氏論文が付随的に取り扱っており、毛利家本と深い関係のある本であることが指摘されている。特に巻一九以降は書陵部本は大略毛利家本に同一の本文を持ち、また毛利家本には書陵部本に無い、天正本系本文からの増補が見られることから、書陵部本が毛利家本に先行するという。

〔目録〕『和漢図書分類目録 増加二』（一九六八・三、宮内庁書陵部）一二一頁下。

〔参考〕小秋元 段「毛利家本の本文とその世界」（『太平記・梅松論の研究』第三部第二章、二〇〇五・一二、汲古書院）。

29学習院大学日本語日本文学研究室蔵（学習院本）

（整理番号　九一三、五・五〇〇一、一～八）【国フ216－162－1、紙 E7589】

巻五～一五・二三欠、小本存八冊。

第一冊（巻一～四）、第二冊（巻一六・一七）、第三冊（巻一八～二一）、第四冊（巻二二～二六）、第五冊（巻二七～三〇）、第六冊（巻三一～三三）、第七冊（巻三四～三七）、第八冊（巻三八～四〇、釼巻、「塵荊抄云」として六丁）。

原装紺色卍繋空押模様表紙（一六・九×一一・二糎）、左肩に題簽を貼り「太平記 自十六至十七」（第二冊）の如く記し、その中央空白の位置に印記「伊佐早兼／古書之寶」（長方形単郭朱文）を捺す。第一冊表紙右側に「三十六番十一冊」「国史／共八／前田利貞寫」の二紙を貼付。薄手の斐紙、袋綴。漢字片仮名交、『弘文荘待賈古書目』の表現を借りれば「ちびた筆で書いたらしい、古風な書体」。四周単辺の界線あり（一五・七×九・五糎）、一面九行。第一冊には朱点・朱引、朱の付訓、異本注記あり。二冊目以降、朱による章段名注記（他本との比較か）あり。各冊末尾に「墨付百十九丁」（第一冊）の如く記す（本文別筆、第六冊はなし）。室町末期写。

印記、各冊見返中央に「學習院圖書印」（方型単郭朱文）、各冊巻頭下に「麻谷蔵書」（長方形（五・九×〇・九糎）単郭朱文）・「寶玲文庫」（長方形（五・六×一・三糎）単郭行書体墨文）、各冊巻末に「月明荘」（長方形（一・三糎×〇・五糎）単郭朱文）・「學習院圖書」（長方形単郭朱文）。

貼り紙・印記などから本書は前田利貞→米沢藩上杉家→伊佐

早謙→フランク・ホーレー→弘文荘→学習院大学と流伝したか。前田利貞は利家六男、『系図纂要』によれば「乙松丸、七兵衛、備前守」（第七冊一〇四頁）。慶長三年（一五九八）生れ、元和六年（一六二〇）八月二日二三歳で没（『加賀藩史料 第貳編』四五七頁）。鈴木登美恵「玄玖本太平記解題」注一〇（『玄玖本太平記（五）』所収）は本書を前田慶次郎利太（諱利卓、利家の甥、前田家を出奔、上杉景勝に仕え、慶長一〇年〈一六〇五〉没という）の所持本と推定するが依拠するところ未詳。「麻谷蔵書」は上杉家江戸麻布邸の蔵書（森 鹿三「米沢藩学とその図書の歴史」、『米澤善本の研究と解題』一八頁）、伊佐早謙（一八五七～一九三〇）は上杉家関係の郷土史家で米沢図書館第二代館長（同書二四頁）。　ホーレー（一九〇六～六一）に関しては横山 學『書物に魅せられた英国人 フランク・ホーレーと日本文化』（歴史文化ライブラリー）（二〇〇三・一〇、吉川弘文館）参照。また本書は掲載されないが旧蔵書の売立については『ホーレー文庫蔵書展観入札目録』（一九六一・四、東京古典会）があり、末尾に反町茂雄「蒐集家としてのホーレーさん」が載る。

本書は巻二二欠で、甲類本の巻二六・二七相当部分を、乙類本のように三巻に分割する。ために巻二八以降は、他本より巻次が一巻ずつ増す。しかし学習院本は巻三九になるべき巻（諸本の巻三八に相当）を欠き、四〇巻で終る。

以下、特徴的な箇所を概観する。巻一末尾に「主税判官章房依勅定申留被誅事」あり。その最初と末尾を引く。

武臣ノ苛政氷ヲ履カ如ク也シカ共、思ノ外ニ静テ中夏ハ無為ニ成ニケリ、サレ共猶叡慮休サリシカハ、可レ然侍サリヌヘキ兵共ヲ内々召試仰含ラレケルニ、主税判官章房其器ニ當レル物ナレハ…（六行略）…可然衛府ノ官ニ仰付テ、清水寺ノ西門ニテ章房ヲ誅サセラレ梟社不便ナレ、計コト漏ル、時ハ、正ニ逢レ耻ニ云事、其謂有リト云乍、無暫也シ事共也、

島津家本など（参考本二〇～二四頁参照）のように事件の経緯を詳細に描くのではなく、きわめて簡略型である。巻一六は「宗像大宮司奉入将軍事」から「正成首被送故郷事」までで、梵舜本・流布本に同じ。巻一七「白魚入御舟事」に元徳年間の北山殿御賀の記事あり、毛利家本・金勝院本に同じ（参考本六〇五頁）、豪精本にもあり。米沢本は豊原兼秋の名は出るがやや簡略型。巻二一「天下時勢装事」に佐々木道誉を糾弾する山門奏状・大衆決議文を載せる。これは金勝院本（参考本九〇頁）や吉川家本巻四〇の末尾一二丁にもあり。

巻二三の巻頭目録は、

一　畑六郎左衛門時能事付鷹巣城事
一　義助参吉野事并隆資卿物語事
一　上皇御願文事
一　土岐参合御幸致狼籍事
一　高土佐守傾城事

巻二四は、

一　義助朝臣与州下向道間事
一　正成怨霊乞剣事
一　備後鞆軍事
一　世良田城落事付篠塚事

とあり、甲類本に記事順序同じ。

巻二五「天竜寺建立事付大佛供養事」の日野資明説の中に、正法に至らぬを嘆く摩羯陀国僧の記事なし（天正本一七三頁に同じ、大系本四二〇頁にはあり）。祇園精舎建立説話あり（大系四二一頁、西源院本にはなし）。

巻二六の目録、

一　持明院殿御即位事
一　天狗化生事
一　阿闍世王事
一　楠帯刀正行合戦事
一　目賀田軍事
一　自伊勢進宝劔事
一　黄粱夢事
一　山名伊豆守住吉軍事

「阿闍世王事」あり、米沢本・毛利家本・書陵部本にほぼ同じ、前田家本にもあるがやや簡略。

巻二七の目録、

一　四条縄手軍事
一　蔵王堂炎上事
一　賀名生皇居事
一　師直奢侈事
一　師泰奢侈事
一　上杦畠山讒訴執事兄弟事
一　廉頗藺相如事并卞和玉事

この順序は米沢本に同じ構成。

巻二八は、

一　妙吉侍者事
一　始皇求蓬莱事
一　直冬西国下向事
一　清水寺炎上事付四条桟敷倒事
一　雲景未来記事付所々希代表示共事
一　左兵衛督欲被誅師直事付直義御遁世事
一　上杦畠山死罪事

足利義詮上洛のこと、大礼のことはなく、神田本・西源院本・神宮徴古館本に同じだが、「雲景未来記事」がこの位置にあるのは乙類諸本に同じ。桟敷倒壊の際の落首に、「四条ノ橋爪ニ古歌ヲ翻案メ、／去年ハ師コトシ桟敷打死ノ所ハ同シ四条成ケリ／高桟敷上リテ見レハ烟リ立茶毘ノ竈ハ饒ニケリ」の二首あり（ただし各行欄上に「イニ无」と小字注記）。「上杦畠山死罪事」の末尾、毛利家本・学習院本・吉川家本にある上杉伊豆守の妻女の和歌二首なし。

巻二九は「若将軍宰相中将殿御政務事」から「井原石龕事」まで、前田家本に同じ区分。「恵源禅庵南方御合躰事」の、二条関白の意見の末尾を引く。

只元弘ノ旧功ヲ捨ラレス元ノ官職ニ復メ召仕レハ、*聖化普クメ士卒悉ク皈服シ奉ラハ、其威ヲ俄ニ振ハンニ、逆臣ヲ亡サン事何ノ子細カ候ヘキト言ハ巧ミニ申サレケレハ、

諸本は*以下（大系本では九四頁五行目から一〇九頁三行目までに相当）に、長大な漢楚の故事を引用した北畠准后（親房）の意見が載る。天正本は漢楚の故事を簡略にしている（三九〇頁～三九四頁）が、本書は北畠准后の発言そのものがなく、二条関白の提言でことが決した形をとる。巻三〇の薬師寺公義出家の条、「取レバ憂シ」「高野山」の和歌二首（大系本一三七頁相当）を欠く。巻三三は「茨宮践祚事」から「八幡宮御託宣事」まで、甲類本の巻三二に同じ区分。巻三六「北野参詣世上雑談事」は聞き手に頼意登場せず、日蔵上人のこと、泰時修行のことあり、貞時修行のことなし、西源院本に同じ形。

巻三九の目録、

一　高麗人来朝事
一　山名京兆御方被参事
一　仁木京兆降参事
一　芳賀兵衛入道軍事
一　神木入洛事
一　春日御祟恠事
一　諸大名讒道朝事并道誉花会事
一　神木御帰座事
一　高麗人来朝事
一　自太元攻日本事

巻四〇は「神功皇后攻新羅事」で始め、以下「光厳院禅定法皇行脚御事」「中殿御会再興之事」と続く。巻三九・四〇は記事構成・巻区分にゆれの目立つ箇所だが、これと同じ形態の本は未確認。剣巻は整版本に附属するそれと同じ内容。最後に「塵荊抄云　先代九代天下執権之間、征夷大将軍十代ト申侍ヤ」で始まり、「以上是ヲ先代九代ト云」と終わる五丁半が載る。北条氏九代の説明で、古典文庫・下の八四～九〇頁に相当。

以上、学習院本は古態本の特徴を保持しつつ、米沢本に近い巻もあり、またその他の本文が入り込んでもおり、詳細な検討が要請される。

〔目録〕『弘文荘待賈古書目』二五号〔近集善本百種〕（一九五五・一二）二九頁。

〔備考〕『東京古典会主催古書入札売立会出品略目録』（一九五四年か、一一月三〇日、於東京古書会館）に「二、古鈔本太平記　片かな小形本、欠あり、箱入八冊」（七頁）とあるのは本書か。

30国学院大学図書館蔵（益田本）

（整理番号　貴重図書　二六四八～二六七五）

　二八冊存で以下の三帙に収納、（巻一・三～九・一一・一二）（巻一四～二一・二一〔別筆〕）（巻二二～二九・三七）。巻二一は二種二冊存。

　巻一・二一別冊・三七の三冊は他とは別体裁で奥書なし。まず上記三冊以外についての書誌。表紙の大きさ二七・〇×一九・八糎。巻三～五・七・九・一一・一二・二五・二七～二九は後補焦茶色表紙。巻一四～二四は茶色表紙。巻六、前表紙は焦茶色地に朱の横縞模様、後表紙は焦茶色。巻八、前表紙は焦茶色地に朱の横縞模様、後表紙は焦茶色地に茶色横縞模様。巻二六、前後表紙とも焦茶色地に茶色横縞模様。巻一六・一七・一九・二四にのみ左肩に題簽（一五・四×三・五糎）残存、「太平記巻第十六」の如く墨書、他は剥落。巻三を例にすれば、巻頭に「太平記巻第三」と記し、続いて目録一丁（一つ書きあり）、改丁して章段名（二字下げ、一つ書きなし）を書き、以下本文を始める。本文は一面八行、字面高さ約二三・〇センチ、漢字片仮名交、朱点・朱引あり。和歌は一字下げ一行書き。巻三の奥書「以口羽通良本藤兼被成／御寫候其御本中請／書寫畢／天正七年己卯仲春吉日兼治」。巻四・五も同様。「仲春」とあるところを巻六～九・一一・一七～二三は「仲夏」、巻一四～一六は「上夏」、巻二四・二六～二九は「初夏」とする。巻一二・二五には奥書なし。

　巻一・二一別冊・三七について。巻一は焦茶色表紙（二七・〇×一九・八糎）、二一別冊・三七は茶色表紙（二六・六×二〇・三糎）、内題なく目録一丁（一つ書きなし）、本文は一面九行、字面高さ約二一・〇糎、漢字片仮名交、朱点朱引あり、本文中の章段名は三字下げで一つ書きなし。巻二一別冊・三七は同筆。巻一は巻頭数丁を欠き、「交會遊飲ノ躰、見聞耳目ヲ驚セリ」で始める（大系四四頁相当）。巻二一別冊は塩冶判官の話の後半、「忩キ馳帰レトソ下知シケル、五騎ノ兵共誠」（大系三六一頁相当）で終っている。巻三七の後見返しに別筆で、志賀寺上人の恋に関連し「此歌新古今十戒ノ内」として六首を載せ「于時寛永拾五二月吉日」と記す。寛永一五年は一六三八年。

　奥書によれば、本書は口羽通良本を益田藤兼が転写し、その藤兼書写本を天正七年（一五七九）二月・四月・五月に益田兼治が書写したことになる。体裁を異にする三冊の存在は、兼治が書写の際に、他者にも幾巻かの書写を依頼していたことを示唆するものだろう。

　書写の関係者のうち、益田兼治は石見の豪族益田氏の一門。兼治は藤兼（一五二九～九六）の父尹兼の弟兼恬の子。兼治と藤兼は従兄弟の関係。口羽通良（?～一五八二）は毛利元就家中の重臣で石見の支配を担当、元就二男吉川元春（一五三〇～八六）を支えた。口羽通良の兄、志道広良（一四六七～一五五五七）も『太平記』を所持し、吉川元春は現に吉川家本を書写（一五六三〜六五）しており、これら毛利文化圏での『太平記』写本の書写・享受は注目される。

　本文については〔参考〕の二論文を参照されたい。それによれば、本書は吉川家本と密接な関係にあると認められるという。さらに小秋元氏は、吉川家本と口羽本とは共通の親本から書写された兄弟関係にあると推定され、本書はその口羽本の孫本に位置するだろうことを明らかにした。

〔参考〕

・長谷川 端「益田兼治書写本」（『太平記 創造と成長』第四章、二〇〇三・三、三弥井書店）。

・小秋元 段「益田兼治書写本『太平記』について」（『太平記・梅松論の研究』第三部第三章、二〇〇五・一二、汲古書院）。

〔備考〕

・『一誠堂古書目録』六三号（一九八六・一二）に「天正七年古写本 欠有 二十八冊」（一七七頁上）として出品、巻三冒頭および奥書の写真掲載（一五頁）。

・『たまプラーザキャンパス開校記念 國學院大學収蔵資料展―日本の浪漫―原始・古代・中世―』（一九九二・五）に巻一四冒頭と奥書の図版掲載。

・『平成十九年度教育研究報告 國學院大學で中世文学を学ぶ』（二〇〇八・三、国学院大学文学部日本文学科）に紹介あり（三二・三三頁、石井由紀夫氏稿）。

・国学院大学図書館デジタルライブラリーにて写真公開。

31 天理大学附属天理図書館吉田文庫蔵（吉田文庫本）

〔整理番号　八三・吉田六〇・一〜一九〕

　大本一九冊存。目録・巻五・六・八・九・一七・一九〜二一・二六〜三〇・三五・三六・三八〜四〇。

　原装青色表紙（三一・〇×二三・〇糎）、朱色貼題簽に「太平記巻第八」の如し。漢字片仮名交、一面一二行（巻一九は一〇行）、数名の筆跡。朱の書き入れあり。巻一九・二九は四周に界線を引く。虫損多し。総目録は巻数の後に二字下げで章段名を書く（一つ書きなし）、各巻頭目録は一つ書きによる（但し巻二〇は一つ書きなし）。本文中の章段名は二字下げ表記で巻五・二〇・二八・四〇以外は一つ書きを付す。

　巻首に印記「吉田文庫」（長方形（五・三×一・五糎）単郭朱文）。識語、巻二八末尾に本文と同筆で「先代滅亡以来至永享四年百歳也」とあり。永享四年は一四三二年で北条氏の滅亡（一三三三年）から一〇〇年にあたる。現存吉田文庫本は室町末期の写と思われるが、この識語は永享四年に書かれたものを忠実に写したものと考えられる。

　本書は一八巻分しか残存しないが総目録が備わり、記事順序など本文系統認定に有力な情報を与えてくれる。巻二二（内容

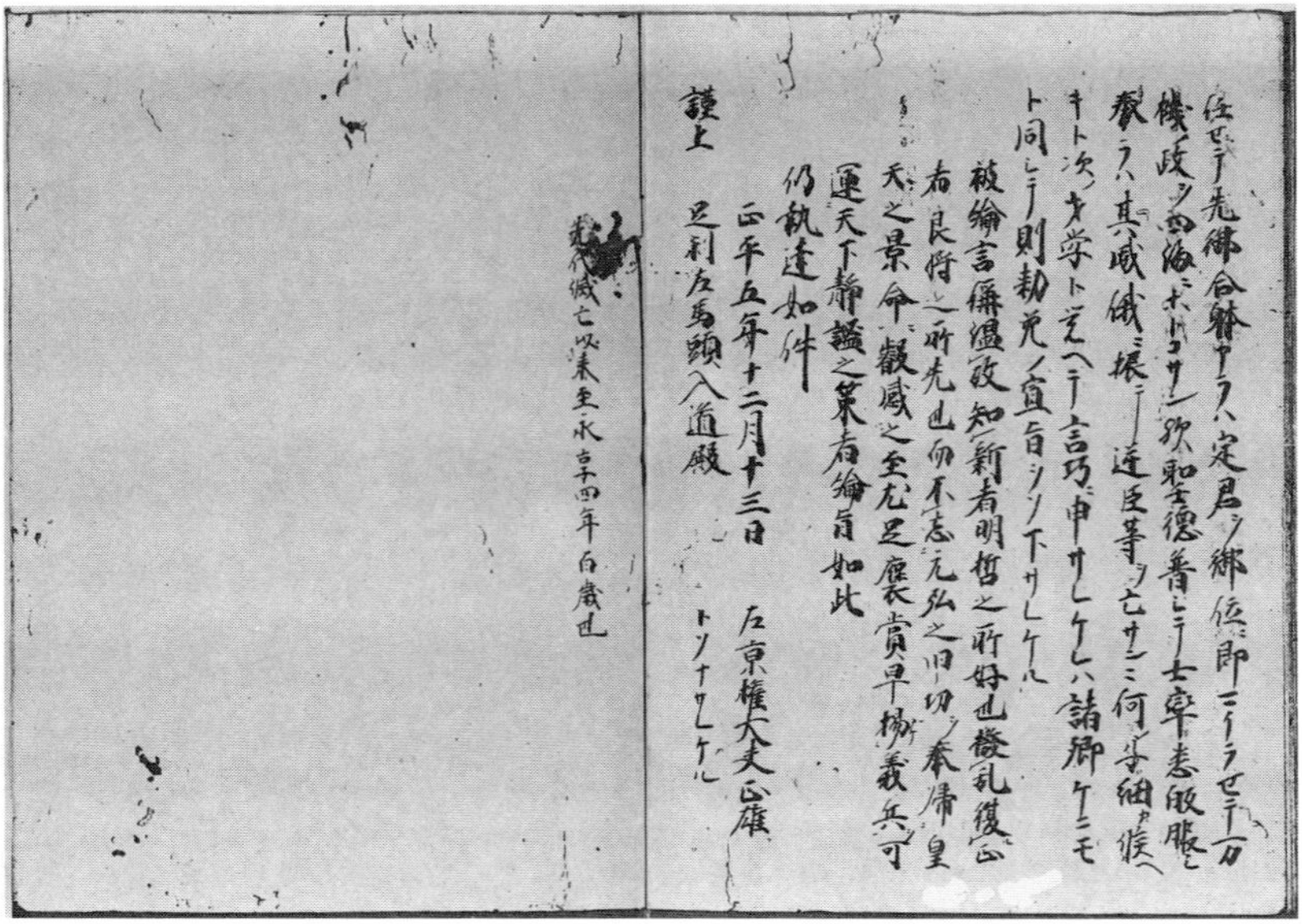

31、吉田文庫本、巻二八巻末（天理大学附属天理図書館蔵、83、吉田60）

は甲類本巻二三に相当）を持つが、巻二一〜二三の構成は甲類本など古態本に同じ。甲類本の巻二七に該当する部分を二巻に分け、これは乙類本として認定される指標である。しかし「雲景未来記事」を欠くなどの特徴から、吉田文庫本は南都本系と同じ記事構成を持ち、巻の分割の仕方のみが異なるといえる。多くの本で巻三五の後半にある「北野通夜人雑談事」を、吉田本は巻三七の前半に置くがこれは諸本の中で全く独自なあり方である。巻三九・四〇の記事構成は米沢本と一致する。このように吉田本は外形は巻二二を持つ四〇巻本で乙類に属するが、内容的には古態本やその他の本の特徴も持ち合わせており、永享四年の時点でこうした伝本が存在したことを示す要本である。

〔目録〕『吉田文庫神道書目録』（一九六五・一〇）三〇三頁上、

　巻五冒頭の図版あり。

〔参考〕長坂成行「天理図書館吉田文庫蔵『太平記』覚書」（『軍記と語り物』一九号、一九八三・三）。

32前田育徳会尊経閣文庫蔵（前田家本）

（整理番号　四一・三・二七・書）

四一冊（巻二二欠、目録一冊、本文は巻四一で終る）。

薄茶色表紙（二七・六×一八・九糎）の左肩に模様入り題簽（一四・一×二・九糎）を貼り「太平記　巻三」の如く墨書。表裏表紙見返し銀箔散らし。漢字片仮名交、一面九行。一筆書写。

巻頭目録あり（一つ書きあり）、本文中の章段名は一字下げ、一つ書きなく朱の〇を付す。朱点・朱引あり。欄上、行間に別筆で異本注記あり。巻八末尾に「天正十六年丁亥」とあるが、天正一六年（一五八八）は「戊子」、丁亥にあたるのは天正一五年。印記なし。

　第一冊目総目録の末尾に「都合三百六十箇條欤」とし、以下つぎのように記す。

一　歌　神詠引哥共ニ　七十八首
一　狂哥　廿五首
一　讀物　廿二
一　頌　五首
一　詩　九首
一　連歌　二句
一　電動之軍　六十一度
一　城軍　廿一度
一　唐軍　四ケ度」
一　餘白紙墨付　千五百三丁
　　以上

これは、各冊に同様な計数がありその総計である。例えば巻三の尾題の下には「歌 十三首／狂哥 二首／頌 一／引哥二首」とある。合戦の形を、電動之軍・城軍・唐軍に分ける興味のあり方は注意される。

本書は巻二二を欠く四一巻本、巻区分のあり方が特異で、また本文もいくつかの系統の詞章が混在し複雑な増補改訂のあとが窺える写本である。四一巻または四二巻本の体裁をとるのは丁類本で、それらは巻一四から巻一八あたりの区分のあり方に特徴が見られる。しかし本書の巻の区切り方は丁類本とも異なる。本書の特徴について最も詳しいのは〔参考〕鈴木論文だが、巻区分の全体には触れておらず、以下煩瑣にわたるが前田家本の巻区分のあり方を紹介しておきたい（本書所収「主要諸本巻区分対照表」参照）。

＊（ここでいう「諸本」は甲類本など標準的な諸本を指す）。

・巻三は「笠置皇居之事」から「俊明極参内事」までで、諸本の巻四の前半部までを含む。
・巻四は「先帝隠岐國御迁幸事」から「辨才天影向之事」までで、諸本の巻四後半および・巻五前半にあたる。
・巻五は「大塔宮熊野落事」から「東國勢上洛之事」まで、諸本の巻五の後半から巻六の大部分に該当する。
・巻六は「東國勢手分事」から「土居得能謀叛事」までで、諸本の巻六の終りあたりから巻七前半に相当。
・巻七は「船上臨幸事」から「山門京都寄事」まで、諸本の巻七後半および巻八前半に当たる。
・巻八は「四月三日合戦之事」から「足利殿叛逆顕形并篠村願書事」までで、諸本の巻八後半巻九前半に相当。

・巻九は「六波羅合戦之事」から「長崎殺竹若殿事」までで、諸本の巻九後半と巻一〇冒頭にあたる。

・巻一〇は「新田義貞謀叛并天狗催越後勢事」から「鎌倉中合戦并相模入道其外諸人自害之事」まで、諸本の巻一〇冒頭「長崎殺竹若殿事」が巻九に入る以外は同じ。

・巻一一、区分は諸本に同じだが「金剛山寄手等被誅之事」を「先帝御入洛正成兵庫ヘ参事」の前に置く。これは吉川家本・益田本・米沢本に同じ配列である。

・巻一二は「公家一統政道之事」から「神泉苑之事」までで、諸本がこの巻の末尾に配する「兵部卿親王流刑事」を巻一三巻頭に置く。

・巻一三は「兵部卿親王流刑事」からはじめるが、終りは「相模次郎時行滅亡事」までで諸本に同じ。

・巻一四の始まりは「足利殿与新田殿確執事」で諸本に同じだが、「諸国朝敵蜂起事」で終り、諸本の巻一四前半に相当する。この巻の区分は京大本・豪精本に一致する。

・巻一五は「山崎大渡合戦事」から「薬師丸事」までで、諸本の巻一四後半および巻一五前半にあたる。

・巻一六は「大樹打越摂津事」から「将軍従筑紫上洛并義貞正成對面事」までで、諸本の巻一五後半および巻一六前半に相当する。

・巻一七は「兵庫合戦事」から「東寺合戦并長年討死事」までで、諸本の巻一六後半および巻一七前半に相当する。

・巻一八は「江州軍并道誉偽降参事」から「越前府中軍事」まで、諸本の巻一七後半および巻一八前半に該当。

・巻一九は「金崎後詰事」から「比叡山開闢事」までで、諸本の巻一八後半に相当。

・巻二〇は「光厳院殿重祚之御事」から「八幡炎焼事」までで、諸本の巻一九全部と巻二〇前半にあたる。

・巻二一は「義貞朝臣黒丸城可被攻之企并義貞夢事」から「尾張守高経被退黒丸城事」までで、諸本の巻二〇後半および巻二一の大半に相当する。諸本は「塩冶判官高貞讒死事」を巻二一末尾に置くが、本書はこれを次巻巻頭に配する。

・巻二二はなし。

・巻二三・二四は記事配列も諸本とは異なるので、目録を示す（説明の都合上、仮に番号を付す）。

巻二三 ①塩冶判官高貞讒死事
②畑六郎左衛門時能事
③義助朝臣吉野ヘ参事
④高土佐守伊勢國下向事
⑤義助朝臣豫州下向事

巻二四 ⑥楠正成作怨霊事
⑦脇屋刑部卿義助病死事
⑧世良田城落居事

⑨就直義卿病悩上皇御願書事
⑩土岐頼遠御幸ニ奉参會狼籍事
⑪朝儀之事

まず巻区分の違いとして他本は①を前巻（巻二一）に、⑪を後巻（巻二四または二五）に置く。記事順序、西源院本など古態本は巻二三を②③⑨⑩④、巻二四を⑤⑥⑦⑧とし、流布本では巻二二を②③④⑤⑦⑧、巻二三を⑥⑨⑩とする。

・巻二五は「天竜寺建立事」から「天狗化生并阿闍世太子事」まで、甲類本でいえば巻二五全部と巻二六の冒頭二章段に相当する。「将軍御兄弟天竜寺御参之事」の最後に「天竜寺供養之時導師巵従之人数」あり。なお天狗化生（宮方六本杉の怪）の話に絡めて阿闍世太子の故事を語るのは本書の特徴で、米沢本・毛利家本・書陵部本・学習院本・釜田本などに共通する（ただし上記諸本に比しやや簡略）。

・巻二六は「楠帯刀正行金田軍事」（本文中章段名にはこの下に「異ニ藤井寺合戦事」と加筆あり）から「住吉合戦事」まで、甲類本の巻二六の中間部分に相当（流布本では巻二五の後半）。

・巻二七は「四條阡軍事」から「直冬西國下向事」までで、甲類本の巻二六後半および巻二七前半に相当。

・巻二八は「天下恠異并田樂事」から「大礼之事」まで。甲類本巻二七の後半、流布本巻二七全部に相当する。第二章段に「雲景天狗讃談事」あり。

・巻二九は「若将軍御政務事」から「鴻門會事付四条河原合戦事并原石龕事并金鼠事」まで、諸本の巻二八全部および巻二九前半にあたる。

・巻三〇は「高越後守自石見國引返事」から「仁儀勇者血氣勇者事」まで、諸本の巻二九後半にあたる。

・巻三一、巻三二は区分の仕方は諸本に同じで巻三〇、巻三一に相当する。

・巻三三は「茨宮御即位事」から「神南合戦事付京軍并八幡御託宣」までで、甲類本巻三二に同じ。

・巻三四も区分の仕方は甲類本に同じで巻三三に相当。

・巻三五は「宰相中将殿賜将軍宣旨事」から「南方退治将軍帰洛諸大名擬討仁木事」までで、諸本の巻三四全部および巻三五の冒頭にあたる。

・巻三六は「京勢重下天王寺并仁木没落事」から「北野政道雑談事」までで、諸本の巻三五の最初と最後の章段を除いた部分に相当する。

・巻三七は、諸本の巻三五末尾にある「土岐東池田等并仁木三郎江州合戦事」から始め「畠山入道道誓鎌倉落事」までで、流布本巻三六に一段が付加された形である。

・巻三八は「細川楠京都へ寄事」から「楊國忠事」まで、流布本巻三七に該当。

・巻三九は「彗星客星出現事」から「大元軍事」までで、流布本巻三八に相当。
・巻四〇は「大内介降参事」から「神功皇后責新羅事」までで、流布本の巻三九の大部分に同じ。「光厳院高野御参詣并崩御事」を次巻冒頭に配するのが特徴。
・巻四一は冒頭に「光厳院高野御参詣并崩御事」を置き、以下は流布本巻四〇に同じ。
以上のように前田家本はほとんどの巻で他の諸本とは異なる区切り方をしており、それがどのような構成意識によってもたらされたものかは、丁類本の巻区分のあり方とも含めて今後の検討課題である。

〔目録〕『尊経閣文庫国書分類目録』（一九三九・一〇）四五八頁。

〔参考〕
・【亀田】一三頁・三三頁。
・【高橋】三六四頁。
・鈴木登美恵「尊経閣文庫蔵太平記覚え書」（『国文』一四号、一九六〇・一二）。
〔備考〕東京大学史料編纂所に本書の明治一八年（一八八五）謄写本あり（整理番号、二〇四〇・四・四〇）。原蔵前田利嗣、二二冊。『大日本史料』第六編は『参考太平記』とは別に本書を引用している。『東京大学史料編纂所図書目録　第二部和漢書写本編5（謄写本〔下之二〕）』（一九七〇・三、東京大学出版会）七五頁右。

33 中西達治氏蔵（中西本）（松田福一郎旧蔵）

一見のみ、原本未調査。〔参考〕中西氏論文により摘記する。

巻二〜二九までの二八冊存。原装濃香色原表紙（二六・〇×一九・八糎）の左肩に雲形模様題簽を貼り「太平記巻第二」の如く墨書。巻一二は元表紙の薄紙剝落のため「太平記巻第拾弐」と打付書。各冊小口に、巻二から巻九までは「初二〜（九）」、巻一〇は「十巻」、以後は「十一」「二十三」の如く、巻数を右書き。各冊巻頭目録（一つ書きなし）の後に内題「太平記巻第二」の如し。漢字片仮名交、一面九行。朱点・朱引・付訓（片仮名）あり。後筆による本文の書き込み、書き換えあり。江戸初期以前の書写。巻二・三の表紙に黒印の痕跡あり、判読困難だが巻三のからは「大□寺知事」「釋□□」などと読めるという。奥書・識語なし。


本書は、甲類本の巻二六・二七にあたる部分を巻二五・二六・二七の三巻に分け、その点では乙類本に属する。

巻三、笠置脱出後の後醍醐天皇が山中を彷徨し、悲嘆の心情を和歌に詠むなどの部分、神宮徴古館本に同じだが、巻末、楠が金剛山に城を構えた由来のこと、なし。巻一一の末尾は「金剛山寄手被誅事付佐介右京亮事」で終わる。巻一四末に「東坂本皇居事」あり。巻一五は「多々良浜合戦事付高駿河守意見事」で終わり、巻一六は新田義貞の西征記事で始まる。神宮徴古館本・西源院本など古態本に同じ区分。巻一六に小山田高家が青麦を刈る記事あり。巻二二あり、「畑六郎左衛門事」から「篠塚振舞事」までで、記事配列は天正本などに同じ。巻二三は直義病悩から彦七退治までで、朝儀廃怠事は目録にのみあり本文はなし。この二巻、流布本とは異なる記事順序である。巻二五は「持明院殿御即位事」から「宝剣執奏事付咁嘽午炊夢事」まで、藤井寺合戦の記事に書き込み多し。巻二六は住吉合戦から吉野炎上まで。巻二七は賀名生皇居事から上杉畠山自害まで、左馬頭上洛・大礼事は目録にあるも本文はなし。この巻は特に複雑な書き込みが多い由。全体的に加筆訂正は巻八・九と巻二二以降に集中しているという。

〔翻刻〕
・中西達治「『太平記』巻二（翻刻）」（『金城学院大学論集　国文学編』四五号、二〇〇三・三）。
・中西達治・筒井早苗・水野ゆき子・澤田佳子「『太平記』巻三（翻刻）」（『金城学院大学論集　国文学編』四六号、二〇〇四・三）。
・中西達治・筒井早苗・水野ゆき子・澤田佳子・足立歩美「『太平記』巻四（翻刻）」（『金城学院大学論集　人文科学編』第一・二合併号、二〇〇五・三）。
・中西達治・筒井早苗・水野ゆき子・澤田佳子・足立歩美「『太平記』巻五・六（翻刻）」（『金城学院大学論集　人文科学編』二巻二号、二〇〇六・三）。
・中西達治・筒井早苗・水野ゆき子・澤田佳子・木村幸代「『太平記』巻七・八（翻刻）」（『金城学院大学論集　人文科学編』三巻二号、二〇〇七・三）。

〔参考〕中西達治「架蔵本『太平記』について」・「架蔵本『太平記』各巻毎の特徴」（『太平記の論―拾遺』二〇〇七・三、ユニテ）。巻頭に巻二六の一九ウ・二〇オの写真あり。

〔備考〕松田福一郎『不空菴常住古鈔舊槧録』（一九四三・一、大塚巧藝社）に略解説と巻二冒頭・巻三冒頭の図版掲載。松田福一郎氏は神奈川電気株式会社社長、古美術などの蒐集で知られる。『不空庵古美術見聞録　其二』（一九六三・三、国宝社）・『古美術街道』（一九六四・五、東京書房）などがある。反町茂雄『一古書肆の思い出4　激流に棹さして』（一九八九・八、平凡社）一六〇頁以下参照。

34岩手県雄山寺他蔵（南部家本）

原本未見、以下は〔参考〕石田氏論文による。
一二冊存、その内わけは以下の如し。
・巻一三〜一五（花巻市雄山寺蔵、花巻市指定有形文化財）。
・巻二・四・五・九・一一・一六・一七・一八（南部富夫氏蔵）。

・巻七（花巻市教育委員会博物館建設推進室蔵）。

藍色表紙（二九・〇×一九・五糎）。外題、巻二・四・九・一一は「太平記」、巻五・一三～一八は「太平記物語」。漢字片仮名交、一面一一行。巻二は平仮名振仮名、巻四片仮名振仮名。各巻末の奥書「太平記物語 巻第十三（～十五）／南部尾張守／慶長元稔丙申捌月吉日　信愛（花押）」。慶長元年（一五九六）八月書写。奥書の筆跡は別に伝わる「北尾張守信愛覚書」と称される文書と一致し、南部信愛の筆と思われる。本文については奥書と同筆の巻と、異筆の巻とがあるという。本書は南部尾張守信愛を先祖に持つ南部北家の伝来の由。北家に伝えられたのは全一五巻で、そのうち巻一三～一五の三冊が昭和四五年夏に、信愛の菩提寺たる雄山寺へ寄進されたという。

本書の特徴の一つは各巻巻頭目録の見出しの章名が長文で、記事内容の説明の働きも持つことである。巻二・五は天正本系の本文に同じ、巻四は西源院本に類似、巻一一は流布本に同じ、巻一三は甲類本に金勝院本本系の本文が混入している。巻一四は甲類本のうち西源院本よりも神田本・玄玖本と同系統の本文を持つとされる。本書は多種の系統の『太平記』を巻の単位で写している。慶長元年はまだ古活字本も成立していない、いわば写本の時代の最末期であり、石田氏論文が指摘するように、天正本・金勝院本その他の多種の『太平記』写本をどこから借りて、どのような方針で書写したかは、重要な検討課題である。

〔参考〕

・「松斎自筆写本「太平記」・その他古文書」（熊谷章一『花巻市史 文化財篇』一九七二・一二、花巻市教育委員会、五九頁）。
・石田 洵「南部家本太平記覚書」（『古典遺産』一四号、一九六四・一二）。
・石田 洵「南部家本太平記の特色（一）―巻十三の検討―」（『古典遺産』四二号、一九九二・三）。
・石田 洵「南部家本太平記の特色―巻十四を中心として―」（長谷川 端編『太平記とその周辺』一九九四・四、新典社）。
・石田 洵「南部家本『太平記』の多様性」（『日本文学会誌』一三号、二〇〇一・三）。

35天理大学附属天理図書館蔵（天理甲本）

（整理番号 二一〇・四―イ二九）

四〇巻四〇冊（巻二二有）。紺色布地の四帙に各一〇冊収。茶色渋引表紙（二七・四×二一・八糎）、左肩に題簽（一四・五×三・一糎）を貼り「太平記 ＊二」の如く墨書。＊の箇所に「□」印を捺す（一・六×一・四糎、単郭陰刻白文）。この印、巻一のみ剥落、巻二以降は残存。記文未読。見返し本文共紙、一オ内題「太平記巻第一」とし、その下方に「玄恵法師集」、次行に「序」「目録」（一つ書きあり）を書く。二オに内題なく、序を記し続いて本文を始める。本文中の章段名は二字下げ、一つ書きなし。漢字片仮名交、一面一〇行、字面高さ約二三・〇糎。全巻一筆、室町末期写。朱点・朱引あり。校異少しあり（朱・墨両用）。奥書・識語なし。

印記、一オ右端中ほどに「寶玲文庫」（長方形単郭朱文）、その下に「天理圖／書館蔵」（長方形（二・六×一・七糎）単郭朱文）。本書は装丁・文字ともに秀逸で同じ天理図書館蔵の正木本よりも古いかの印象もある。

本書はほとんど神宮文庫本に同じ流布本系の本文を持つ。また本書の巻二～五・七・一一～一七・一九～四〇の目録は、梵舜本のそれに全同。概して本書の目録は詳細で、例えば巻二は目録に二丁を費やす。また、梵舜本の目録では二字下げで記している内容細目的な章段名も、本書は他章段と同じ高さで一つ書きで示す。

いくつかの巻尾にある本文以外の付記、以下の如し。

巻一尾題「太平記巻第一」の後に太平記の由来を記した文（一丁分）あり、〔参考〕【高橋】に紹介があるが、誤刻も散見するので改めて掲げる。

惣ヲ此太平記ト申ハ四十年ノ合戦ニテ候、先ツ日本ノ弓矢ト／云事ハ、上代太子ト守屋トノ合戦仏法建立為也、其ハサテヲ／キ、又其後承久ノ乱有テ其終テ源平両家ノ合戦有テ、其後／此太平記ニ書タル合戦候ケルカ、太平記一部四十二巻ハ、先此／時ノ御所ヲ平氏相模守高時入道殿ト申、又帝ヲハ後／醍醐後宇多院第二子九十五代天王ト申候カ、餘リ此御所天下ヲ我カ物ニ被／召候間、角テハ叶マシト思食、此御所ヲ《ママ》貴僧ヲ大裏ヘ被召御／調伏候、ソレカ御所ヘ聞エ、此ノ様ナル王ヲハ流サウト思食處ニ、都／ヲ落サセ給テ、山城國笠置ノ城ニテ生捕ニセラレサセ給テ、隠／岐國ヘ流シ申処ニ、又帝御謀叛有テ弓矢ヲメサレテ、相模殿ヲ／十之巻テ御退治有テ、シハシ天下目出度候、又東國ニ世／良田ノ庄ヲ論メ、新田ト足利ト合戦メサレテ、遂ニ新田弓／矢ニ取負御生涯有テ、天下目出度足利殿御世ニ成テ、／又尊氏将軍御弟ニ錦小路殿ト申、内ノ者ニ師泰ト云／者故ニ、又兄弟弓矢ヲ御取有テ、遂ニ御弟御生涯有テ、／又細川ノ相模殿謀叛ヲ起、又生涯在テ遂ニ尊氏将／軍ノ御世ニ成テ、今當公方ノ御先祖ニテ候、

この記事は同類の梵舜本・神宮文庫本になく本書の独自なものである。巻二末に民苦問使のこと一丁分、巻五末に移木信の記事半丁、巻一二末に三角柏のこと一丁分、巻二八末に電光の戦のこと半丁あり（【高橋】参照）。いずれも神宮文庫本・梵舜本に共通する追記である。

〔目録〕『天理図書館稀書目録 和漢書之部第三』（一九六〇・一〇）一四七頁上。

〔参考〕【高橋】六三九頁。

〔備考〕本書を天理甲本と称する事情について。高橋貞一「天理図書

館蔵太平記に就いて」（『ビブリア』二五号、一九六三・六）の冒頭に「天理図書館には太平記写本が三部蔵せられるので、一本を甲本、他を文禄本、乙本とする。乙本は江戸中期の写本で流布本である」（二頁下）とある。この文禄本は19正木本を、乙本は井上通泰旧蔵の68天理一冊本をさすと思われる。なお本論文が【高橋】に再録された折には、天理甲本ではなく天理大学図書館蔵本としている。

36神宮文庫蔵（神宮文庫本）

（整理番号　八八六　二二）【国フ34－339－2、紙E3557】
四〇巻二一冊（巻二二有）を四帖に収む。目録一冊、本文二〇冊（二巻一冊）。

朱色卍繫空押模様表紙（二六・〇×二一・四糎）の中央に子持ち枠題簽（一九・〇×三・九糎）を貼り「太平記巻一二」の如く墨書。漢字片仮名交、一面一一行、字面高さ約二三・〇糎。朱引・朱点あり。各巻巻頭に一つ書きによる目録一丁。本文中の章段名は二字下げ（一つ書きなし）。巻一目録題「太平記巻第一」の下に「玄恵法師集」と記す。各冊奇数巻の末尾に「太平記二」の如く記した押紙あり、改丁して偶数巻始まる。【高橋】六二〇頁が指摘するように、別冊目録と各巻頭目録とは相違するものがあり、巻頭目録は別冊目録より項目を詳細に示す。奥書・識語なし。印記、巻頭右下に「神宮／文庫」（方型単郭朱文）・「古事類／苑編纂／事務所」（方型単郭朱文）。

本書は巻一末の『太平記』の由来の記事を欠くこと以外は、巻二末の民苦問使のことや、巻五末の移木信の記事、巻一二末の三角柏の記事などがあり、目録の書き方も天理甲本に同じである。巻一、序の箇所、細字にて行間・欄上下に注記を朱書。

〔目録〕
・『神宮文庫図書目録』（一九一四）三五六頁下。
・『神宮文庫所蔵 和漢書目録』（二〇〇五・三、戎光祥出版）四一九頁左。

〔参考〕【高橋】六一九頁。【小秋元】一〇〇頁。

37前田育徳会尊経閣文庫蔵（梵舜本）

（整理番号　四〇・三・四五・書）
四〇巻四〇冊（巻二二有）、天正一四年梵舜等写。

表紙（二六・〇×二〇・八糎）の左肩に題簽を貼り「太平記一」の如く記す。巻頭目録あり（巻一・一〇・一四・一六・一八・一九・二一～二六・二八～三〇・三二は一つ書きあり。他の巻はなし）、本文中の章段名は二字下げ、一つ書きなし。漢字片仮名交、一面一二行。朱引あり、異本の書き込みあり。

ほとんどの巻尾に奥書・識語がある。各巻ごとのそれは古典文庫の影印・翻刻に譲り、ここでは年代により①～④の四種に分けて示す。

①〔宝徳元年、日下部宗頼本奥書〕巻三九末。

寫本云、／此写本者、奉借自細河右馬頭殿令書之、其間纔ニ十五ケ／日也、然者尽言於諸方同友分巻、於數輩群客、而終全／部之功早、因茲不撰筆迹善悪无正、文字實否、定／而誤可多欤、唯是為知公武之盛衰、欲弁時代／之轉反而已、／

寶徳元年八月日　　但馬介日下部宗頼

（古典文庫九冊目、二三二頁）

②〔長享年間本奥書〕　〔＊同校了識語〕

長享二年は一四八八年、延徳元年は一四八九年。

巻一　本云／長享二年七月書之、
巻三　本云／長享二年九月書之、　交了、
巻五　本云／長享二年九月書之、　交了、
巻六　本云／長享二年十月書之、　交了、
巻九　写本云／長享二年十一月書之、　交了、　重而不審字解、
巻一三　本云／長享三年正月廿六日書之、
巻一四　寫本云／長享三年二月六日書写之早、　交了、
巻一六　本云／長享三年二月廿四日余暇書寫之早、　交了、
巻一七　写本云／長享三年二月十九日以余暇書写之早、　交了、
巻一八　長享三年二月廿八日以余暇書寫之訖、　交了、
巻一九　本云／長享三年三月二日以片時餘暇書写之訖、　交了、
巻二一　長享三年卯月十二日以勤行餘暇之時分任本書置訖、
巻二二　長享三年卯月十九日以餘暇書寫之訖、　交了、
　＊同十月八日再三了、
巻二三　本云／長享三年卯月廿二日以余暇書留訖、　交早
巻二四　長享三年五月十二日巳尅馳禿筆訖、　交了
　＊同十月九日再校了、
巻二六　本云／延徳元年十月十六日書写之訖、
　＊同十一月十七日交合了、
巻二七　本云／延徳元年十二月十二日書写之早、膜所勞之中以推量写之、
　＊同夜於灯下交合之畢、
巻二八　本云／長享三年五月廿七日以餘暇書写之訖、交了、
　＊改元延徳元　同十月十四日以異本再交了、
巻二九　本云／長享三年六月九日書写了、　交了、
巻三一　本云／長享三年七月十八日拭老眼書写早、　交了
巻三二　長享三年七月八日書写之早、　交了
巻三三　長享三年七月十二日書写訖、　交了
巻三五　本云／長享参年七月卅日以餘暇書写早、　交了、
巻三六　本云／長享三年八月七日書写了、　交了
巻三八　長享三年八月十一日書寫之早、交了
巻三九　長享三年八月廿日書写之訖、　交了

巻四〇　本云／長享三年七月一日書写之訖、　交了

③〔天正一四年書写奥書〕　〔＊同校合識語〕

巻二　＊重而朱点又脇小書以或本是付畢、／天正壬辰廿年
三月吉日　梵舜（花押）

巻六　天正十四　年卯月廿二日ニ写之、　重而不審字解、

巻七　＊以或本重而朱点又脇小書付畢、／天正廿年卯月
廿一日、

巻八　＊以重而證本朱点脇小書付畢、／天正廿年卯月廿
二日、

巻一二　＊重而類本ニテ朱点脇小書等付畢、／天正廿年卯
月廿六日、　梵舜（花押）

巻一三　＊天正一五年五月十七日重而以余本加朱点了、

巻一四　＊或以本重而加朱点校合了、／天正廿年二月廿五
日、

巻一五　＊重而以類本朱点脇小書付并又奥此目録ヨリ書入、
／棟堅奉入将軍事先之写本ニ無之故書、／天正廿
年五月三日　梵舜（花押）

巻一六　覺乗房老眼ニテ書繼申候、／天正十四年丙戌年六月五日ニ
太田民部丞壹清／寫之早、
＊重而以類本朱点脇小書等付畢、／天正廿年卯月
廿八日　梵舜（花押）

巻二三　天正十四　年卯月廿四日　写之、

巻二五　＊天正十五年六月四日以他本朱点付了、

巻三〇　天正十四　年　卯月晦日写之、五冊之内壹清／書之、

巻三一　＊重而以類本朱点校合以下了、／天正廿年四月九
日　梵舜（花押）

巻三二　＊以或本脇小書并朱點等付畢／天正廿年卯月十日
梵舜（花押）

巻三五　天正十四丙戌年六月二日書之、　梵舜

巻三六　天正十四丙戌年六月四日書之、　梵舜

巻三七　＊天正廿年三月十二日／以或本朱点校合畢、

巻四〇　天正十四丙戌年六月十日　此本之内七冊書之訖、

④〔文禄三年梅谷和尚校合識語〕　朱筆（巻四〇のみ墨書）。

巻一　右朱點以梅谷和尚本重而写了、／文禄三甲午年三月十七
日、　梵舜（花押）

巻二　朱点又重而以梅谷和尚写了并校合了、／文禄三甲午年三
月十八日、

巻三　朱點重而以梅谷和尚本写了、／文禄三甲午年三月廿日
梵舜

巻四　朱点梅谷和尚以本写了、不審字解也（コノ五字墨書）、
／文禄三甲午三月廿一日、　梵舜（花押）

巻六　朱点以梅谷和尚本写了、／文禄三甲午三月廿二日、

巻七　以梅谷和尚本校合了、／文禄三甲午年卯月二日、梵舜（花押）

巻八　朱点校合等梅谷和尚以本写了、／于時文禄三甲午卯月二日、　梵舜（花押）、

巻九　右朱点重而写了、／文禄三甲午年三月廿二日、

巻一〇　右朱点以梅谷和尚本写了、重而不審字読解也／文禄三甲午年三月廿四日、　梵舜

巻一一　以或本加朱点校合了、／重而以梅谷和尚本校合了、／文禄三甲午年三月廿八日、梵舜

巻一二　以梅谷元保和尚本校合朱点等写畢、／文禄三甲午年三月廿八日、

巻一七　朱点校合等以梅谷和尚本写畢、　不審字解也／文禄三甲午年卯月廿一日、　梵舜

巻一八　以梅谷和尚本重而朱点校合者也、　不審字讀解也／文禄三甲午年卯月廿三日、　梵舜

巻一九　以梅谷和尚朱點校合畢、／文禄三甲午年卯月廿三日、梵舜（花押）

巻二〇　以梅谷和尚本朱点校合畢、不審字解也、／文禄三甲午年卯月廿五日、　梵舜

巻二一　右朱点以梅谷和尚本写畢、　不審字解也、／文禄三甲午年卯月廿五日、　梵舜

巻二二　右朱点以梅谷和尚本写畢、　不審字解也、／文禄三甲午年卯月廿六日、　梵舜

巻二三　右朱点以梅谷和尚本寫畢、／文禄三甲午年卯月廿六日、　梵舜

巻二四　右朱点以梅谷和尚本写了、／文禄三甲午年卯月廿七日、　梵舜

巻二六　右朱点以梅谷和尚本写了、／文禄三甲午年卯月廿七日、　梵舜

巻二七　右朱点以梅谷和尚本写畢、／文禄三甲午年卯月廿八日、　梵舜

巻二八　右朱点校合等以梅谷和尚本写了、／文禄三甲午年卯月廿九日、　梵舜

巻二九　右朱点校合等以梅谷和尚本写了、／文禄三甲午年卯月卅日、　梵舜

巻三〇　右朱點校合等以梅谷和尚本写了、／文禄三甲午年五月朔日、　梵舜

巻三三　右朱点校合等以梅谷和尚本写了、／文禄三甲午年五月二日、　梵舜

巻三四　右朱点校合等以梅谷和尚本写了、不審字解也、／文禄三甲午年五月六日、　梵舜

巻三五　右朱點校合等以梅谷和尚本写了、不審字解也、／文禄三甲午年五月八日、　梵舜

巻三六　右朱点以梅谷和尚本写了、／文禄三甲午年五月九日、梵

舜

巻三七　右朱点重而以梅谷和尚本校合了、／文禄三甲午年五月九日、　梵舜

巻三八　右朱點校合等以梅谷和尚本写了、／文禄三甲午年五月十日、　梵舜

巻三九　右朱点校合等以梅谷和尚本写了、／文禄三甲午年五月十一日、　梵舜

巻四〇　右朱點前南禅梅谷元保和尚以自筆本写了、先年天正十四歳比／四十冊全部遂書功者也、／文禄三甲午年五月十一日、　梵舜（花押）四十二才

①の奥書から、本書の祖本は宝徳元年（一四四九）八月に、但馬介日下部宗頼が細河右馬頭から借用の本を、数名の手を借り一五日間で頓写したものとわかる。年代を勘案すると細河右馬頭は、細川満元三男で『新続古今集』入集の歌人細川持賢（一四〇三〜六八）。日下部宗頼は山名氏被官八木宗頼（〔参考〕小秋元『太平記と古活字版の時代』五六頁注三参照）。

②によればこの宝徳写本が、長享二年（一四八八）七月から翌延徳元年（一四八九）一二月にわたり書写された。必ずしも巻順ではない。書写者は不明だが「勤行餘暇之時分」（巻二一）、「拭老眼」（巻三一）とあり、あるいは老年の出家者か。以上、梵舜本の本文は巻三九については宝徳元年まで遡上でき、他の巻も長享・延徳という一五世紀後半までは遡れる古いものである。

③は、その長享写本が天正一四年（一五八六）四月から六月にかけて写されたことを示す。梵舜（一五五三〜一六三二）・覚乗房・太田民部丞壱清他数名の手による。巻一六は最初覚乗房が書写し、太田民部丞壱清が書き継いだとあるが、たしかに影印本四の一八六頁と一八七頁の間で筆が替っている。この写本に翌天正一五年朱点を加え（巻一三・一五）、さらに天正二〇年（一五九二）二月から六月にかけて校合を施している。そして④によれば文禄三年（一五九四）三月一七日から五月一一日にわたり、梵舜が梅谷和尚自筆『太平記』を以て朱点・校合を加えたのである。すなわち現存の梵舜本は天正年間の写しである。

梅谷元保は「前南禅梅谷元保和尚」（巻四〇）とあり、南禅寺二六四世。天正九年（一五八一）二月二八日に南禅寺住持、文禄二年（一五九三）六月七日に寂しており、梵舜は梅谷没後にその蔵書であった写本を借り受けたものだろう。以上の伝来関係を図示する。

細河右馬頭本 → 宝徳写本 → 長享写本 →

天正写本 → 梵舜本

〔梅谷和尚本で朱点・校合〕→

異本との校合の結果や、親本にないやや分量の多い記事を巻尾に記するのが本書の特徴である。梵舜本は巻二二を持ち、甲類本の巻二六・二七に相当する二巻を三分割しており、乙類本に属する。この梵舜本の影響下に慶長七年古活字本が形成されたことが、〔参考〕小秋元氏論文によって明らかにされた。

〔目録〕『尊経閣文庫国書分類目録』（一九三九・一〇）四五八頁。

〔影印〕吉田幸一編『太平記 梵舜本 一～九』（一九六五・七～一九六七・一、古典文庫）

＊一冊目に高橋貞一「梵舜本太平記　解題」所収。

〔参考〕

・【高橋】五六五頁。
・鈴木登美恵「太平記に於ける切継（きりつぎ）について」（『中世文学』八号、一九六三・五）。
・長谷川端「太平記諸本と細川氏」（『太平記 創造と成長』第二章の五、二〇〇三・三、三弥井書店）。
・小秋元段「梵舜本の性格と中世「太平記読み」」（『太平記・梅松論の研究』第三部第四章、二〇〇五・一二、汲古書院）。
・小秋元段「流布本『太平記』の成立」（『太平記と古活字版の時代』第一部第二章、二〇〇六・一〇、新典社）。
・下田英郎「八木但馬守宗頼と和歌」（八鹿町教育委員会編『史跡八木城跡』第四節、一九九四）。
・片岡秀樹「『一条殿御会源氏国名百韻』の詠者　八木宗頼について」（『季刊ぐんしょ』三九号〈一一巻一号〉、一九九八・一）。
・鎌田純一「神竜院梵舜のこと」（『神道大系月報』一〇五号、一九九一・一二）。

丙類本

38水府明徳会彰考館文庫蔵（天正本）

（整理番号　丑二三）【国フ32－13－2、紙E1436】

四〇巻二〇冊存、二巻を一冊とする。

薄茶色銀粉散らし表紙（二五・三×二〇・〇糎）の左肩に双辺題簽（一七・五×三・六糎）を貼り「太平記　天正本　一」の如く記す。漢字片仮名交、行書体。一面八行、字面高さ約二〇・五糎。朱引・朱訓あり、一部に校合・語注あり。巻四・三六で一筆（この二巻は補配）、それ以外で一筆、計二筆か。巻一、目録題「天正本（朱補）太平記巻第一」とし、巻頭目録一丁（一つ書きあり）、改丁して内題「太平記巻第一　序」、序に続いて本文を書く。本文中の章段名は二字下げ（一つ書きなし）。和歌一行書き。

奥書、巻一尾題のあとに「于時天正廿暦終春第九天／書之早」とあり、天正二〇年（一五九二）三月の写。印記、各冊本文冒頭右下に「彰考館」（瓢箪型単郭朱文）。

本書は、史的事実の補訂をなす記事の増加、編年体的意識による改訂、同類記事の集中化をめざす改編、抒情性・哀傷性の増補、政道批判の簡略化など諸本の中で最も特異な本文を持つ。仮に『太平記』諸本を大きく二系統に分けるならば、甲類本や流布本などが一類、この天正本の系統が一類に分けられよう。『平家』の世界でいえば広本系に該当するともいえる最要本である。

〔目録〕『彰考館図書目録』（一九七七・一一、八潮書店）八五頁。

〔翻刻〕

・『太平記①～④』（新編日本古典文学全集）（一九九四・一〇～一九九八・七、小学館）。

・長谷川端「天正本太平記校本（一）（二）」（『中京大学文学部紀要』二八巻三・四号、二九巻一号、一九九三・三、一九九四・六）。

・長谷川端「天正本太平記（一）～（三）」（『中京大学文学部紀要』三七巻一号、三・四号、三八巻一号、二〇〇二・七、二〇〇三・三・七）　＊巻一～三まで。教運本・龍谷大本・野尻本と校合。

〔影印〕巻二・四〇のみ。高橋貞一編『義輝本太平記（一）・（五）』（古典資料類従31・35）（一九八一・一二、勉誠社）。

〔参考〕

・【高橋】四五一頁。

・鈴木登美恵「佐々木道誉をめぐる太平記の本文異同―天正本の類の増補改訂の立場について―」（『軍記と語り物』二号、一九六四・一二)。
・鈴木登美恵「天正本太平記の考察」(『中世文学』一二号、一九六七・五)。
・長坂成行「天正本太平記成立試論」(『国語と国文学』五三巻三号、一九七六・三)。
・大森北義「天正本太平記の合戦記について」(『鹿児島短期大学研究紀要』二二号、一九七八・一〇)。
・大森北義「天正本太平記の一性格」(伊地知鐵男編『中世文学 資料と論考』一九七八・一一、笠間書院)。
・長坂成行「天正本太平記の性格」(『奈良大学紀要』七号、一九七八・一二)。
・長坂成行「天正本『太平記』の巻頭記事—巻二・巻五をめぐって—」(『奈良大学紀要』一〇号、一九八一・一二)。
・鈴木登美恵「古態の『太平記』の考察—皇位継承記事をめぐって—」(『国文学 解釈と教材の研究』三六巻二号、一九九一・二)。
・長坂成行「天正本『太平記』の成立—和歌的表現をめぐって—」(『太平記の世界』〈軍記文学研究叢書9〉、二〇〇〇・九、汲古書院)。

〔備考〕高橋貞一「訪書東西」(『訪書の旅 集書の旅』所収、一九八八・四、貴重本刊行会)に「戦時中、山岸徳平先生が『太平記』天正本を影写された本を借覧して校合できたことは感謝に堪えなかった」とある(七五頁)。

39国立国会図書館蔵(教運本)(旧称義輝本)

(整理番号 三九・き・一七)【国フ18－11－3】

四〇巻三九冊。巻二・四〇欠、総目録一冊。

素紙改装表紙(二五・二×二〇・一糎)の左肩に題簽(一五・四×三・二糎)を貼り「太平記 五に」の如く墨書。題簽落剝の冊多し。総目録は内題「太平記目録ぃ」とし、一面一一行、目録を二段書き(一つ書きなし)。巻一は内題「太平記巻第一」に続いて序、改丁し本文を始める。本文中の章段名は二字下げ、頭に朱の△印あり、一つ書きなし。漢字片仮名交、楷書、一面一一行、字面高さ約二三・二糎。朱点・朱引あり。巻三以降は巻頭目録一丁あり(一つ書きなし)。楮紙袋綴だが、改装されたらしく大和綴の穴跡二組あり、厚手の料紙で裏打ちされている。

各巻尾題丁の左下に「教/運」の印記(方型〈三・五糎〉単郭墨文)。従来「義輝」と読まされてきたが、小秋元段「国文学研究資料館所蔵資料を利用した諸本研究のあり方と課題—『太平記』を例として—」(『調査研究報告』二七号、二〇〇七・二)により訂された。伝足利義輝旧蔵とするのは蔵書印の誤読のため。

本書は天正本系統だが、この系統は二種に分かれ細部に天正本とは異なる本文もあり注意を要する。巻三二の「八幡宮託宣神詞事」は「去程ニ爰ニ落集タル勢ヲ見レハ先年奥羽州ノ国司題家」（四・二二四頁）で終るが、これは乱丁で、最終丁にあるべき丁が「東寺合戦事」の次丁（二一九九・二二〇〇頁）に混入している。なお静嘉堂文庫蔵松井別本二冊は、本書の僚巻と目され、巻四〇・剣巻が備わる。

〔影印〕高橋貞一編『義輝本太平記（一）～（五）』（古典資料類従31～35）（一九八一・二、勉誠社）＊巻二・巻四〇は天正本で補う。

〔参考〕【高橋】四一五頁。

〔目録〕『新編帝国図書館和古書目録　中巻』（一九八五・一〇）八二一頁上。

40 静嘉堂文庫蔵（松井別本）

〔整理番号　五〇二・一五・二〇一七二〕

残存二巻（教運本巻四〇・剣巻に相当）。

紺色表紙（二五・八×二〇・五糎、裏打ち前の本文料紙の縦は約二四・八糎か）の左肩に後補双辺題簽を貼り、「太平記　三（七）」と記す。三は剣巻、七は巻四〇に相当する。見返しに原題簽が貼付され、それには「太平記　三ろ」「太平記　七へ」とあり、原題簽の段階で、この二冊を、ある一連の写本の第三・第七とする意識が存したものか。また表紙右肩に「残存上（下）」と朱書しており、そのうち二冊が残ったのだろう。

本文は漢字片仮名交、一面一一行、字面高さ約二二・二糎。筆跡は教運本に完全に同一。朱点・朱引あり。印記、一オ右に「静嘉堂珍蔵」（長方型双郭朱文）、「松井氏／蔵書印」（長方形単郭朱文）、松井簡治氏旧蔵。

「太平記　七」とする巻四〇相当冊について、内題「太平記」とするのみで巻数なし、尾題もなし。一丁目と二丁目は入れ替わるべきもの、すなわち（二オ（巻頭目録）→一オ→一ウ→二ウ（白紙）→三オ）が正しい順序。そして一オ・二オともに四行目までは別筆での補写で切継されている。

二オの巻頭目録を示す（一つ書きなし）。

神木御帰座諸卿供奉事
高麗并大元使節至事
蒙古攻日本事
神功皇后攻高麗事▲
道朝杣山城楯籠事
中殿御会再興事
鎌倉殿病死事
園城寺訴詔事
最勝講時南都北嶺戦事
将軍義詮捐館事
細川右馬頭頼之輔佐新将軍事

（▲までは別筆）

「神木御帰座諸卿供奉事」の書き出し、以下のとおり。

道朝ハ二宮信濃守ヲ待ツレ連ニ路ノ無子細越前ノ国ニ下着シ給ケリ、カ、リシカハ同八月十二日ニ越前ノ▲国河口ノ庄南都ヘ還シ付ラレ、神訴已ニ達シヌレハ頓テ神木御帰座アリ、今度ハ何モヨリモ藤氏ノ卿相雲客奇麗ヲ尽シ…

(▲までは別筆)

本文中の章段名は二字下げ、一つ書きなし、朱の△印あり、体裁は教運本に同じ。

三の剣巻は一オに目録に該当するものがある。

(四行分ほど白紙で)

鬚切事　次名鬼丸　次号師子之子次友切後復鬚切／
膝丸事　次蜘蛛切　次吼丸　後薄緑　後復膝丸／
小鴉剣事　神璽事　内侍所事／
寶剣事　天村雲剣事／
草薙事　十握剣事／
八切ノ剣／
日神月神事　蛭子事　三鏡事

剣巻の末尾は「其ノ后彼ノ膝丸ハ鎌」御齢ヒ已ニ二八金鶏陣ノ下ニ被冊玉楼殿ノ」で終る。傍線部以前が剣巻で、そのほぼ末尾の数行が途切れている。『完訳日本の古典　平家物語　四』(小学館)で示せば、四四九頁の後四行目の途中までで、後は落丁か。傍線部は教運本(義輝本)巻一の「實兼公女備后妃事」の一節で、影印本一冊目三七頁の一～三行に相当し、書写の際の書きさしであろう。

〔目録〕『静嘉堂文庫國書分類目録 続編』(一九三九・五)一一二頁。

〔備考〕『マイクロフィルム版　静嘉堂文庫所蔵　物語文学書集成』第五編　歴史物語・軍記物語の八〇(一九八四・六、雄松堂フィルム出版)。

41国立公文書館内閣文庫蔵(野尻本)

(整理番号　楓四一・特一〇〇・二)【国フ19－54－1、紙E2377】

全四二巻で巻三欠、四一冊存。第一冊は総目録と巻一、第二冊は巻二で以下一巻一冊、巻二二あり。本書は巻三〇までは天正本系に、巻三一以降は別系統の本による。天正本系の巻三〇(「新田義興義宗等東国劫略事」から「諸国扶兵引飯事」まで)は他の諸本の巻三一に相当する。本書は巻三一以降の本文に、諸本の巻三〇以降の本文を当てたため、巻三〇・三一の内容が重複する結果になっている。以下この影響で一巻ずつずれ巻四一で終る。巻四二は石清水関係記事の冊。

後補褐色(上中下に横刷毛目模様)表紙(二七・一×一九・八糎)の左肩に題簽(一七・八×三・六糎)を貼り「天正本太平記　一」の如く記す。表紙右肩に「壁」の紙片をはる。第一冊の初め一四丁分は総目録で一面九行、二段書き。続く巻一は内題「太平記巻第一序」とし、巻頭目録なく序があり、本文に入る。巻頭目録は巻七・一二・三一〜四二の一四冊にある（一つ書きあり）が、総目録とこれらの巻の巻頭目録とは一致せず、系統の異なる本を取り合わせたものと考えられる。本文中の章段名は二字下げ（一つ書きなし）。巻八・一七・二〇・二三・三三など本文中に章段区分を設けない巻も多く、体裁の統一はなされていない。

漢字片仮名交、一面九行、字面高さ約二二・五糎。数名の筆。巻一・二には『参考太平記』との校異を記した押紙あり。

巻八以外の各巻末に奥書あり（本文とは別筆）。巻二末のを引く。

　此書者即往代舊記興亡先蹤也、尤為／季世訓摸、仍今出雲國三澤庄龜嵩／麓於草亭、自國造千家義廣、借四／十二巻一旬之間寫之、以傳子孫永貽千載／庶幾後覧之倫諒察焉、／　雲州三澤之住野尻蔵人佐／旹天正六戊刁仲春日書之

　源慶景

巻一・一三・二一・二四の奥書は傍線部を欠く。

これによれば天正六年戊寅（一五七八）二月、千家義廣本四二巻を借り亀嵩（島根県奥出雲町亀嵩）の草庵において一〇日間ほどで書写したという。出雲三沢の住人、野尻蔵人佐源慶景の署名があるが、数名の手を借りて倉卒に書写したものだろう。千家義廣は出雲臣の子孫、六六代当主、永禄六年（一五六三）国造（姓氏家系三一六四頁）。文禄五年（一五九六）没。野尻氏は尼子氏の臣か。

印記、各冊本文冒頭右肩に「秘閣圖／書之章」（方型単郭朱文）・「日本／政府／圖書」（方型単郭朱文）。前者は紅葉山文庫旧蔵本に明治維新後に押されたもの、後者は太政官文庫が内閣文庫と改称された明治一八年（一八八五）一二月以後、新たに彫刻使用された（『改訂増補内閣文庫蔵書印譜』、一九八一・三、国立公文書館）。巻一一末・巻四一目録丁・巻四二末尾に「内閣／文庫」（方型単郭朱文）。

総目録は天正本系で龍谷大学本・教運本のそれに一致する。本書は巻三〇までは天正本系、巻三一以降は他系統の本文を持つ。巻一八は内題「太平記巻第十八」とし一冊だが、「先帝芳野潜幸事」から「春宮還御事」までの記事の後に「太平記巻第十八上」（尾題に該当）とあり、「一宮御息所事」から「比叡山開闢事」までの記事の後に尾題「太平記巻第十八下」とあり、上下二分している。この区分は豪精本・京大本・中京大本など丁類本の巻一九・二〇のあり方に同じである。

巻三一以降は別系統のため、内容が総目録とは合致しない。巻三一は内題「太平記下之卅一」とし、「一　将軍御兄弟和睦事」から「一　梶井宮南山幽閇事」までで、甲類本巻三〇、野尻本巻二九に相当。巻三二は「一　武蔵野合戦事」から「一　八幡落事」まで、甲類本巻三一、野尻本巻三〇前半に相当。従って巻

三一・三二の二巻は内容的に重複する。巻三三は「一　茨宮御位事」から「一　八幡御詫宣事」までで、甲類本巻三二に相当する。八幡御詫宣事の末の落首三首なし。巻三四は「三上皇自吉野御出事」から「新田左兵衛佐義興自害事付江戸遠江守事」まで、甲類本巻三三に同じ。

巻三五は甲類本・流布本の巻三四に該当。巻三六は甲類本・流布本の巻三五に相当するが、諸本では巻三五の末尾にある「尾張小河東池田等事并仁木三郎江州合戦事」を「北野通夜物語」の前に配置し、合戦記事が「北野」で分断されない構成をとる。すなわち「北野通夜物語」を巻三六の末尾に置く。この型は、他に例を見ない本書の独自な点である。北野物語に頼意登場せず、民苦問使のこと・日蔵上人のこと・泰時修行のことあり、貞時修行のことはなし。記事の有無がこれに一致するのは西源院本・陽明文庫本・豪精本などである。

三七・三八・三九は諸本の巻三六・三七・三八に相当。巻四〇は「大内介降参事」から「光厳院禅定法皇崩御事」まで、流布本巻三九の区分・構成に同じ。なお光厳院の物語のうち、天正本・教運本では院を川へ突き落した武士らが反省して随行を願い出る場面を持たないが、野尻本はその挿話を、院追善供養の記事のあとに補っている。巻四一は流布本巻四〇に相当する。巻四二は巻頭目録に「一　八幡宮事／一　垂跡事／一　石清水遷座事／一　王位事／一　放生会事」とあり石清水関係記事の集成で、『八幡愚童訓』によるか。

二系統に分れると予想される天正本系四本の比較検討は重要な課題であり、また本書については専論もなく巻三一以降の本文は素姓も未検討、さらに広い意味での毛利氏文化圏で書写されたと思われ、依拠本の想定も残された問題である。

〔目録〕『改訂内閣文庫國書分類目録　上』（一九六一・三）二六四頁上。

〔参考〕

・【小秋元】一〇二頁。

〔備考〕『重訂御書籍来歴志』（国立公文書館内閣文庫蔵、二二八、六二）の巻五・軍記類の項に本書巻末奥書の紹介あり。

42 龍谷大学大宮図書館蔵（龍谷大学本）

（整理番号　〇二一・三七〇・一二）

大本一二冊存。一冊目は総目録と巻一、巻二〜巻一二までは一巻一冊。

紺色表紙（二八・七×二一・七糎）の中央に題簽（一六・六×三・四糎）を貼り「太平記　一（〜十二）」の如く記す。一冊目は総目録（章段名は一つ書きなし、二段書き、一面一一行）が一二丁あり、一三丁目は巻一の序、次丁から本文が始まる。本文は一面一一行、字面高さ約二三糎。漢字片仮名交、一筆書写。振仮名、付訓、朱点、朱引あり。本文中の章段名は三字下げ、段名の上に朱△印あり、一つ書きなし。和歌は一行書き。奥書・識語なし。室町末写か。印記、各冊一丁目右下に「寫字臺／之蔵書」（縦長楕円形朱文）、写字台は西本願寺の門主の文庫。「寫字臺之蔵書」印は三種あるが、本書の印は小野則秋『日本の蔵書印』（一九七九・三、臨川書店）第一五図に載るもの。

　本書は天正本系で、新編日本古典文学全集『太平記①』の校訂に使用。〔参考〕の長谷川氏「天正本太平記校本」の凡例が「竜大本と義輝本は共通の粗本を有するテキスト」とし、同じく浜畑氏論文が「龍谷大学本と近いのは義輝本・野尻本であり、最も遠いのは天正本である」と指摘するように、天正本系統は二群に分れる。

　本書巻一二「文観僧正行儀ノ事」の次には、「神明之御事」として「思カネ三角柏ニ占トヘハ沈ムハウカフ涙ナリケリ」の和歌に絡む説話を載せる（影印本七四二頁）。この話、天正本系統では教運本にはある（義輝本影印八〇九頁）が、野尻本・天正本（新編全集五八頁注一六参照）にはない。

　なお、教運本（義輝本）・野尻本および本書の総目録は細部の用字までほぼ一致し、二段書きの様式も含めて、祖本を同じくするとみてよいだろう。例えば巻四、目録に「①一宮妙法院配流事／②中宮六波羅行啓事／③俊明極来朝参内事／④先朝隠岐国遷幸事」（教運本一・五頁）の順で記すが、本文では①③②④の順に配されており、この三つの目録は誤りを共有する。同様のことが巻三〇、「羽林相公帰入都事／主上八幡鎮座事」（同一九頁）の順序（入れ替わるべき所）についても言え、三目録は兄弟関係かと推測される。

〔目録〕
・『龍谷大學和漢書分類目録（總記の部）』（一九四一・三）三一頁下。
・『龍谷大學大宮圖書館和漢古典籍分類目録（總記・言語・文學之部）』（一九九三・三）四六頁下。

〔影印〕龍谷大学仏教文化研究所編『太平記』（龍谷大学善本叢書26）（二〇〇七・九、思文閣出版）。加美宏・浜畑圭吾解説。

〔参考〕
・長谷川端「天正本太平記校本（一）（二）」（『中京大学文学部紀要』二八巻三・四号、二九巻一号、一九九三・三、一九九四・六）。
・長谷川端「天正本太平記（一）～（三）」（『中京大学文学部紀要』三七巻一号、三・四号、三八巻一号、二〇〇二・七、二〇〇三・三・七）。＊巻一～三まで。教運本・龍谷大本・野尻本と校合。
・浜畑圭吾「龍谷大学大宮図書館寫字臺文庫蔵『太平記』解題」（「指定研究　龍谷大学図書館蔵『太平記』の研究」〔主任　大取一馬〕所収、『佛教文化研究所紀要』四五集、二〇〇六・一一）。

丁類本

43 京都大学文学部閲覧室蔵（京都大学本）

（整理番号　国文学0m・1）

巻一～七欠、三五冊存の四二巻本。巻二二は流布本系を補配。

素紙表紙（二五・〇×一八・三糎）、題簽外題なし、左肩に「第八」と記し、右肩にも巻数を示す漢数字を墨書。左下にラベルあり。遊紙一丁あり、次丁に目録題「太平記巻第八」の如く記し、以下に目録を書く（一つ書きあり）、次丁に内題あり続いて本文を始める。本文中の章段名、一字下げ、一つ書きなし。漢字平仮名交（平仮名多し）、一面九行。一筆書写。江戸初期写か。鳥の子紙綴葉装。虫損、綴じ糸破損多し。奥書・識語なし。印記、目録丁の上または下に「京都／帝國大學／圖書印」（方型単郭朱文）・「京大／117259／45、4、30」（横長楕円形ゴム印）。

本書は全体を四二巻に分け、巻一から巻七は欠、巻二二は流布本系の巻二二で補入する。巻二一は甲類本など諸本の巻一九に相当し、巻二三は「てんかよそほひすかたの事并はんい僭上事」から「ゐんやはうぐはんざんしの事」までで、諸本の巻二一に相当する。すなわち諸本の巻二〇にあたる部分を欠く。本

文については、全体にわたり〔参考〕【高橋】が、いくつかの詞章を示し「金勝院本と同類と認むべき巻々を有しながらも、なほ神田本、西源院本等に近き巻々を有する傳本である」（二八七頁）とするのに概ね従うべきだろう。丁類本は披見し辛い写本や、欠巻があったり、または本書のように平仮名本で読みにくいなどで研究におくれが目立つ系統だが、まずは校訂本の刊行が切に要請される。

瑣事になるが【高橋】に指摘のない、一件を記しておく。巻四一「しよ大みやう道朝をざんずる事」の、佐々木道誉の大原野花会の場面に、つぎのようにある。

世にたぐひなきあそひをそし／たりける、【そのとき京中ならびにひかし山の／花どもをくせまひにつくつて、でんがくしづ／やにそまひうたはせける、それ花のあらたに／ひらくるおり、いづるあさひもにほひあり、と／りのおいてかへるとき夕のそらやかすむらん、／そればんぼくはるをえて、うろのおんたく／にほこる、しゆさう時にしたがつてはこひの／こうせつにいたる、そも〳〵《花のなたかきは／（六ウ）まづはつ花をいそぐなる、このゐどの、いと／ざくら、やなぎさくらをこきまぜてみやこを／はるのにしきとは、いかなる人のよみつらん、／千もとのさくらをうつしてその色をところの／名にえたる千ぼんのてらぞおもしろき、びしや／もんだうのはなざかり、四王天のゐ

いぐはもこれ／にはいかでまさるべき、うへなるくろだにしも／かはら、むかしへんせうそうじやうのうき世をの／がれしくはちやうさん、わしのみやまの花のころ／（七オ）かれにしつるのはやしもおもひやられてあ／はれなり、せいすいじのぢしゆのはな、はるふく／風のをとは山》おちくるたきのながれもたえ／せぬちかひなるへし、しきしまやうたの中／山うちすぎて、せいがんじにいたれば、二かいの／まへのやへざくら、いく世のはるをかさぬらん、いま／くまのゝおちはし、かけまくもかしこきかみを／ふしおがみ、ゑんつうじのはしのしたなかれし／みづにかげみえて、かはぎしにさける山ぶき、け／（七ウ）いやうげきして、かげくちびるをうごかす、や／うめいあんのはなのもと、れうせうたるせきかん、／くれゆくはるをおしむ也、ひくはのいんらくに／かへてふきうすいちやうのとうふう、雨根《うこん》の／こゝろありとかや、いでぬ山ぢに日もくれぬ、／かへらん事をわすれて、こよひやこゝにあかさ／んと、みやこはみよのはなざかり、たれかはなかめ／ざるへきと、まひうたひすましければ、中々／ぜひを申にをよばず、このほかにし山のはな／（八オ）のめいしよとものうたひ、これおほし、さらにた／ぐひなきあそひをぞしたりける、】ふもとには／くるまをとゝめて

この部分、西源院本は傍線部と破線部とが直接つながり「世ニ無レ類遊ヲソシタリケル＊麓ニ車ヲ駐メテ」（一一二〇頁）とある。神宮徴古館本や流布本など多くの諸本はさらに＊の箇所に「已に其日に成しかは、軽裘肥馬の客をともなひ大原や小塩山にそ赴ける」（神宮徴古館本一一七〇頁）の一文が入る。

京大本は、傍線部と破線部の間に【　】内の長文が入る。このうち《　》内の波線部はほとんど同じ詞章が、謡曲『西行桜』末尾近くに見える（大系本上・二九三頁）ことは注意されるし、後半部（　》以降）も依拠するものがあるだろう。二重傍線部「でんがくしづや」（田楽閑や）の名があるのも注目される。巻二六・田楽桟敷倒壊の場面に「新座の閑や、八、九才の小童にて」（新編全集三・三二五頁）と登場し、また『中楽談儀』にもみえるが、同書岩波文庫本補註四に「シヅヤが個人の名ではなく、田楽のツレ役的なものを意味する術語かも知れない」（一二四頁上）とあり、やや不鮮明であったが、京大本の文脈からは田楽の役者名とみてよいだろう。

そもそも、諸本にない京大本のこの約八百字ほどの記事（すべてを確認していないが、管見では京大本のみ）は本来的なものか、それとも増補の結果であろうか。傍線部と】の直前に「たぐひなきあそひをぞしたりける」（網掛）、という共通する詞章があり、目移りによる脱落が起こり得るかもしれないが、ほとんどの諸本からこの部分が消えるという書承関係は想定しにくい。この部分は大原や小塩山の描写ではなく、花洛の花の

名所を詠み込んだ曲舞をシヅヤに歌わせたという形で、やや強引にここに組み込んでおり増補の感は否めない。

なお巻一九の最初の章段「せんていよしのせんかうの事」の、八オ「まいらせかねがさきにてうたれしばうこん」から一三ウ「ありとしらせよ、とげぢせられければ」までは、巻二一第三段「につたのよしさたゑちせんのこふの城おとす事」の中の詞章の錯入（大系二七六頁三行目から二七八頁後四行目までに相当）。巻三一の一オから一四オまでには錯簡があり、またそのうち二オ「にはかに風きたりて…」から二ウ「…おりふしぶせい也ければ」まで、および一一オ「三十よ人ありけるか…」から一一ウ「…そのうちより日ごろ手から」までは、巻二五「かはのえのじやういくさの事」からの錯入（巻二五、二八ウと二九オの間に脱落あり、大系三八二頁一〇行目から三八三頁一〇行目までの相当）。この他にも、まま乱丁がみられる。

巻二六遊紙ウに「写本目録相違之間おくの次第ニ書付也」と記した縦長貼り紙あり。巻二七に「写本目録まきれ候間奥ノ次（以下欠）」、巻二八に「目録混合之間奥ノ次第ニ記事寫之也」、巻二九に「目録之次第不同之間奥ノことくニ書写仕候」、巻三〇に「目録写本混乱之間以他本／書入也」とあり（いずれも同箇所に貼り紙）。やや文意不明だが、写本目録との「相違」「まきれ」「混合」「不同」「混乱」というのは、他の写本を参照して、その目録と違いがあり、「おくの次第」とは、本文中の章段名に従って書写したというのだろうか。巻三〇は「他本」で書き入れたとあり、本文中には書かれないない段名が巻頭目録にはある。

〔参考〕【高橋】二五五頁。

44 龍門文庫蔵（豪精本）

（整理番号　九八）

四一巻四一冊存（目録一冊あり、巻四欠、最終巻は巻四一）。縦長桐箱に収む。箱正面の蓋に「太平記　天正中　豪精本」と墨書。藍地金銀切泊模様表紙（二四・〇×一八・七糎）の左肩に題簽（九・〇×二・七糎）を貼り「太平記巻第一」の如く墨書。その下の方形押紙に巻数を朱書。別冊目録は一つ書きで全巻の目録を記す。巻四の分あり（但し、巻四の欄上に「此巻第四本書闕失」と朱書した押紙あり）。巻一の体裁、遊紙一丁、次丁に巻頭目録、目録題なしで章段名を列挙する（一つ書きあり）。巻頭目録に続いて改丁せずに（料紙節約のためか）内題を「太平記巻第一」の如くに記し、次丁から本文を書く。本文中の章段名は一つ書きなく一字下げで表記。一面一〇行、漢字片仮名交、字面高さ約二二・〇糎。朱点・朱引あり、他本との校異書き入れ（別筆）あり。虫損多し。巻七表表紙見返しに海辺の墨絵、同巻末の遊紙の二枚目表に海辺の船・林・山（舟上山か）の絵あり。巻四一は裏表紙剥脱。印記、各巻頭右下に「龍

門文庫」（長方形〔三・七×一・六糎〕単郭白文）。

奥書、以下の如し。

目録末「太平記全部之目録、為令達心中之望一筆ニ急候令書／写者也、後昆之哢無念々々／于旹天正七年己卯卯月上旬　肥後木山腰之尾道場住／居之刻　妙智房豪精（梵字）」、その後に別筆で「武州豊嶋郡於江戸浄土寺書之者、但題號矣／太因（花押）」、

巻一〇末「天正三歳乙亥九月日早々／肥之後州木山腰之尾／道場之住、／妙智房豪精（梵字）」、

巻一一末「天正五年丁丑師走廿三日」、

巻一二末「天正七年己卯師走七日夜成就畢　肥後国木山腰之尾道場／居住之刻　所持妙智房豪精（梵字）」、

巻一三末「于旹天正六年戊寅正月十九夜筆依急用者也、／肥後木山道場居住之砌、妙智房豪精令所持畢／あらざらむのちまで人のあはれともみるべき筆の／跡ならばこそ」、

巻一四末「于旹天正六年戊寅二月三日早々　所持妙智房豪精（梵字）／肥後州益城郡木山腰尾道場居住之刻也」、

巻一五末「天正八年庚辰正月十日ノ夜成就畢、一筆之内此巻依為他筆、後／ニ書加者也／肥後木山腰之尾道場居住之砌　妙智房豪精持之」、

巻一六末「天正六年戊寅十月日　所持豪精（梵字）」、

巻一七末「豪精（梵字）」、

巻二一末「天正六年戊刁十二月十日　肥後木山道場居住之刻　所持妙智房豪精（梵字）」、

巻二二末「天正六年戊刁十二月廿一日　木山道場居住之刻妙智房豪精（梵字）」、

巻二三末「天正六年戊刁十二月廿四日　肥後木山道場居住之刻妙智房豪精（梵字）」、

巻二四末「天正七年己卯正月四日早々　肥後木山道場居住之刻妙智房豪精（梵字）」、

巻二五末「天正七年己卯正月十七日早々　肥後木山道場居住之刻妙智房豪精（梵字）」、

巻二六末「天正七年己卯正月廿貳日急々」、

巻四一末「太平記四十有餘之内、依便宜ノ數奇東西馳走之透一筆ニ／令書写訖／寔胎後覧之嘲者也　肥後木山腰之尾道場住居之刻、／妙智房豪精（梵字）／于旹天正七年己卯卯月吉曜」、

以上の奥書からわかる、書写の状況をまとめておく。

天正三年（一五七五）九月〔巻一〇〕
天正五年（一五七七）一二月〔巻一一〕
天正六年（一五七八）一月〔巻一三〕、二月〔巻一四〕、一〇月〔巻一六〕、一二月〔巻二一～二三〕
天正七年（一五七九）一月〔巻二四～二六〕、四月〔目録・巻四一〕、一二月〔巻一二〕
天正八年（一五八〇）一月〔巻一五〕

本書は肥後国木山腰尾道場で天正年間に妙智房（熊本県上益城郡益城町宮園にある道安寺の前身の寺の一塔頭か。『益城町史 通史編』、一九九〇・三、三四四頁）豪精の手で書写されたもの。目録の奥書によれば、武蔵国豊島郡江戸浄土寺の太因は題簽を書いた者か（『龍門文庫善本書目』はこれを「慶長頃の筆か」とする）。

別に屋代弘賢自筆の書簡（別紙によれば文化六年〈一八〇九〉一二月一三日付という）が添付されており、天正の書写にまちがいない旨鑑定できるという内容、〔参考〕【高橋】に紹介あり。田中勘兵衛氏旧蔵。

本文について、主に巻区分のあり方を中心に、なるべく【高橋】の言及する箇所以外について略記する。巻一から巻一三までの巻区分は諸本に同じ。

・巻一末、資朝佐渡配流の後に中原章房殃死の記事が載るが、浅原為頼宮中乱入事件・中宮御産祈のことはなし。
・巻三末に楠金剛山城のことなし。
・巻六、正成未来記披見の条の未来記記文に、天下を掠むること「廿余年」とあり（参考本一五一頁下相当）。
・巻七の二オ（遊紙）に「此巻元弘二年正月ヨリ三月マテヲ記、京方王ハ光厳院也」と墨書。
・巻八、巻頭目録の次に「此巻元弘三年壬二月ヨリ四月マテヲ記也、帝王光厳院也」と墨書。
・巻九巻頭目録の前に「此巻ニ元弘三之夏四五月ノ間ヲ注也、王ハ光厳院欤」とあり。
・巻一一「筑紫合戦事」で、菊池入道が櫛田宮の神殿に矢を射、「武士ノ上矢ノカフラ一筋ニ思キルトハ神モ知ラン」の歌あり（金勝院本に同じ、参考本三三〇頁下）。この巻の末尾は「金剛山寄手共被誅事」。
・巻一二「文観上人事」の「大梅常和尚ハ剛被世人ニ知住処ヲ」とある部分（参考本三六七頁下後一行）、「一池荷葉衣未尽千株松花食有余、上ノ句也」と傍書注記あり（『太平記（二）』〔角川文庫〕補注五〇〇頁参照）。「神泉苑事」の最後は「真ノ善女竜王ハ此神泉苑ノ池／水ニ留テ今ニ迄テ風雨叶吃ニ感応順誠ニ奇特無双之霊池ナリ」とあり簡略、西源院本（三一六頁）に同じ。
・巻一三「中前代事」に女影原の合戦記事あり、金勝院本に同じ（参考本三九九頁下〜四〇〇頁上）。「足利高氏東国下向事」に入江一族の記事詳細、金勝院本に同じ（参考本四〇五〜四〇七頁）。「中前代滅亡事」の関東へ発向の軍勢列挙の条も金勝院本に同じ（参考本四〇八頁）。参考本四一二頁が載せる、諏訪小二郎のことなども金勝院本に同じ。
・巻一四は「足利殿兼新田殿霍執事」から「諸国朝敵蜂起事」まで、諸本（ここでは甲類本をさす。以下同様）の巻一四の前半に相当。箱根合戦での村上信貞の活躍および感状のことなく、金勝院本に同じ（参考本四三七頁）。

・巻一五は「将軍高氏御進発事」から「正月十六日京都合戦事」までで、諸本の巻一四後半から巻一五前半までを収める。

・巻一六は「建武三年正月廿七日京軍事」から「大井田殿備中国下向事同三石軍」まで、諸本の巻一五後半から巻一六前半。多々良浜合戦で、大高重成の臆病を足利直義が揶揄した記事なし（参考本五〇三頁下）。

・巻一七は「将軍自筑紫御上洛事」から「高豊前守師重於山門被虜事」まで、諸本の巻一六後半から巻一七前半まで。

・巻一八は「京寄初度合戦事」から「越前金崎城責事」まで、諸本の巻一七後半に相当。

・巻一九は「先帝後醍醐吉野潜幸事」から「春宮還幸事」までで、諸本の巻一八前半にあたる。

・巻二〇は「一宮御息所事」から「比叡山開闢事　北小路玄恵法印物語」まで、諸本の巻一八の後半に該当。「一宮御息所事」の最後のあたり、「思ヒキヤ塞《コシチ》ニ消シタ烟都ノ空ニ又立ントハ」の歌あり（参考本三〇頁下）。

・巻二一は「光厳院重祚事」から「嚢沙背水陣事」まで、諸本の巻一九に相当。

・巻二二は「越前国黒丸城初度合戦事」から「結城入道落地獄事」まで、諸本巻二〇に同じ。「左中将義貞討死事」で、藤島の照頭羅城（この城名、金勝院本に同じ）の劣勢を聞き出陣する義貞の装束について、

其時ノ装束ニハ白帷ニ精好ノ大口／葛地ノ直垂ニ、萌黄ニ中一通リ紫ニテ綴タル鎧ニ、大中黒ノ征矢／三十六指タルヲ矯高ニ負ナシ、塗篭藤ノ弓持鬼切ト云太刀／二振佩テ、川原毛ノ馬ニ乗替テ五十騎ノ勢ヲ、

とあり、金勝院本に同じ（参考本七三頁下）。義貞所持の吉野帝の勅書の文言、金勝院本とは異なり流布本などに同じで簡略（大系三二一頁）。「勾當内侍事」の、義貞と内侍の出会いの場面、「我袖ノナミタニヤトル影トタニ」の和歌なく金勝院本に同じ（参考本七八頁上）。

「奥勢逢難風事」の末尾を引く。

先帝崩御ノ后、天子ノ御位ヲ継セ給シ吉野ノ新帝ハ此御事也、北畠ノ大納言入道宗玄ノ／舟ハ常陸国東条ノ浦へ吹寄タリシカハ、當国伊佐ノ大宝ニ構二テ／城郭一ヲ篭ト聞ユ、妙法院ノ宮五辻ノ宮相模ノ左馬権頭時行以下ノ舟／十三艘ハ、難風以前ニ遠江国疋馬ノ宿ヨリ上リケルヲ、今川ノ五郎／入道心有ノ手ノ輩馳出テ雖レ戦ト、俄事ナレハ今川方タ小勢ナレハ打／負テ引退、妙法院ノ宮相模ノ左馬権頭以下、伊井介高顕カ城ニ／被篭ケリ、其外ノ舟トモ行末モ知ス成ニケリ、新田左兵衛佐義興朝臣／ハ石浜ヨリ被レ上ケルカ、行方無失ニケリ、聽テ遁世埃屋ノ栖トソ聞エシ、（傍線部右に「シ給ケルトソ听ヘシ」と傍書）

破線部までは諸本にあるが、それ以下は金勝院本に見える独自記事に共通する（参考本八二頁下）。「結城入道源秀堕地獄事」の中の、山伏と律僧が出会い接待所に同道する場面、

一ノ楼門／有、四字ノ額ヲ大放火寺ト書タル、門ヲ開テ内ニ入レ山臥ヲハ旦過ニ／置テ僧ハ内ニ入給ヌ、良暫シアテ僧内ヨリ出給フ、童子二人錫杖ト／法花経入タル羅鈾《シウ》ノ匣トヲ持セテ来給フ、只今是ニ不思儀ノ事アル／ヘシ、

とあるが、傍線部は金勝院本の詞章に近い（参考本八五頁下）。この段の末尾は、「導師称揚讃仏ノ舌ヲ暢ヘ／給ヘハ、聴衆随喜竭仰ノ涙ヲ副リ」で終り、流布本などにある地蔵菩薩の方便云々の詞章（大系三三四頁）はなく、神田本・西源院本などに同じ。

・巻二三は「天下時勢粧事」から「塩冶判官高貞讒死事」まで、諸本の巻二一に相当。「佐々木佐渡判官入道流罪事」（追記に「日枝山ヨリ奏状アリ」）の最後の辺に道誉を訴える山門奏状を載せる。参考本で示せば、「道誉ハ法禁ヲ軽クシテ、奢侈弥恣ニス、＊是ニ依テ嗷議ノ若輩」（刊本九〇頁下一行目）の＊の位置に「延暦寺三千大衆法師等誠惶誠恐謹云…暦応三年十月日トソ書タリケル」（参考本九〇頁下～九二頁上に相当）の長文が入る。

・巻二四は「畑六郎左衛門尉時能事」から「高土佐守被盗傾城事」まで、諸本の巻二三に相当。

・巻二五は「新田脇屋義助高野参詣事」から「篠塚落事」まで、諸本の巻二四に当たる。

・巻二六は「年中行事綺」から「壬生地蔵菩薩御事」まで、諸本の巻二五に相当。

・巻二七は諸本の巻二六に相当、目録を示す。

一　御即位事
一　於仁和寺天狗化生事
一　於天王寺軍事
一　三種神器事
一　邯鄲夢事
一　住吉軍事
一　楠正行討死事
一　蔵王堂炎上事
一　天神垂迹事
一　目賀田軍事

「目賀田軍事」は藤井寺合戦のうち、目賀田と安保直実との剛勇ぶりを詳述する（参考本一九八・一九九頁相当）。

・巻二八も目録を示す。

一　賀名生皇居事
一　高師直師泰兄弟奢侈事付枝橋山庄事
一　妙吉侍者事
一　秦始皇帝求蓬萊宮事

一　廉頗猜㆓藺相如㆒事
一　直冬朝臣西国下向事
一　田楽桟敷破事并清水炎上事
一　左兵衛督直義朝臣欲誅高師直事付直義朝臣法躰号恵源
一　上杉伊豆守畠山大蔵少輔死罪事

諸本の巻二七に相当し、雲景未来記・天下怪異・義詮上洛・大礼事なく、玄玖本・神宮徴古館本・京大本・金勝院本などに同じ。「田楽桟敷破事并清水炎上事」の記事順序・詞章は玄玖本に近い。「左兵衛督直義朝臣欲誅高師直事」の、両陣営に参じた武将列挙の条を引く。

去程ニ洛中ニハ只今合戦有ヘシトヒシメキ立テ／八月十二日ノ宵ヨリ数万騎ノ兵上下ヘ馳違フ、先三条殿ヘ参スル人々ニハ、石堂／入道・上杉伊豆守重能・同右馬助・畠山大蔵少輔・石橋左兵衛佐・大高／伊与守・嶋津四郎左衛門尉・曾我左衛門尉・饗場弾正少弼尊宣・須賀／左衛門・斉藤左衛門大夫ヲ始トシテ、日頃ヨリ弐ヲ不ㇾ存人々三千余騎、三／条殿ヘ馳参、執事ノ方ヘ付ケル人々ニハ、仁木左京大夫頼章・大内左京大／夫義長・舎弟弾正少弼頼勝・細川相模守清氏・同讃岐守清邦・／吉良左京大夫・山名伊豆守・今川五郎入道・同駿河守・千葉介貞胤」・宇都宮三川入道・同遠江守・土岐大膳大夫・佐々木六角判官・同佐渡判官／入道々誉・武田伊豆守・小笠原遠江守・戸次丹後守、荒尾・海東・土肥／・土屋・多田ノ院ノ御家人・常陸平氏・甲斐源氏・高家ノ一族ハ申ニ及ス、畿内・／近国・四国ノ兵共、我モ執事々々ト馳集リケル程ニ、其勢忽ニ五万余騎馳集／タリケリ、三条殿ヘ馳参ケル軍勢共、角テハ叶ハシトヤ思ケン、一人落二人落々失ケル程ニ、今ハ纔ニ二百余騎ニモ不ㇾリ足ケリ、（神宮徴古館本八一七頁、参考本二六三～二六五頁相当）、

とあり、主に傍線部など、神宮徴古館本や参考本所引の金勝院本に近い。

・巻二九は「若将軍御政務事」から「丹州井原石龕寺事」まで、諸本の巻二八および巻二九前半に相当。
・巻三〇、「高越後守師泰自石見州引返事」から「仁義血気勇者事」まで、諸本の巻二九後半にあたる。
・巻三一は「将軍御兄弟御和睦事」から「持明院殿奉迁南山事」まで、諸本巻三〇に同じ。以下巻三六まで、巻数は一巻増えるが、区切り方は諸本に同じ。
・巻三二は「武蔵野合戦事」から「諸国後攻勢引返事」まで、諸本巻三一に同じ。
・巻三三は「茨宮践祚事 後光厳院」から「岩清水八幡宮御託宣事」まで、諸本の巻三二に同じ。
・巻三四は「三上皇芳野御出事」から「新田左兵衛佐義興自害事」まで、諸本の巻三三に相当。

・巻三五は「宰相中将義詮朝臣賜将軍之宣旨事」から「諸国勢皈京都事」まで、諸本の巻三四に該当。
・巻三六は「南都退治将軍以下上洛諸大名擬討仁木右京大夫事」から「仁木右京兆江州合戦事」まで、諸本の巻三五に同じ。
・巻三七は「仁木右京兆参吉野殿事」から「南方官軍落京事」まで、諸本の巻三六に同じ。
・巻三八は「細川相模守清氏楠正儀京入事」から「大唐楊貴妃事」まで、米沢本・前田家本・中京大学本に同じ区分。
・巻三九は「彗星客星出現事」から「宋朝兼太元国合戦事」までで、諸本の巻三八に同じ。
・巻四〇の目録、以下の如し。

一　大内介降参事
一　山名参御方事
一　仁木京兆降参事
一　芳賀兵衛入道軍事
一　神木御入洛付鹿入都事
一　諸大名讒道朝禅門事付道誉大原野花見事
一　春日神木御皈座事
一　高麗人来朝事
一　自太元攻日本事付神軍御事
一　神功皇后攻新羅給事
一　光厳院禅定法皇崩御事

この巻の区分・配列は西源院本・流布本巻三九に同じ。「諸大名讒道朝禅門事付道誉大原野花見事」の大原野花会の条、京大本にある都の桜名所の記事なし。光厳院行脚記事の、随従の僧の名「道覚」（諸本は順覚）、また院を川へ突き落とした武士らが謝罪し随行を願う話なく、天正本（④四〇五頁相当）に同じ。
・巻四一は「中殿御会再興事」から「細川右馬頭頼之輔佐新将軍事」までで、西源院本・流布本巻四〇に同じ。

以上本書は巻区分に特徴があり、金勝院本・京大本に近い側面もあるが、人名の実名を記さない点や、詞章など全面的に金勝院本に同じというわけではなく、一方で甲類本など古態本に近い要素も多く残しており、全体的な検討が必要な要本である。

〔目録〕『龍門文庫善本書目』（一九八二・三）五八頁。

〔参考〕
・【高橋】二八八頁。
・長坂成行「島津家本『太平記』の出現―『太平記抜書』の類、薩州本との関係を中心に―」（長谷川端編『論集太平記の時代』二〇〇四・四、新典社）注一二。

〔備考〕
・『朽木文庫書目』（内閣文庫蔵、二二九・一一〇、写本三冊）

の中冊巻六に「六十七番　太平記　写本四十二巻　四ノ巻／欠　天正古写本　四十一巻」とある本に該当か。
・『田中教忠蔵書目録』（一九八二・一一）二一八頁参照。

45 お茶の水図書館蔵（天文本）（竹柏園旧蔵）

（整理番号　ナシ）

小型桐箱（前面蓋に「天文鈔本／太平記」と墨書）に巻一〜巻一五の一五冊を収。紺色表紙（二六・〇×一〇・八糎）の中央上方に題簽（七・九×二・〇糎、金粉散らし）を貼り、「太平記第二」の如く書く（巻一題簽は破損甚しく読めず）。楮紙五ツ目袋綴。見返し本文共紙。見返し左上に「第一（〜第十五）」と墨書。一オから巻頭目録を書き（一つ書きなし）、一ウの途中まで目録あり、改丁せず内題「太平記巻第一」、続いて序文を記す（料紙節約のためらしい）。各丁に四周単辺の界線（一四・五×九・〇糎）あり（巻一〇の最終丁ウラは界線なし）。本文は一面七行、漢字平仮名交、付訓も同筆片仮名。異本との校合あり。朱引あり（右側寺社名地名、中央人名、中央二重書名、左側官職、左側二重年号）。本文中の章段名は二字下げで一つ書きなし、段名の上に朱の合点あり。各冊尾題なし。全体に虫損多し。

印記、各冊一オ（目録）右上に方型（二・九糎）陽刻朱印、上向きの魚が左右に並ぶ図柄で魚腹に「文」「庫」とあり市島春城（双魚文庫）旧蔵。この印、巻一のみ見返し右上にもあり。ごく小型本で四周に界線ある特徴は学習院本の体裁に似る。

佐佐木信綱『竹柏園蔵書志』（一九三九・二）に「太平記　天文本　十五冊　小本　巻一より十五まで十五冊を存せり。本文中に、「天文廿四迄二百廿七」の傍書あるにより、天文本と称す。その序に、「今ニ至ルマデ廿餘年」とあるをはじめ、特色ある異本にして珍重すべし。昭和九年七月、重要美術品に指定せらる」（四〇頁）とし、巻一序の写真を載せる。『鑑草』（一九三二・九、竹柏会）には「縦五寸三分　横三《五》寸一分　袋綴」、巻一冒頭「爰ニ本朝人王ノ始神武天皇ヨリ九十六代ノ帝／後醍醐ノ天皇ノ御宇ニ…」（一面七行、漢字片仮名交）と、巻六「金剛山ヲ責事」と題する章段の始め「元弘三年〈天文廿四迄二百廿七—傍注〉閏《壬申》二月三日諸国七道ノ軍勢…」（大系一九七頁該当）とを記す。天文二四年（一五五五）写か。

本書は46国学院大学蔵武田本と極めて深い関係にあろう（後述）。武田本が残存する巻一・五〜一〇・一三の目録は、天文本の目録に同一である。以下武田本がない巻の、天文本の巻頭目録、および本文の特徴的な箇所を示しておく。

巻二の巻頭目録は、

南都北嶺行幸事
為明卿哥事
両上人関東下向事

俊基朝臣関東下向事
長崎新左衛門意見事
資朝死罪事
阿仁井殿事」
俊基死罪事
主上内裡出御事
師賢登山事
唐崎合戦事
持明院春宮六波羅御幸事
師賢《カタカリニ》假姿顕事付漢《ノ》紀信事」

とある。

「南都北嶺行幸事」の始め近く、「佐々木備中守廷尉ニ成テ四十八ケ所ノ篝甲冑ヲ帯シ辻々ヲ…」の一文あり（大系五八頁相当）。「資朝死罪事」の処刑直前の場面、以下の如し。

綿密ノ工夫ノ外ハ①余念有」トモミヘ玉ハス、▲此卿古ヘ朝廷ニ仕給シ時ヨリ身ヲ禅心ニ遊／ハメ被レ懸二心於工夫《ニ》一シカハ、今懸ル暇有身ト成玉テ後ハ万②／事ヲ放下メ心地修行ノ外ハ他事無リケリ、△當國ニ被遷／給シ事共昨日ケフノ如也シカ共、③両年ノ春秋ヲ送リ迎④／事ヲ思ヘハ、少林九面⑤ノ壁ニハ隔リヌレトモ此間ノ修行モ若／干ノ勲修ナレハ娘生悟道ノ其功空シカラシト覚タリ⑥、資／朝都⑦ヨリノ小性ニ是ヲ取セヨト筆ヲ染テソ被書ケル」

天地《ニ》無《ク》二定主一日月無《シ》二定時一、挙《スルニ》有二三才一強《テ》／有二三綱一、以レ之《ヲ》謂《ニ》レ之《ヲ》如二夢幻泡影《ノ》一矣、爰和《ニ》／翁懐《テ》二屈平《ノ》楚思《ヲ》一、遊⑧《テ》以《テ》到二今日《ニ》一、為レ汝為《カレハ》／言《ント》、秋霜三尸曽《（ママ）テ》不レ埋《ニ》二貞松《ヲ》一、士見之豁《ノ》開眼晴、洒々落々《ト》独《ノリ》立《ツ》二乾坤之間《ニ》一、咄《イニアリ》　／

元徳三年五月廿九日　　和翁在判⑨／

痛哉古ハ元愷ノ寵臣トメ花見紅葉狩節々⑩ノ遊覧世ノ人／皆目ヲ側ムル程也シカハ、今江湖ノ囚ト成テ而月日ノ移リ／替ルモ不レ知、命ノ中ヨリアラヌ世ニ生レ替ル心地メ加様ノ事／トモ書玉ヘル事ヨトテ、⑪見聞貴賤悉ク哀傷ノ袖ヲソ／濡リケル、■夜ニ入レハ輿サシヨセ奉リ（以下略）

▲の箇所に「夜ニ入レハトアリイニ」、△の箇所に「是ヨリ後、夜ニ入ハコシサシヨセト云マテイ本ニナシ」と注記あり。神宮徴古館本（三七頁）・流布本（大系七五頁）など多くの諸本、▲から■までなし。この部分、米沢本・学習院本の詞章にほとんど同じである。参考本四三頁下が載せる毛利家本・天正本の詞章にも近いが、細部に異同がある。傍線部①、天正本（紙焼き写真による。長谷川 端氏の校本『中京大学文学部紀要』三七巻三・四号（二〇〇三・三）掲載四一頁も参照）は「又態モ御座サリケル、スヘテ此資朝ハ仕朝廷致拝趨家業ヲ伝テ学校ヲ

嗜」とする。以下天正本は②を「偏ニ万事」、③を「早八年」、④を「ヘ其年序ヲ」、⑤を「年ノ面壁ニモ隔ヌレハ其」、⑥を「テソ、ロニ袖ヲソヌラシケル」、⑦を「御泪ヲ推拭、都ヨリノ少生阿新」、⑧を「八尚優遊」、⑨を「ト書テ其下ニ判有リ」、⑩を「折々ノ賞翫」、⑪を「見物モ」とし径庭は少なくない。毛利家本は天正本に同じ。なお書陵部本は神宮徴古館本などに同じである。

巻三は、

笠置皇居事并霊夢事
笠置合戦事并坂東勢上洛事
陶山合戦事
主上六波羅臨幸事并三種神祇持明院御渡事
赤坂城責事
備後櫻山自害事」

巻尾に楠金剛山城のことなし。

巻四は、

笠置囚人死罪流刑事
俊明極参内事
八歳宮御歌事
中宮御事
藤房御事
先帝隠岐国遷幸事
呉越軍事」

源具行の和歌、（逢坂関）「皈ルヘキ時シナケレハ是ヤ此行ヲカキリノ相坂ノ関」、（勢多橋）「今日ノミト思フ我身ノ夢ノ世ヲ渡ルモカナシセタノ長橋」とあり、傍線部、西源院本・毛利家本・金勝院本などに同じ。流刑・死罪の人物の順序、以下の如くで、殿法印良忠の話なし。

・足助重範斬首決定
・万里小路宣房放囚人
・源具行処刑
・平成輔処刑
・侍従中納言公明、実世赦免されず
・師賢流刑、病死
・万里小路季房、常陸へ
・藤房も同国へ
・藤房、女房との恋愛譚
・按察大納言公敏は上総へ
・東南院僧正聖尋は下野へ
・峯僧正俊雅は長門へ
・第四宮は但馬へ
・第九宮、和歌を詠む
・一宮、土佐へ
・二宮、讃岐へ

・先帝、隠岐配流決定
・俊明極参内
・先帝、中宮との別離
・先帝、隠岐への道行き

この形は米沢本・学習院本・毛利家本・書陵部本などに同じ。

巻九の番場自害の将兵の人名列挙の条、用字の小異以外は武田本に全同。

巻一一、

　五大院右衛門尉宗繁打相摸太郎事
千種殿被進早馬於船上事
書寫山行幸事　新田殿注進到来事
楠木正成参兵庫事并還幸事
筑紫合戦事　長門探題事
越前国牛原地頭自害事
越中守護自害事并女房三人投身事イニ无」
　金剛山寄手共被誅事佐介哥イニ无

「金剛山寄手共被誅事」が巻の最後にあり、神宮徴古館本・西源院本・南都本・天正本・京大本・豪精本・流布本など多くの諸本に同じ。

　巻一二の目録、

　　公家御一統事　大塔宮御入洛事
政道騒乱事　大内裡事
北野天神御事　安鎮法事
千種殿事　文観上人事
解脱上人事　射化鳥事
東寺四寺事神泉園事　兵部卿宮囚事
驪姫事」

　巻一三の「藤房卿遁世事」の八幡行幸の供奉の行粧記事は神宮徴古館本（三五三頁）などのように簡略で武田本に同じ。武田本が巻末に「異本ニアリ」として載せる「過去ノ善因ニヤ報ケン、又仏神ノ擁護ニヤアツカリケン、尊氏ノ卿富貴自在ニメ子孫繁昌シ玉イケルコソ目出ケレ」の一文を、天文本も「イニ」として記す。この文、神田本にあり（刊本一五七頁下）。

　巻一四、

足利殿与新田殿確執事
両家奏状事
節度使下向事旗文月日堕地事
矢矧合戦事并鷺坂軍事
手越軍事
箱根竹下軍事官軍退箱根事
諸国朝敵蜂起事」

「箱根竹下軍事官軍退箱根事」の名張八郎大力の話の終りは次のようにある。

　時ノ運ニ引レテ此軍ニ打負玉ヌル踈薄《ウタテ》サヨト云ヌ人／社無

リケレ∴其後浮橋ヲ切テ突キ流シタレハ、敵縦ヒ寄／タリ共左右无ク渡ヘキ様モ無リケリ、引立タル勢ノ習ナ／レハ大将ト同心ニ成テ、今一軍セント思フ者モ無リケルニヤ、矢矯／ニ一日逗留シ玉ケレハ昨日マテ二万余騎有ツル勢十方ニ」落失テ三分一モ無リケリ、（大系六七頁相当）

この∴〔朱〕以下の行間に以下の追記がある。

此名張ハ日本一ノ大力也、其敵ヲ如何ト云ニ箱根ノ軍ニ我若党葉／取ノ八郎ト云者三尺六寸有ケル太刀ヲ持タリ、度々ノ戦ニ此太刀今少シ分ニ過テ重キ由／ヲ云ケレハ、イテサラハ軽ク成メ持セントテ取指ヲ以テ、本ヨリ末マテシノキヲ深々ト／廣クカキタリシ者也、又伊勢大神宮ニテ青石ノ面ヲ手ニテ推ケツリ我氏タ（以下、綴じ目癒着して開けず）、

この記事は名張に関する増補説話だろうが、京大本にもなく（豪精本未確認）管見の限りでは本書の独自記事かと思われる。巻の末尾は勅使引地九郎の龍馬病死記事で終わり、前田家本・京大本・豪精本の区分に同じ。

巻一五、

将軍御進発事　　義貞軍勢手分事
山崎大渡軍事　　都落事
勅使河原自害事　　内裡炎上事長年皈京事
将軍入洛事大田判官打死事
東坂本皇居事日吉御願文事
三井寺戒壇事　　奥勢着山門事観音寺城事
三井寺合戦事　　弥勒御歌立札事」
龍宮城鐘事　　正月十八日京都合戦事

この巻は「新玉ノ年立皈レ共内裡ニハ朝拝モ無ク節会ヲモ行レス／京白川ニハ家ヲ壊テ堀ニホリ財宝ヲ積テ持運フ、只／何ト云沙汰モ…」（大系七二頁相当）で始まり、この区分は前田家本・京大本・豪精本に同じ。「将軍入洛事大田判官打死事」の本文は神宮徴古館本・流布本（大系八四頁）に同じ（天正本は簡略）。「東坂本皇居事日吉御願文事」の段あり（西源院本にはなし）。「正月十六日京合戦事」の末尾は細川卿律師定禅の活躍記事で「定／禅律師ハ又三百騎ノ勢ヲ以、官軍ノ二万騎ヲ追落ス、彼／ハ項羽カ勇ヲ必トシ、是ハ張良カ謀ヲ宗トス、智謀勇力／何モトリ〳〵ナリシ人傑也」（大系一〇六頁相当）と終わる。この区分は京大本・豪精本に同じ。

　このように本書は丁類本と同じ巻区分をし、武田本とはほぼ同類で、本文から考えれば親子あるいは兄弟関係にあろうか。なお、武田本にある書写年次を推測させる注記のうち、九五頁下に掲げる①〜③は本書にはなく、④に同じもの（金剛山攻の冒頭の欄上「天文廿四迄二百廿七」）のみがある。また武田本巻八にみられる錯簡（九七頁参照）は本書にはなく、正しい順序になっており、天文本が武田本に先行するとみるのが穏当だろう。

〔目録〕佐佐木信綱『竹柏園蔵書志』（一九三九・一、巌松堂書店）四〇頁。

〔参考〕【亀田】一〇頁。

〔備考〕『太平記 神田本全』（一九〇七・一二）例言に「早稲田大学図書館蔵天文古写本」「紺表紙小本」（七頁）、『春城市島先生所蔵古書籍展観賣立目録』（一九二七・一〇）に「四一四　太平記　天文鈔本　箱入殘缺　十五冊」（四九頁）とあるのが本書に該当する。

46国学院大学図書館蔵（武田本）（武田祐吉旧蔵）

〔整理番号　貴一八九二～一九〇七〕

存巻一・五～一〇・一三（以上上帙）・一七・一八・二四～二六・三一～三三（下帙）。

全一六冊を八冊ずつ藍色布地二帙（表左肩に渋茶色題簽を貼り「太平記　従泉州来　上（下）」と記す）に収める。それを黄色袱紗に包み桐箱二に収納し、さらにそれをボール紙製帙箱に収める。藍色表紙（二四・四×一六・七糎）。左肩題簽（一五・一×三・二糎、金砂子撒）に「太平記　二」の如し（後筆）。用紙薄様鳥の子紙、綴葉装。漢字片仮名交、字面高さ約二一・〇糎。本文は一面九行（巻五の目録は八行、巻七～一〇・一三の目録は六行）、一筆書写。朱点・朱引あり。見返し本文共紙。一オに目録題「巻之一目録」とし目録を記し（巻一目録は一つ書きなし、目録の一つ書きはある巻とない巻とがある。巻一七目録は二段書き）、二オから本文を始める。本文中の章段名は二字下げ（一つ書きなし）。

各冊表紙中央下に「野弍拾弐番」と朱書、一オ右下に「十二」と墨書、旧蔵時の整理番号か。印記、各冊二オ右下「國學院／大學圖／書館蔵」（方型単郭朱文）、右上に「教授／館　／圖書」（方型（六・一糎）単郭朱文）、土佐藩藩校教授館《こうじゅかん》旧蔵。同館は宝暦一一年（一七六一）開館、慶応元年（一八六五）には致道館と改称したという（『国立国会図書館蔵蔵書印譜』一七〇頁、一九八五・二、臨川書店）。巻一裏表紙見返しの端裏に「川崎橘道春／所持」（道あるいは送か）の書き込みあり、旧蔵者と思われるが未詳。また帙の「泉州より来たる」も未勘。昭和一六年九月二四日付、重要美術品指定の証書（文部省より武田祐吉あて）が、桐箱に添付される。裏表紙見返し右下に「昭和五六年十二月八日受入」とあり。

行間・欄上に墨書の書き入れあり。そのうち書写年次を示唆する書き入れは以下の七箇所。
①巻一の二オ七行目の「承久ノ乱出来テ」の右に「天文十七迄三百卅年」。
②巻一の四オ、「関所停止事」の「又元亨二年ノ夏」の欄上に「元亨ハ／天文廿二年／迄ハ二百／三十三年也」。
③巻六・四ウ二行目欄上に「昌泰ハ天文／十七迄ハ／六百／五

十一年也」。

④巻六「金剛山責事」の上に「天文廿四マテ／二百廿七」。

⑤巻二四「上皇御祈請」段名の次、本文に「暦応五年ノ春ノ比」とある右傍に「二百十六年永禄二迄」。

⑥巻二六・六オ七行目「天龍寺供養事」の「康永四年」とある欄上に「天文十九／マテ康永／四年二百／七年也」。

⑦巻三一・二〇オ「観応二／年ヨリ／天文廿三迄ハ／二百四年也」。

これらの書き入れは、天文一七年（一五四八）・同一九（一五五〇）・同二二（一五五三）・同二三（一五五四）・同二四年（一五五五）、及び永禄二年（一五五九）になされたものと思われ、本文に同筆ゆえ書写年時もその頃と考えてよいだろう。

巻一三見返しには龍馬や眉間尺に関する語彙の注記あり、後半の四行を示すと「諍臣今ハ諫ニナス狗遅原、／廿七ニ諫臣云、／後西酉天王御諱ハ或記ニ尊治云ヘリ、此尊字ヲ高ニ替タリ、／此巻ハ惣メ建武二年也、次ノ巻ニ元年ト云ハ非也」。この注記が書かれた時には、巻二七・巻一四が存したことを示すものである。また巻一八巻末には「千葉介ハ中山ニテ高経ニ助ラレシ其恩ヲ報セン為天龍寺供養ノ時、左馬佐殿ノ／下手ニ打ケリ」とある。これは大系巻一七「北国下向勢凍死事」で千葉介貞胤が、斯波高経の誘いにより降伏したこと（二一五頁）を指し、その故に天龍寺供養の供奉行列で斯波高経の下手に並んだ（大系巻二四・四三四頁）というのである。他本にない裏話的な注記である。

本書は巻一七を「将軍自筑紫御上洛事」から「高豊前守於山門被虜事」まで、巻一八を「京寄初度合戦事」から「金崎城責事」までとし、この巻区分の仕方は京大本・豪精本のそれに合致する。巻二四・二五の目録を示せば以下のようになり、これは甲類本の巻二三・二四の記事配列に同じで、巻数としては京大本・豪精本に同一である。

巻二四は、

一　畑六郎左衛門事　篭鷹巣城并於伊土山打死事
一　脇屋刑部卿被参吉野事
一　孫武事
一　立将兵法事
一　上皇祈請直義病事
一　土岐参向御幸致狼籍事
一　高土佐守被盗傾城事

巻二五は、

一　脇屋義助高野参詣事
一　同豫州下向之間事
一　正成怨霊乞剣事　大森彦七亡霊ト戦事
一　義助死去事
一　河江城軍事　備後鞆軍

一　世田城落事　大館打死
一　篠塚落事
こうした記事順序は神宮徴古館本・西源院本など古態本に同じ。
巻二六は、
一　年中行事
一　天龍寺供養事
一　山門嗷訴事
一　公卿僉議事
一　應和宗論事
一　山門牒南都事
一　東大寺供養事
一　三宅荻野謀反事
一　壬生地蔵事
これは甲類本の巻二五に同じ。巻頭「朝儀事」は「此三四年ヵ際ハ国々ニ兵革ヤマスト云ヘトモ四国北国ノ宮方漸々ニ亡シカハ、京中ノ百官万民、今ハ国衙庄園モ公家ノ知行ニナリ」で始まり、神田本・神宮徴古館本などに同じ。列挙する行事の記事は神田本に近いか。「公卿僉議事」に摩羯陀国の僧のことなし。祇園精舎建立のことは本来ないが、他本から補入している（一六丁ウから二〇丁ウまで、異筆。〔目録〕解題参照）。

巻三一は「将軍御兄弟御和睦事」から「持明院殿奉迁南山事」まで、巻三二は「武蔵野合戦事」から「諸国後攻勢引返事」まで、巻三三は「芝宮践祚事」から「八幡宮御詫宣事」までで、京大本・豪精本に同一、甲類本の巻三〇～三二に相当する。なお巻八には錯簡が見られ、二ウ→二九オ～三四ウ→三オ～二八ウ→三五オ～と続くべき所である。

本書は一六巻分しか残存しないが、丁類本の特徴を持つ要本である。

〔目録〕
・『國學院大學図書館蔵武田祐吉博士旧蔵善本解題』（一九八五・一二、角川書店）「二十六　太平記」（石井由紀夫・小林弘邦）七八～八二頁。
・『國學院大學図書館貴重書解題目録（一）』（一九九一・三）六三頁。

〔備考〕
・昭和一六年九月、重要美術品指定。
・『たまプラーザキャンパス開校記念國學院大學収蔵資料展―日本の浪漫―原始・古代・中世―』（一九九二・五）に巻二六・六丁オの図版掲載。国学院大学附属図書館デジタルライブラリーにて写真公開。
・『平成十九年度教育研究報告國學院大學で中世文学を学ぶ』（二〇〇八・三、国学院大学文学部日本文学科）に紹介あり（二六・二七頁、石井由紀夫氏稿）。

47 釜田喜三郎氏蔵（釜田本）

一見のみ、原本未調査。〔参考〕による。

四〇巻四〇冊、巻二二あり最終巻巻四一は欠。

紺色表紙（二五・四×二〇・二糎）。江戸初期写。奥書なし。未調査であるが、〔参考〕〇行、袋綴。漢字片仮名交、一面一

【高橋】から巻区分のあり方を中心に摘記しておく。

・巻一は巻頭目録に「三代将軍之事」から「北畠玄恵法印昌黎文集談議事」まであり、本文中にさらに「一　土岐多治見陰謀露顕事」から「一　為明朝臣拷問事」までの目録がある。「一為明朝臣拷問事」までを巻一に収めるのは吉川家本に同じ。

・巻二は「上人達関東下向事」から「尹大納言登山事」まで。

・巻四の源具行処刑の条に流布本による切り継ぎあり。

・巻一一、「金剛山寄手等被討事」を「新田殿註進到来事」のつぎ、「先皇御入洛事并正成参兵庫事」の前に置き、この順序は吉川家本に同じ。

・巻一二、「大内裏造営事」、「聖廟事」にあたる条きわめて簡略。

・巻一四は「諸国朝敵蜂起事」の落首「カクバカリタラサセ給フ…」で終る。

・巻一五は「義貞軍勢手分事」から「正月十六日京合戦事」まで。

・巻一六は「正月廿七日京軍事」から「三石福山合戦事」まで、京大本・豪精本に同じ区分である。

・巻一七は「将軍自築紫上洛事」から「隆資卿以下方々寄手合戦并長年討死事」までで、甲類本の巻一六の後半と巻一七前半に相当。

・巻一八は「江州軍并道誉偽降参事」から「白魚御舟御入事」まで、諸本の巻一七後半にあたる。

・巻一九は「先帝吉野潜幸事」から「金崎城落事」まで、諸本の巻一八の前半。

・巻二〇は「春宮還幸并一宮御息所事」から「比叡山開闢事」まで、諸本の巻一八の後半。

・巻二一は「光厳院殿重祚事」から「嚢砂背水陣事」まで、諸本の巻一九に相当。

・巻二二は他の諸本の巻二〇にあたる。

・巻二三は「高上杉奢侈事」から「塩冶判官事」まで、他の諸本の巻二一に相当。

・巻二四・二五は甲類諸本の巻二三〜二五にあたるらしいが、原本を見ないと記事順序未詳。流布本による改訂のため本文に混乱があるという。〔参考〕鈴木氏論文に言及あり。

・巻二六は「御即位事」から「四條縄手合戦事并吉野炎上事」までで、甲類本の巻二六相当。阿闍世太子のことあり、三種神器の記事なども毛利家本に近いという。

・巻二七は「賀名生皇居事」から「直冬西国下向事」まで、毛

利家本巻二七上に相当。

・巻二八は「天下怪異事并田楽事」から「大礼事」までで、区分は流布本巻二七に同じだが、本文は今川家本（陽明文庫本）に近いという。

・巻二九は「新将軍御世務事」から「自持明院殿被院宣事」までで、本文中に再度目録を掲げ、

太平記第廿九下
一　恵源禅門与吉野殿御合躰事
一　四條河原合戦事
一　井原石龕　金鼠事

とある由。甲類諸本の巻二八および巻二九の前半に相当する。この区分は前田家本に同じ。

・巻三〇の区分は京大本・豪精本の巻三〇に同じらしい。

・巻三一は「将軍御兄弟和睦事」から「持明院殿奉南山事」まで。

・巻三二は「武蔵野合戦事」から「諸国後攻勢引返事」まで。

・巻三三は「茨宮御即位事」から「京軍事」まで、巻三四は「三上皇芳野御出事」から「新田左衛門義興自害事」まで、これらの巻の区分は甲類本の巻三〇～三三に合致する。

・巻三五は他の諸本の巻三四、および巻三五の巻頭「南軍退治将軍以下諸大名擬仁木討事」まで、この区分は前田家本巻三五に相当する。

・巻三六は「京勢重下天王寺并大樹谷堂御出仁木没落事」から「尾張小河東池田等并仁木三郎江州合戦事」まで、諸本の巻三五から巻頭の一章段を除いた形。この区分に完全に一致する本は未詳。

・巻三七は「仁木京兆参吉野殿事同五部大乗経事」から「畠山道誓落鎌倉事」まで。

・巻三八は「清氏正儀京入事」から「楊貴妃事」まで。

・巻三九は「天下怪異事」から「太宋大元合戦事」までで、巻三七・三八・三九は流布本巻三六～三八に同じ区分。

・巻四〇は流布本巻三九に相当する由、巻四一は流布本巻四〇に相当するはずだが欠ける。

以上、本書は巻区分のあり方に特徴があり、とくに巻一七～二〇の区分の仕方は、【高橋】報告による限り、他に一致する本を見出し得ない。〔参考〕鈴木氏論文によれば、巻二三以前と巻二四以降とでは本文系統を異にする。巻四・一六・一七・二〇・二一・二四・二五に切り継ぎあり。本書の書写は二筆、切継部分はさらに別筆の由。本文改訂のあり方を考える上で興味深い写本であり、精査が望まれる。

〔参考〕
・【高橋】三〇二頁。
・鈴木登美恵「太平記に於ける切継（きりつぎ）について」（『中世文学』八号、一九六三・五）

（備考）釜田喜三郎『太平記研究―民族文芸の論―』（一九九二・一〇、新典社）に巻頭の写真あり。

48中京大学図書館蔵（中京大学本）（日置本）

（整理番号　貴七七）【国フ299－45－3】

二〇冊存（目録・巻一・巻二が第一冊。以下二巻一冊）。

茶褐色厚表紙（二六・七×二〇・三糎）の左肩に題簽（茶褐色無地、一四・〇×二・八糎）を貼り「太平記巻第十七十八」の如く記す。見返し本文共紙、楮紙袋綴。漢字片仮名交、一面一〇行、字面高さ約二二糎。一筆書写、朱点・朱引あり。墨・朱による付訓、書き入れ多し。印記、各冊巻頭右下に「中京大學／圖書館藏」（長方形単郭朱文）。貼り紙について解題（影印本四参照）は、「やや大きな貼紙十二箇所および一丁半の別紙一箇所。いずれも孤白軒の手になる印本による増補である」（五一六頁）とする。影印では各冊末尾に掲出されている。

巻四〇の巻末、後遊紙裏に以下の奥書あり。

此一部、五十二天之星霜ヲ載書写之訖、悪毫ト云／老眼ト云、一トメ可叶様無之、然共数十年来、異本及二／十部見ニ之、誤所多、有先達争有如此乎、可謂書写／轉傳之所為歟、今以数部集書ニ之、諸本誤所、其一／冊々ノ奥ニ、以細字理ヲ記ス、予未練短智ニメ如何／ナレ共、其眼ニ見出ス所如斯、／

越前敦賀沓見住人日置孤白軒／久栖叟（花押）／

于時元和四年无射上旬　（影印四冊五〇二頁）

＊句点は私意、長谷川氏解題と異なる箇所あり。

これによれば、本書は元和四年（一六一八）九月上旬、越前敦賀沓見の住人日置孤白軒（五二歳）が書写したもの、老眼・悪筆は不如意ではあるが、孤白軒には数一〇年来二〇部もの異本を見てきたことへの自負があったようだ。その結果、誤りを多く見つけた。先達がいたならば、どうしてこのようなことがあろうか（ここの解釈、やや存疑）。こうした誤りは書写転伝の故だろう。今数部を参照してこの本を書写するが、諸本の誤りを一冊一冊の奥に細字で書く。自分の能力から考えていかがかとは思うが、我が目で見出した所はこのようなものである。

そして諸本の記事異同などに関する覚書乃至注記を、巻三・四・六・七・九・一〇・一六・一九・二三～二七・三三・三七の末尾に（計一五箇条）、細字で記したのである。

書写者日置孤白軒については何ら手懸りを見出していないが、日置は弓術の日置流に関係する家であろうか。越前敦賀沓見（福井県敦賀市沓見）の住人で、「久栖叟」は沓見（くつみ）のもじりであろう、と解題はいう。元和四年は大坂落城（慶長二〇年〈一六一五〉）の三年後、すでに慶長古活字本が数次版行されているとはいえ、『参考太平記』の刊行（一六九一年）までには時間があるこの時期に、敦賀というやや僻遠の地に、単なる書写だけではなく、数多い『太平記』写本の詞章の異同に注意を払う人物が存在したことは注目に値する。奥書から逆算すれば、孤白軒は永禄九年（一五六六）の生れである。一六世紀後半は神宮徴古館本・吉川家本・相承院本・豪精本・野尻本・織田本・益田本・前田家本・南部家本のほか、今日所在未詳の天文二一年写黒川本・東京帝国大学本・駿河御譲本・両足院本なども書写された、いわば『太平記』の写本の時代であり、今日よりも多くの写本が存在し、何らかの経緯で孤白軒はそれらを嘱目する機会があったのだろう。

　このほか旧蔵者の署名と推測される識語も注意される。第七冊目（巻一三・一四）の前遊紙に「大比田浦／中山氏／四拾冊之内／附録七冊／合本」、第一二冊目巻二三の最終丁に「大比田浦／中山氏」、第一六冊目（巻三一・三二）の裏表紙に「中山氏」の墨書がある。第九冊目の前遊紙に「比田／中山氏」の円形墨印（二・九糎）あり。大比田（敦賀市北部）の中山氏の旧蔵。『敦賀市史 資料編第四巻上』（一九八二・三）「中山正弥文書」解説七四五頁によれば、中山氏は中世には比田浦の刀祢であり、近世初頭には「郡中物庄屋」と大比田浦の庄屋とを兼帯し、天和二年（一六八二）鞠山藩（敦賀一万石）の成立に伴い代官に任ぜられたという。同文書には朝倉家からの書状もあり、中山家が当地の一有力者であったことを物語っている。

　孤白軒が記した注記は影印があり、解題に翻刻もあるが個々の内容についてはほとんど未検討である。ここでは巻一九末の記事に触れておく。

　諸本ニ春宮ヲ小船ニ乗奉、大宮司太郎カ卅余町海上ヲ／
游テ、蕪木ノ浦へ着奉トアリ、大ナル誤也、敦賀ヨリ蕪／
木へハ海上十余里也、赤崎へ卅余町也、又金前ト云サキ／
ノ字、諸本ニ大略崎、此字書悪シ、前此字吉也、則寺号／
ヲ金前寺ト云々、（二・六〇〇頁）

延元二年（一三三七）三月、金ヶ崎城落城の折、気比大宮司太郎は恒良親王を小船に乗せて脱出させ、自分は再び金ヶ崎城へ帰り自害する。日置本は「横手綱ニ結付テ海上三十余町ヲ游テ赤崎ノ浦へソ着参セケル」（二・五九三頁）とあり、傍線部の左に「或ハ蕪木ト有」と小字で朱記する。西源院本（五三二頁）・神宮徴古館本（五七〇頁）・神田本（三〇四頁下）・天正本（四四六頁）・大系本（二四五頁）など諸本は「蕪木浦」とし、「赤崎ノ浦」とする本は、調査の範囲では日置本以外知らない。蕪木浦〈福井県南越前町河野村甲楽城〉は、越前海岸に臨む地で、越前国府（越前市）への最短距離の港であるが、金ヶ崎城（福井県敦賀市金ヶ崎町）の北方約二二キロで、距離的に遠すぎる。これに対して赤崎浦（敦賀市赤崎）は、敦賀湾東岸の東浦一〇カ浦のひとつで、金ヶ崎から直線距離にして約二キロ北東、「海上三十余町ヲ游テ」とあるのにほぼ符合する。この注記は、きわめて地方的な土地勘のある者の発言で、孤白軒がこの近辺の地理事情に詳しかったことを示している。また金崎の表記を、「金前」とすべきという主張も同様の事情を示唆するものであろう。金前寺は元亀（一五七〇〜七三）以後戦乱で廃絶し、のちに再建された（『福井県の地名』、平凡社、五一一頁）というが、その名の記憶が薄れていないころの注記といえようか。〔参考〕長谷川氏論文が、越前一乗谷の朝倉義景の御前で、『太平記』巻一六の、大高重成の臆病を直義が揶揄した記事の有無をめぐっての議論があったこと（巻一六巻末注記）に触れているが、本書の享受の地域性を如実に示すものである。

本書は巻区分の仕方が他本と異なり、解題は「日置本は、丁類本の特徴の一半である特殊な巻の分け方（「甲類本の巻第十四から十八までの五巻に相当する部分を七巻に分割」するという分け方）をしながらも全体を四十巻に分割している。京大本と直接の関係を持たないが、注目すべき伝本である」（五三三頁）とする。また本文については「甲類本にある程度丁類本的要素が加わった形」（〔参考〕拙稿四七〇頁）としたが、大雑把な把握に過ぎず、巻区分の意味するところの究明も含めて、今後の検討が要請される。

〔目録〕

・『昭和六一年東京古典会下見展』（一九八六・一一）No四〇。
・『中京大学図書館蔵国書善本解題』（一九九五・三）六三頁に解題と巻一巻頭巻四〇巻末図版。解題は長谷川端『太平記創造と成長』（二〇〇三・三、三弥井書店）に再録。

〔影印〕長谷川端編『中京大学図書館蔵太平記一〜四』（新典社善本叢書6〜9）（一九九〇・九、新典社）。

〔参考〕

・長谷川端「越前朝倉館の太平記」（長谷川前掲書所収）。
・長坂成行「中京大学図書館蔵日置孤白軒書写本『太平記』本文考」（長谷川端編『太平記とその周辺』一九九四・四、新典社）。

〔備考〕右の拙稿で触れたが、『敦賀市史料目録Ⅱ』（一九八九・二、敦賀市役所）所収の「中山正彌文書」の目録中に「No109 太平記写（文化七年写）一冊、写真〇」とあり（二七六頁）、中山家にはある時期、『太平記』写本があったらしい。ただし、日置本との関係はわからないし、現物は未確認である。

流布本系統

49宮内庁書陵部蔵（書陵部蔵四二冊本）

（整理番号　桂・五一〇・五）

剣巻共四二冊（四〇巻、目録一冊剣巻一冊、巻二二あり）。黒漆塗りの小引出六箱に収納（箱未見）。原装紺地に金泥で草木霞模様表紙（二三・三×一六・五糎）、見返し金箔布目地。鳥の子紙大和綴。左肩題簽に「太平記巻第二」の如く墨書。一面九行、字面高さ約一八・五糎、漢字平仮名交、傍訓（平仮名本文同筆）、朱読点あり。巻頭目録あり（一つ書きなし）。印記「御府圖書」（方型（三・五糎）単郭朱文）。【亀田】は「書写年代は甚だ新しく元禄頃であらう」（一七頁）とする。旧桂宮家本。

〔目録〕『和漢図書分類目録　下』（一九五三・三、宮内庁書陵部）八六九頁下。

〔備考〕書陵部蔵の『源平盛衰記』写本を精査した岡田三津子氏は、同部の桂宮旧蔵本のうち「菊花模様金蒔絵函」に収蔵されるのは『盛衰記』と本書だけで、嫁入り本として同一工房で作成されたものと考えられるとし、函の形態・寸法を示す（『源平盛衰記の基礎的研究』（二〇〇五・二、和泉書院、三九頁）。なお、櫛笥節男『宮内庁書陵部書庫渉猟　書写と装訂』（二〇〇六・二、おうふう）九八・九九頁に図版が掲載され、もう一点『栄花物語』も蒔絵装飾の黒漆塗りの箱に収められており、「嫁入り本か室内を飾る調度本」（一〇二頁）という。

50学習院大学日本語日本文学研究室蔵（学習院大学四〇冊本）

（整理番号　九一三・五一・五〇〇二）【国フ216－164－1、紙E7590】

四〇巻四〇冊（巻二二有）、元和・寛永頃写（黒漆箱に貼付の覚書）。

原紺色表紙（二三・七×一六・六糎）、中央に原題簽（一三・三×二・九糎、金泥草木模様銀紙砕細片貼付）「太平記　一」の如し。見返し本文共紙。鳥の子紙綴葉装。漢字平仮名交（平仮名多し）、一面九行、字高約二〇・〇糎。各巻頭に目録（一つ書きあり）。本文中の章段名は一字下げ、一つ書きなし。行間・天地に略注を付す箇所あり。例えば巻一・九オ「めいせいあせいのさい」の右に「せいじんにつゞいたがさいかくはあせいといふ也」。

印記、巻首遊紙裏中央に「學習／院圖／書館」（方型単郭朱文）、一オ右下に「學習院」（小判型双郭朱文）、最終丁裏に「陸前牡鹿郡十八成濱／遠藤庄吉」（黒印）・「陸前／牡鹿郡／遠藤屋／十八成濱」（長方形単郭三行書、黒印）。陸前牡鹿郡十八成

濱は宮城県石巻市牡鹿町十八成浜《くぐなりはま》。いわゆる嫁入本の体裁を持つ。

〔参考〕【小秋元】一〇四頁。

51前田育徳会尊経閣文庫蔵（前田家平仮名本）

〔整理番号　四一・九・什上〕

一見のみ、未調査。

四一冊（目録一冊、本文四〇巻四〇冊、巻二二あり剣巻なし）。濃紺に金銀模様入り表紙（二四・〇×一八・二糎）。一面九行、漢字平仮名交、平仮名多し。振仮名あり。綴葉装。本文は流布本。江戸中期書写。〔参考〕鈴木氏論文の表現を借りれば「濃紺の表紙に金銀で四季とりどりの風物を描いた」いわゆる嫁入形式の美装本。

〔目録〕『尊経閣文庫国書分類目録』（一九三九・一〇）四五八頁。

〔参考〕鈴木登美惠「尊経閣文庫蔵太平記覚え書」（『国文』一四号、一九六〇・一二）。

52天理大学附属天理図書館蔵（国籍類書本）

〔整理番号　〇八一・イ二一・九九～一一五〕
巻一三～一六・二一・二二・二七・二八の八巻欠。二巻を一冊とし、一七冊存を以下の四帙（題簽を貼り「國籍類書」と墨書）に収納。
・一帙〔総目録・釵巻／巻一・二／三・四／五・六／七・八／九・一〇の六冊〕
・二帙〔巻一一・一二／一七・一八／一九・二〇／二三・二四の四冊〕
・三帙〔巻二五・二六／二九・三〇／三一・三二／三三・三四の四冊〕
・四帙〔巻三五・三六／三七・三八／三九・四〇の三冊〕
原装濃褐色表紙（一一・二×九・三糎）の左肩に題簽（一〇・四×二・七糎、白地に金色蓮藤模様）を貼り、「太平記　総目録共廿一 并釵巻」（第一冊）と墨書、見返し本文共紙。一オに「太平記巻第一目録」、続いて「序」とし以下章段名を記す。段名上に黒丸あり。尾題「太平記惣目録終」、次丁に「釵巻」とし本文を始める。漢字片仮名交、楷書、一面六行、付訓片仮名。第二冊、外題「太平記　一之二 并序共廿一」。一オに目録題「太平記巻第一目録」、以下に目録を記す（一つ書きなし）、次丁に内題「太平記巻第一」、以下序（一丁分）、改丁して「〇後醍醐天皇御治世事付武家繁昌事」、本文中の段名は〇印付け一字下げ。朱点・朱引、書き入れ等なし。鳥の子紙綴葉装、綴じ糸の破損あり。印記、巻首右下に「松平家／蔵書印」（方型〔一・六糎〕四周飾付双郭朱文）、「天理圖／書館蔵」（長方形〔二・六×一・七糎〕単郭朱文）。

各冊末尾にある奥書、以下の如し。

（第九九冊惣目録釼之巻）「旹寛永三暦／三月十七日佐々駒之助書之」
（第一〇〇冊巻一・二）「寛永三年／寅三月十日　梅天」
（第一〇一冊巻三・四）「寛永三年／寅三月十三日　長壽院」
（第一〇二冊巻五・六）「寛永三年／寅二月廿九日　栗栖久次郎」
（第一〇三冊巻七・八）「寛永三年／寅三月十日　成安寺」
（第一〇四冊巻九・一〇）「寛永三年／寅四月三日　忠光寺」
（第一〇五冊巻一一・一二）「寛永三年／寅三月十三日　長壽院」
（第一〇六冊巻一七・一八）「寛永三年／寅三月廿四日　窪田角之丞」
（第一〇七冊巻一九・二〇）「寛永三年／寅四月九日　横田喜之介」
（第一〇八冊巻二三・二四）「寛永三年／寅四月三日　忠光寺」
（第一一〇冊巻二九・三〇）「寛永三年／寅三月十日　成安寺」
（第一一一冊巻三一・三二）「寛永三年／寅四月三日　忠光寺」
（第一一二冊巻三三・三四）「寛永三年／寅四月三日　忠光寺」
（第一一三冊巻三五・三六）「寛永三年／寅四月三日　忠光寺」
（第一一四冊巻三七・三八）「寛永三年／寅三月十六日　瑞應寺」

寛永三年は一六二六年。長寿院・成安寺・忠光寺・瑞応寺は出雲の寺院らしい。うち瑞応寺は宍道湖岸の松江市堂形町にある臨済宗の寺で、慶長一六年（一六一一）堀尾吉晴の建立になり、堀尾氏の菩提寺。また松江市外中原町の月照寺には寛文年中（一六六一～七三）以前に忠光寺があったという（『島根県の地名』平凡社）。

本書は国籍類書の一。大内田貞郎氏によれば、国籍類書二六七冊（一二七種）は、ほぼ寛永期（一六二四～四四）に、出雲・隠岐の領主堀尾忠晴（一五九九～一六四四）の命により、諸寺の僧の手で書写され携行の便を考えた小型本叢書。忠晴女が伊勢亀山の石川廉勝（一六〇四～五〇）に嫁した際の嫁入本で、明治二〇年（一八八七）に美作鶴田《たずた》（岡山県建部町辺の親藩小藩）の松平家が購入、のちに竹柏園を経て天理図書館の蔵となる（『日本古典文学大辞典』二・五六八頁）。

本書の総目録を大系（慶長八年古活字本）のそれと比するに、以下の相違以外は同じ。

・巻三「桜山四郎入道自害事」、大系傍線部なし。
・巻九「越後守仲時已下於番場自害事」、大系傍線部なし。
・巻三一「笛吹峠軍事」・「八幡合戦事付官軍夜討事」、この二章を国籍本は「笛吹峠軍事付官軍夜討事」と一段にする。
・巻三八「諸国宮方蜂起事付越中軍事」、国籍本は傍線部を「備前」とする。

本書は総目録から判するに巻二一・剣巻を有し流布本の写し

と思われるが、古活字・整版の何年版によるかは、未勘。以下、わずかばかりの特徴をあげておく。

・巻四、土佐配流の一宮が三時の護摩を千日間修した記事を持つ（慶長七・一〇年刊本に存）。

・巻七「吉野城軍事」の大塔宮の装い、「鎧ノマダ己ノ剋ナルヲ透間モナクメサレテ、龍頭ノ冑ノ緒ヲシメ三尺五寸ノ小長刀ヲ脇ニ」とある。慶長一〇年刊本に同じ。

・巻九、尊氏出陣の前に、高時が源氏白旗を与える記事あり（大系二八一頁相当）。

・巻一〇、三浦大多和合戦記事の末尾に六波羅滅亡を伝える早馬の記事あり（大系三三〇頁相当）。

・巻一一、「金剛山寄手等被誅事付佐介貞俊事」は巻末にある（大系三八四頁）。

・巻二九の冒頭「暫時ノ智謀事成シカハ、三條左兵衛督入道」で始まる。

・巻三三「八幡託宣事」の末尾に落首三首あり。

〔目録〕

・『竹柏園蔵書志』（一九三九・一、巌松堂書店）四一頁・四九〇頁。

・『天理図書館稀書目録　和漢書之部第三』（一九六〇・一〇）一二頁下。

53厳島野坂宮司家蔵（野坂本）

一見のみ、未調査。

小本、二八冊存、剣巻（やや小さい）は巻二六「自伊勢宝剣進奏事」を独立させたもの（北畠本巻二二と同じ由、長谷川端氏御教示）。他に『太平記』別記、大本一冊。本文系統は未詳、ごく部分だが増田欣『『太平記』の比較文学的研究』（一九七六・三、角川書店）三〇七頁・三四四頁によれば、梵舜本・天理甲本に近い点がある由。ここで流布本系統に入れるのは便宜的で、後日の調査を期したい。

〔目録〕『瀬戸内国文写本文献目録』（一九六五・七）一〇五頁。

54今治市河野美術館蔵（河野美術館四二冊本）

（整理番号　一二七六・一二七七、三五七）【国フ73－196－2】

四二冊（目録一冊剣巻一冊、巻二二有）。

原装藍色空押雷文繋唐草模様表紙（二八・一×二〇・二糎）、左肩に原題簽（原浅黄色草木模様）に墨書「太平記　一」の如し。各巻頭に目録あり（一つ書きあり）。一面九行、漢字平仮名交、字面高さ約二三・〇糎。付訓も平仮名、朱引、朱の書入れあり。本文中の段名は一字下げ、一つ書きなし。総目録は巻一から巻四〇の目次。印記、見返し中央に「長春／館」（方型単郭朱文）、印主未詳。一オ下に「斑山／文庫」（方型単郭朱文）、高野辰之旧蔵。流布本系。高橋〔参考〕は寛永頃写とする。

〔目録〕『今治市河野信一記念文化館図書分類目録』（一九七四・三）一三頁。

〔参考〕高橋貞一「河野記念館の軍記物語」（『高橋貞一國文學論集 古稀記念』一九八二・八、思文閣出版）二六二頁。

〔備考〕本書は『和本唐本販売目録』（東京古典会同人出品、一九五〇・九）に「一八七八、太平記 寛永頃能筆古写、高野辰之博士旧蔵 四二」（五六頁下）とあるものに該当か。


55今治市河野美術館蔵（河野美術館九冊本）

〔整理番号 二七七、三五八〕【国フ73－201－2】

存九冊（巻二、四、五、九、二一、二七、三〇、三四、三八存）。

朽葉色表紙（二八・〇×二一・二糎）、中央に題簽（浅黄色金泥草木模様）を貼り「太平記巻第二」の如く墨書。見返し、銀箔散らし模様。遊紙一枚。一オに目録題「太平記巻第二」続いて巻頭目録を記す。一つ書きあり。二オから内題「太平記巻第二」に続いて本文を始める。本文中の章段名、一字下げ、題名上に朱丸印を付す。一つ書きなし。一面一〇行、漢字平仮名交、字面高さ約二三・五糎。付訓平仮名、朱点・朱引あり。奥書・識語なし。

本文は流布本系と思われるが、以下にみるように一部に南都本系の詞章も見える。巻二冒頭「なんとほくれいきやうかうの事は「元徳元年二月四日…」で始まり南都本系に同じ。同巻「三人僧徒六はらへめしとる事付為明詠哥の事」のうち、ちけう教圓を「さいとう何かしにあつけらる」とすることや、二条為明を「斉藤さゐもんのせう基世」にあずけたことなど（参考本三四頁下相当）、南都本に同じ。同巻「長崎新左衛門いけんの事付あにゐ殿の事」の長崎の意見の一節に「いまの／よもつともふをもつておさむへき時なり、もしつゝしんて／ちよくめいにおふせんとならは、ふけのともからかうへをはねて／くけのくんもむにくたるへし、その時こそゐいりよはやす／まるへ」（参考本四一頁上相当）とあるのも南都本に同じで、この巻二は南都本系と思われる。巻四、源具行の勢多での和歌「わたるもかなしせたの長橋」とする。一宮配流の条、土佐にて千日の護摩の記事あり。巻二一「さとはうくわむにうたう流刑事」の一節、「道／よこれをきゝて、しもへとものあしきをはしらす、そのうへ／みなさけにのみゐいけれは」（参考本八九頁下相当）とあり南都本系に同じ。巻二七は「天下妖恠事付清水寺炎上事」から「大しやうゐの事」までで流布本の章段配列に同じ。田楽桟敷倒壊の場面、「こそは軍ことしはさしきうちしにのところはおなし四てうなりけり」の落首あり。〔参考〕高橋論文に巻二一末尾、巻二七巻頭部分の引用あり。

〔目録〕『今治市河野信一記念文化館図書分類目録』（一九七

55、河野美術館九冊本、巻二七表紙
（今治市河野美術館蔵、277、358）

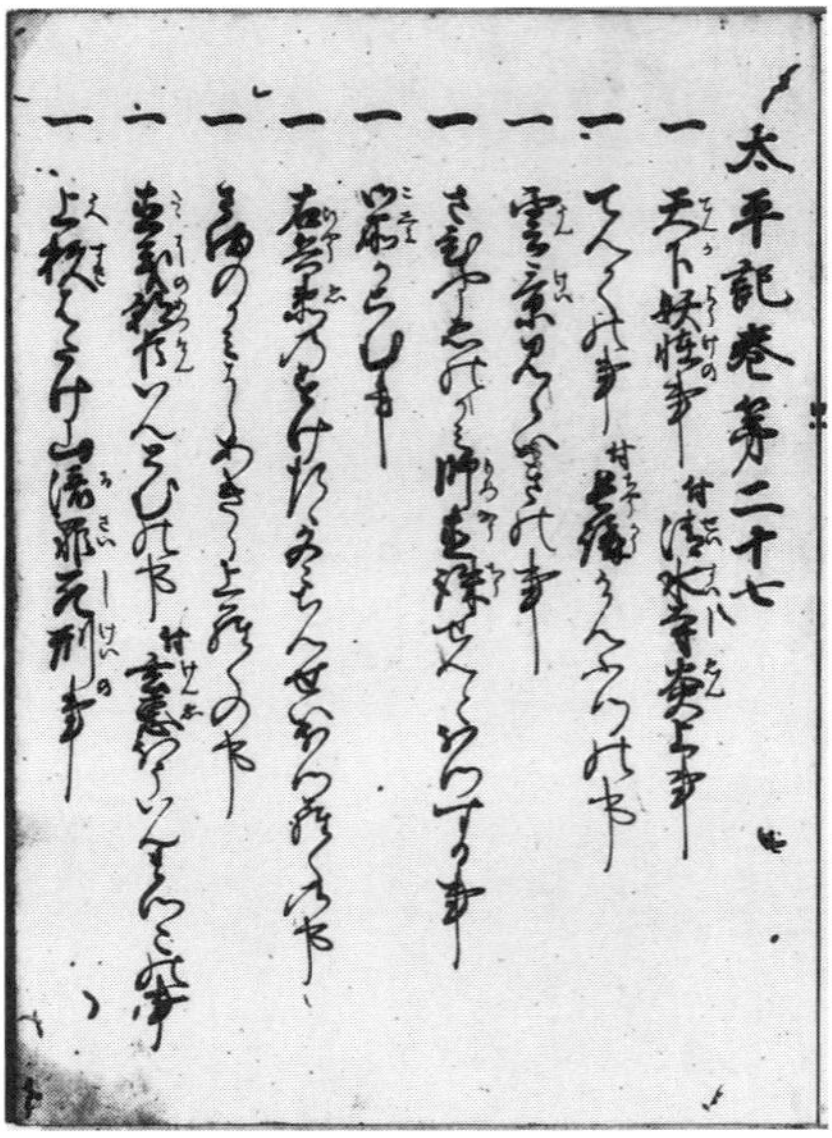

同、巻二七巻頭目録

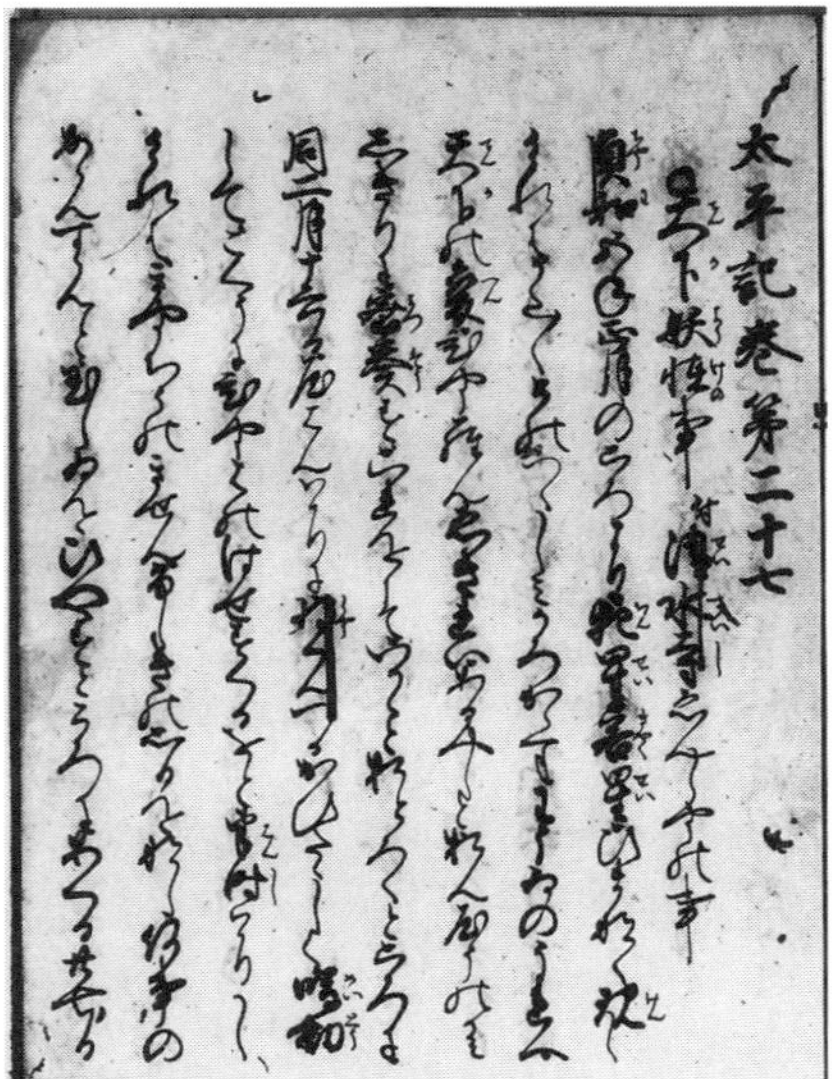

同、巻二七本文冒頭

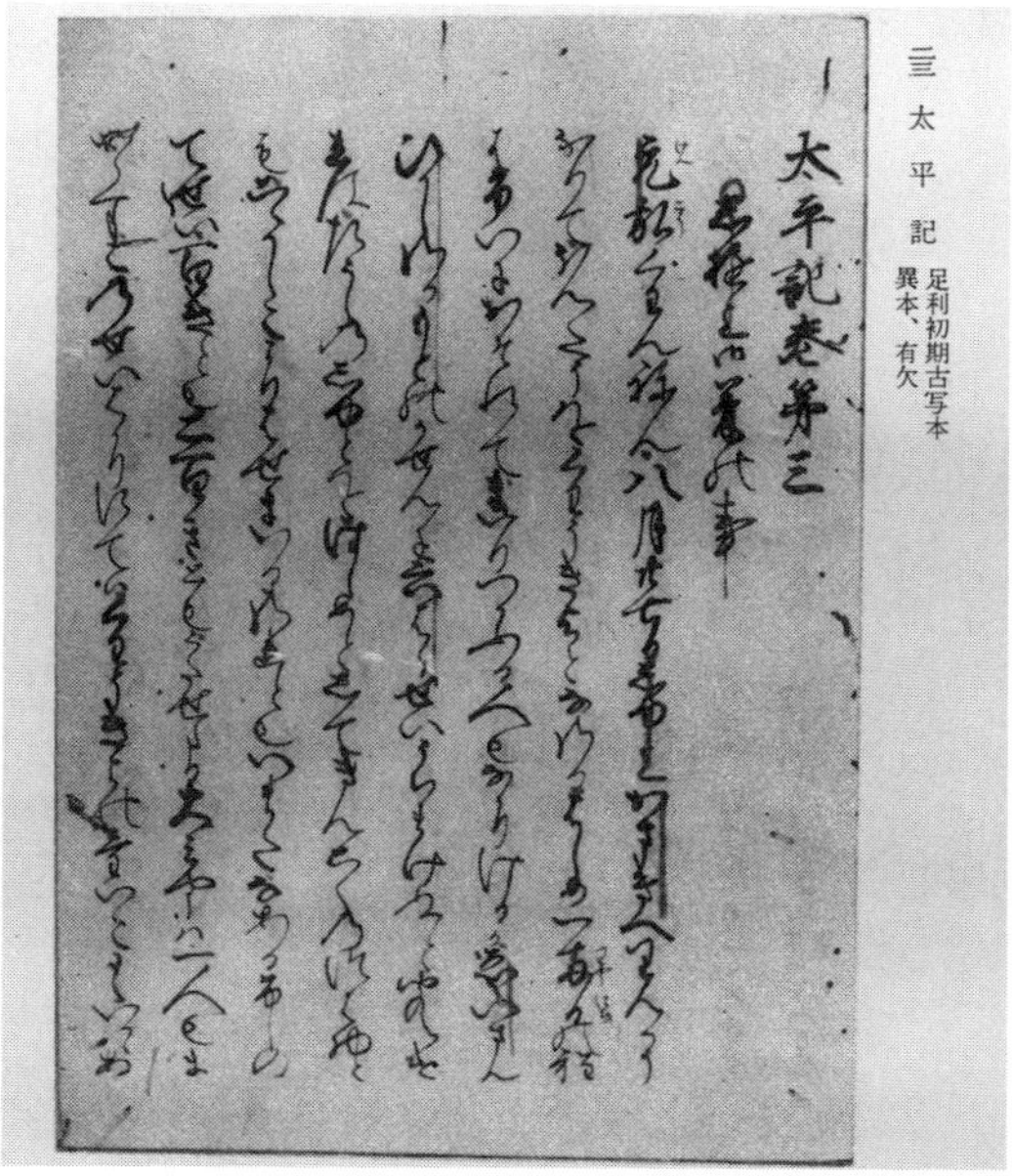

『古書大即売会フェーアー出品略目』（一九六三・一二、文車の会主催、於日本橋白木屋）掲載本（23）、巻三本文冒頭

四・三）一三頁。

〔参考〕高橋貞一「河野記念館の軍記物語」（『高橋貞一國文學論集 古稀記念』一九八二・八、思文閣出版）二六二頁。

〔備考〕『古書大即売フェーアー出品略目』（一九六三・一二、文車の会主催、於日本橋白木屋）に「異本太平記　足利末期古写本、有欠、二三太平記としては古い伝本の一。可惜二十三巻だけ現存。原装古雅本」とあり、二三巻残存。巻三冒頭の図版によれば一面一〇行、漢字平仮名交で平仮名きわめて多し、朱引あり。この白木屋出品本と本書とを比較すると、装丁や行数が一致し、筆跡・用字も酷似しており、河野美術館九冊本のツレと推察される。なお白木屋出品本は、『反町弘文荘蒐集古典籍逸品稀書展示即売会』（一九七三・一、日本橋三越本店）に出品の「62太平記慶長頃大型古写本／朱点朱線つき 欠二十三冊」（三五頁上）とあるものとも同一と思われ（一九七二・一の展示即売会目録（一五頁上）にも同品らしきものが載る）、次項で触れるように国学院大学現蔵。

56国学院大学図書館蔵（岡田　真旧蔵本）

（整理番号　貴重図書、一一三一～一一五四）

二三冊存。三帙に入る（上帙に巻三・七・八・一〇～一二・一九の七巻七冊、中帙に巻二〇・二二～二六、二八、二九の八巻八冊、下帙に巻三一～三三、三五～三七、三九、四〇の八巻八冊収）。各帙左上に題簽を貼り「太平記　慶長頃古寫本欠上（中・下）帙」と墨書。

後補朽葉色表紙（二八・〇×二一・一糎）、楮紙四つ目袋綴、綴糸紫、表紙中央上の原題簽（一七・五×三・六糎、水色地に

金泥砂子草花模様）に「太平記巻第三」と墨書。見返し白緑色料紙に銀砂子切箔散らし。各冊前後遊紙一丁、墨付一オに目録、目録題「太平記巻第三」、目録に一つ書きあり。漢字平仮名交、字面高さ約二三・五糎、一面一〇行、全巻一筆、室町末期写か。朱点・朱引あり、漢字に平仮名付訓多し本文同筆。異本注記あり。和歌は二字下げ一行書。本文中の章段名も一つ書きあり。奥書・識語なし。印記、一オ右下に「岡田眞／之蔵書」（長方型双郭朱文）、帙底に「昭和五十三年二月二十二日受入」とあり。

　巻三の末尾、楠金剛山城のことなし。巻一一、金剛山寄手誅殺のことは巻末。巻二二・二三の記事順序は流布本に同じ。巻二五は「持明院殿御そくゐの事付仙洞ようけの事」から「すみよしかつせんの事」まで、巻二六は「正つらよしのへまいる事」から「直冬さいこくけかうの事」までこれも流布本に同じ。巻三二は「茨宮御くらゐの事」から「かうないかつせんの事」までで、おそらく流布本の系統か。

〔備考一〕

　『たまプラーザキャンパス開校記念　國學院大學収蔵資料展―日本の浪漫―原始・古代・中世―』（一九九二・五）に巻三表紙と巻四〇冒頭の図版掲載。『古書大即売フエーアー出品略目』（一九六三・一二、文車の会主催、於日本橋白木屋）掲載「異本太平記」巻三の写真と、本書巻三とを比較すると、筆跡・用字・行数、料紙の汚れ、虫損の跡、算定した大きさなど完全に一致し、白木屋出品本が巡って一九七八年に国学院大学蔵に帰したらしい。河野美術館九冊本のツレ本である。

〔備考二〕

　『平成十九年度教育研究報告國學院大學で中世文学を学ぶ』（二〇〇八・三、国学院大学文学部日本文学科）に紹介あり（三〇・三一頁、石井由紀夫氏稿）。

57京都大学附属図書館菊亭文庫蔵（菊亭文庫本）

（整理番号　菊、タ、一九）

　巻一三～一八の六冊存。朽葉色布装の一帙に収。

朽葉色表紙（二八・〇×二一・三糎）の中央に原題簽（一七・四×三・七糎、浅緑色地に金色草模様）を貼り「太平記巻第十三」の如く墨書。右上にラベル貼る。見返し、白緑色に銀箔散らし。遊紙前後各一枚。一オに内題「太平記巻第一」、その次に巻頭目録（一つ書きあり）、次丁から本文を始める。漢字平仮名交、一面一〇行、字面高さ約二三・五糎。付訓あり本文同筆、朱点・朱引あり。本文中の章段名、一字下げ、朱丸付き、一つ書きなし。奥書・識語なし。印記、一オ右下に「菊亭家蔵書」（長方形（五・六×一・八糎）単郭朱文）。江戸初期写。

・巻一三は「一　龍馬しんそうの事」から「一　あしか丶殿とうこくけかうの事付時ゆきめつはうの事」まで、

57、菊亭文庫本、巻一三表紙（京都大学附属図書館寄託本、菊、タ、19）

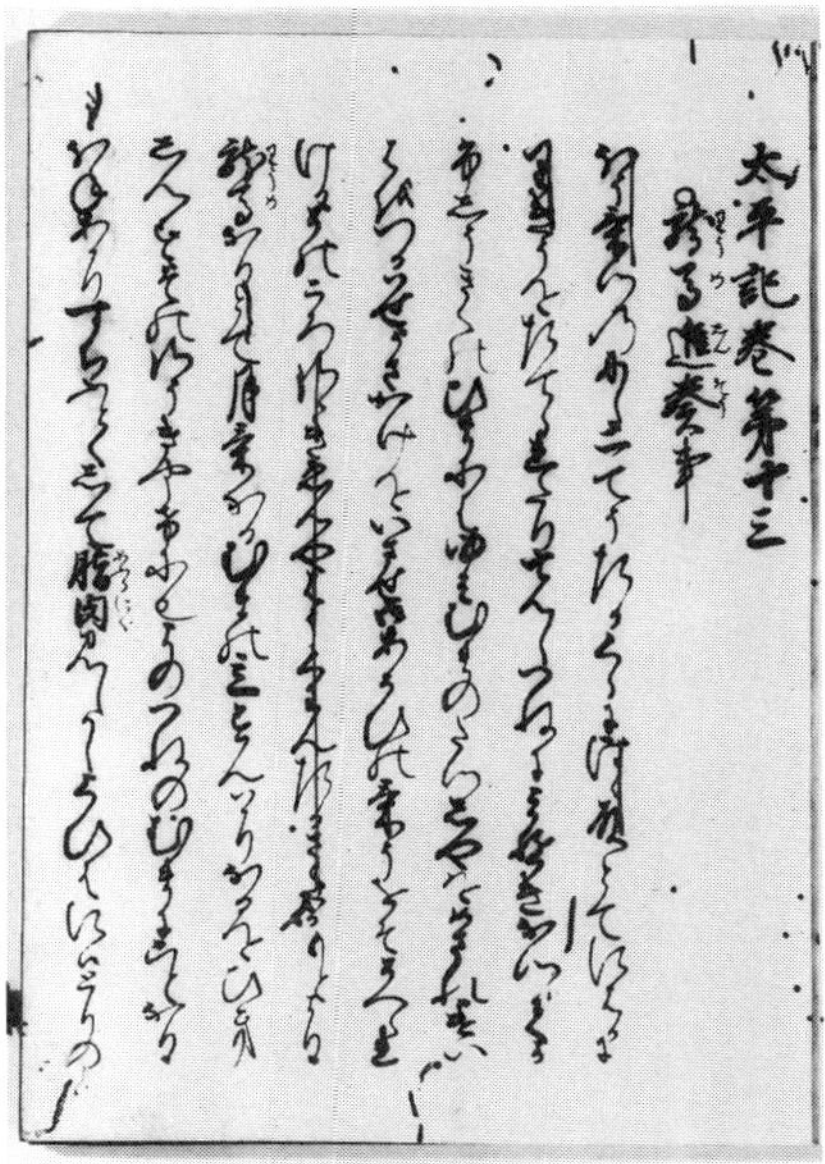

同、巻一三本文冒頭

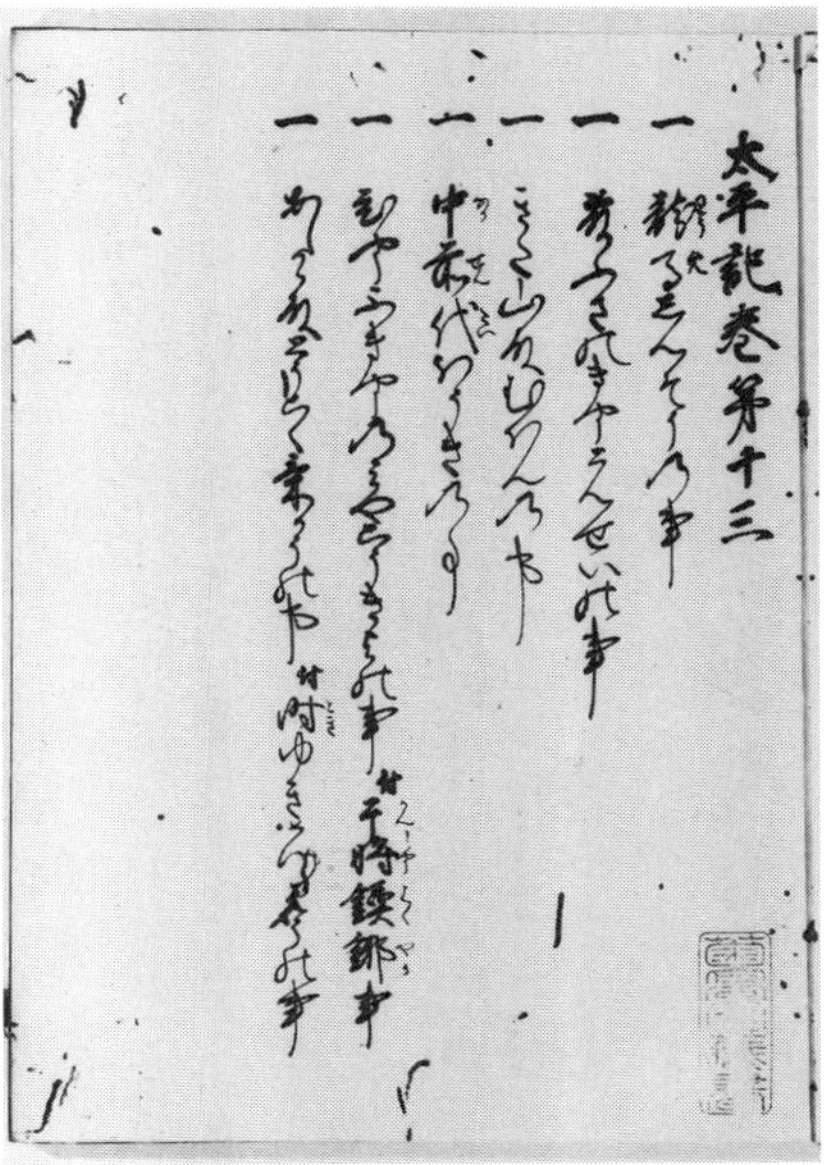

同、巻一三巻頭目録

・巻一四は「一　新田あしか丶確執そうしやうの事」から「一
　さかもと御くわうきよ并御くわんしよの事」まで、
・巻一五は「一　おんしやうしかいたんの事」から「一　かものかんぬしかいふの事」まで、
・巻一六は「一　しやうくんつくし御ひらきの事」から「一
　まさしけくひこきやうへをくる事」まで、
・巻一七は「一　山もんせむる事付日よし神たくの事」から「一
　かねかさきしろせめの事付野中八郎事」まで、
・巻一八は「一　せんていよし野へせんかうの事」から「ひゑいさむかいひやくの事」まで。

以上の巻の区切り方や章段名は流布本に同じだが、次のように流布本と異なる箇所もある。

　巻一三「きた山殿むほんの事」の一節、西園寺公宗の首が切り落とされた直後に、大系本には「下トシテ上ヲ犯ント企ル罰ノ程コソ恐シケレ」との評言があるが（二六頁）、本書はこれを欠く。また【高橋】の指摘する所だが、巻一八「一のみやの御息所」にみやす所の和歌として「思ひきやこしちにきえし夕けふりみやこのそらに又たゝんとは」がある（大系二六四頁相当）。この歌を一宮葬送のここに置くのは金勝院本（参考本三〇頁下）・豪精本（「こしち」を「塞《コシチ》」とする）・京大本・中京大学本（影印二・六三六頁）で、〔参考〕長谷川氏論文によれば本文系統を調べる上での確かな指標となり、本書は「すべて流布本と殆ど差のない傳本」【高橋】との見方も検討の余地はあろう。

〔参考〕
・【高橋】六七三頁。
・長谷川　端「日置本」（『太平記　創造と成長』第四章四、二〇〇三・三、三弥井書店）二三一頁。

〔備考二〕
　結論から言えば、本書は55河野美術館九冊本・56国学院大学図書館蔵岡田　真旧蔵本と一具の写本であろう。本の大きさに微妙な相違はあるがこれは測定の誤差の範囲で、以下の事項はほぼ完全に一致する。表紙の模様、綴穴の位置、題簽の位置・大きさ・模様、見返し、巻頭目録の体裁、本文の行数・字高・用字・付訓・朱引など、そして何よりも字体が全く同じで、三本は本来ツレと思われる。存巻を一覧すれば次の如くで、結局巻一・六が所在未詳。

（所蔵）	（存巻）
55河野美術館（九巻）	2 4 5 9 21 27 30 34 38
56国学院大学（二三巻）	3 7 8 10～12 19 20 22～26 28 29 31～33 35～37 39 40
57菊亭文庫（六巻）	13～18

〔備考二〕

本書は菊亭家蔵書であり、当然のことながら『参考太平記』所引で、現在所在未詳の今出川家本との関係が気にかかる。『参考太平記』の今出川家本の異文掲出箇所は少なく、巻一三～一八の範囲で気づいたのは、以下の七箇所である（刊本の頁数を示す）。

・巻一四「義貞為節度使附一宮御進発関東事」の四二四頁上七行目「一宮中務卿親王五百余騎ニテ」の傍線部を、今出川家本は「三百」とする。菊亭本同じ。

・同右の同頁上一〇行目「錦ノ御旗ヲ差上タルニ」の箇所、今出川家本は「錦御旗蟬本白クシタル旗竿ニ附」とする。菊亭本は「御はたをせみもとしろくしたるはたさほにつけてさつとさしあけたるに」とある。

・同右の四二五頁上四行目「金谷治部少輔」の「金谷」を今出川家本は「金澤」とする。菊亭本は「かなさはちふのせう」。

・巻一六「児島三郎挙旗熊山附船坂合戦事」の五一八頁上後一行目「和田五郎範氏」の「五郎」を今出川家本は「四郎」とする。菊亭本は「わたの四郎のりうち」。

・巻一七「東宮義貞北国落附後醍醐天皇還幸事」の後三行目「三條侍従泰季」の名を今出川家本は「行忠」とする。菊亭本は「ゆきたゝ」。

・巻一八「瓜生挙旗事」の九頁上四行目「葉原」を今出川家本は「桑原」とする。菊亭本は「くわはら」。

・同巻「越前府軍附金崎後攻并里見伊賀守瓜生兄弟討死事」の一一頁上後六行目「判官ガ弟」の傍線部を今出川家本は「伯父」とする。菊亭本は「はんくはんかおち」。

以上のように『参考太平記』が掲げる今出川家本の異文は、内容的にはすべて菊亭本に合致する。ただこれらの例をもって所在不明の今出川家本は菊亭本であるとするのは早計だろう。というのは三番目・五番目の例などからみると、『参考太平記』が菊亭本を手元に置いて校異をとったとは考えにくい。「かなさは」に「金澤」をあてるのはともかく、「ゆきたゝ」に「行忠」の漢字をあてるのは、きわめて大胆かつ難事である。だが菊亭本は漢字片仮名交の今出川家本をもとに、漢字平仮名交本（平仮名多用）に改めたものとの想定は許されるだろう。菊亭本と一具と考えられる河野美術館九冊本・岡田 真旧蔵本と今出川家本との関係は今後の検討課題である。

58 宮城学院女子大学図書館蔵（宮城学院女子大学本）

（整理番号　九一三・四三五　Tai）【国フ306－9－2】

一見のみ、未調査。

剣巻一冊・目録一冊・本文四〇巻共四二冊存。

紺地金泥で雲霞模様等、各冊全て異る模様を描く表紙（二三・三×一六・六糎）の左肩に貼題簽（朱地金泥雲霞模様）に「太平記巻第一」の如く記す。見返し金銀箔の散らし模様。斐紙綴葉装。巻一の序は漢字表記で付訓は平仮名。本文は漢字平仮名交、一面九行、字面高さ約一八・五糎。各巻頭に目録あり（一つ書きなし）。本文中の段名は一字下げ、一つ書きなし。墨・朱の同筆注あり。奥書・識語・印記なし。嫁入本の体裁。

〔備考〕松野陽一「宮城学院女子大学図書館蔵和本略解題」（『宮城学院女子大学日本文学会　日本文学ノート』二五号、一九九〇・一）によれば貞享元禄頃の写（一一二頁）。

59土佐山内家宝物資料館蔵（山内家本）

（整理番号　ヤ二二〇・一一九）【国フ99－76－2、及び99－116－7】

四一冊、惣目録・剣巻で一冊、以下巻二二存で四〇巻四〇冊。原装水色唐草花模様表紙（二三・八×一七・八糎）、左上に金箔雲形模様題簽（一四・〇×三・一糎）を貼り「太平記　惣目録剱巻（第一～第四十）」の如く記す。斐紙綴葉装。第一冊に総目録（一つ書きなし）および剣巻、第二冊目が巻一、目録題「太平記巻第一」のあとに巻頭目録（一つ書きなし）一丁、本文中の章段名は一字下げ（一つ書きなし）。漢字平仮名交（平仮名やや多し）、一面一〇行、字面高さ約一九・〇糎。付訓同筆。和歌は三字下げ二行書き。虫食い多し。奥書・識語なし。

印記、巻頭右下に「御數寄／屋方居」（長方形単郭墨文、印主未詳）・「高知懸／學校印」（長方形単郭朱文）・「山内／文庫」（方型単郭朱文）・「寄贈」（長方形単郭朱文）、右上に「山内文庫」（長方形単郭朱文）、三葉柏（山内家家紋）を二重丸で囲む朱印。

本文は流布本系で、流麗な筆跡は典型的な嫁入本。石川透『奈良絵本・絵巻の生成』（二〇〇三・八、三弥井書店）は本書について、「複数の筆者による寄合い書であるが、その中心の筆者は、落窪春」であるという（三六三頁）。落窪春は江戸前期の特定の奈良絵本筆者の仮称。

〔目録〕『高知県立図書館山内文庫目録』（一九七二・三）一五頁右。

〔参考〕【小秋元】一〇四頁。

〔備考〕以前は高知県立図書館山内文庫蔵。

60山内神社宝物資料館蔵（山内神社本）

未見。

『高知県歴史資料調査報告書　土佐藩主山内家歴史資料目録』（一九九一・三、高知県教育委員会）の山内神社宝物資料館所蔵の美術工芸品の部、目録編のうち冊子の項に「二六五　太平記　四一冊　江戸　不詳（作者）二三・二×一七・四　歌書箪笥入」（六七頁）とある。同書三三頁下の解説によれば、写本で豪華な嫁入調度品であるという。

61佐賀県立図書館鍋島文庫蔵（鍋島文庫本）

（整理番号　鍋九九一、一二二四、九一三・四）

大本四一冊、目録一冊本文四〇冊、巻二二あり、江戸初期写。四一冊を四つのボール紙仮帙に包む（〔目録〜巻一二〕・〔一三〜二二〕・〔二三〜三四〕・〔三五〜四〇〕）。表紙（二八・八×二一・〇糎）、左肩に題簽（一七・五×三・六糎）「太平記　一」の如く墨書。但し原題簽の残る巻は目録・巻一・六・七・一八・二二・二五〜二九・三一〜三四・三六・三八〜四〇。その他の巻では剝落。表紙は鳥の子色地に菊花文を並べるが、菊の模様の色が冊により異なる（目録・巻一〜一〇・二〇〜二八は銀鼠色、巻一一〜一九は香色、巻二九〜四〇は松葉色）。見返し、金銀箔（三粍方）散らし、見返し各冊右下に「智」と墨書、「鍋18381」のゴム印。

目録一冊は巻数の次に一字下げして章段名を記す（一つ書きなし）。巻一・一オは「太平記巻第一目録」として章段名を記す（一つ書きなし）。二オから本文始まる。本文中の章段名は二字下げ、一つ書きなし。一面一一行、字高約二三・〇糎。平仮名の多い漢字平仮名交。付訓、本文に同筆。朱点あり、朱引なし。全巻一筆と思われるが、巻四はやや異筆か。各冊裏表紙に「四拾壱冊之内」「牡丹印」と墨書。奥書・識語、蔵書印なし。いわゆる嫁入本の体裁だが、釵巻なし。水濡れの跡あり、虫損わずか。巻二の表表紙焼焦げの跡あり。

本書は「黒田長政書状」（『佐賀県史料集成　古文書編第十三巻』二五九頁）により、黒田如水所蔵の『太平記』一部を、長政が父如水の形見として鍋島生三に与えたものと推定され、そうならば慶長九年（一六〇四）三月（如水没）以前の書写（〔参考〕拙稿参照）。

巻二「なんとほくれいぎやうかうの事」は、「元徳二年二月四日、行幸の弁の別当までの小路中なこん藤房のきやうをめされて来月」で始まる。巻三、楠金剛山城のことなし。巻四、一宮配所での場面、「本朝御帰洛のいのりのためにやありけん、またさいど利生のけちゑんとやおほしめしけん、御ちやく岸のその日より毎日三時の護摩を千日かあいたそしゆせられける」と千日護摩の記事がある。巻一五は「かもの神主かいふの事」で終る。巻二五は「持明院殿御即位の事付仙洞妖怪の事」から「すみよしかつせんの事」まで、巻二六は「まさつらよしのへ参る事」から「直冬西国下向の事」まで、巻二七は「天下妖怪の事付清水寺炎上の事」から「だいじやう会の事」までで「うんけい未来記の事」あり。巻三五・北野通夜物語事に頼意の名あり。流布本の系統だが、古活字本の写しかの判断は微妙な所。

〔目録〕『鍋島家文庫目録（鍋島直泰氏寄託）一般資料（和書漢籍）編』（一九八一・一二、佐賀県立図書館）一五〇頁左。

〔参考〕長坂成行「管見『太平記』写本二、三—伝存写本一覧、補遺—」（『汲古』四六号、二〇〇四・一二）。

62京都府立総合資料館蔵（京都府立総合資料館本）

（慶長一五年または元和二年刊古活字の転写本）

〔整理番号　特九二三・一一〕【国フ351－24－4、紙E10529】

四〇巻一七冊（巻二二存、二巻一冊仕立、ただし巻五～八、二七～三〇、三七～四〇は各一冊に合綴）。江戸中期以前写（目録）、流布本系。

色替（薄茶・丹・茶・藍・黄土）表紙（三〇・三×二〇・〇糎）の左側に原題簽を貼り「太平記　一之二」の如く記す。丹表紙の冊（第二・五・八・一二・一五冊）の表紙右下に「東十八」とした蔵書票を貼る。各巻頭に「太平記巻第一目録」の如く記し、ついで目録一丁（一つ書きなし）、改丁して内題「太平記巻第一」あり、本文を始める。本文中の章段名（一つ書きなし）は二字下げ。漢字片仮名交、一面一二行、字面高さ約二三・〇糎。奥書・識語なし。

印記、見返し下に「月郊」（方型単郭朱文）、高安月郊（一八六九～一九四四、詩人・史劇作家）の印。一オ上に「京都／府立／圖書／館印」（横長型単郭朱文）、右下に「和學講談所」（短冊型双郭朱文）、「春雪／艸堂」（方型単郭白文）、「春雪艸堂」は印主未詳。「和學講談所」印があるが、85和学講談所旧蔵本の項で触れる「和学講談所蔵書目録」に載るどの写本かは未詳。巻九・一〇、一三・一四、二一・二二、三三・三四、三五・三六の五冊の表紙裏張には書状か文書の反故が使われている。

本書は流布本系統だが、巻三末に「楠構金剛山城由緒事」を、巻一一末に工藤左衛門入道の記事を持ち、慶長一五年または元和二年刊古活字本の転写本であろうことが〔参考〕【小秋元】により指摘されている。

〔目録〕『京都府立総合資料館貴重書目録』（一九七一・三）八四頁上。

〔参考〕

・【高橋】六七四頁。

・【小秋元】一〇五頁。

〔備考〕同館貴重書データベースにて公開。

63山口県文書館蔵柳井市金屋小田家文書内（小田家本）

〔整理番号「柳井津小田／和漢／三一九／一〇の一（～一〇）」〕

写本一〇冊、劔巻および四〇巻存。一冊目（劔巻・惣目録・巻一～四）・二冊目（巻五～八）・三冊目（巻九～一二）・四冊目（巻一三～一六）・五冊目（巻一七～二〇、右下ラベルは六冊目とするが誤り）・六冊目（巻二一～二四、右下ラベルは五冊目とするが誤り）・七冊目（巻二五～二八）・八冊目（巻二九～三二）・九冊目（巻三三～三六）・一〇冊目（巻三七～四〇）。

水色表紙（二七・七×二〇・〇糎）の右上に「柳井市金屋／小田家文書」の青色ゴム印を押した附箋（長方形）あり、右下にラベル「柳井津小田／和漢／三一九／一〇の一（～一〇）」、左肩に題簽（一五・三×二・三糎）を貼り「太平記　二十五同六／同七　同八　七」（七冊目）の如く記す。但し大部分の巻は題簽が擦り減り不完全にしか読めず、九冊目は完全に落剝。

楮紙袋綴。見返し本文共紙、その中央に「第一　　十巻之内」と記す。一冊目の記順、太平記劒巻（一〇丁）、その次に四〇巻分の総目録を記す（七丁）。その末尾「太平記惣目録終」として、丁を改めず「太平記巻第一／序」として序文を記し、次丁に巻一目録を記し、丁を改めず巻一の本文に入る。巻一が終るとやはり丁を改めず巻二の目録、そして本文に入る。以下同様の形態で巻四まで記す。巻の変わり目で改丁せず追い込みで写しているのは料紙節約のためだろう。後表紙の見返しに「宝暦九年卯閏七月二日ヨリ同十一年巳八月十四日全部成（この後に数文字の名らしきものを墨で抹消している、読めず）」と墨書（この奥書全冊同じ）。宝暦九年は一七五九年。

本文は漢字平仮名交、付訓は墨書片仮名で本文同筆、朱点朱引あり。一面一五行、字面高さ二五・五糎。書き慣れた草書体で一筆書写。本文途中の章段名は、本文より約三・五糎下げて〇を付して段名を記す。劒巻あり本文は流布本系、漢字片仮名交で整版本の写しか。本文的価値は少ないが書写年時が判るのはよしとすべきであろう。

〔目録〕『山口県文書館諸家文書目録2　柳井市金屋小田家文書　第二分冊』（一九九五・三）一四〇頁。小田家文書は柳井市大字柳井津の小田善一郎氏より、一九七二年一〇月、のち一九七八年一〇月、一九九三年七月に追加分が文書館へ寄託されたもの。小田家はその祖善四郎が元禄元年（一六八八）、岩国藩領の柳井津町金屋（現、柳井市）に移り住み、町年寄役などを務めた家。

64土井忠生氏蔵（土井本）

原本未見。以下は西端幸雄・志甫由紀恵編『土井本太平記本文及び語彙索引　本文篇　上』（一九九七・二、勉誠社）の凡例、および某氏蔵の紙焼写真による。

全四〇巻・四〇帖。桐箱入り。七宝繋模様布表紙（二三・六×一七・一糎）の左肩に題簽を貼り「太平記第一」の如く記す。粘葉装。前後表紙見返しに箔散らしあり。一オに目録題「太平記巻第一もくろく」、続いて巻頭目録一丁あり（一つ書きなし）、改丁して内題「太平記巻第一」の次から本文始める。本文中の章段名、一字下げ（段名の頭の△印は朱か）、一つ書きなし。漢字平仮名交、一面九行、一筆書写。朱引か、あり。奥書・識語なし。本文は流布本系。古筆了仲の極め書添付、「太平記全四拾帖／西洞院殿時慶卿／芳翰無疑似者也／　金子五枚／元禄十六年／中夏下旬／古筆／了仲（印）」。巻一内表紙左肩に「西洞院殿時慶卿　太平記全部　（印）」との附箋あり。印は了仲使用の「琴／山」の方型単郭陽刻印。元禄一六年（一七〇三）古筆了仲が本書の筆跡を西洞院時慶（一五五一〜一六三九）のものと認定したことを示すが、あくまで古筆家の極めである。〔翻刻〕書の凡例に、古筆伝称に関する言及がないことについて、小林強「太平記の古筆切について」（〔指定研究　龍谷大学図書館蔵『太平記』の研究〕〔主任　大取一馬〕、『佛教文化研究所紀要』四五集、二〇〇六・一一）にもっともな批評がある。

〔翻刻〕西端幸雄・志甫由紀恵編『土井本太平記　本文及び語彙索引』〔本文篇二冊・索引篇三冊〕（一九九七・二、勉誠社）。

65 東大阪市往生院六萬寺蔵（大内太宰旧蔵本）

現在の所蔵での原本未見。

三九冊存、四〇巻四一冊（総目録・剣巻共）のうち巻一・二・七の三冊欠。

『岩瀧山往生院六萬寺史　上巻―南北朝編―』（二〇〇〇・五、同寺発行）の序文に「往生院所蔵のもっとも古いものは寛永年間（一六二四〜四三）頃に、書写されたと推定される大内家旧蔵の太平記で、表紙が紺紙金泥模様入、九行片仮名（平仮名の誤―長坂注）交りの流布本系統です」とあるのによる。同書四一・四二頁に横長箱に入る写真あり。往生院六萬寺は楠正行ゆかりの寺。

以下の古書目録に掲載の本と考えられ、それらによれば、本書は江戸初期寛永頃写、目録及剱巻付、一・二・七の巻欠、三九冊、大本（二五・七糎×一九・三糎）、紺地金草木絵模様表紙装、表紙左肩に題簽を貼り「太平記巻第十七」の如く記す。表紙見返し金地、小蝕有、一面九行平仮名交、流麗な筆で嫁入本の体裁を持つ。流布本系統、印記「大内／太宰／處有」の方形単郭朱文、古時代横長箱入。図版掲載箇所、巻一目録、巻三冒頭と巻四・一七・三〇の表紙および剱巻冒頭。

本書は江戸初期寛永頃写とみるのが穏当で、室町末以前写とは考えにくく、その書に「大内太宰」の印（太宰少弐に任じた大内義隆〈一五〇七〜一五五一〉か）が押されるのは不審。

〔目録〕

・『三都古典連合会創立十周年記念　古典籍下見大入札会目録』（昭和四七〈一九七二〉・一一、三都古典連合会）二頁。

・『古典目録―古典籍特集―』（一九八五・六、中尾松泉堂）一四頁。

・『思文閣古書資料目録』一二九号《善本特集　第四輯》（一九九二・四）八六頁。

・『古典籍下見展観大入札会目録』（平成六〈一九九四〉・一一、東京古典会）一九七頁。　＊寛文頃写四〇冊も載る。

〔参考〕長坂成行「管見『太平記』写本一、三―伝存写本一覧、補遺―」（『汲古』四六号、二〇〇四・一二）。

66大倉集古館蔵（大倉集古館本）

原本未見。長谷川 端氏の御教示および写真による。剣巻あり。綴葉装、布表紙杏色地に唐花亀甲文繋ぎ模様。左肩に題簽、「太平記巻第二」の如く墨書。巻頭目録あり（一つ書きなし）、本文中の章段名は一字下げで一つ書きなし。漢字平仮名交、一面一〇行、付訓（平仮名）あり。

零　本

67仁和寺蔵（仁和寺本）

（整理番号　書籍一二九箱　七九号）

巻二の一冊のみ存、巻頭巻尾欠損、墨付四五丁。楮紙で右端上方のみ仮綴。各丁、特に下方の左右端紙折れ曲がり多し。表紙なく本文と同じ料紙。大きさ二五・〇～二六・〇×二〇・五糎（料紙の大きさ揃わず）。表紙相当の左肩に「太平記　□□□□」、右上に「遐」と墨書。漢字平仮名交、一面九行、字面高さ約二三・五糎。〔参考〕【高橋】は室町中期写というが、かなり降るか。印記・奥書なし。目録なし、本文中にも章段名なし。巻頭は、

教圓淨土寺の仲圓僧正□□□□□□〔破損、以下同様〕／相尋へしと武命を含て二階堂下野□□□／長井遠江守二人關東より上洛す、両使／已ニ京着せしかは、又いかなるあらき沙汰を（神田本刊本一九頁上一行相当）

から始まり、末尾は大塔宮南都下向の、

大塔宮は／十津川の奥へと志さして、先南都の方へそ落／させ給ひける、さしもやことなき一山の貫首の（同四〇頁上後二行相当）

で終わり、巻二のかなりの部分が残存する。俊基東下りの一節を引く。

逢坂こえて打出の／はまよりおきを（＊）見渡せは塩ならぬ海にこか／れ行身をうき舟のうきしつみ、駒もとゝろに／踏ならすせたのなかはしうちすきて、行かふ人／□あふみ路や世をうねの野ニ鶴《ツル》も子《コ》を思ふかと／哀なり、時雨もいたく守山の木下道ニ□□□」しのに露ちる篠原やさゝわくる道を□□□／鏡の山は有と云と泪ニくもりて見わかす、物を思／へは夜の間にも老その杜の下草に馬をとゝめて／かへり見る故郷を雲や隔らん、番場さめかひ／柏原不破の関屋は荒はてゝなをもる物は秋の／雨、〔塩ひにいまやなるみかた、傾く月ニ道見へ／て明ぬ暮ぬと行道の〕【いつか我身の尾張な／る熱田八剱ふしおかみ】、（同一二三頁相当）

この部分、神田本は傍線部を「嵐ノかせニ関越て」とし、破線部を「野路ノ野ニなく鶴タニ」とするが、後者の左傍異文に「世ヲウネノ野ニ」とあり、仁和寺本はこれに近い。西源院本（二九頁）とも近いが小異がある（＊に「遥ニ」が入り、波線部「風」とする、など）。神宮徴古館本は〔　〕と【　】の部分の順序が逆になり（三一頁）大きく異なる。また資朝処刑の場面は、つぎのようにある。

其後／は曾て諸事ニ付て一言をも出し給はす、今／朝までは気色しほれて常ニは涙を押拭／給ひけるか、人間の事ニ於ては頭念《つねん》を拂か如／くニおほし成ぬと覚て、たゝ綿密の大夫《（ママ）》の／外は余念ありとも見給はす、夜ニ入れは輿さしよ／せのせ奉りこゝより十町はかりある河原へ出し奉／り輿かきすへたれは、ちとも臆□□けしきもなく、／敷かわの上ニ居なほりて、辞世の頌をそかき給ふ、（神田本刊本二七頁下相当）

ここは現存神田本に天正本系本文の切り継ぎ補入がある問題の箇所で、現存神田本は傍線部分に大幅な増補がある（影印本・上八〇～八一頁、解題一一〇八頁参照）。仁和寺本の詞章は原態神田本のそれに同じと思われ、神宮徴古館本（三七頁）とも近い。西源院本（三五頁）とは大異あり。

このように仁和寺本は【高橋】が言うように、神田本に近い詞章を持ち、古態本では珍しい漢字平仮名交の表記である点も注目される。ただし神田本が漢文表記する箇所を読み下しにしている。

〔参考〕【高橋】六八頁。

68天理大学附属天理図書館蔵（天理一冊本）

（整理番号　二一〇・四―イ一一）

巻一のみ一冊存。裏葉色布地一帙に収む、帙左肩に題簽「太平記巻一」と墨書。白茶色表紙（三一・八×二二・六糎）の中央上方に題簽（一八・二×四・四糎、藍漉雲形模様）を貼り「太平記巻二」と記す。見返し本文共紙、遊紙一丁、墨付三四丁。一オに目録題「大へいきくはんだい一もくろく」とあり、目録一丁以下の如し。

　じよ
　ごだいごの天わう御ぢせいの事付ぶけはんじやうのこと
　せき所ちやうしの事
　りつこうのこと付三位殿御つほねの事
　ちよわうの御事
　中ぐう御さん御いのりの事付としもといつわつてろう／きよの事
　ふれいかうの事付げんゑぶんたんの事
　よりかすかへりちうの事
　すけともとしもとくわんとうげかうの事付／こかうふんの事

改丁して二オに内題「大へいきくわんだい一じよ」とし、序あり（一丁分）、三オから本文を始める。本文中の章段名は一字下げ、一つ書きなし。漢字平仮名交で平仮名多し、一面一〇行、字面高さ約二六・二糎。朱点・朱引・校異なし、付訓のみわずかにあり、本文同筆。虫食いあり。印記、一オ右上・巻尾下方に「天理圖／書館蔵」（長方形〔二・七×一・八糎〕単郭朱文）、最終丁ウの左下に「南天荘」（長方形〔二・〇×一・一糎〕単郭朱文）。後者によれば井上通泰（一八六六〜一九四一）旧蔵。のちに竹柏園を経て天理図書館の蔵に帰したか。

本文は流布本だが、堂々とした体裁でいわゆる嫁入本の一種か。本書の挟み込みの學藝部原稿用紙（二枚）に「目録モ本文モ板本ト全ク同じ。唯板本ノ／漢字ノ部分ヲ多ク平仮名ニ改メタルノミ。／文字ノ使ヒザマニ怪シキモノ数多シ。例／ヘバ「住人」ヲ「十人」、「五百余人」ヲ「五百四人」ナ／ドノ如シ。又「あ」ノ字殆ド「な」ノ形ニ書ケ／リ。さうあん（草案）ヲさうなん、ありヲなり／ト書ケルガ如シ」などとある（記者未詳）。『竹柏園蔵書志』は「版本より写したるにはあらざるべきも、筆者は筆耕などにてもあるべく、流布本古鈔本の轉写なるべし」とする。

〔目録〕
・『竹柏園蔵書志』（一九三九・一、巌松堂書店）四一頁。
・『天理図書館稀書目録　和漢書之部第二』（一九五一・一〇）五二頁下。

69国学院大学図書館蔵（池田本）（桃園文庫旧蔵）

（整理番号　〇九一・二／九一三・四七／（一・二））

巻三（墨付五一丁）・五（墨付四六丁）の二冊のみ存。紺色新装一帙に収む。

表紙は剝がしてあり、本文料紙に同質。大きさ二四・八×一八・五糎。薄様鳥の子紙、綴葉装（後掲亀田翻字例言では斐紙、胡蝶装）、少し虫食いあり。一面九行、字面高さ約二一・五糎、漢字平仮名交。一筆書写。室町末期写。濁点墨書、数箇所に校合書き入れあり。一オに目録題あり、目録は一つ書きで章段名記す。二オから本文、本文中の章段名には一つ書きなし。表紙右下に「桃園文庫／函へ／架4／冊2・1／No、3814」のラベル貼付、池田亀鑑旧蔵、この時すでに二冊。見返しに名刺大ラベル、「寄贈／故武田祐吉教授」とあり。各冊表紙左肩、及び後見返し（巻三）、または後遊紙（巻五）左肩に丸印（直径一・三糎単郭朱文）あり（未読）。巻三・一オ目録題の上（巻五は一オ右下）に「國學院／大學圖／書館蔵」（方型（一・五糎）単郭朱文）の印記。尾題の後に「昭和40年5月1日受入」とあり。

『弘文荘待賈古書目』二〇号（日本文学書目（古代・中世篇））（一九五一・六）に「天文頃古写本　欠二冊…巻三、五の零本なれど本文流布本と異同多し。半紙判大胡蝶装、九行、能書。桃園文庫旧蔵」（九七頁、傍線部は存疑—長坂）。『國學院大學図書館蔵　武田祐吉博士旧蔵善本解題』（一九八五・一二、角川書店）によれば一九六四年一一月武田（祐吉）家から国学院大学図書館に寄贈された（八一頁）。亀田純一郎氏は池田亀鑑所蔵の本書を原稿用紙に翻字謄写しており（一九三一年三月下旬、池田亀鑑から借覧か）、現在国文学研究資料館に寄贈されている（チ四・三七八）。本文は流布本系。

〔目録〕『國學院大學図書館蔵武田祐吉博士旧蔵善本解題』所収「故武田祐吉博士寄贈図書目録」八頁下。

〔備考〕

・国学院大学図書館デジタルライブラリーで公開。

・『平成十九年度教育研究報告國學院大學で中世文学を学ぶ』（二〇〇八・三、国学院大学文学部日本文学科）に紹介あり（二八・二九頁、石井由紀夫氏稿）。

70東北大学附属図書館蔵（東北大学本）

（整理番号　和・七二〇・甲、JB・一・八・一〇）

巻二五・三三・三八の三巻一冊存。

厚紙製帙入り。江戸初期写。無表紙鳥の子紙、綴葉装、大きさ（二三・四×一六・八糎）、題簽なし、目録題「太平記巻二十五目録」の如し。一面一〇行、字面高さ約一九・〇糎、漢字平仮名交、墨付四一丁（巻二五・七丁、巻三三・一七丁、巻三八・一七丁）、一筆麗筆書写、付訓あり、朱点・朱引なし。嫁入本ならむ。印記「東北帝國大學」。本文流布本系。各巻目録（二丁分）は大系に全同、巻二五は「宝剣進奏事」の途中「ふたはしらの此しまにあまくだり給ひて宮」（大系四五六頁六行目）まで、巻三三は「飢人投身事」の途中「たんはのかたへぞをちゆきける、たれをたのむともなく」（大系二五〇頁八行目）

まで、巻三八は「菊池・大友合戦事」の「きくちはぶんごのふないにちんを執」（大系四〇八頁八行目）までで、各巻ともに途中で終る。

〔目録〕『東北大学所蔵和漢書古典分類目録 和書・中』（一九七八・一）に「巻二五・三三・三八　残欠本、三冊写本　本館JB・一・八・一〇」（一四八三頁上）。

71永井義憲氏蔵（永井本）

原本未見。国文学研究資料館フィルムによる。【国フ、ナ4－3－1】

巻一〇～一三・一五・一六の六冊存、大本（縦三三・五糎）、水辺に橋などの豪華模様表紙、左肩に題簽「太平記　十」と記す。見返し（巻頭巻尾とも）、雷文繋に花の丸の模様。巻頭に内題「太平記巻第十目録」とし、一字下げて目録あり（一つ書きなし）。二オから本文を始める。本文中の段名は一字下げ、一つ書きなし。本文は漢字平仮名交、一面一〇行。一冊目は巻一〇、「かまくらひやう火の事付なかさき父子ぶゆうの事」の「大ぜいの中へかけ入けるこゝろのうちこそあはれなれ、相した」で途絶。以下、総目録の巻二〇「よしさだ山もんに牒すおなしく返牒の事」以下の目録を記し、続いて巻二一から巻四〇までの目録を載せる。裏表紙に永井氏のものと思われる「寛永頃写の写本、元禄までは下らず嫁入本・・・」との横書きメモあり。その押紙に透けて見える墨書に「米太郎」と読み取れる。以下各冊に一巻。

〔参考〕【小秋元】一〇五頁。

72上田市立図書館藤盧文庫蔵（藤盧文庫本）

（整理番号　藤盧文庫、文学三一九）【国フ94－22－1】

原本未見、【小秋元】一〇五頁、国文学研究資料館のフィルムによる。

一冊横長本で巻三三～三六存。

淡縹色表紙（一三・四×一九・五糎）の左肩に打付書「太平記卅三之卅六」、内題「太平記巻第三十三」。一面一九行、字面高さ約一二・〇糎。各巻頭に目録一丁（一つ書きなし）、章段名の左に小字（一字下げ）で粗筋を記す。本文中の段名二字下げ、一つ書きなし。

印記、前後遊紙右肩に「上田／圖書／館印」（方型単郭朱文）。藤盧文庫は養蚕業者藤本縄葛（一八一五～九〇）の収集に関わる蔵書。大きさ・用字・行数からみて元禄一一年刊本の写しか。

〔目録〕『藤盧文庫分類目録』（一九五六、上田市立図書館）。

〔参考〕【小秋元】一〇五頁。

73大宰府天満宮蔵（大宰府天満宮本）

（整理番号　天五五六）

原本未見。存一冊巻一二、大本。近世中期写。
〔目録〕『大宰府天満宮蔵書目録』（一九七〇・五）二二頁右。

74大宣寺蔵（大宣寺本）

（整理番号　四二四九二）
原本未見。一冊。
〔目録〕『大宣寺蔵書妙観文庫目録』（一九九六・九）二九八頁。
同文庫は国分寺市、大宣寺内、日達上人蔵本らしい。

75東京都立中央図書館蔵（東京都立中央図書館本）

（整理番号　加賀文庫八〇八九）
一冊のみ存（目録及び剣巻）。
薄茶色表紙（二八・三×二〇・二糎）、題簽あるも外題なし、目録題「太平記巻第一目録」。漢字片仮名交、匡郭（印刷、二一・六×一六・八糎）あり。漢字片仮名交、一面一二行。印記「加賀文庫」（旧日比谷図書館加賀文庫蔵）
〔備考〕カードに1694（無刊記整版或いは古活字覆刻・四〇巻二〇冊）のツレらしい（補写）とあり。天和元年修辛酉版本（丸尾源兵衛・金屋長兵衛）二〇冊の補写。

所在未詳本

【『参考太平記』所引で所在未詳本】

76北条家本

北条氏康旧蔵、『参考太平記』所引。

『参考太平記』凡例を訓読すれば「凡そ北条家本と称するは、石尾七兵衛氏一所蔵也。氏一祖父越後治一、関白豊臣秀吉に仕ふ。小田原の役に、治一従ひ韮山城を攻む。城陥つるに及び、治一此の書を得る。後に北条家の書吏悦可之を見、泫然として治一に謂ひて曰く、我嘗て小田原に在り、北条氏康常に我をして之を読ましむと。治一因りてその氏康の所蔵たるを知る。而して世之を伝ふ。故に北条家本と称す」（三頁下、『参考太平記凡例藁本』とは小異あり）。韮山落城は天正一八年（一五九〇）七月、悦可は未詳。この覚書をめぐっては〔参考〕の拙稿参照。なおそこで、「幕臣である氏一が本書を蔵しているという情報が、如何なる経緯で水戸史館に伝わったかは未詳」（七三頁上）としたが、石尾七兵衛は歌人でもあり、水戸家に仕えた清水宗川編の『正木のかつら』にも歌がとられ、『清水宗川聞書』に「一、水戸様浜屋敷にて、十景之題に三縁雁塔と云を、石尾七兵衛殿、　夕附日うつろふ山は雲晴て光そひゆく塔のかげかな塔は万葉にこうぬれたる塔と有。紅にぬれる也」（『歌論歌学集成　第一六巻』二〇〇四・一二、三弥井書店、一一二頁）とあり、石尾七兵衛と水戸家との関わりが窺い知れる。また貞享四年（一六八七）九月一三日・同五年二月一九日の江戸での歌会にも清水宗川らと同席している（津田修造「清水宗川年譜稿―徳川光圀に招かれた京都歌人―」（『甲南紀要』（鹿児島県立甲南高等学校）二八号、二〇〇三・三）。なお彰考館蔵『参考太平記凡例藁本』（写本、佐々宗淳自筆という）の一丁目表の欄上に「石尾七兵衛殿ヨリ／出ル」と墨書した押紙があり、これも水戸史館と石尾氏一との関係を示唆する傍証となろう。

〔参考〕
・【高橋】一四一頁。
・長坂成行「水戸史館の『太平記』写本蒐集の一齣―金勝院本・西源院本を中心に―」（『軍記と語り物』三八号、二〇〇二・三）。

77今出川家本

今出川家旧蔵、『参考太平記』所引。『参考太平記』凡例には「その家の蔵する所也」（三頁上）と簡略。今出川家の当主公規（元禄一〇年〈一六九七〉一〇月、六〇歳にて没）は、水戸光圀の養子綱條（三代藩主）の夫人の実父で、延宝八年（一六八〇）五月に菊亭本（今出川家本）借用の話があり、同九年二月には校合がなされていたらしい（『大日本史編纂記録』一一・三）。京都大学附属図書館菊亭文庫蔵本（巻一三～一八）は本書を親本とするか（57菊亭文庫本の項参照）。

〔参考〕長坂成行「水戸史館の『太平記』写本蒐集の一齣―金勝院本・西源院本を中心に―」（『軍記と語り物』三八号、二〇〇二・三）。

78金勝院本

東寺金勝院旧蔵、『参考太平記』所引。

『参考太平記凡例藁本』によれば、本書は小西行長（?～一六〇〇）に仕えた家士の家に蔵され、行長没後は加藤清正（一五六二～一六一一）の家士佐々備前直勝の手に渡り、のち直勝が東寺金勝院に寄託したという。直勝は佐々成政（一五三九～八八）の甥で、『大日本史』編纂のための史料蒐集にあたった佐々宗淳の祖父にあたる。本書は特に実名を記す人名表記や、独自異文の多い丁類本の代表的な伝本で、現在所在未詳の本の中で、もっとも発見が望まれる要本。

〔参考〕
・【高橋】一五四頁。
・長坂成行「水戸史館の『太平記』写本蒐集の一齣―金勝院本・西源院本を中心に―」（『軍記と語り物』三八号、二〇〇二・三）。

〔備考一〕
『多聞院日記』天正一五年（一五八七）三月一〇日条に「金勝院足煩見廻ニ久被語了。太平記自一至五并字抄一帖、年譜品二地一帖、金勝院ヨリ借給了」（三教書院刊本、四・六九頁下）とあり、以下関連するだろう記事が、同一六日・一九日・二六日・四月一〇日・二六日にある。しかし、この金勝院は同記に頻出する興福寺の院家と考えられ、東寺金勝院を指すものではない。興福寺に関係する『太平記』としては、『蓮成院記録』延徳三年（一四九一）八月一日条に「太平記二十九抜書有、略之」（増補続史料大成42、一五三頁上）とあるのが、古い記録として注目される。この記主妙音院舜実房朝乗が、『太平記』に関心を寄せ抜書などをしていたことは、末柄 豊「『後鑑』所載「南都一乗院文書」について」（『興福寺旧蔵史料の所在調査・目録作成および研究』平成一〇年度～一三年度科学研究費補助金（基盤研究（B）（1））研究成果報告書、代表者：上島 享、二〇〇二・三）一四二頁参照。

〔備考二〕
静嘉堂文庫蔵『稽古掌録 輪池翁自筆』（一六五三〇・一四五・八五・四六、屋代弘賢自筆）の文化七年（一八一〇）四月一二日条に「金勝院本太平記名乗杜撰なり」とあり、弘賢も金勝院本の人名表記の特異性に気づいていたと思われるが、おそらく『参考太平記』によるのだろう。

【江戸末までの記録・目録などに載るが所在未詳の本】

79 桑華書志著録本

一条兼良校合本の転写本。依拠資料は前田育徳会尊経閣文庫蔵の以下の二点。

○『桑華書志 見聞書七十四』の関連記事
正徳乙未十月十一日、自狛近寛《伯耆守》伝来／
太平記卅八冊、卅二巻闕、与板本少々相違、然トモ非／
元本、又有闕巻、而無禅閤之奥書、／
故還之、今所到来者第一第卅九之二本也、／
雖為写本、非近代之物、且奥書非凡筆、仍写留之／
右此記者四十帖歟、之内廿二与四十者元来闕之云々、／
又十七廿六卅九各有本末、後此合四十一帖有之、／
或云十八巻迄者賢恵法印作、相残者同／
子息伊牧書続之云々、／
此奥書之桃叟者／
一条大閤御事云々、両度之御校無双之／
名本也、雖為門跡御不出之本、新禅院善／
秀依懇望、被許拝見之次、誂同朋書留／
之、致校合訖、雖似老後之造作無益、貰（奢カ）／
者不久盛者必衰之道理、如昨夢聞之、／

豈非厭離穢者（土欣カ）傾求浄土之縁哉／
愚眼之所及、是永正之比之筆跡歟、此記之巻数／
此記之作者玄恵之子息、為其一証者也乎

○『南朝実録資料』の関連記事（稿者未見、〔参考〕鈴木氏論文八二頁による）

乙未十月十一日、自京都到来古本太平記之抄出、狛近家所差下也闕巻／及禅閤之序無之ニ付、相返之／但初巻与（冊カ）冊九巻二冊来也、

（以下、「三位殿局御事」の本文引用は省略する）

＊読点は私意による。

まずは、依拠資料『桑華書志 見聞書七十四』『南朝実録資料』に基づいて本書の概要を要説した、〔参考〕の鈴木氏論文の冒頭近くを引用する。

正徳五年（一七一五）十月十一日、金沢に在った松雲公（前田綱紀―長坂注）の許に、京都の狛伯耆守近寛から、太平記写本三十八冊（巻三十二欠）のうちの第一冊・第三十九冊の二冊が齎された。公は、自らの調べによって、桃叟（一条兼良）校合本の写しであるとの奥書を有するこの写本の書写の時期を、「愚眼之所及是永正之比之筆跡歟」と認めながら、闕巻の有ること及び兼良の奥書の存せぬことが意に満たず、奥書を書き留め巻一「三位殿局御事」を抄出したばかりで、この写本を購入することは差し控へて近寛の手に返したのであった。（八一頁）

狛近寛（享保五年〈一七二〇〉一二月、五三歳で没）が前田綱紀に伝えた時点では全三八冊あり巻三二は欠という。巻二二は元来欠巻で、目録なしの三九巻本と思われる。

つぎに「右此記者…」以下の奥書は、興味深い問題を多く提供してくれる。それによれば四〇帖の内、巻二二と巻四〇は元来欠であるという。巻二二欠は周知のことだが、巻四〇も元来欠巻であるというのは、本資料の伝える重要な点である。これについて、〔参考〕鈴木氏論文は、「現存太平記の最後の二巻（玄玖本・西源院本でいへば巻三十九・四十）のあたりの成立は他の巻々の場合と事情を異にしてゐるのではないかといふことは、既に、本文の内面的考察から、或る程度予想されてゐたところである」（八六頁上）とし、元来の巻四〇は何らかの事由で失われたもので、「元来の巻三十九に後人の手が加はって現存本の最後の二巻が成ったのであると仮定することが許されるならば」（八七頁上）、現存本の最後の二巻の巻区分・記事配列の不一致、構想上の不自然さはそれによる結果生じたとみることも可能であるとする。

また、巻一七・二六・三九には本と末（上と下）があるという点は、例えば現存本では吉川家本が巻一七を、毛利家本が巻二七を、復元宝徳本が巻四〇を上下に分けており、おそらく分

量の多い巻を二分したものと想像される。

巻一八までは賢恵法印の作で、以下は子息伊牧が書き継いだという。本書は桃叟（一条兼良、一四〇二～八一）が二度校合した無双の名本である。新禅院（東大寺塔頭）善秀の懇望により、門跡（東大寺東南院、あるいは興福寺一乗院か）不出の本の拝見が許され、ついでに同朋に誂え書留め校合を施したという。

奥書の読み方になお問題は残るが、巻の分割の問題、特に従来言われる巻二二だけでなく、巻四〇も元来欠巻であるという記事や、玄恵子息による書き継ぎ、南都における兼良の交流関係など、多くの検討事項を提供する写本であり、原物の出現が切に望まれる要本である。

〔参考〕鈴木登美恵「太平記の成立と本文流動に関する諸問題—兼良校合本太平記をめぐって—」（『軍記と語り物』七号、一九七〇・四）。

80駿河御譲本

巻二二欠の四〇冊本、天正一三年（一五八七）写。

蓬左文庫蔵『御文庫御書物便覧』（小澤勘兵衛鎮盈《ささを》編、写本、全四冊、清書本と控えの二部現存、一四八・二六、一四八・二七）に拠る。「駿河御譲」としてつぎのようにある。

太平記　寫本 真片假名　四十冊／

文保二年二月　後醍醐天皇御即位ノ事ヨリ／後光厳院天皇貞治六年十二月マテ、凡五十年ノ間武家／繁昌等ノ種々ノ事實ヲ記ス、（以下、書名・作者についての記事『太平記秘伝理尽鈔』による、略）御本ハ初ニ太平記第一トアリテ、普通ノ漢文ノ序モ真片假名ニテ、本文トノ分チナク引續ケテ書リ、スヘテ／流布ノ版本トハ本文目録ノ書サマモ異同アリ、

○今世ニ闕脱ノ廿二ノ巻ヲ、今本ハ第廿三巻ヨリ分チ補シニ、此御本ハ第廿二巻闕シマ、ニテ補ハス、舊面目ノ御本ナリ、／（以下、巻二二焼失のこと『理尽鈔』の説あり、省略。なお、ここで焼却を指示した「武蔵入道」を足利直義としている点は注意される。東洋文庫『太平記秘伝理尽鈔 1』平凡社、五六頁参照）

△此御本ノ初ニ、國常立尊ヨリ後醍醐天皇マテノ年數／頼朝公ヨリ守邦親王マテノ年數等シ、中ニ平家都落／ヨリ今天正十三乙酉マテ四百二年トアリ、サレハ此御本ハ／天正十三年ノ寫ナルヘシ（ゆまに書房刊本、一八九頁）

これによれば本書は漢字片仮名交表記で、序に続いて本文が始まり、巻二二を欠く古態本である。また平家都落の寿永二年（一一八三）から天正一三年（一五八五）までは確かに四〇二年で、本書は天正一三年写であろう。

〔目録〕『尾張徳川家蔵書目録　第九巻』（書誌書目シリーズ49）（ゆ

まに書房、一九九九・八）一八七頁。
〔参考〕長坂成行「尾張藩士の『太平記』研究―宝徳本・駿河御譲本・両足院本のことなど―」（『青須我波良』二九号、一九八五・六）。
〔備考〕川瀬一馬「駿河御譲本の研究」（『書誌學』三巻四号、一九三四・一〇）五八頁上に「四十冊（拂）天文十三年寫本」とあるもの。「天文」は誤植と思われる。再録の『日本書誌学之研究』（一九四三・六、大日本雄弁会講談社）六七二頁も同じ。

81両足院本

三九冊（巻二二欠）、慶長七年（一六〇二）九月、梅仙東浦写。前掲、蓬左文庫蔵『御文庫御書物便覧』に「源敬様御書物」として載る。やや不明な点もあるが、同書の記述を引く。

太平一覧　古寫本　卅九冊／諸本ヲ以テ訂セシ太平記ニシテ、目録箇條本文共／流布ノ版本トハ大ニ違ヘリ、第廿二巻モ闕シマヽニテ／取繕ハス、／
△奥書ニ此四十冊依戸田重勝所望、銃子卓筆而、弥／月終而予亦加筆而已、略雖令校正恐有焉馬誤／矣、率以諸本不一揆齟齬、非以執為是也、茲有一／本、文章有理治文字無紛乱、以部全書写畢矣、／後来可為證者乎、慶長七年壬寅九月吉辰、滴／翠東浦書トアリ、　御本ノ表紙ニ両足院筆トアリ、／
○此御本茶屋差上シトソ、
同　寫本　卅九冊／
○文政四年十二月右ノ御本ヲ以テ新寫出来、
（ゆまに書房刊本、一九二～四頁）

本書は初代尾張藩主徳川義直蔵で茶屋新四郎の献上か。巻二二を欠く四〇巻本だが、「諸本ヲ以テ訂セシ太平記」とは校訂を経ている本の意であろうが、具体的にどの本によったのかは判らない。また『太平一覧』という書名も他に知見がない。なお、『御文庫御書物便覧』の本書の次の項には『太平集覧』（写本、四〇冊）なる書名が載るが（一九四頁）、こちらは解説から『太平記秘伝理尽鈔』と想定される。尾張徳川家のこの前後の蔵書目録には、『太平一覧』が何度も登載され確かに存在したのではあろう。文政四年（一八二一）には新写もなされており、こちらだけでも残存しないものか。出現が切に望まれる要本である。奥書中の戸田重勝は未勘、滴翠東浦は建仁寺二九一世、両足院に住した梅仙東浦（一五二九～一六〇八）で、林宗二の子。

〔参考〕
・伊藤東慎『黄龍遺韻』（一九五七・一一、建仁寺山内　両足院）。
・新村 出「林宗二の事蹟」（『新村出全集　第九巻』、一九七二・一一、筑摩書房）。

・上村観光「饅頭屋本節用集の著者林宗二の事蹟」(『五山文学全集　別巻』一九七三・二、思文閣出版)。
・川瀬一馬「饅頭屋林宗二に就いて」(『続日本書誌学之研究』一九八〇・一一、雄松堂書店)。
・長坂成行「尾張藩士の『太平記』研究―宝徳本・駿河御譲本・両足院本のことなど―」(『青須我波良』二九号、一九八五・一二)。

82 菅家旧蔵本

渡辺守邦・島原泰雄編「影印改編・博古堂集古印譜」(『調査研究報告』五号、一九八四・三)の第一一蔵経書印之部の「90菅家印」に「菅家」とある長方形双郭陽刻印が「太平記古写本所印」とされる(一六〇頁)。ところで『集古十種』四・印章にも同印が載り「同上太平記古写本所印」と注記がある(名著普及会本、五二九頁)。「同上」とは、この直前に「家蔵尊純親王書翰所印」とあることから「家蔵」の意で、となると「菅家」印のある太平記古写本を松平定信が所持していたことになる。しかし定信蔵の可能性があるのは神田本で、「菅家」印は確認できない。また外部資料に菅原家蔵の古写本が存した徴証は未確認。

83 松本子邦旧蔵本

安藤菊二「勝鹿文庫主　松本子邦」(『書誌学月報』一二号、一九八二・九、のち日本書誌学大系『江戸の和学者』所収)の『勝鹿文庫蔵書目録』に「太平記　古写本　四十巻」とあり(一九二頁)。松本子邦は江戸後期の漢学者。子邦は字、名は幸彦、月痴と号す。『(稿)勝鹿文庫蔵書目録　完』(架蔵、原稿用紙にペン書)の凡例の次に「天保三年壬辰冬月／月痴庵主人識」と記す。天保三年は一八三二年。同目録は国立国会図書館(八五八・八八、写本一冊)他にあり。

84 新見正路旧蔵本

『賜蘆書院蔵書目録』(国立公文書館内閣文庫、二一九・一二四、写本三冊)の一冊目に「雑史　三ノ一　太平記　二十一冊古写異本」「雑史　三ノ四　太平記　十七冊　零本　古写」とあり。江戸後期の幕臣新見正路の蔵書。二点ともに古写本とあり注目されるが、今日のどの写本に該当か、あるいは未知の本かは未勘。

85 和学講談所旧蔵本

「和学講談所蔵書目録(その十)国史部」(『ぐんしょ』一巻四号、一九六二・四)に『太平記』写本関係らしきもの五点あり、左に列挙する。

「十　四十四　太平記四十巻　第五第六第七第八欠　天文本
太平記四十巻　古写本　无
太平記四十巻　寛永本　无
（中略）
太平記一巻　嶋津本抄
（中略）
太平記四十巻　元和写本　无　」（二五頁上）

＊この部分、『和学講談所蔵書目録　第一巻』（書誌書目シリーズ51）（二〇〇〇・二、ゆまに書房）所収の「和学講談所蔵書目録　一冊」（静嘉堂文庫所蔵、一・五〇一・二一・二〇〇七三）の五一・五二頁に該当。

このうち最初の天文本・四番目の嶋津本抄は、それぞれ98黒川真道蔵本・118天理大学附属天理図書館蔵太平記抜書に該当すると推定でき、三番目の寛永本は「写本」とないことから版本と目される。傍線を付した二番目の古写本と五番目の元和写本は、伝存写本のどれに該当するか未詳。前者は10内閣文庫本にあたるかとも想像するが、同書に和学講談所の印記なし。この目録の書き方から判すると、後者には元和年間の奥書があるようだ。この本は『和学講談所蔵書目録　第五巻』（ゆまに書房）所収の「伊呂波分書目　三冊（内中巻）」（静嘉堂文庫所蔵、三一-七九-五七）の四五頁に「太平記　元和写　四十／巻　目録剱／巻附　合十一冊　東ノ四十四」とある本に該当するか。「和學講談所」の印ある写本といえば62京都府立総合資料館本があるが、同書は四〇巻存（一七冊に装丁）で、目録剱巻はなく奥書・識語もない。

【展観などで存在が確認され、内容がある程度わかる本】

86服部本

未見。巻三三・三七・三九の三冊存、室町末写、『展観入札目録』（昭和四三〈一九六八〉・六、東京古典会）に巻三三の冒頭図版が載る（一面九行、漢字片仮名交、目録には一つ書きなし）。巻三三は「三上皇吉野出御事」から「新田左兵衛佐義興自害事」までで、甲類本など古態本の巻区分に同じ。鈴木登美恵「玄玖本太平記解題」（『玄玖本太平記（五）』）一七頁によれば、各巻末に旧蔵者を示す「佐伯郡厳島服部酒類醸造所」の朱印あり、本文は用語・用字に至るまで玄玖本とほぼ一致し、別筆で天正本系の異文の書き入れが施されている由。

87北畠文庫旧蔵本

一見のみ。四〇冊、慶長三年（一五九八）以前書写、北畠家伝来。一面九行、漢字片仮名交。巻二二には「韓湘牡丹花一聯句・資朝卿辞世頌・篠村八幡願書・自山門南都牒状その他」

「院宣・牒状・願書のみならず漢詩までも一括して」収められるという（長谷川 端「『太平記』の成立と守護大名」（『中世文学』二九号、一九八四・五、一五頁上）。また巻四〇巻末に「慶長三戊戌正ヨリ八月朔日読終之者也」とあり、印記「北畠文庫」がある（同、注(17)、一九頁下）。巻四〇は「高麗人来朝事付大元責日本事／并神功随三韓事」で始まり、本文は神宮徴古館本・玄玖本に同じ。

〔目録〕『三都古典連合会創立十周年記念 古典籍下見大入札会目録』（昭和四七〈一九七二〉・一二）に巻一・四〇冒頭の図版あり（一〇頁）。

〔備考〕川瀬一馬「大島氏青谿書屋のこと」（『書誌学』復刊二九号、一九八二・四）所収の『青谿書屋展観目録』に「太平記　北畠文庫旧蔵　四十冊」（三四頁下）とあり、大島雅太郎氏旧蔵と推される。

【昭和以降の目録などに掲載されたが未確認の本】

88太田虹村旧蔵本

『太田虹村氏遺品目録』（昭和七〈一九三二〉・九）の古写本の部に「六三五　太平記　四帖」（三七頁）。帖とあるのは綴葉装の意か。太田虹村は昭和七年七月一八日没、五一歳。大阪新報社政治部長、大正一五年（一九二六）京に骨董舗好古堂を開く。『太田虹村氏遺品目録』に略伝あり。『同目録』は、書誌書目シリーズ53『反町茂雄収集古書販売目録精選集　第四巻　昭和四年十二月～七年九月』（二〇〇〇・八、ゆまに書房）所収。

89巌松堂書店目録古典掲載本

『新収古書發賣目録　古典　昭和八年第一號』（一九三三・九、巌松堂書店）に掲載（一頁）。古写本、箱入全四二冊（目録・剣巻各一冊、四〇巻本）。縦七寸九分、横五寸九分、紺色表紙に金泥で四季の風景模様を描く。中央上部に雲形模様題簽を貼り「太平記目録」の如く記す。見返しは金泥、胡蝶装。漢字平仮名交、一面一〇行、近世初期写。奥書・印記等なし。巻二「俊基朝臣再関東下向事」の、「不破の関屋はあれはて丶、猶もるものは秋の雨の」（大系六八頁相当）の箇所、「なをもるものは秋の月の」とあるなど、幾分流布本と相違が見出せるという。巻一冒頭の図版掲載。題簽の位置、本文行数などから、本書に該当しそうな写本、管見にないが装丁・筆跡ともに美麗でいわゆる嫁入本の類か。

〔備考〕『東京巌松堂古書大即売展書目』（一九三八年か、九月一～七日、於大阪梅田阪急百貨店）に掲載の本「五、太平記　表紙紺色金泥古写本　四十二冊」（一頁）と同一か。

90呉郷文庫旧蔵目録掲載本

徳島県立図書館呉郷文庫蔵の『書籍目録』の軍記類十番に「太平記　寫本一冊」とある。呉郷文庫は社会教育家石原六郎（呉郷、一八七三～一九三二）旧蔵の和漢書・雑誌など五七五冊を徳島県立図書館が昭和三〇年（一九五五）に購入したものという。

91勝海舟旧蔵本

横尾勇之助述・三村清三郎写『店頭日記』（『書誌学月報』別冊〔2〕）（一九九七・八、青裳堂書店）の昭和二二年（一九四七）一一月二二日条に、「市会也、勝安房ノ遺書写本類出たり、太平記古写本二万余／との事也、」（四〇頁）とあり。冊数など未詳。勝海舟文庫売立については、反町茂雄『一古書肆の思い出3　古典籍の奔流横溢』（一九八八・三、平凡社）二九九頁～三二六頁参照。『新興古書展十周年記念特別出品　勝海舟翁稿本手澤本略目録』（昭和二二〈一九四七〉・一二）がある由だが未見。

92岡田文庫旧蔵本

『岡田文庫入札目録　和本・唐本　明治大正文学書の部』（昭和三〇〈一九五五〉・四、東京古典会・弘文荘）に「太平記　寛文頃古写本　二十一冊」（九頁）。図版なし。岡田　真旧蔵。

93昭和三八年東京古典会出品本

『古典籍展観入札目録』（昭和三八〈一九六三〉・六。東京古典会）に、平仮名交、古写四〇冊。図版なし。

94昭和四五年大阪古典会出品本

『石川留吉 松本政治 追悼古典籍大入札会目録』（昭和四五〈一九七〇〉・六、大阪古典会）に巻一三～四〇の写本一四冊が載る（二頁下）。二巻一冊か、図版なし。

95平成六年東京古典会出品本

『古典籍下見展観大入札会目録』（平成六〈一九九四〉・一一、東京古典会）に寛文頃写四〇巻二〇冊が載る（二九頁下）。巻一目録の図版（一九七頁）によれば、一面八行、漢字平仮名交。

96平成一四年東京古典会出品本

『古典籍展観大入札会目録』（平成一四〈二〇〇二〉・一一、東京古典会）に江戸初期写列帖装二一冊が載る（九頁上）、図版（八七頁、剣巻巻頭）によれば一面九行、漢字平仮名交、付訓も平仮名表記。

【焼失とされる本】

97東京帝国大学本

『中央史壇』一一巻四号（一九二五・一〇、国史講習会）掲載の「文献の記録目録」「和漢書目録（東帝大図書館にて焼失せし貴重書）」に「天正三年六月十九日留蔵跋、　二〇冊」（六頁上）とある。天正三年は一五七五年。『改訂増補日本文学大辞典』（一九五〇、新潮社）によれば、「神田本に近い古本（巻二十四まで）と、島津本に近い古本（巻二十六以下）とを併合したもので、一部の成書ではなく、旧態を存する特殊な本であったが、大震災で焼失した」（高木　武稿、四三二頁D）。

98黒川真道蔵本

『中央史壇』九巻三号（一九二四・九、国史講習会）（大震災復興一周年紀念・文献の喪失　文化の破壊）に掲載された「焼失したる貴重書目」のうちの黒川真道「黒川蔵書焼失目録抄」に「一太平記　天文廿一年寫本内五六七八、廿二缺　合冊　九冊」（二〇一頁下）とある。

本書は『神田本太平記』例言（国書刊行会本、一九〇七・一一）に、校訂の際「黒川真道氏蔵天文本等を参考したり。而して黒川本は、其体裁流布本に近く」（七頁）とされる本で、『改訂増補日本文学大辞典』はつぎのように紹介する。「黒川本（三十五巻あったが大震災で焼失）は、西源院本に近く、両書の間に系統上の関係が存するものと思はれるけれども、又幾分の異同は免れない」（四三二頁C）。

焼失のため全貌は未詳だが、東京大学史料編纂所蔵の台紙付写真（三二八—五七七〇、五七七一）に、写真二枚が残る（東京市黒川真道氏所蔵、原寸大、一九二〇年一〇月一三日撮影）。一枚は巻三二巻頭「芝宮御位事」の最初の八行。大きさ二七・八×約一八・八糎、一面一〇行、字面高さ約二三糎、漢字片仮名交、送り仮名は宣命書き、付訓あり本文に同筆、朱引あり。もう一枚は巻三二巻末（綴じ代の左端に「卅三ノ巻」と見え巻三二と巻三三が合綴か）、大きさ二七・五×二〇・〇糎。奥書に「天文廿一壬子稔八月廿七日／主加納養牛軒／天正貳ノ年初春求之／濃洲美江寺福蔵坊」。これによれば天文二一年（一五五二）に加納養牛軒蔵であった本が、天正二年（一五七四）福蔵坊の蔵に帰したらしい。美江寺は岐阜市にあり、余事で伝承だが『太平記図会』巻一によれば、夫の隠謀を密告した土岐頼員の妻は美濃に下り、北条氏滅亡後この美江寺に入り尼になったという（『図説日本の古典⑪太平記』一九八〇・八、集英社、四八頁）。

〔目録〕柴田光彦編『黒川文庫目録　本文編』（日本書誌学大系86（1））（二〇〇〇・一二、青裳堂書店）一〇五頁下に「631太平記　天文〈廿一〉年／内五六七八〈廿二〉欠　合冊本　九」

とある。

〔備考〕本書は残存巻数・書写年次から和学講談所旧蔵本と思われる（85和学講談所旧蔵本の項参照）。

99阿波国文庫本

巻一・二のみ、神田本写し（1神田本の項六頁参照）、焼失。『阿波国文庫目録』（手書、東北大学附属図書館蔵）に軍記類十番に太平記　写本一冊とあるのに該当か。架蔵の資料として、高橋貞一氏が本書の巻一序の部分と、巻二末の奥書を臨写および青焼写真にしたものがある（図版参照）。奥書は神田本の項で紹介、序の部分は神田本に全同である（影印本上五頁）。屋代弘賢の門人山本篤盈の名は「扶桑記」に「享和二年正月日課山本篤盈書写以納不忍文庫源弘賢」（無窮会「輪池叢書」一〇中）とある由（大塚祐子編『屋代弘賢略年譜』二〇〇二・八、五三頁）。享和二年（一八〇二）は弘賢四五歳。

100浅野図書館蔵本

『国書総目録』四七四頁Dによる。二一冊、焼失。浅野図書館の旧目録未確認。

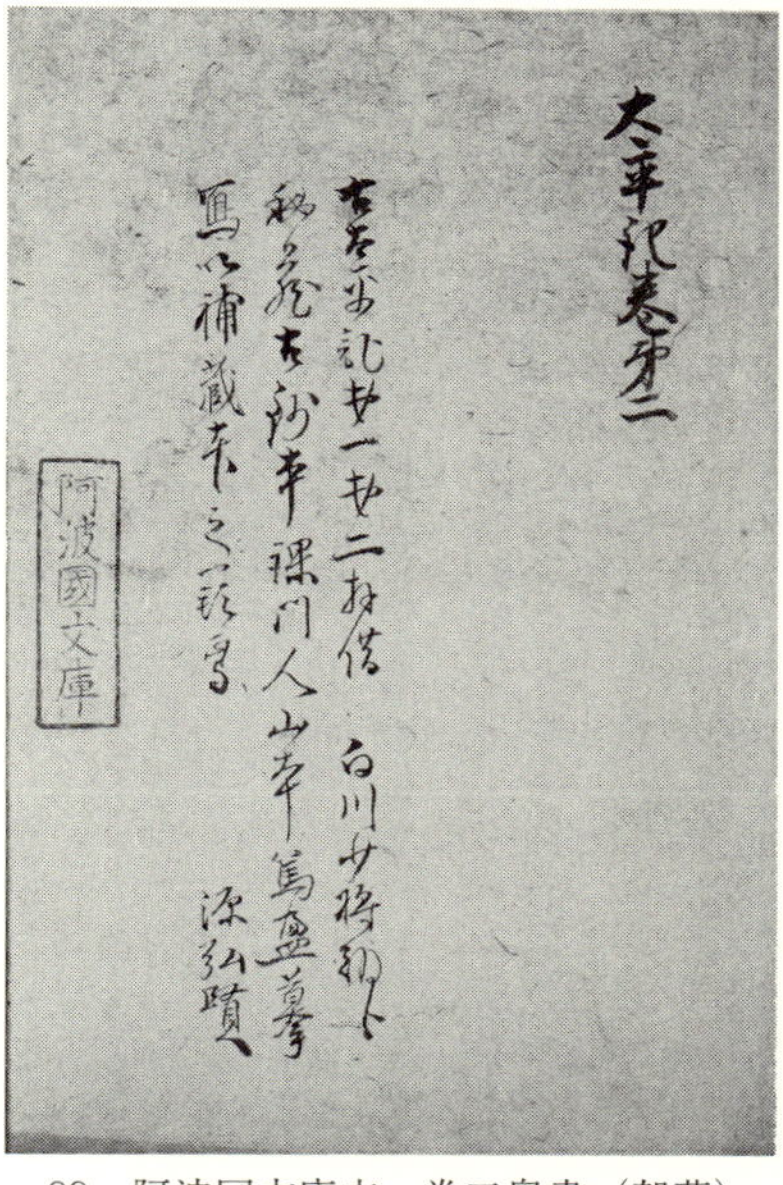

99、阿波国文庫本、巻二奥書（架蔵）

『太平記絵巻』・絵入本

以下、いずれも一見のみで原本未調査、展示・図録・〔参考〕・紙焼写真等による。また『太平記』に材を持ち、御伽草子に分類される作品は少なくないが（例えば真田宝物館蔵『祇園精舎』、徳江元正氏蔵『程嬰杵臼物語』など）略した。

101 熊本大学附属図書館永青文庫蔵（絵入太平記八三冊本）

原本未調査。〔参考〕石川氏論文などによる。

絵入八三冊存、目録一冊剣巻二冊、本文八〇冊。黒塗り箪笥に収む。綴葉装。緞子表紙（二三・六×一七・三糎）中央に題簽「太平記　二」。見返し布目金紙。詞書の料紙は鳥の子紙に金泥で草花を下絵にしたものを用いる。漢字平仮名交、一面一〇行、字高一八・四糎。奥書なし。本書は『太平記』一巻分を二冊にし『太平記』全体の本文を持つ。本文は寛永・寛文頃の縦型絵入平仮名整版本に依拠するかという。金泥に箔を豊富に使用した豪華絵入本、婚礼調度のために制作したと思われる。

〔参考〕石川透「太平記絵巻・絵本の制作」（『奈良絵本・絵巻の生成』第三章、二〇〇三・八、三弥井書店）。

〔備考〕『永青文庫展Ⅳ 永青文庫の絵巻』（一九七七・一一、熊本県立美術館）、『第十六回永青文庫展国文学と美術』（一九八八・四、熊本県立美術館）、『永青文庫所蔵細川家にみる大名文化展』（一九九五・一、奈良そごう美術館）、『平成一四年度第四期展示細川家伝来の貴重書』（二〇〇三・一、永青文庫）など参照。

102 埼玉県立歴史と民俗の博物館他蔵（太平記絵巻および関連絵巻）

『太平記絵巻』は全一二巻から成り、豪華な絵入の原本と、ほとんど白描の模本とがある。埼玉県立歴史と民俗の博物館（旧称「埼玉県立博物館」、以下この旧称で示す）を中心に各所に蔵され、また発見が相次ぎ、現在確認されているのは次のとおりである。未調査のため図録等で所在のみを示す。

〔絵巻巻数〕	〔所在〕	〔該当『太平記』巻数〕
第一巻	埼玉県立博物館（原本）（模本は所在未詳）	巻一〜三
第二巻	埼玉県立博物館（原本）（模本は所在未詳）	巻四〜七
第三巻	ニューヨーク公共図書館（原本）（スペンサー本A）（模本は所在未詳）	巻七〜一〇
第四巻	ボストン美術館（模本）（原本は所在未詳）	巻一〇〜一一
第五巻	国立歴史民俗博物館（原本）（書名・太平記絵詞上）（模本は所在未詳）	巻一二〜一五
第六巻	埼玉県立博物館（原本）（模本は所在未詳）	巻一六〜一八
第七巻	埼玉県立博物館（原本）	巻一八〜二二

東京国立博物館（甲本）（模本）
第八巻　ニューヨーク公共図書館（原本）　巻二三～二七
（スペンサー本B）（模本は所在未詳）
第九巻　東京国立博物館（乙本）（模本）　巻二七～三一
（原本は所在未詳）
第一〇巻　埼玉県立博物館（原本）　巻三一～三四
ボストン美術館（模本）
第一一巻　国立歴史民俗博物館（原本）　巻三四～三七
（太平記絵詞中）（模本は所在未詳）
第一二巻　国立歴史民俗博物館（原本）　巻三八～四〇
（太平記絵詞下）ボストン美術館（模本）

＊傍線部は、太平記絵巻の巻区分が、必ずしも『太平記』の巻区分に一致しないことを示しており、各巻の内容と『太平記』四〇巻の目録との照合は、真保 亨「太平記絵巻―十二巻本について―」（『図録 太平記絵巻』所収、一九九七・四、埼玉新聞社）に載る（一九六・一九七頁）。

〔図録〕

○宮 次男・佐藤和彦編『太平記絵巻』（一九九二・三、河出書房新社）
＊以下の諸本を収載、図版良好なれどまま誤刻あり。
・埼玉県立博物館本（巻一）
・スペンサー本A（巻三）
・東京国立博物館本　甲（巻七模本）
・スペンサー本B（巻八）
・東京国立博物館本　乙（巻九模本）

○埼玉県立博物館編『太平記絵巻の世界』（一九九六・一〇、埼玉県立博物館）。
＊以下の諸本を収載。
・埼玉県博物館本巻一・二・七
・スペンサー本A（巻三）・B（巻八）
・国立歴史民俗博物館本 上巻（巻五）
中巻（巻一一）
下巻（巻一二）
・ボストン美術館本（模本）a本（巻四相当）
b本（巻一〇相当）
c本（巻一二相当）
・東京国立博物館本（模本）甲本（巻七）・乙本（巻九）

○真保 亨監修・埼玉県立博物館編『図録 太平記絵巻』（一九九七・四、埼玉新聞社）
＊以下の諸本を収載。
・原本巻一・二（埼玉）・三（スペンサー）
・模本巻四（ボストン）
・原本巻五（歴博）・七（埼玉）・八（スペンサー）
・模本巻九（東博）・一〇（ボストン）
・原本巻一一・一二（歴博）
・模本巻一二（ボストン）

・模本（重複分）巻七（東博）・一二（ボストン）

○埼玉県立博物館編『太平記絵巻 第十巻』（二〇〇二・三、埼玉県立博物館）。

・原本巻一〇（埼玉）を収載。

○埼玉県立博物館編『太平記絵巻 第六巻』（二〇〇三・三、埼玉県立博物館）。

・原本巻六（埼玉）を収載。

〔参考〕

・谷澤 孝「「太平記絵巻」詞書小考―『太平記』本文と比較して―」（『埼玉県立博物館紀要』二四号、一九九九・三）。

・井上尚明「「太平記絵巻」に描かれた交通システム」（『埼玉県立博物館紀要』二八号、二〇〇三・二）。

・西口由子「「太平記絵巻」の構成について」（『埼玉県立博物館紀要』二八号、二〇〇三・二）。

・佐藤和彦「内乱期社会の深淵―「太平記絵巻第六巻」の検討―」（『日本古書通信』八九五号、二〇〇四・二）。

〔備考〕『古典籍展観目録』（昭和四〇〈一九六五〉・六・二三、東京古典会）二四頁に「太平記絵巻 徳川初期極密画着色、海北友雪作 一巻」とし、「考古画譜記載の博物館所蔵残巻二巻とつれのものと考へられる。海北友雪画とされる」絵が載る。図版から判断すると、現埼玉県立博物館蔵『太平記絵巻』の第一巻第七紙（巻二 俊基朝臣再関東下向事）に該当する（『図録 太平記絵巻』埼玉新聞社、一七頁右）。

103 長谷川 端氏蔵（太平記絵巻、巻七・九・一二）

一見のみ、原本未調査。以下は長谷川 端氏の御教示および古書肆の解説文による。

埼玉県立歴史と民俗の博物館等が所蔵する102『太平記絵巻』の模本で巻七・九・一二の三軸存。巻七（紙高三八・七糎、長さ一五米四二糎）および巻九（紙高三六・一糎、長さ一四米五二糎）は白描で一部着色、また色の指示書あり、この二巻は同一筆者か。巻一二（紙高四〇糎、長さ一四米九六糎）は白描で前二者よりやや時代が下るという。巻七首に「深川文庫」印あり、鈴木真年（一八三一～九四）旧蔵と思われる。

104 三時知恩寺蔵（絵巻太平記抜書）

（整理番号 一五二二）

原本未調査。以下は〔翻刻〕解題による。

二巻。料紙厚手鳥の子紙。紙高三七・八糎。長さ、上巻二四・三メートル、下巻二八・三メートル。字高二九糎。表紙、金泥に藤と揚葉蝶を縦列に描く。題簽「たいへい記ぬき書」。上巻の真田平紐に付される紙片に「三時知恩寺／太平記絵巻／伝元信畫」とあり。元信は室町後期の画家狩野元信をいう伝称であろうが、本絵巻は元禄頃写か。

本書は山名時氏・師氏父子の物語。上巻（絵一六あり）は巻二一「塩冶判官讒死事」からの抄書で、高師直の塩冶高貞妻への横恋慕の顛末、および塩冶一行を追撃した山名一族の物語である。下巻（絵一五）は八幡合戦に功のあった山名師氏が、佐々木道誉の仕打ちに立腹し、伯耆に帰国し父時氏とともに謀叛を起こした事件を、巻三二「山名右衛門佐為敵事付武蔵将監事」「山名京落事」「神南合戦事」、巻三九「山名京兆被参御方事」から抄出し山名氏の物語にする。依拠本文は流布本と思われる。山名氏顕彰のための絵巻物であるが、発起人や絵巻の筆者、三時知恩寺との関係などは未詳。

〔翻刻〕長谷川端「三時知恩寺蔵絵巻『太平記抜書』略解題・翻刻」（長谷川端編著『論集太平記の時代』二〇〇四・四、新典社）。　＊すべての写真も収載。

〔備考〕直接の関係はないが、室町中期、三時知恩寺の第三世了山尼は軍記物を好んだらしく、延徳二年（一四九〇）五月・六月・八月・一一月に三条西実隆は、所望により入江殿（三時知恩寺）に足を運び『太平記』を読んでいる（加美宏『太平記享受史論考』一九七頁）。

105 中京大学図書館蔵（北野通夜物語 下）

（整理番号　貴一〇七）

原本未調査。

一軸存下巻。

『中野書店古書目録』二七号の解説の前半を引く。

北野通夜物語　奈良絵本　寛文頃写／太巻　一巻　絵七図入／紙高32.5cm×長1716cm　金泥下絵入表紙　朱紙書題簽付／原装　内題「太平記巻第二十五　北野通夜物語」／本文料紙は厚手の鳥の子紙を使用。全面に亘って金泥筆彩入の草花下絵が施してあり、写字も墨色あざやかで美しい。また絵は各場面とも細密精写でふんだんに金を用い、見ごたえある出来栄えになっている。盛時の奈良絵本として極く上手に部類さるべきもの。

〔翻刻〕の略解題から摘記すれば、金泥に竹・梅・鶯に群雲を配した紗綾形紋様空押表紙。題簽「北野通夜物語 下」。字高二六・五糎。本文料紙には菖蒲・蔦・沢瀉・藤など全面にわたり下絵（金泥縁どり、内側を彩色）が描かれる。軸は円筒形の八双に真鍮製の軸頭がつき、軸側面に牡丹、両端には桐葉が刻されるという豪華なものである。紐は黒白の細い真田紐。本文料紙の一枚の長さ約五〇糎。

本絵巻は「北野通夜物語」の後半、青砥左衛門の物語の末尾から後の部分に該当（大系三二六頁後三行以降の中国・印度の故事物語）、〔翻刻〕によれば依拠本文は基本的には流布本だが特定し難いという。

〔目録〕『中野書店古書目録』二七号（平成四〈一九九二〉・一）

四・五頁に解説と写真二枚掲載。
〔翻刻〕長谷川 端・黒田佳世「『北野通夜物語下』（長谷川 端編『太平記とその周辺』一九九四・四、新典社）。同書巻頭に第四図の写真掲載。
〔備考〕『明治古典会七夕古書大入札会 二〇〇八』（二〇〇八・七）に『絵巻北野通夜物語』二巻が出品された。二〇八三番、寛文延宝頃写、絹本長尺、天地四〇糎（目録三五〇頁上掲載、二四一頁下に図版あり）。

106 和田琢磨氏蔵（藤井寺合戦事絵巻）

箱入巻子本一軸、縦二八・七糎、長さは未測（付載メモによれば八四七・二糎）。料紙、絵の部分は緒紙、詞章の部分は間似合紙。本絵巻は『太平記』巻二五「藤井寺合戦事」（流布本）の一章段全文を絵巻に仕立てたもので、他に類を知らない（埼玉県立博物館蔵『太平記絵巻』にこの部分なし。永青文庫蔵八三冊本は未見）。江戸中期以降の作か、詞章四紙・絵四紙、絵の裏上部に「一」〜「四」と小字朱書。本文は漢字平仮名交、字面高さ約二四・三糎、絵は極彩色。表紙は布目地に裏葉色小葵の有職模様あり。見返しの長さ約二九・七糎で金箔小片を散らす。外題・内題なし。詞章（大系四五一・四五二頁相当）と絵の構成、以下の如し。

こゝにくすの木たてはきまさつら／は、ち、まさしけか先年みなと／河へくたりしとき、おもふやうあ／れはこんとのかせんに我はかなら／すうちしにすへし、……（中略）……すみよし天王寺へん／へうちいて〱中しまのさいけ／せう〱やきはらつて／京せいや／よするとそ／まち／たり／ける（以上三一行）

【絵一】

しやうくんこれきゝ給ひてくす／の木かせいのふんさいおもふにさ／こそあるらめ、これにへんきや／うをくはしうは、れて……（中略）……うんかのこ／とくむらかつてひかへたるてきのな／かへかけいつて／火をちらしてそ／たゝかふたる（以上四五行）

【絵二】

されともつゝく御方なけれは大／せいの中にとりこめられ、むら田／の一そく六騎はみな一しよにて／うたれにけり……（中略）……引けるあひた、ちからなく大将もま／うそつもおなしやうにそおちゆ／きける（以上一八行）

【絵三】

かくててきかつにのりてときを／つくりかけ〱おひけるあひた……（中略）……なら／さきもしう〱三騎うたれぬ、あふ／田の小太郎も馬をいられて／うたれに／けり（以上一六行）

【絵四】

〔目録〕『日本書房 古典・近代資料目録』四号（二〇〇四・五）一二頁。

107『思文閣古書資料目録』掲載（大森彦七絵詞巻）

未見。所在未詳。

『思文閣古書資料目録』七八号（一九七二・六）による。「元禄頃筆写、金泥下絵料紙、精描土佐絵十一図入、紙高三十三糎、長サ各十一米余全二巻箱入」（四二頁下）。図版二枚あり、一つは右上に雲上に騎馬武者群集し、左にそれを待ち受ける武者四人の図、いま一つは右半分は座敷に二人の武将の図、左半分は詞章で以下の如し。

ひとゝせ新田《にった》左中将よしさたとあし／かゞ将軍高氏《しやうぐんたかうぢ》とくはくしつにをよ／ひ、すてにしやうくんいくさにうちま／け九州におち給ひしか、九ケ國くん／ひやうをもよほしてみやこへせめのほ／りたまひしとき、ひやうこみなと川／にてかつせんのありしに、此彦七もく／すのきまさしけといたくかつせんし／て、はらをきらせしものなれは、その／くんこう他にことなりとて数ケ所の／おんしやうを給はりけれは、このよろこ／ひにほこつて一そくとも、さまく／のゆう／ゑんをつくしくはつけいをしてくらし／ける、さるがくはこれかれいゑん年の／ほうなれはとて、みたうのにはにさんし（一七頁）

傍線部以下はほぼ古活字本に同じだが、前半は完全に一致する本を見出し難い。『太平記』から本話だけを切り出すために詞章の改変がなされたのであろう。

108 三都古典連合会『展観入札目録』掲載（大森彦七絵巻）

未見。所在未詳。

『展観入札目録』（昭和四一〈一九六六〉・五・一〇、三都古典連合会）に「土佐派畫、着彩、二巻」とあり、舞台で一人が踊る場面の図版掲載。あるいは上記絵詞巻に同じものか。

〔備考〕石川透「真田宝物館蔵『祇園精舎』の意義」（『奈良絵本・絵巻の生成』第三編第三章、二〇〇三・八、三弥井書店）二九五頁によれば、『沖森書店書目』二一五号（一九八〇・九）に、『室町鈔もりなか』（横型奈良絵本で絵抜本）が載り、これも『太平記』巻二三「大森彦七事」によるだろうという（未見）。また斎宮博物館特別展『ヒーロー伝説―描き継がれる義経―』（二〇〇七・九）によれば、「大森彦七・堀川夜討屏風」（個人蔵、同図録二四頁）なるものがあり（詞章なし）、大森彦七の物語が絵として広く享受されたことを窺わせる。

109『一誠堂一〇〇周年記念目録』掲載（大森彦七絵巻）

未見。所在未詳。

『一誠堂書店創業一〇〇周年記念 古典籍善本展示即売会目録』（二一

〇〇三・九）から転記する。

剣巻　室町時代写　大型豪華絵巻　紙高三三・五糎、長さ約二二・七米の極長巻。元表紙付。雲紙に岩絵具・金泥を用い、朝顔、萩、小菊を描き瀟洒で好ましい。外題なし。見返し、金紙。料紙、斐紙。全紙裏打ち済み。内題なし。字高、三〇・七糎。挿絵、六図。長さ約第一・二図九九・五糎、第三・四図一四九・五糎、第五図五五〇糎、第六図九九・五糎。金の七五桐紋入りで内側梨地の豪華漆箱に「剣巻」の金字。外箱に「義氏公御筆　剣巻」と墨書（五〇頁）。

『太平記』巻二三の「大森彦七事」の段を描く。

さらに解説は、「外箱に見える「義氏公」とは古河公方足利義氏（一五四一年生れ—長坂注、天正十一年（一五八三）没・四十三歳）のことかと思われる。名字が明示されないことと、内箱にある七五桐紋があることからすると、あるいは義氏の子孫の喜連川家（五千石旗本）に伝わったものか。ただし、書写年代は義氏よりも古いものであろう」という。この解説に従えば、本書の詞章は、室町末期の写本によるといえる。写真掲載箇所（一七行、漢字平仮名交）はつぎのようにある。

其比いよの國に希代の不思議／有、当國の住人に大森の彦七盛長／とて心飽まて不敵にして力尋常／の人に越たる者有、去建武二年／五月に将軍は筑紫より責上り、／新田左中将は播磨より引退て／兵庫湊川にて合戦有りし時、／この大森の一族等宗とていたき合戦／をして、楠判官正成に腹をきらせし／者也、されは其勲功他にことなりとて／すか所のをむ賞を給てけり、此悦に／一族ともと寄合て猿楽をして／遊へしとて、あたりちかき堂の庭に／桟敷をうち舞臺を構て、さま様／の風流を盡さむとす、是を聞て／近隣傍庄のきせん男女群をなす／こと雲霞のことし、（五一頁上）

この詞章は甲類本の、神田本（刊本三八二頁上）や南都本系統にきわめて近い。漢字平仮名交の貝原益軒旧蔵本とは詞章は同じだが、漢字平仮名の用字までは一致しない。西源院本もほとんど同じだが波線部を「之間」とする（六六三頁）。松井本は傍線部「云者あり」（七〇二頁）。古活字本は点線部に「勝タリ、誠ニ血気ノ勇者ト謂ツベシ」、二重傍線部に「細川卿律師定禅ニ随テ」（三九〇頁）が入る。本絵巻が古態本に依拠した詞章をもつことは注目される。

『太平記抜書』の類

【全巻の粗筋を要約した抜書】

110 名古屋市蓬左文庫蔵（太平記抜書）

（整理番号　一〇五・三五）【国フ48－64－2、紙E1457】

写本一冊。

紺色表紙（二七・五×二〇・六糎）の左肩に「太平記抜書」と打付書（金泥）、その下に「全」と朱書。楮紙袋綴、墨付九五丁。漢字片仮名交、一面一二行、字面高さ約二二・五糎。朱点・朱引あり。書き込みあり（朱・墨書）。目録なし、内題「太平記抜書」。『太平記』の筋書を摘記し巻の終わりに三字下げで「右一巻了」と記す（因みに巻一は一七行、巻二は二七行を使用）。その体裁は次項松平文庫本の青木氏〔翻刻〕参照。和歌二字下げ一行書き。印記、冒頭丁右上に「御／本」（方型（三・二糎）単郭朱文）、右下に「蓬左／文庫」（方型（四・〇糎）単郭朱文）。前者は尾張藩初代徳川義直の印で、いわゆる駿河御譲本であることを示す。室町末近世初期写か。

本書について『御文庫御書物便覧』（『尾張徳川家蔵書目録第九巻』（書誌書目シリーズ49）、一九九九・八、ゆまに書房）には、

源敬様御書物／太平記抜書　写本 真片仮名　一冊／巻毎ニ少シツヽ抜書セシモノナリ、第廿二巻ハ脱セシ／マヽノ舊本ノ抜書ト見ユ、廿一ヨリ廿三ト次第シテ、廿一／ノ所ニ廿二モ此内ニコモルト記セリ（一九六頁）

とあり、すでに巻二二を欠く本に依拠することが指摘されている（源敬様は徳川義直）。本書の底本が巻二二を欠く古態本のうちでも玄玖本系統であることや、抜書の方法については〔参考〕加美氏論文に詳細な考察がある。また、本書が筋書以外に和歌・落首の類の掲載に熱心であったらしいことは〔参考〕島津氏論文に詳しい。同種の筋書摘記の抜書には後掲の島原松平文庫本・小浜市立図書館本・長谷川端氏蔵本・架蔵本などがある。

〔目録〕『名古屋市蓬左文庫國書分類目録』（一九七六・三）一二二頁下。

〔参考〕

・『蓬左文庫国書解説一』（一九六四・三）六七頁下に略解説（渥美かをる氏担当）。

・島津忠夫「落首・落書」（『解釈と鑑賞』三四巻三号、一九六九・三）。→『中世文学史論』（一九七八・一一、和泉書院）に再録。

・島津忠夫「金言和歌集」（岡見正雄博士還暦記念刊行会編『室町ごころ　中世文学資料集』一九七八・九、角川書店）。

・青木晃「太平記抜書」（岡見正雄博士還暦記念刊行会編『室町ごころ　中世文学資料集』一九七八・九、角川書店）。

・加美宏「『太平記抜書』の類ノート」（『太平記享受史論考』第三章第一節、一九八五・五、桜楓社）。

・【小秋元】一一九頁。

111 肥前島原松平文庫蔵（太平記抜書）

（整理番号　一一三・三）【国フ358－47－3】

写本一冊。

茶色渋引表紙（二九・六×一九・八糎）の左肩に題簽を貼るが虫食い多し。新補貼題簽に「太平記抜書」と墨書。楮紙袋綴。料紙に裏打ち多し。一オに内題「太平記抜書」。漢字片仮名交、一面一一行、字面高さ約二二・〇糎。朱点・朱引あり。江戸初期写、青木氏解題には「巻二六後半から手が変わるかとも考えられる」（五二三頁下）という。内容は蓬左文庫本に同じだが、梗概を記し終わった後に、二字下げで「右一巻ナリ」とするのが小異。印記、巻頭左下に「島原秘蔵」（長方型双郭朱文）、巻尾に「尚舎源忠房」（長方型双郭藍文）・「文／庫」（横長楕円双郭白文）、松平忠房（寛文九年〈一六六九〉に福知山から移封）の印。

〔目録〕『肥前島原松平文庫目録』（一九七二・一〇再版）九六頁。

〔翻刻〕青木晃「太平記抜書」（岡見正雄博士還暦記念刊行会編『室町ごころ　中世文学資料集』、一九七八・九、角川書店）。

＊松平文庫本を底本にし、蓬左文庫本・小浜市立図書館本と対校。

〔参考〕【小秋元】一一九頁。

112 小浜市立図書館蔵（太平記抜書）

（整理番号　九一三・一七四）

『太平記評判秘伝理尽鈔』三〇冊のうちの三〇冊目（第一冊から二九冊までは『太平記秘伝理尽鈔』）。前表紙は剥落、後表紙は茶色、大きさ、二七・六×二〇・三糎。内題「太平記抜書」。楮紙で袋綴の穴跡あり、現在は上下二穴による仮袋綴。本文一面一〇行、漢字片仮名交楷書、朱引（人名中、地名右、年号左二重など）あり。墨付一二八丁。江戸中期写か。印記、一オ右上に「遠敷郡／雲濱圖／書館印」（方型単郭朱文）。『目録』七頁によれば藩校順造館の蔵書は旧雲浜図書館に受け継がれた由。

〔目録〕『酒井家文庫綜合目録』（一九八七・一、小浜市立図書館）三〇八頁下。

113 長谷川　端氏蔵（太平記抜書）

『太平記評判』三三冊のうち、三二冊目。

黒茶色表紙（二七・五×二〇・五糎）、左肩に題簽剥落の痕あり。楮紙袋綴、見返し本文共紙。一面一一行、字面高さ約一九・五糎、漢字片仮名交、楷書一筆書写、墨付一〇四丁。小口に「理尽　抜書巻」と墨書（右書き）。内題「太平記抜書」（四字下げ）と記す。その下に印記「孟坤／氏」（方型〔一・六糎〕

単郭朱文）、巻末「右四十之巻終」とし、その下にも同印、印主未詳。この印記は『太平記評判』各冊にも捺す。本書は本文だけでなく、小字による注記や異文注記も蓬左本・松平本・小浜本に共通する所が多い。

114 架蔵（太平記抜書）（高橋貞一氏旧蔵）

写本一冊。

褐色表紙（二五・七×一七・九糎）の左肩に題簽（一六・〇×三・四糎）を貼り「太平記抜書」と墨書、但し剥落甚し。楮紙袋綴四目。江戸初期写、漢字片仮名交、全冊一筆、一面一〇行、字面高さ約二三・四糎。墨付一二二丁。小口に「太平記抜書」と墨書。巻一から巻八まで、および巻二一から巻二七までに朱筆の読点・合点あり（高橋氏によるか）。印記「高橋貞一」（短冊形（三・八×一・〇糎）単郭朱文）。内容はすべて蓬左文庫本『太平記抜書』に一致し、島原本・小浜本・長谷川本に類する一本と言える。表紙見返しの右上に以下の如く記した押紙あり。

故高野辰之博士ニ太平記鈔トいへ／る古鈔本あり、これはそれとは異な／れとも太平記四十巻の梗概を原／文をとつ（「り」を見せけちにして）たり、又その要をとりて抜書／したるものにして、巻二十二を欠きた／るは流布本によらすして、古本に／よるへきことは明らかなり、貞一識／本書ハ

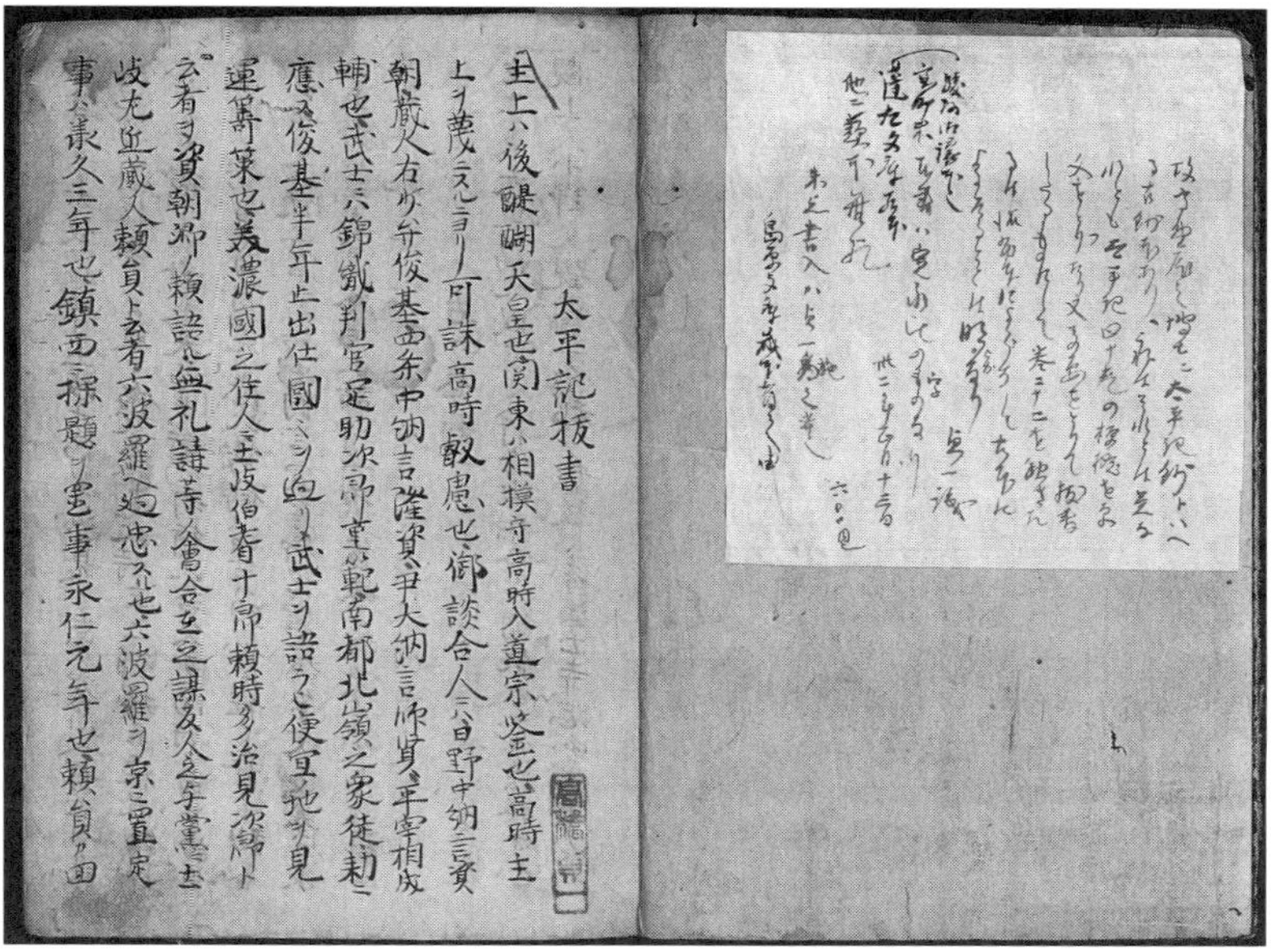

114、架蔵『太平記抜書』（高橋貞一氏旧蔵）巻頭

寛永比のもの〔右傍書に「字」〕なり、／卅二年正月十三日／六〇〇圓／他ニ▲類本無之、／朱点書入は貞一施〔「為」を見せけちにして〕之者也、／島原文庫蔵本有之由、

＊▲の位置に朱点ありて、欄上に次の三行が入る。

「駿河御譲本／室町末／蓬左文庫蔵本」

（傍線を付した箇所は朱書追記）

これと別に縦長用紙に左記の覚書あり。「太平記抜書／古本太平記の抜書、江戸時代初期写／巻二十二の抜書は無し／蓬左文庫、島原文庫蔵本の存在か／知られている」。巻一五末に「巻十六ニ西国蜂起事なり」、巻二六の途中に「伊勢より宝剱進奏事、「よみにくき也」ト」、と朱書した付箋をはさむ。また巻二六の末に「雲景未来記天下怪異事略之歟〔松井本、金勝院本、／京大本、豪精本、无〕」と直接朱書する。

〔目録〕『もくろく』四四号〔通算五〇号〕（二〇〇七・一〇、書肆大地）六頁。

〔参考〕【高橋】二四四頁。

115 陽明文庫蔵（太平記大綱）

（整理番号　近・タ・二一）

原本未見、国文学研究資料館紙焼写真による。【小秋元】によれば書状を紙背とする横長綴本で大きさ不揃い。内題「太平記大綱」。蓬左文庫本『太平記抜書』に同じ内容で巻三三途中で欠。

〔参考〕【小秋元】一二〇頁。

116 静岡県立中央図書館葵文庫蔵（太平記抄書）

（整理番号　九一三・四、二五）

明治一〇年（一八七七）写、一冊。

原装紺色表紙（二六・五×一七・九糎）、左上に原題簽（一六・九×四・〇糎）を貼り「太平記抄書 甲」と墨書。漢字平仮名交、一面九行、字面高さ約二二糎、朱および墨書にて書き入れあり。墨付四七丁。見返しに「此書四十巻、文保二年より貞治／六年凡五十年也、／右軍書年号人名ト所在とを／□貳冊の巻に写畢、□□／見□候へ共、心得有之度候也／上之巻」と記す。後表紙の見返しに奥書、「明治十年中夏／駿河国清水湊／深江仙助／写之（朱印「深江」）／但二冊之内」。一オの目録上部に印記「静岡懸立／葵文庫／蔵書之印」（方型〔四・四糎〕単郭朱文）、下部に「大井博氏寄贈／大井文庫／昭和二二年五月三十日」（長方形〔八・〇×三・〇糎〕単郭朱文）、「深江」（長方形〔一・一×〇・五糎〕単郭朱文）。

一オ～二オにつぎのように目録を書く。「太平記巻第一目録一二之内初編／〇（朱）壱／一　後醍醐天皇御治世乃事并武家繁昌之事／〇（朱）弐／一　中宮御産御祈の事并俊基偽籠居事（以下略）」から、巻一〇の「一　高時并一門以下東勝寺におゐ

て自害の事」まで。三オ以下、巻一から一〇までのいくつかの章段（この目録の表記の仕方で二〇段）を主にして、本文そのままではなく粗筋を摘記したもの（蓬左文庫蔵『太平記抜書』などよりは詳しい）。識語の「年号人名ト所在とを」とあるが、史的事実を重んじたものか、ややわかりにくい。「呉越軍事」に六丁分も使用しており、編者の意図は把握しづらい。「貳冊の巻に写畢」とあり、本書はもと二冊分であるはずだが、「乙」に巻一一以降巻四〇までを要約したか。とすれば第一部に重点を置いたものだろう。依拠本は流布本か。

〔目録〕『久能文庫目録　静岡県立中央図書館葵文庫』（一九六九）。

【島津家本異文の抜書】

117 国立公文書館内閣文庫蔵（太平記補闕）

（整理番号　内閣文庫一六七、七〇）

写本一冊。

濃褐色表紙（二七・二×二〇・三糎）の左肩に題簽あり「太平記補闕」と墨書。内題なし。墨付三三丁。漢字片仮名交、巻一の異文は一面一〇行、巻三以降は一面九行。

本書は林家（鵞峰）に齎された薩州本と板本との異同を検した抜書で、その成立の経緯は〔参考〕諸論文に譲るが、本書のいう薩州本は島津家本とみなして大過あるまい。冒頭「儲王御事」から始まる。巻一の異文摘記の後（一九ウ）に「此一帖以薩州本補之、／寛文戊申九月　林學士」とあり、さらに巻三以降の異文一〇項目の後に「右十三枚以或本補之、或本亦為／薩州本乎、／延寶元年癸丑十月／林學士」と記しており、寛文八年（一六六八）と延宝元年（一六七三）の二回にわたって書写されたものである。巻八以降の摘記の箇所の前後には朱の注記あり。たとえば「太平記巻第八／▲摩耶城合戦事付酒邉瀬川合戦事」とある▲の部分に「此段板本ニ雖有之／因相違呈之」と朱書し、引用が終った後に「〇是ヨリ足軽ノ射手ニツク」（大系二四〇頁後二行目該当）とあり、掲出場所が判るように配慮をしている。印記、一オ上に「林家／蔵書」（方型単郭朱文）・「内閣／文庫／之印」（方型単郭朱文）・「日本／政府／圖書」（方型単郭朱文）、一オ右下に「淺草文庫」（長方形双郭朱文）・「内閣／文庫」（方型単郭朱文）、巻尾に「日本／政府／圖書」・「内閣／文庫」。

以下の『太平記抜書』『太平記抜萃』とあわせて、『参考太平記』以前の諸本対校の成果として貴重である。

〔目録〕『改訂内閣文庫國書分類目録　上』（一九七四・一一）二六五頁上。

〔参考〕

・加美　宏「島津家本『太平記』異文抜書ほか」（『太平記享受史論考』第三章第一節、一九八五・五、桜楓社）。

・長坂成行「島津家本『太平記』考」（『奈良大学紀要』八号、一九七九・一二）。
・田中正人「林鵞峰の『太平記』研究―『国史館日録』とその周辺から―」（『軍記と語り物』二六号、一九九〇・三）。
・長坂成行「島津家本『太平記』の出現―『太平記抜書』、薩州本との関係を中心に―」（『論集太平記の時代』二〇〇四・四、新典社）。

118 天理大学附属天理図書館蔵（太平記抜書）

（整理番号　二一〇・四　イ一三）

写本一冊。

白茶色表紙（二七・八×一九・三糎）、左肩に題簽剥落の痕あり。内題「太平記一部目録」、楮紙袋綴。墨付五七丁。漢字片仮名交。一面八行。巻末の奥書「延寶己未夷則念六偶得島津氏所蔵之本謄焉」。「延寶己未夷則念六」は延宝七年（一六七九）七月二六日。表紙右上に「眞年遺書」の書票を貼る。印記、一オ右上に「天理圖／書館蔵」（長方形単郭朱文）、右下に「牘庫」（分銅型双郭朱文）・「倹堂／圖書」（方型単郭朱文）・「和學講談所」（長方形双郭朱文）。「牘庫」は磐城平藩主で歌人・俳人内藤風虎（一六一九〜八五）の印。「眞年」は国学者・系譜学者鈴木真年（一八三一〜九四）、明治前期陸軍省・大学等に歴任。「倹堂／圖書」を『蔵書印提要』は辻 聴花とする（五九頁上）が未詳、あるいは辻 守静（号耽花、国書人名三〇三頁A）か要後考。なお内閣文庫蔵元禄四年刊『参考太平記』四一冊（一六七・七五）、高橋貞一氏旧蔵貞享三年刊『難太平記』にも「牘庫」印あり（【高橋】三頁）、内藤風虎の書物好尚のさまが察せられる。

本書は島津家本の異文抜書の一本。前半二四丁は島津氏所蔵本の総目録を載せ、後半二六オ〜五七オは印本（板本）と比較しての同本の異文抜書である。巻一に異文が多く一九丁分を費やす。

同類書に神宮文庫蔵『太平記抜萃』・東京大学史料編纂所蔵『異本太平記纂』があり、内容・奥書とも一致する。本書に先行する抜書として内閣文庫蔵『太平記補闕』（寛文八年〈一六六八〉・延宝元年〈一六七三〉写）がある。本書の底本である島津家本『太平記』は、『島津家文書』のひとつとして近年東京大学史料編纂所の蔵に帰した。

〔目録〕
・『竹柏園蔵書志』（一九三九・一、巌松堂書店）四一頁。
・『天理図書館稀書目録　和漢書之部第二』（一九五一・一〇）五二頁下。

〔翻刻〕青木 晃「天理図書館蔵『太平記抜書』」（『青須我波良』一〇号、一九七五・五）。

〔参考〕前掲、内閣文庫蔵『太平記補闕』に同じ。

119神宮文庫蔵（太平記抜萃）

（整理番号　八九二）【国フ34-343-4、紙E3561】

写本一冊。

水色表紙（二八・六×一九・〇糎）の左肩に題簽を貼り「太平記抜萃嶋津本全」と墨書、右にラベル貼付、その下に「三拾号」と記す。楮紙袋綴。漢字片仮名交、一面九行、字面高さ約二〇・〇糎。墨付五五丁。巻末の奥書「延寶己未夷則念六偶得嶋津氏所蔵之／本謄焉」とあり天理図書館蔵本に同じ。その末、ノド近くに朱筆小字で「勤思堂邑井敬義蔵」とあり。印記、巻頭右下に「勤思／堂」（円型単郭朱文）、その隣に「林崎文庫」（長方形双郭朱文）、欄上右に「林崎／文庫」（方型単郭茶褐色文）、裏表紙見返し末に「天明四年甲辰八月吉旦奉納／皇太神宮林崎文庫以期不朽／京都勤思堂村井古巖敬義拜」（長方形単郭朱褐色文）。天明四年は一七八四年、村井古巖（一七四一～八六）は生前伊勢内宮の林崎文庫に、没後は仙台塩釜神社に蔵書が献納された蔵書家、佐藤喜代治「村井古巖のこと」（財団法人日本古典文学会編『訪書の旅　集書の旅』一九八八・四、貴重本刊行会）、また『林崎文庫鹽竈文庫村井古巖奉納書目録　下二』（二〇〇〇・三、皇学館大学神道研究所）の谷 省吾「村井古巖伝」など参照。

本書は島津家本の異文抜書の一本、天理図書館蔵『太平記抜書』と同じといってよいが、一面行数や、章段名の「付けたり」にあたる部分を小字双行書にするなどの小異があり、天理本とは親子あるいは兄弟関係か。前半二〇丁に島津家本の総目録を載せ、後半三五丁は島津家本との異文抜書。

〔目録〕

・『林崎文庫鹽竈文庫 村井古巖奉納書目録　上』（神道書目叢刊　六）（一九九四・三、皇学館大学神道研究所）一三三頁。

・『神宮文庫図書目録』（一九一四、神宮司庁）三五六頁下。

・『神宮文庫所蔵 和書総目録』（二〇〇五・三、戎光祥出版）四一九頁左。

〔参考〕【小秋元】一二〇頁。

120東京大学史料編纂所蔵（異本太平記纂）

（整理番号　二〇四〇・四、一一六）

写本一冊、原蔵彰考館文庫、謄写明治一八年（一八八五）、四四丁、二七糎、延宝七年七月島津氏所蔵本写。

横縞表紙の左肩に題簽（双辺）を貼り「異本太平記纂 全」と墨書、見返し左端にも同じく「異本太平記纂 全」とあり。一オに内題「太平記一部目録」とし、その後に巻一から四〇までの総目録あり（巻二二なし）、一つ書きなし、「付」部分は小字双行表記。一九オから異本の抜書を始める。「太平記巻一　儲王ノ御事ノ段／二ノ宮モノ次／△師親王ト申シハ西園寺ノ庶子冷泉ノ宰相中将中将、…」とあり、内閣文庫蔵『太平記補闕』

の一オ末尾からに該当。奥書は天理図書館蔵本などに同じで、その後に「明治十八年七月編修副長官重野安繹關東六縣／出張ノ時、水戸彰考館文庫主管者津田信存ニ託／シ、其館本ヲ以テ謄寫ス」とある。印記、遊紙ウ中央に「東京帝／國大學／圖書印」（方型単郭陽刻）、一オ右下に「修史／局」（長方形単郭陽刻）。

〔目録〕『東京大学史料編纂所図書目録　第二部和漢書写本編5（謄写本（下之二））』（一九七〇・三、東京大学出版会）七六頁左。

〔備考〕本書のもとになった彰考館文庫蔵『異本太平記纂』（写本一冊、整理番号　丑二二、『彰考館図書目録』八五頁掲載）は焼失。

【『参考太平記』に関わる抜書】

121 国立公文書館内閣文庫蔵（『軍記抜書九種』のうち、参考太平記抜書）

『軍記抜書九種』（整理番号　二一四・三四）【国フ19－64－1－6】

写本二六冊。全冊の構成以下の如し。

第一冊　参考保元物語抜書
第二冊　参考平治物語抜書
第三冊～第六冊　平家物語抜書
第七冊～第一二冊　源平盛衰記抜書
第一三冊　盛衰記抜書
第一四冊～第二二冊　参考太平記抜書
第二三・二四冊　写本太平記参考太平記見合抜書
第二五冊　明徳記抜書
第二六冊　応仁記抜書

まず、『参考太平記抜書』について。全九冊（巻一～八）（巻九～一二）（巻一三～一五）（巻一六・一七）（巻一八～二二）（巻二三～二六）（巻二七～三一）（巻三二～三五）（巻三六～四〇）。

淡土色（上中下に刷毛目横縞模様）表紙（二九・五×二一・〇糎）の左肩に「参考太平記抜書自一至八　共四十八」の如く外題を打付書。各冊右上に題簽（子持枠）を貼り「軍記抜書九種共二十六冊」と墨書。扉左肩に「参考太平記抜書従一至八」の如く記す。楮紙大和綴。一オに目録題「参考太平記　一」とし、以下二丁半目録を記す（一つ書きなし）。漢字で一オは一面一二行、以下は一一行。段名の下に丁数を書く。四オから本文に入る。漢字片仮名交、一面七行。印記、一オ右下に「淺草文庫」（長方形双郭朱文）、同上に「日本／政府／圖書」（方型単郭朱文）。

巻二冒頭を引用して本書の体裁を示す。

参考太平記巻二／南都北嶺行幸講堂供養附大塔宮習武芸段／四十八箇所ノ篝甲冑ヲ帯シ辻辻ヲ固ム…／天正本云／正中

元年甲子三月二十三日石清水へ行幸ナル…蔵人ノ頭藤房ハ
櫻ノ下襲ニ蘇黄ノ布ヲ著セラル（以下略）

こうした形で本文そのものを抄出する。梗概書作成や異文への着目ではなく、おそらく装束・武具など有職関係への興味に基づく抜書かと推測される。

〔目録〕『改訂内閣文庫國書分類目録　上』（一九七四・一一）二六五頁下。

〔参考〕長坂成行「『写本太平記／参考太平記　見合抜書』解説、付『軍記抜書九種』覚書」（『奈良大学紀要』二一号、一九九三・三）。

122 国立公文書館内閣文庫蔵（『軍記抜書九種』のうち、写本太平記／参考太平記　見合抜書）

『軍記抜書九種』（整理番号　二一四・三四）【国フ19－64－1－7】

以下、『写本太平記／参考太平記　見合抜書』について。写本二冊。淡土色（上中下に刷毛目横縞模様）表紙（二九・五×二一・〇糎）の左肩に「写本太平記／参考太平記　見合抜書／自一巻廿巻迄（自廿一至四十巻）」の如く外題を打付書。右上に題簽（子持枠）を貼り「軍記抜書九種　共二十六冊」と墨書、右下に「共四十八」と打付書あり。扉中央に「寫本太平記／参考太平記　見合抜書／右一巻ヨリ廿巻マテ」の如く記す。楮紙大和綴。一面九行、漢字片仮名交。異文およびその丁数を朱で示す。印記、一オ右下に「淺草文庫」（長方形双郭朱文）、同上に「日本／政府／圖書」（方型単郭朱文）。

本書はある写本と『参考太平記』との校異を示したもので、全四〇巻一二八箇所に及ぶ。その表記方法は、

参考一巻／頼員回忠事ノ内／廿七丁　去程ニ明レハ元徳元年
九月十九日ト有リ　年号ナシ　廿二丁（傍線部は朱）（大系四九頁該当）

の如くで、丁数まで明記して（朱が異本の丁数）異文箇所を示す。ところで本書の下冊奥に「一　参考ノ内／雲景未来記／北条家金勝院本無此段トアリ／足利義詮上洛／金勝院本西源院本無此段トアリ／右二箇条ハ寫本之方ニ全躰無之」（三三オ）との注記があり、この条件を満たす写本は玄玖本・神宮徴古館本の系統に限定されるのだが、〔参考〕で触れたように、異文の具体や丁数を勘案すると、この写本に符合するものは管見の限りでは知見なく、今日知られていない玄玖本系統の一写本の可能性が高い。

〔目録〕『改訂内閣文庫國書分類目録　上』（一九七四・一一）二六五頁下。

〔翻刻〕長坂成行「国立公文書館内閣文庫蔵『写本太平記／参考太平記　見合抜書』翻刻」（『奈良大学紀要』一九号、一九九一・三）。

〔参考〕長坂成行「『写本太平記／参考太平記　見合抜書』解説、付『軍記抜書九種』覚書」（『奈良大学紀要』二一号、一九九三・三）。

123 国立公文書館内閣文庫蔵（『百鶉集』のうち、参考太平記抜書）

（整理番号　二一七・三）

『百 鶉 集《ひゃくじゅんしゅう》』二三冊の第一六冊目の末尾一二丁分が『参考太平記』からの抜書。

表紙（二二・九×一六・四糎）の左肩に双郭刷題簽を貼り「百鶉集」と印刷。右上に「疑問考實／雑識／雑考／秘笈目録」と墨書。目録なし。『参考太平記』の部分、漢字片仮名交、一面八行。印記、巻頭および最終丁に「日本／帝國／圖書印」（方型単郭朱文）・「日本／政府／圖書」（方型単郭朱文）。

本書の内容、一例を引文する。

巻二十一丈　修理権大夫貞顕越後守顕時子／増鏡云々セメテモ六波羅近クトテ六条殿へ本院／後伏見新院花園春宮……檜皮屋一ツアルニ、両院春宮参ラ／セ給フ七十四丈元弘元年八月廿七日……

こうした形で約二〇箇所を抄出するが、意図未詳。北条氏・皇統への興味か。

〔目録〕『改訂内閣文庫國書分類目録　上』（一九七四・一一）一二一頁上。

124 国立公文書館内閣文庫蔵（太平記綱要）

（整理番号　一六八・八〇）

享保七年写本一冊。

灰色表紙（二九・二×一九・七糎）、左肩に「太平記綱要全」と打付書、内題は「参考太平記綱要」。厚ボール紙製帙に「参考太平記綱要」とあり。楮紙袋綴。墨付一一三丁。一面七行、漢字片仮名交、楷書。朱読点、朱引あり。印記、一オ右下に「淺草文庫」（長方形双郭朱文）・一オ右上に「書籍／館印」（方型単郭朱文）・一オ左下および巻尾左下に「内閣／文庫」（方型単郭朱文）・一オ右中および巻尾左上に「日本／政府／圖書」（方型単郭朱文）。

奥書「享保七年壬寅冬十一月十八日東都／右内史臣下田幸大夫師古奉／命考訂十二月二十四日詣　闕進之」とあり、享保七年（一七二二）徳川吉宗が下田師古に命じて撰進させたもの、

〔参考〕福井氏は「これより先、吉宗は享保六年五月、右筆に命じて水戸藩の『参考太平記』を新写させているから、本書はその記事の検索に備えるために編集したものであろう」とし「本の体裁からみて紅葉山文庫旧蔵本であろう」という。東京大学史料編纂所編年史料綱文データベース99編の享保六年五月一二日第三条に「将軍吉宗、右筆をして参考太平記を写さしめ、以て世子家重に賜ふ」とあり。

本書は『太平記』の巻毎の記事の要約、巻二二の分あり。その体裁は、例えば巻一冒頭、「人皇九十五代後醍醐天皇ノ御宇ニ當リ／テ、武臣相模守平高時武威ニ伐《ホコ》リ、朝憲ヲ／蔑《ナイガシロ》ニシテ奢リ甚シキニ因リ、天皇密《ヒソカ》ニ近／臣ニ命シテ彼レヲ亡サレン

事ヲ謀リ、武士ヲ／カタラハル、其ノ内土岐頼員此企ヲ妻ニ／語ル、妻又父利行ニ告ク、利行ハ六波羅ノ／奉行タルユヘ、頼員ヲ諌メ、六波羅常盤駿／河守ニ訟フ、因テ」の如し。

〔目録〕『改訂内閣文庫國書分類目録　上』（一九七四・一一）二六四頁下。

〔参考〕

・森　潤三郎『紅葉山文庫と書物奉行』（一九七八・二、臨川書店）二九五頁。

・秋元信英「書物奉行下田師古の事蹟―『儀式』研究史の一節として―」（『国学院雑誌』七二巻一〇号、一九七一・一〇）。

・福井　保『江戸幕府編纂物　解説編』（一九八三・一二、雄松堂出版）一七九頁、同『江戸幕府編纂物　図録編』二七頁下に巻尾の図版（六七）あり。

・長坂成行「『写本太平記参考太平記見合抜書』解説、付『軍記抜書九種』覚書」（『奈良大学紀要』二一号、一九九三・三）。

125 内藤記念くすり博物館蔵（参考太平記抜要）

（整理番号　四七四九一）

写本一冊。

一帙に収納、帙左肩に白題簽を貼り「47491参考太平記抜要」と墨書。小口に「参考太平記抜要」と記す。改装包表紙焦茶色地布茜色模様表紙（二三・五×一七・〇糎、本文料紙より大きい）、外題なし。見返し（本文共紙）に「伊勢貞丈先生／参考太平記抜要／稲葉通邦蔵本」と墨書。旧紙面（二〇・四×一四・〇糎、これが伊勢貞丈筆か）に新用紙（二二・八×一六・七糎）で裏打ちする。一オから始め、「参考太平記常陽水府」として凡例および引用書を二ウまで書く（省略あり）。覚書、メモ的な文字で一面行数まちまちだが一二～一四行、漢字片仮名交、墨付七〇丁。所々に朱の書き入れ、追記あり。

一オ右上に印記「内藤記念／くすり／博物館」（方型（二・〇糎）単郭朱文）。巻尾に「稲葉通邦本」と墨書。

本書は『参考太平記』の抜書で、丁数を記し引用箇所を明示するのが特徴である。例えば、「巻之一／頼員回忠ノ条ニ／（二十七／段右）卯刻ニ軍勢雲霞ノ如ク六波羅ヘ馳参ル、小串／三郎左衛門尉範行山本九郎時綱御紋ノ旗／ヲ賜リ討手ノ大将承テ中略」。以下こうした形で参考本から抄出する。その掲出箇所は有職関係の記述に関するものかと推察され、特筆すべきは122国立公文書館内閣文庫蔵『写本太平記参考太平記見合抜書（軍記抜書九種のうち）』の、異文掲出箇所とほぼ一致することで、本書は『写本太平記参考太平記見合抜書』作成のための基礎資料と見なしてよいだろう。〔参考〕旧稿の段階では本書の存在を知らず、『写本太平記参考太平記見合抜書』は伊勢貞丈あたりの故実家の仕事か、と推定しておいたがこの抜要によってそれが裏付けられることになろう。なお末尾三丁分は『太平記』中の記事の年次考証をめざしたもので、巻一から始まり巻二の「七月十一日捕俊基下向関東」で終わっている。また本書が、国立国会図書館蔵宝徳本『太平記』の書写者である稲葉通邦蔵本であるのも興味深いものがある。故実家伊勢貞丈（一七一七〜八四）と尾張の学者稲葉通邦（一七四四〜一八〇一）との関係については未勘。

〔目録〕

・『大同薬室文庫蔵書目録 附館蔵和漢古典籍目録』（二〇〇一・三、内藤記念くすり博物館）一四二頁左。

〔参考〕長坂成行「『写本太平記 参考太平記見合抜書』解説、付『軍記抜書九種』覚書」（『奈良大学紀要』二一号、一九九三・三）。

126 水府明徳会彰考館文庫蔵（参考太平記凡例藁本）

（整理番号　丑二二）【国フ32－17－2、紙E613】

原本未調査。国文学研究資料館の写真による。

写本一冊。表紙左肩に題簽を貼り「参考太平記凡例藁本」と墨書、余白に「丑」印（方型単郭朱文）を捺す。内題「凡例二十三條」。一つ書きで二三箇条を記す。本文八行一五字、注双行小字、朱点・朱引あり。一オ右肩に「石尾七兵衛殿ヨリ／出ル」と記した押紙あり。一〇オに「次第ノ前後編直シ候事／重テ可書加」と墨書、草稿であることを示す。同ウに殿法印良忠に関する双行注記あり。但野正弘氏によれば、本書は佐々宗淳自筆という（〔参考〕一八八頁）。刊行された『参考太平記』凡例とは少なからざる異同があり、西源院本の旧蔵者篠屋宗礀に関する情報はこれによる（九頁参照）。

〔参考〕

・【小秋元】一二五頁。

・但野正弘『新版佐々介三郎宗淳』（一九八八・七、水戸史学会）。

・長坂成行「水戸史館の『太平記』写本蒐集の一齣―金勝院本・西源院本を中心に―」（『軍記と語り物』三八号、二〇〇二・三）。

127 静嘉堂文庫蔵（『筆熊手』のうち参考太平記抜萃）

（整理番号　八六、三二）

『筆熊手《ふでくまで》』は中山信名著色川三中蔵の叢書で写本一八冊、その第五、六冊に収。『筆熊手』第五冊、朽葉色表紙（二八・〇×一九・〇糎）の左肩に題簽（一八・五×二・六糎）を貼り「筆熊手 其中 五」と墨書、表紙右上に「和論語／参考太平記抜萃上」と記す。見返しなし、一オ左上に「筆熊手 其之二 五」とし、右下に「静嘉堂蔵書」（長方形（五・五×一・六糎）双郭朱文）の印あり。二オ（遊紙）中央に「色川／三中／蔵書」（方型（三・〇糎）単郭朱文の印あり。三オから本文を始めるが、本書は半丁に二枚の横長紙片（一二・〇×一五・六糎）を上下に貼付した型をとる。すなわち、メモ的用紙を袋綴の冊子に貼り付けて整理したもの。

第五冊目の前半は『和論語』一〇丁分、その後に遊紙一枚あり、つぎから『参考太平記』の抜書が始まる。内題なく「参考太平記凡例」とし、以下凡例を一つ書きで抄出する（三枚分）。この後は文字通り『参考太平記』の抜書で、巻数は記さず一つ書き形式をとる。漢字平仮名片仮名交草書、一枚に一四～一五行不定。第五冊目から例を示す。

一　元弘元年八月廿四日夜入主上／南都へ臨幸／尹ノ大納言師賢卿ハ袞《こん》龍ノ御衣を／着て輿に駕替て山門へ登り給ふ、

一　同八月廿七日主上笠置へ臨幸、／

一　主上御夢の告によつて／河内国金剛山の西ニ居楠正成／を召、／敏達天皇四代孫井手左大臣／橘諸兄公ノ後胤也、　（七枚目）

こうした形で、最終は貞治三年（一三六四）春頃の大内介・山名時氏・仁木義長らの降伏を記しており、『太平記』の時代の流れを把握できる年代記的なものをめざしているようだ。紙数は第五冊に五八枚（一六丁半）・第六冊に五六枚（一四丁半）あり。

第六冊目は表紙左肩題簽に「筆熊手　其下　六」とあり、表紙右上に「参考太平記抜萃下／上覧相撲／同火術／御宮参／御徒衆遠國勤之記」と墨書。本文始まる丁の右上に「色川／三中／蔵書」、その下に「静嘉堂蔵書」の印あり。茨城県立歴史館の『目録』中の「解題」（宮内教男）によれば、『筆熊手』は中山信名（一七八七～一八三六）の著作で、それを色川三中（一八〇一～五五）が譲り受けたものという。中山信名蔵書が色川三中に譲られた経緯については、中井信彦『色川三中の研究　伝記篇』（一九八八・九、塙書房）の三四頁以下に詳しい。信名は「幼ニシテ強記、好テ稗史ヲヨミ、尤太平記ニ熟シ、暗誦一字ヲ誤ラズ。人呼テ太平記童トイフ」（『国学者伝記集成』二、一九七八・九、名著刊行会、一〇一五頁）。

〔目録〕

・『静嘉堂文庫國書分類目録』（一九二九・四）一四二頁。

・『静嘉堂文庫所蔵　色川三中旧蔵書目録』（二〇〇六・三、茨城県立歴史館）一〇頁No61・62。

128 辻　善之助博士蔵（参考太平記按文）

原本未見。新井白石の抄写本一巻。

宮崎道生『新井白石の研究』（一九五八・一、吉川弘文館）七四八頁下による。

【特定の地域・人物に関わる抜書】

129 国立公文書館内閣文庫蔵（『摂津徴』のうち、太平記抄録）

（整理番号　和三六五九五、一五一（一一一）・二一八・三八）

『摂津徴』の内、第一一一冊『太平記抄』・『応仁記抄』と合綴。

格子縞模様表紙（二六・五×一九・〇糎）。左肩に双辺刷題簽「攝津徴　巻百十一」。一丁目表に「攝津徴／外集／夏部／太平記／應仁記／大阪　浅井幽清 稿」とあり。漢字片仮名交、楷書、一面一〇行。書き入れなし。印記、巻首上右に「地誌備用／圖籍之記」（長方形単郭朱文）、「日本／政府／圖書」（方型単郭朱文）、前者は内務省地理局地誌課の印。

本書は『太平記』『応仁記』から摂津関係記事を抽出したもの、『太平記』に関しては墨付二七丁で、「〇攝津國葛葉ト云處ニ地下人代官ヲ背テ合戦ニ及フ事アリ」（大系四九頁相当）から、「〇光嚴院禪定法皇ハ正平七年ノ比云云、只順覺ト申ケル僧ヲ一人御供ニテ（下略）」（同四五九頁相当）まで、四六項目に及ぶ。どの巻からの抽出かの注記はなく、〇を付して年代記的に立項する。例えば、第二項目、

〇元徳二年三月二十七日ニ比叡山ニ行幸成テ大講堂供養アリ云云、住吉神主津守國夏太／鼓ノ役ニテ登山シタリケルカ、如何ナル仔細ニヤ（下略、大系五九頁相当）

と始める。巻二の「南都北嶺行幸事」の、出仕に遅延した津守国夏が獅子の太鼓を投げ打ちにする場面、「山ノ端ノ梢ヲ見コス辛崎ノ松ハ一木ニ限ラサリケリ」「契アレハ此上(ママ)モ見ツ云々」二首の歌（新編全集六六頁相当）を載せるなど天正本・毛利家本に載る記事を引くが、これは住吉社家の立場からの興味でもあろう。毛利家本などとは用字が異なり、毛利家本そのものからでなくおそらく『参考太平記』からの引用であろう。

浅井幽清は摂津住吉社家の人、平田篤胤門の国学者、嘉永四年（一八五一）生れ。『摂津徴』第一五一冊総目録の末尾に浅井幽清の識語の押紙あり（明治一九〈一八八六〉年一一月在東京）。

〔目録〕『改訂内閣文庫國書分類目録　上』（一九七四・一一）八〇頁下。

130 多和文庫蔵（太平記抄）

（整理番号　九・六）【国フ271－137－9－6、紙N2899】

原本未見、【小秋元】および国文学研究資料館の写真による。

横縞模様表紙の左肩に題簽（双辺）を貼り、「水月古鑑抄　烈女集抄　久米家古文書／七条家記　小神野物語拾遺　太平記抄」と記す。この六編からなる抜書集一冊。「太平記抄」は「崇徳帝御事」とし（一つ書きなし、一字下げ）「今年の春筑紫の探題……」で始まり「儀なる事共なり」で終り（巻三三相当）、「太平記細川系図繁氏延文三年六月九日於讃州卒去」とある（二丁分）。「細川清氏討死附西長尾城没落事」は「讃岐には細川相模守清氏と……」から「……細川右馬頭にそ靡き従ひける」まで（巻三八相当）の本文を抜書する（六丁半）。漢字平仮名交、一

面一一行。讃岐白峯関係記事の抜書である。印記、一オ（内題「水月古鑑」とある）の欄上に右から①「不敢許出家門」（長方形単郭陽刻）・②「集古／清玩」（方型双郭陽刻）・③「多和／文庫」（方型単郭陽刻）、右端中ほどに④「香木舎文庫」（長方形双郭陽刻）、右下に⑤「平氏／文庫」（方型単郭陽刻）。②③④は松岡　調（多和神社祠官、一八三〇～一九〇四）の印。⑤は梶原藍渠（一七六二～一八三四、讃岐高松の豪商にして和漢の学に通ず）の印か。多和文庫については井川昌文「多和文庫・松岡調・年々日記」（『季刊ぐんしょ』再刊六九号、二〇〇五・七）など参照。

〔目録〕『多和文庫蔵書目録　上』（『言語と文芸』七九号、一九七四・一一）一七四頁。

〔参考〕【小秋元】一二二頁。

131 聖衆来迎寺蔵（『法流相承両門訴陳記』付載、太平記抜書）

原本未見。以下は〔参考〕の近藤喜博氏論文、および〔備考〕の東京大学史料編纂所蔵謄写本による。

美濃判袋綴『法流相承両門訴陳記』（法勝寺と元応寺との門流相承に関する両者の訴陳状を蒐集したもの）の内。『法流相承両門訴陳記』は表紙中央に「法流相承両門訴陳記」と墨書、右下に「元応寺常住」、内題

法流相承両門訴陳記、連々訴状、依事繁略之、并和尚御自筆附属状等、一々不能載之、追可披見哉

として、関係文書（延文二年一二月から文安四年一二月まで）を収め本文五六丁、うち四五丁から五四丁にいたる一一丁（一面八行）に『太平記』が抜書されている。『法流相承両門訴陳記』の書写は、「文安五年八月法（比カ）押少路室町草奄ニテ清書之

沙門鎮増記之七十一歳」とある本奥書により、少なくとも文安五年（一四四八）八月、鎮増によって写されたものであろう。この本奥書に続いて、宝徳三年（一四五一）六月、源英（四五歳）が江州高嶋大谷寺南坊にて、慶讃大徳聚集の本を書写した旨の奥書がある。抜書は巻二、南都北嶺行幸事・為明卿歌事・諸上人関東下向事に相当し、『太平記』関係部分は「サレハ、此上人達モ何ナル修因感果ノ道理ニ依テ、カヽル不慮ノ罪ニ沈ミ給ヌラン、不思議ナリシ事共ナリ」で終る。その後に恵鎮上人の事績を記した中に、つぎの記述がある。

私云元徳年中和尚、関東下向事、就不慮之横禍、示／奇異之勝徳給、尋在世之昔、弥為未来際之敬信、／太平記之内被撰寫之／依有旧本令書寫之畢　於東山元應寺／于時宝徳第三／六月上旬云々

小字部分が太平記抜書の年次を示すものであろう（翻刻一〇五頁参照）。本抜書の意図は、〔参考〕加美氏論文の指摘するように恵鎮の高徳・奇特を賛嘆することにあろうが、わずか一一丁とはいえ文安・宝徳年間書写の『太平記』として貴重である。

〔参考〕近藤氏論文が言うように、本抜書の依拠した『太平

記』は西源院本とは別系統のもので（西源院本に沙門処刑記事はない）、また〔参考〕加美氏論文の、

　後人の補入部分を除いた神田本、或いは玄玖本などとかなり近似しているといえるが、詞章の細部には、なお小異を存するし、章段のたて方、章段名も一致しないのであるから、おそらく現存しない一本によったものと思われる。（三〇四頁）

という指摘は首肯できる。その小異に該当する箇所を二、三挙げておく。大塔宮が武芸に励むことを記す場面、

　早業ハ江都賀桂《桂賀ケイカ健》 健ニモ超タレハ、七尺ノ屏風、（翻刻一〇一頁下）

とするが、神宮徴古館本には「早業は江都か軽捷にも超たれは」（一二四頁）とある。抜書（またはその祖本）は、「か軽捷」の部分を誤読してか、「賀桂健」という人名らしきものに改めたのであろう。

二条為明逮捕の箇所を引く。

　此ノミナラス、智教、々円二人モ南都ヨリ召出サレテ、【同六波羅ヘ出給フ、二条ノ中将為明ハ歌道ノ達者ニテ、月夜雪ノ朝、褒貶ノ歌合ノ御会ニ召レテ、宴ニ侍ル事(ママ)隙無リシカハ、指タル嫌疑ノ人ニハナカリシカトモ、叡慮ノ趣ヲ尋ネ問レン為ニ召取レテ、】斎藤ニ是ヲ預ラル、五人ノ僧達ノ事ハ＊六波羅ニテ尋究ムルニ及ハス、為明ノ卿ノ事ニヲイテハ、先ツ京都ニテ尋沙汰アリテ白状アラハ、関東ヘ注進スヘシトテ、検断ニ仰付テ已ニ拷問ノ沙汰ニ及ハントス、六波羅ノ小ツホニ炭ヲオコス事、（一〇二頁上）

神宮徴古館本は、まず【　】の部分がなく、傍線部分が二重傍線部に入り、さらに＊の箇所に「元来関東え召下されて沙汰あるへき事なれは」（一二五頁）が入る。神宮徴古館本は僧達についての記事を終えた後に、二条為明の記述に移り、分かりやすい。抜書は二条為明の記事の途中に五人の僧のことが入り込み（波線部）、文脈にやや混乱が見られる。抜書（またはその祖本）の誤写というべきであろうか。「諸上人関東下向事」の後半は天竺の沙門が誤って処刑される話で、処刑後に帝が激怒する場面、つぎのようにある。

　帝大ニ逆鱗アテ、死ヲ行ヲコト定テ後▲、罪大逆ニ同シトテ、則彼ノ伝奏ヲ召出シテ、（一〇四頁上）

神宮徴古館本は▲の箇所に「必三奏すといへり、然るを一言の下に誤をおこなつて朕か不徳をかさね畢」（三〇頁）が入り、文意が明瞭になる。これを欠くのは脱文であろう。

〔翻刻〕近藤喜博「〔資料編〕太平記抜書・その小解」（『伝承文学研究』八号、一九六六・一一）。

〔参考〕
・近藤喜博「太平記抜書」（『かがみ』一〇号、一九六五・一二）。
・加美　宏「島津家本『太平記』異文抜書ほか」（『太平記享受

史論考』第三章第一節、一九八五・五、桜楓社)。

・小木曾千代子「恵鎮(円観)上人年譜稿」(『太平記の成立』(軍記文学研究叢書8)、一九九八・三、汲古書院)。

〔備考一〕

東京大学史料編纂所に謄写本あり(整理番号 二〇一四・二九)。『法流相承両門訴陳記』(一九二三年作成、六二丁)。末尾に「右/法流相承両門訴陳記/近江滋賀郡下坂本村来迎寺所蔵/大正十二年十一月寫了」とある。

〔備考二〕

鎮増については『鎮増私聞書』(『續天台宗全書 史傳2』所収、一九八八・二、春秋社)、田中貴子『室町お坊さん物語』(講談社現代新書)(一九九九・六、講談社)など参照。

132 神宮文庫蔵(太平記抜書)

(整理番号 八九〇)【国フ34−343−3、紙 E3560】

写本一冊。

格子模様渋引表紙(二七・五×一九・五糎)、左肩に双辺刷題簽(一六・八×三・五糎)を貼り「太平記抜書 全」と墨書。扉中央に「太平記抜書」、左下に「金鼓山光明禅寺」。首題「太平記二十巻二十四丁目有之/奥州下向勢逢難風事」。本文墨付六丁。漢字平仮名交、一面一二行。字面高さ約二二・〇糎。巻末識語「奥州住人結城上野入道道忠者、光明寺開山月波恵観和尚之/慈父也云々、吹上舊跡雁塔ニ五輪之塔有之、法名君山道忠大禅定門/十一月念一日逝去也、石塔過去帳ニ分明記有之、但シ年号不知、/且又白川ヨリ来ル沙弥道忠半切紙ノ状二通光明寺ニ有之」(六オ)。印記、扉右上に「神宮/文庫」(方型単郭朱文)。

内容は結城宗広(道忠)の悶死を記した巻二〇の最後の二章段「奥州下向勢逢難風事」「結城入道堕地獄事」からの抜書で、本文は流布本に同じ。本書は結城宗広の墓がある伊勢国光明寺の関係者による所為であろう。三ウ二行目「罪障深重の人多しといへ共」から四オ最終行「鉄網四方」にかけて、朱線で本文を囲む。

〔目録〕

・『神宮文庫図書目録』(一九一四・三、神宮司庁)三五六頁下。

・『神宮文庫所蔵和書総目録』(二〇〇五・三、戎光祥出版)四一九頁左。

〔参考〕

・加美宏「島津家本『太平記』異文抜書ほか」(『太平記享受史論考』第三章第一節、一九八五・五、桜楓社)。

・【小秋元】一二一頁。

133 加美 宏氏蔵(太平記畑氏談)

写本一冊。

香色地栗色刷毛目縦波模様表紙（二四・五×一七・五糎）の左肩に題簽（一五・五×三・〇糎）を貼り、「太平記畑氏談 全」と墨書、「全」とある下に印記「三輪田／蔵書」（方型〔一・八糎〕単郭朱文）。楮紙仮綴。内題「太平記畑氏談《ハクシタン》（ハク（ママ））」。墨付一八丁。漢字片仮名交楷書。一面一二行、字面高さ約二二・〇糎。付訓（片仮名）あり、朱筆書き入れ、朱の読み仮名もあり。印記、内題下に「梅廼舎／蔵書印」（方型〔二・七糎〕単郭朱文）、見返し左下および後表紙見返し下に「忘水」（楕円型〔三・二×二・一糎〕単郭朱文）、後表紙見返し下に「忘水?・弥蔵」（楕円変形〔九・五×四・八糎〕単郭朱文）あり。印主未詳。

奥書「右畑氏談者太平記第二十二ニ出ル所也、最文面／雖濃其姓氏不委、其上忠誠無二之勇士乎、悪／業無道ト判ス、是佛者之誹言ニ而、武道之本意ヲ／不辨者カ、今其姓氏乎聞傳、而一部之内之／擧武功、禿筆之加参考令判談者矣、／于時寶暦五乙亥季／晩春吉日　　東播山人／叟萊子述」。これによれば宝暦五年（一七五五）三月の成立。東播山人、叟萊子は未詳だが、本書の末尾近くに畑氏の子孫が高須を名乗り江戸時代に酒井氏に仕え、寛延二年（一七四九）酒井氏の姫路転封に従い、後に高須隼人廣長として重用されたとあり（翻刻下四三頁）、加美氏は播磨に住む畑氏の子孫の一人と推測することも出来ようとする。

表紙見返しの下半面の識語、「按太平記第二十二巻は康〔「應」を見せ消ちにして〕永の比足利直義の命により〔「忌憚に触れ」—傍線部右に傍書〕／喪失したり、其内容は窺知し得さるも、或は脇屋義助／の勝軍の事ともいふ人あれと、恐くは第二十二巻にて一／先づ纏め、この書に記せる「中古武家興廃並に諸／士批判之事」の記入ありしならんか、／又、按太平記畑氏談とは鴻の巣氏談、又は高須氏談／と異なり、畑氏の祖先よりの言ひ傳へ談なるへければ、／「中古武家興廃並に諸士批判」／の項は太平記の何れの處にか存せ／しものならん、「中古武家興廃」は太平／記にあるを潤色したるものと思はるゝも、／「諸士批判」の項は恐くは第二十二巻にあ／りしを潤色したるならんか、さあらんには／直義の忌憚に触れしならむ／梅廼舎秘蔵之印」。

同上半面には「高須与力／石川武左衛門／吉沢列平／刀祢川六太夫／櫻井市郎次／三雲卯左衛門／〔一行あけて〕／新田左中将義貞之四天王／栗生左衛門／篠塚伊賀守／亘理新左衛門／畑六郎左衛門時能」とある。

後表紙の見返しに識語、「重按太平記第二十一巻乃至第二十三巻に載せる畑六郎左エ門／最期の記事について、畑氏の子孫ガ筆者に対して義憤を感せ／し事はさもあり得べき事にて、この義憤によりて畑氏の子孫／が太平記を批判し暗誦して、右太平記畑氏談を子々孫々／に言ひ傳へたるものなるべし、／太平記編纂せられしより宝广に到るまで約三百六十余年、宝广／より明治四十五年に到る約百六十年なり」。表裏各見返しの識語は同筆、明治四五年乃至大正元年（一九一二）の時点での記入。

本書は以下の五章段から成る。
○中古武家興廢并諸氏批判之事
○新田義貞武功并三井寺責附リ畑時能勇力之事
○畑時能軍勢ヲ語フ并ニ義貞自害之事
○越前鷹巣ノ城責并畑時能以下討死之事
○北國静謐并ニ畑氏子孫繁昌之事

加美氏が指摘するように、本書は『太平記』作者による畑時能批判に対して、反批判を試み時能擁護を目的にしたものである。はやくに紹介・翻刻されたが、その後本書を対象として何らかの言及がなされたかは、寡聞にして知らない。本書を手懸りにしての『太平記』欠巻部の内容推定の問題も含めて、加美氏解題を承ける発展的研究が望まれる。

〔翻刻〕
・加美　宏「太平記畑氏談（上）（解題）（翻刻）」（『古典遺産』一六号、一九六七・二）。
・同「太平記畑氏談（下）（翻刻）」（『古典遺産』一七号、一九六七・一二）。
〔備考〕畑時能の形象については加美　宏「伝奇的人物としての畑時能」（『太平記享受史論考』付章第二節、一九八五・五、桜楓社）。

134 三宅久美子氏蔵仲光家文書（太平記巻之第十三之内抜書）

原本未見。【国フ、ミ3－5－14】【小秋元】、および国文学研究資料館の写真による。

表紙左肩に「太平記巻之第十三之内抜書」と記す。内題「太平記巻第十三」、「龍馬進奏事」「藤房卿遁世事」の二段を抜書する。漢字片仮名交、一面一一行。後見返に「大正拾肆乙丑載仲呂吉日」とあり。

〔参考〕
・仲光家文書については小川剛生「三宅家蔵仲光家文書の典籍類について」（『国文学研究資料館報』六一号、二〇〇三・九）参照。
・【小秋元】一二一頁。

135 水府明徳会彰考館文庫蔵（『藤藤房卿略伝』附太平記第三）

（整理番号　丑一七）【国フ32－200－12－2、紙N852】
原本未見。【小秋元】、および国文学研究資料館蔵紙焼写真による。
写本一冊。表紙左肩に題簽を貼り「藤藤房卿略伝　附太平記第三」と墨書。右肩にラベル「丑・拾七」。内題、一オに「萬里小路藤房卿畧傳」。二オに「萬里小路家畧系　諸家大系圖所載」として系図半丁、二ウに「萬里小路藤房卿肖像縮圖土佐光信筆岩倉山大雲寺蔵板」とし肖像画あり。三オに「三公畧傳・宣房卿・藤房卿・季房卿」として永仁四年（一二九六）から康暦二年（一三八〇）までの年譜八丁あり。つぎに、「潛龍閣」（柱刻上部）とある罫紙（一〇行）に「太平記第三／後醍醐天皇御没落笠置之条」「太平記十三／藤房卿遁世の条天正本」「異本太平記同条に流布本」として、巻三・一三の記事を抜書（計三丁）。漢字平仮名交。つぎに「進奏龍馬来吉凶辞／藤原藤房卿」と題し巻一三の抜書。漢字片仮名交、八行、六丁。以下、罫紙に『櫻雲記』『吉野拾遺』などの藤房関係記事を抄出。潛龍閣は第九代水戸藩主徳川斉昭（一八〇〇～六〇）の号。〔目録〕『彰考館図書目録』（一九七七・一一、八潮書店）六五頁。

【地名・人名等を総覧する抜書】

136 水府明徳会彰考館文庫蔵（在名類例鈔）

（整理番号、丑二三）【国フ32－210－1、32－210－2、紙 N869】

刊本写本合綴一冊。

表紙（二九・〇×二〇・四糎）の左肩に打付書「太平記系圖／在名類例鈔」。その下に「丑」印。右上に「丑　弐弐」の蔵書票を貼る。前半は整版、一オ内題「太平記之時代帝王畧系圖」とし、天皇家系図・南帝之年号・北条家之系図・新田足利之系図・新田之系図・足利之系図・仁木之統の系図を示す（九丁分）。改丁して内題「太平記評判在名類例鈔」、つぎに巻一から巻四〇までの地名（一面九行三段組み、読みはルビ形式で片仮名国名を記す（いくつかに朱合点あり）。巻一〇・二〇・三〇の末尾に尾題「太平記評判在名類例鈔終」とあり、巻一一・二一・三一の初めに内題「太平記之時代帝王畧系圖」とある。巻四〇の奥に刊記「明暦元乙未年　五月吉旦／板行」、但し「旦」以下三字は後印か。明暦元年は一六五五年。ここまでは整版である。

以下は写本。中扉があり「在名類例鈔／系圖／太平記在名名字／暦日取等／軍器／軍法」と墨書。改丁して八丁分に、「太平記之時代帝系略圖」「南帝之年號」「北条家之系圖」「新田足利之系圖」「新田之系圖」「足利之系圖」「仁木之統」を書く。これは『太平記系図』（国文註釈全書第二巻）所載の系図（四七五～四八一頁）に同じ。つぎに序文一丁あり。

今所用太平記者、慶長癸卯歳冨春堂新／刊也、夫温故而知新、可以為師兵、凡此書／者在名類例之抄書也、視之四十巻分于／四篇、以十冊為限連、其名字在名之類、欲／除繁重也、爰四角童蒙、欲知古安危便于／彼記、在々所々倭訓、未分明鳴學未之如／何今也、匡八極求九夷、或間（問）敷嶋之道、往／人或窺名所之　勅撰集名字名而、訓同」文字均而釈異、且習風俗将云誤就于謬／无不記之、是両之師而至宝也、可巻而装／之若飾、則将泰平之標幟也、此書名

曰在／名類例抄、

これは松平文庫蔵『太平記在名』巻頭にあるものに同じで、底本が慶長八年古活字本であることを示す。

以下内題「太平記一巻之在名并名字」とし、地名を列挙する。用字漢字、一面八行、三段書き、注は小字、ルビは片仮名。内容は『太平記系図』（国文註釈全書第二巻）に同じ。「暦日取等」以下、兵法関係記事二二丁あり。末尾に「以林白水之本謄録」と記す。林白水は江戸初期の京都の書肆出雲寺和泉掾の二代目、時元の隠居後の名。宝永元年（一七〇四）九月一四日没。京都・江戸に出店し林家に出入りし修史事業に協力した。宗政五十緒「書肆　出雲寺家のこと」（『国語国文』四九巻六号、一九八〇・六）、藤實久美子「書肆出雲寺家の創業とその活動」（『近世書籍文化論—史料論的アプローチ—』第一部第一章、二〇〇六・一、吉川弘文館）など参照。

〔目録〕『彰考館図書目録』（一九七七・一一、八潮書店）八六頁。

〔翻刻〕室松岩雄編『太平記抄　太平記賢愚抄　太平記年表　太平記系図』（国文註釈全書第二巻）（一九〇八・四、国学院大学出版部）所収の「太平記系図　全」（四七五〜五〇九頁）。

〔参考〕【小秋元】一三七頁。

137 水府明徳会彰考館文庫蔵（太平記方域考・戦場考）

（整理番号、丑二二）【国フ32−17−3−1、32−17−3−2、紙E614】

写本一冊。

表紙（二八・二×二一・五糎）左肩に貼題簽「太平記方域考／戦場考」と墨書。右上に「丑　弐弐」の蔵書票を貼る。印記、一オ右下に「彰考館」（瓢箪型単郭朱文）。

前半一八丁は「太平記方域考」に相当するが内題なし。『太平記』中の地名を箇条書き風に挙げ、略注を記すもの。冒頭を引く。

山城／十八ノ四丁／梨間宿〔延元元年十一月二十一日上〈後醍醐帝〉幸芳／野而過梨間宿云々、名勝志云長池／町南有／奈嶋村〕
十八ノ七丁／笠置〔在相楽郡南北笠置、／元弘元年後醍醐帝幸、具見上〕
同丁／六波羅〔在南北六波羅、承久三年置／執権次第〔以下数字墨滅〕

巻丁数（『参考太平記』版本による）を示し、地名を国別（山城から壱岐・対馬まで）に記し、簡単な注を記す。漢字片仮名交、一面八行。〔　〕内は小字双行。掲出の地名は巻一八以後、巻四〇までを扱う。抹消・追記・押紙あり、草稿の体なり。

後半二五丁は「戦場考」、中扉の左肩に打付書「戦場考」、中央下に「葉數用写本」とあり、右下に「自初巻至十七　午十二月廿一日□／相川□□／未四月十一日／高□□□」と記した押紙あり。〔参考〕安井氏論文は『参考太平記』巻首の目次が、第一総目として巻之一～十七を、第二総目として巻之十八～四十とし、この特異な区分と、本書『方域考』『戦場考』の巻区分とが一致していることに注目する。そして本書の成立と、『参考太平記』編集が何らかの関係を持つものとし、この「午十二月」「未四月」は、元禄三年（一六九〇）一二月から同四年四月までを示し、この間に本書は成立したとする。

本文冒頭丁を引く。右下に「葉數用写本」と記し、以下地名を挙げ、注は小字双行、巻丁を付す（〔 〕内）。

山城／法勝寺〔圓観法親王／居之 一ノ十九〕、小野〔文観所居／一ノ十九〕、御室／〔寛性法親王／居之 一ノ二十二〕

こちらは巻一から一七までの地名を国別（国名二字下げ）に追い込み形式で記す。漢字片仮名交、一面八行、注記部分は小字双行。これも草稿らしく抹消箇所あり、終り近くの「淡路」の欄上に「末紀伊コ、ヘ／可書」、「肥後」の欄上に「末ノ肥前コ、ヘ／可書」、などとある。本書は前半と後半が入れ替わるべきもの。不案内の後人が誤って合綴したらしい。安井氏は『太平記』の歴史地理研究の必要性に着目し、それを最初に実行した成果として本書を高く評価する。

〔目録〕『彰考館図書目録』（一九七七・一一、八潮書店）八六頁。

〔参考〕

・安井久善「「太平記方域考・戦場考」について」（『政治経済史学』二〇〇号、一九八三・三）。

・【小秋元】一三七頁。

138 肥前島原松平文庫蔵（太平記在名）

（整理番号 一一三・五）【国フ358－47－5】

江戸前期写本一冊。

原装茶色表紙（二九・五×一九・九糎）の中央に打付書「太平記在名」（朱書）。一面一一行、三段書き、注は双行小字。漢字、楷書。朱丸・朱引あり。裏打ち補修あり。印記「島原秘蔵」（長方形双郭朱文）、「尚舎源忠房」（長方形双郭紺色文）、「文／庫」（横長楕円形双郭白文）。

一オに彰考館蔵の『在名類例鈔』所載と同じ序文あり。本書の内容は彰考館蔵の『在名類例鈔』の整版本および写本部分に同じく地名を列記し略注を記すが、系図部分はない。

〔目録〕『肥前島原松平文庫目録』（一九七二・一〇再版）九六頁。

〔参考〕【小秋元】一三六頁。

139 肥前島原松平文庫蔵（太平記人名）

（整理番号 一一三・四）【国フ358－47－4】

江戸前期写本一冊。

薄茶横縞模様表紙（二七・二×一九・九糎）。左上に題簽「太

平記人名」と記す。一面八行、漢字草書体。印記、前書に同じ。内容は登場人名の実名をあげ、名字・通称・官職などを注記する。例えば「国長　多治見四郎次郎／資朝　日野中納言」など。

〔目録〕『肥前島原松平文庫目録』（一九七二・一〇再版）九六頁。

〔参考〕【小秋元】一三七頁。

【語句に関する抜書】

140 天理大学附属天理図書館蔵（太平記聞書）

（整理番号二一〇・四、イ五七）

写本一冊。

後補雲母草花模様表紙（二二・五×一七・〇糎）、中央後補題簽「太平記聞書　全」。楮紙袋綴、四穴。一面九行、漢字片仮名交、付訓片仮名。墨付六四丁。内題「太平記第一聞書」。印記、巻首上に「寶玲文庫」（長方形単郭朱文）、中に「天理図／書館蔵」（長方形単郭朱文）、下に「斑山／文庫」（方形単郭朱文）。巻尾下に「月明荘」（長方形単郭朱文）。

後表紙見返しに識語「昭和三年七月購求シテ架ニ蔵ス／斑山文庫主人」。表紙見返しに貼り紙、

此ノ書一巻太平記四十巻ノ難語ヲ註セリ、其ノ語ニヨリテ判ズルニ／流布本トハイタク異ルカ如ク、コレニヨリテ太平記ノ古體ヲ覗フ一／階梯トモナスベシ、作者明カナラズ、サレド室町末期ノ筆写タルハ明カ／也、第十二ニ宗祇ノ夢想遠里小野云々トアレバ明應文亀ヨリハ後／大永永正ノ頃ニ成レリトモナスベキカ、書體ハ当時代ノモノトシテ／認メ得ラルヽカ如シ、註言簡約ニシテ古拙處々失笑ヲ禁ジガ／タキモノアリ、但第廿三ニ「真性覚一座頭ノ源也」トアルハ、流布本／第廿一ニ「真都ト覚一検校ト二人ヅレ平家ヲ歌ヒケル」ト／アルソレヲイヘリ、真都トアラズ真性トアルコト、注意スルニ足ル、此ノ類ナホ他ニ少シトセズ、編次ニモマタ一二巻ヅツノ先後アリ／テ、此ノ書ノ巻四十ハ流布本ノ三十九四十ニ當レリ／斑山識、

とある。傍線部は巻一二の末尾辺に「宗祇ノ夢想、遠里小野…住吉ノ松コソ道ノシルヘナレ遠里小野ノ雪ノ帰ルサ」とあり、これにより【亀田】は、この二句一連は宗祇七〇歳の延徳二年（一四九〇）の住吉夢想の独吟で、聞書の成立は同年以後であるとする（一二頁）。さらに依拠本について、

この書の語彙約二千を流布本と比校し、（中略）流布本にない語彙の殆んどすべてを見出し得たのは、天文本に於いてのみであつた。しかのみならず、天文本の巻十四、十五は他本と異る巻段のわけ方をしてゐるが、これは語彙による推定よりすれば、聞書のわけ方と一致する。（中略）巻

十五までの比校（天文本は巻一～一五までのみ存—長坂注）によつて聞書が天文本系統の本を底本としたことは疑ないと考へられる。（一一頁）

と指摘する。この聞書が天文本そのものを底本にしているかどうかは、さらに詳しい検討を要するが、丁類本の系統が底本であることは動かないだろう。本書は巻毎に当該語句を抽出し読みや語義の説明をした簡略な語句注釈書で、国語学的な意義のみならず、披見困難や欠巻などの多い同系統本の様相をある程度知り得る貴重な手懸りになる。巻一冒頭を例示する。

太平記第一聞書
玄象ハ天、素範ハ地、社稷ハ春秋ノマツリコト、夏ハ世ノコト、殷モ／世ノ事、既往ハ過去事、拝趨ハイツクハウ心也、（青木氏翻刻一五頁上相当）

なお、表紙見返しに三行分、以下の九語の注あり。巻一の内か、青木氏翻刻になし。

奸佞《カンネイ》ネタマシキ忠ナキ臣事也・光彩《サイ》キラノ事／トキノイセイノ事也・記荊《ヘツ》ハ後ノ世仏ニ／ナスヘキトノシルシノ事也・南家ハフチハラウノナ（ママ）リ・儒業ハ文道ノ事也／・炎焦《エンセウ》アツキ事・一封《ホウ》ハ状ノ事也・无為仙人ナトノ事也・貶《ヘンセ、貶イ》ラルハ人ヲヲトシムル事也。

ところで、巻一の分をみると掲出語句の順序が必ずしも本文どおりではないようだ。以下に語順を示し、天文本と同系統とされる武田本での当該語句の出現順序と比較する（次頁の対照表参照）。

巻一の記事順序は諸本による大きな異同はなく、天文本と武田本との間に次頁にみるような相違はなく、聞書の側に原因があるだろう。考えられるのは聞書の親本の錯簡だが、表の状況や語彙数からこれも想定しにくい。聞書の原本は最初に語句を採択したが、見直した結果、採用すべき語句を追記し、底本での順序に拘泥せずに書写したため、現存本のような順序になったものと考えておく。巻二以降については詳しい検討をしていないが、巻一のような錯綜はないようだ。

本書は早くに青木氏翻刻があり、また〔参考〕加美氏論文は意味内容の簡潔にして平俗な言い換えが多く啓蒙的な注釈であること、「聞書」という書名からも口頭による注釈・講釈活動と何らかの関わりが想定され、ある種の「抄物」との共通性が窺われること、巻二七の注には神道家との関係が推定されることなど基本的な事柄をおさえた重要な指摘を行っている。しかし『太平記』丁類本との関係や成立年代の限定も含め、『太平記』最古の注釈書として総合的に検討すべき課題は多く残る。

〔目録〕『天理図書館稀書目録　和漢書之部第三』（一九六〇・一〇）一四七頁下。

〔翻刻〕青木　晃「『太平記聞書』」（『ビブリア』五九号、一九七五・三）。

〔参考〕

太平記聞書巻一語句対照表（番号は聞書の該当語句）

武田本	太平記聞書
1 玄象	1 玄象
2 素範	2 素範
3 社稷	3 社稷
4 夏	4 夏
5 殷	5 殷
6 既往	6 既往
7 狼烟	12 拝趨
8 鯨波	13 襲来
9 八紘	15 前烈
10 溢サス	17 四海風ヲ臨テ
11 貴戚	18 隴断
12 拝趨	7 狼烟
13 襲来	8 鯨波
14 宸襟	14 宸襟
15 前烈	16 奇物
16 奇物	22 命聖
17 四海風ヲ臨テ	23 亜聖
18 隴断	25 覇王
19 黎民	26 楚王
20 記録所	28 恰
21 虞芮	30 殊艶
22 命世	32 駕

武田本	太平記聞書
23 亜聖	33 准后
24 称シツヘシ	34 皇居
25 覇	36 関雎
26 楚人	37 後妾
27 三載	41 職事
28 恰	玄
29 蕭々タル	46 造化
30 殊艶	47 左遷
31 婕佞	48 謫居
32 駕	52 儒雅
33 准后	53 宜乎
34 皇居	56 牽牛
35 光彩	57 織女
36 関雎	61 中殿
37 後妾	60 騒人
38 記莂	10 溢サス
39 南家	11 貴戚
40 儒業	44 傑
41 職事	英
42 献盃	43 大掖
43 大掖	58 烏鵲
44 傑	59 願絲
	54 梭ヲ投スル

（「玄」「英」は武田本に未見）

武田本	太平記聞書
45 無為	9 八紘
46 造化	42 献盃
47 左遷	51 アナカシコ
48 謫居	19 黎民
49 一封	21 虞芮
50 貶	20 記録所
51 穴賢	24 称シツヘシ
52 儒雅	27 三載
53 宜乎	29 蕭々
54 梭ヲ投ル	……（以下見返し分）
55 炎烝	31 奸佞
56 牽牛	35 光彩
57 織女	38 記莂
58 烏鵲	39 南家
59 願絲	40 儒業
60 騒人	55 炎焦
61 中殿	49 一封
	45 无為
	50 貶ラル

・【亀田】一一頁。
・高野辰之「太平記作成年代考」（『古文学踏査』所収、一九三四・七、大岡山書店）。
・加美　宏「研究以前と『太平記聞書』」（『太平記享受史論考』第一章第三節その一、一九八五・五、桜楓社）。

141　宮内庁書陵部蔵（『御願書并御告文旧草』のうち、太平記詞）

（整理番号　伏・三〇四）【国フ20－546－15－2】

原本未見、以下は紙焼写真およびそれに付された覚書による。肌色表紙（二四・〇×二〇・〇糎）の表紙左に「御願書并御告文旧草」と打付書。遊紙一枚の後の扉中央に「御願文（右ニ「書」ト傍書）并御告文／旧草／奥太平記詞小有之」、左上に「恤シユツ／憂ウレウ／ハコクム」とあり。二オに内題「八幡社御願文」とあり以下三四ウまで願文・告文集。一丁遊紙あり、三六オから四四ウまで『太平記』巻一～六の用語（六八項）を列挙する。四五オから四六オまで大般若経に関わる願文三点あり。

『太平記詞』の部分、各項の冒頭に合点を付す。漢字片仮名交、訓は片仮名。一面一〇～一四行とまちまち。巻二の最後「此真寐寝《チットマトロミ》」の如く特殊な用字の訓を記したもの、依拠本文は天正本系統と認定できる。本抜書が原本の用字に忠実であるならば漢字平仮名交の写本に拠ることになるが、天正本系統でそうした本は未確認。

〔目録〕『和漢図書分類目録　増加二』（一九六八・三、宮内庁書陵部）一五〇頁上。
〔翻刻〕長坂成行「宮内庁書陵部蔵『御願書并御告文旧草』中『太平記詞』・翻刻」（『青須我波良』三四号、一九七八・一二）。
〔参考〕【小秋元】一二〇頁。

142　静嘉堂文庫蔵（太平記類名）

（整理番号　五一六、七）

白色（一部に朽葉色模様あり）表紙（二四・〇×一六・六糎）の左肩に刷題簽（双郭、一五・二×三・四糎）を貼り「太平記類名」と墨書。見返し本文共紙、見返しの右上にも「太平記類名」と墨書。内題・尾題なし。一オ右下の「静嘉堂蔵書」（長方形（五・六×一・六糎）双郭朱文）、および「松井蔵書」（縦長楕円形（四・二×二・〇糎）単郭朱文）の印あり。

本書は『太平記』の語句を抽出し、イロハ順に掲出したもので、語句と巻丁数を記すが、意味読みには言及しない。漢字片仮名交楷書、界線（二〇・二×一三・七糎、柱刻なし）のある用紙は一面九行二段書き。各項（イロハ……）最初は界線付の用紙に書くが、語句が多く用紙不足の場合は白紙の同様の体裁（行数不定、一二～一五行、二段書き）で記す。冒頭を例示する。

一字五反孔雀経 一ノ七ー　イラタカ誦珠 二ノ十八／
出絹 二ノ廿二ー　射向 二ノ廿五ー卅ノ十二／
イタノ皮 三ノ一九ウ　鼠狼 五ノ三／
犬ヲ牽 五ノ五ヲ　犬合ノ日 五ノ五／
伊勢ノ車ノ庄 五ノ十三　石ノ鳥居 六ノ五／
一様ノ鎧 六ノ十四ー　一部黒 六ノ十四／（以下略）

巻二二の語句もあり、依拠本は流布本だろう。『太平記』の語句研究としては、イロハ順に並べている点に新しい面がある。墨付約一〇〇丁で、中ほどの丁の柱の位置に「天保五年」とあり、一八三四年ごろの成立か、未詳。

〔目録〕『静嘉堂文庫國書分類目録 続編』（一九三九・五）一一二頁。

〔備考〕『マイクロフィルム版　静嘉堂文庫所蔵　物語文学書集成』第五編　歴史物語・軍記物語の七九・八〇（一九八四・六、雄松堂フィルム出版）。

143 国文学研究資料館・史料館蔵（太平記等諸書抜書）

（整理番号　三六F・一四〇七）

平松家文書の内。仮綴写本四丁のみ。

表紙なく「諸書」と墨書、大きさ二一・五×一五・五糎。一丁目は「明衡消息抜」で語句抄出、二丁目「太平記抜」で巻二五・三一・三二・三四・三五・三七～四〇から二九語句とその読みを掲出。例えば「佐羅科《サラシナ》」「夥敷《ヲビタ、シク》」など。『太平記音義』『太平記聞書』とも異なるが読みのための抜書か。三丁目は「尺素消息抜」。

〔目録〕『史料館所蔵史料目録』三一集（一九八〇・三）のうち「平松家文書目録　文芸・諸芸」一四〇頁上。

【和歌などの抜書】

144 九州大学附属図書館萩野文庫蔵（太平記歌寄）

（整理番号　萩野文庫・タ・五）

写本一冊。紺色布地装の帙に収納。

水色表紙（二三・〇×一五・五糎）左肩に「太平記歌寄」、その下方に「全」と打付書。一オ目録題「太平記歌寄目録」とし、一オから二オまで「〇南都北嶺行幸事」以下「〇中殿御會事」まで六二項の章段名を記す（一面一六行二段書、〇は朱色、巻数は記さず）。改丁して内題「太平記歌寄」とし、章段名（朱丸を付して二字下げ）、本文を引用し（一部省略）その後に和歌を朱丸付き二字上げで表記する。漢字平仮名交、一面一六行、字面高さ約一七・〇糎（和歌の箇所、一八・三糎）。遊紙一枚、墨付五八丁。江戸後期の写しか。

冒頭を例示する。

〔二字下げ〕〇南都北嶺行幸事／

元徳二年庚午二月四日行事の弁別当万里小路中納言藤房卿を召／されて、来月八日東大寺興福寺行幸有へし、早供奉の輩に觸仰すへしと仰出されければ、藤房古きを尋例を考て供奉の行粧路次の／行列を定らる、中略、されは満山歎て年を經る処に忽に修造の大功を／遂られ速に供奉の儀式を調へ給ひしかは、一山眉を開き九院首を傾け／り、御導師は妙法院尊澄法親王、呪願は時の座主大塔宮尊雲法親王にてそ御／座しける、称揚讃佛の砌には鷲峯の花薫を譲り、歌唄頌徳の所には／魚山の嵐響を添、伶倫遏雲の曲を奏し、舞童回雪の袖を翻せは、百獣も／率舞、鳳鳥も來儀する計也、住吉の神主津守の國夏太鼓の役にて登山し／たりけるか、宿坊の柱に一首の歌をそ書付たる、／（二字上げ）

○契あれは此山もみつ阿耨多羅三藐三菩提の種や植けん

　津守國夏／是は傳教大師当山草創の古へ、我立杣に冥加あらせ給へと三藐三菩提の／佛達に祈給ひし故事を思ひて讀る歌なるへし、（大系五九頁相当）

　人名に傍線を付すのはこの項だけで、以下の項にはなし。『太平記』の巻数は示していない。末尾に「歌數／本歌狂哥合計百十首別連歌壹首」とある。頌・漢詩の類も載せるが数には入れていない。

　印記、一オ右上に「九州帝／國大學／圖書印」（方型単郭朱文）、右下に「斎藤／文庫」（縦長楕円型双郭朱文）、三オ下に「酔齋□／民弥蔵」（長方形単郭朱文）。一オ上に青色丸スタンプあり「昭4.6.25」の受入日付を印す。萩野文庫は明治・大正の修史家で東京帝国大学文科大学教授・萩野由之（一八六〇〜一九二四）の旧蔵書を収める。「斎藤／文庫」は斎藤雀志の印、『近代蔵書印譜　初編』（一九八四・一二、青裳堂書店）によれば「名銀蔵。明治四十一年〈一九〇八〉十二月二十三日歿、年五十八。三井呉服店番頭。雪中庵を継ぎ、俳名雀志を名のる。種彦手沢の俳書を中心とした軟派の収書多く、大概大野洒竹の手に落ち、その後は散佚」という。「酔齋□／民弥蔵」の印主未勘。

　本書は和歌を中心にした抜書で、「本歌狂哥合計百十首」（巻尾識語）を載せるが、その前後の詞章もかなり長く、たとえば「一宮御息所事」では四丁ほども引用しており、和歌だけではなく筋書きへの興味にもよるものであろう。ただ、その依拠本文はやや特徴的である。天正本の類の巻一一末尾にある工藤左衛門入道の遁世と詠歌二首を載せ、また梵舜本巻一二尾題の後に付記される「神明之御事」があり「おもひかね三角柏にうらとへは」の歌を引く。巻一三藤房遁世の条では父宣房が岩蔵にいた藤房に出家再考を促した所、「何事の浦山しさに帰るへき世にあるとても厭こそせめ」の歌を記す（歌は天正本にあるが、地の文の詞章は天正本と異なる。新編九八頁相当）。流布本巻二三「土岐頼遠狼藉事」では「いしかりしときは夢窓にくらはれて」の落首を載せ多くの諸本に同じ（天正本になし）。巻二六「田楽桟敷事」では「去年は軍今年は桟敷打死の処は同し四条なりけり」があり、南都本・毛利家本・天正本に同じ。巻三二「八幡御託宣事」の末尾の三首の落首あり（天正本・毛利家本等になし）。巻三五「北野通夜物語事」では日野僧正頼意の名あり、時頼回国記事あり、流布本に同じ。以上の特徴をすべて備えるのは慶長一五年古活字本で、本抜書は同書に依拠するとみてよいだろう。

〔目録〕九州大学附属図書館蔵『萩野蔵書目録』（年紀なし、〇二九・九、H一三）に「一〇四　太平記歌寄　壹冊　金二円」（五右）。『萩野文庫目録』（昭和七年、謄写版）がある由だが未見。

〔備考一〕

萩野由之については嵐　義人「萩野由之」（『皇典講究所　草創期の人びと』、一九八二・一一、国学院大学）など参照。

〔備考二〕

国立国会図書館蔵『平語歌寄　全』（写本一冊、二二九・二三〇）は本抜書と「明らかに同一人物の手になる」ものという（櫻井陽子『平家物語の形成と受容』、二〇〇一・二、汲古書院、四七七頁）。山下宏明編『平家物語八坂系諸本の研究』（一九九七・一〇、三弥井書店）所収「八坂系平家物語書誌」に『平語歌寄』の書誌が掲載され（三一七頁下、櫻井陽子氏稿）、それによれば『太平記歌寄』の体裁と全同と言える。

145　愛媛大学附属図書館堀内文庫蔵（太平記歌抄）

（整理番号　堀内文庫五九）

写本一冊。

表紙なく本文料紙に同じ、大きさ二八・〇×二〇・五糎、中央に打付書「太平記歌抄」。右肩を紙縒りで仮綴（右下にも穴跡あり）。目録なし、内題「太平記歌抄」。『太平記』の詞章を書き（四字下げ）、その後に和歌を記す。漢字平仮名交（一部片仮名交）、一面一一行、字面高さ約二二・五糎。墨付一六丁。奥書・識語・印記なし。

冒頭の三首「我国に梅の花とは見すれともおほ宮人は何とみつらむ・奈良法師栗子山まてしふり来ていか物のくをむきそとらるゝ・比叡法師あはの上座にはかられて緊く獄につかれける哉」（詞章は省略）は『太平記』剣巻に載るもの。第四首目「契アレハ此山モみつ阿耨多羅……」以下、九九首目「さき匂ふ雲井の花の本つ枝にもゝ代の春を猶や契らむ」までは『太平記』の中の歌（漢詩・頌もあり）である。

体裁の例として第五首目を示す。

（二字下げ）二條中将為明卿六波羅召捕て嗷問せんとシケル時硯ヲ乞テ／思きや我しき嶋のみちならてうき世のことを問るへしとは／（二字下げ）此哥にて罪なきよしになりぬ

本書は流布本から和歌等を抄出したもの。堀内家の文芸活動は、堀内長郷（明和四年〈一七六七〉～天保一四年〈一八四三〉）・昌郷・匡平の三代に特徴があるといわれ、そのいずれかの研鑽の痕跡であろう。

〔目録〕『愛媛大学附属図書館寄託『堀内文庫』目録』（一九九九・三）四九頁。堀内文庫は興居島《こごしま》（松山市の西北）の旧庄屋堀内家（堀内長郷・昌郷・匡平の三代にわたり国学者・歌人を出した名家）からの寄託本（一九八六年）。福田安典「寄託図書 堀内文庫について」（『愛媛大学図書館報 図書館だより』五七号、一九九九・六・三〇）など参照。

146 水府明徳会彰考館文庫蔵（平家物語太平記内歌集）

（整理番号、巳・九）

小本一冊。

表紙（二三・八×一五・〇糎）左肩に題簽（一六・一×三・五糎）を貼り「平家物語 太平記 内哥集 全」と墨書、表紙右に「巳／九／小五十六」のラベル。一面八行、和歌は二行書きで一面に四首載せる。漢字平仮名交、墨付二七丁。印記、巻頭右肩に「潜龍閣」の縦長楕円朱文、右下に「萬年稿南散人／圓齋画鏡蔵書」の長方形単郭朱文。印主未詳。二七オに奥書「日静（花押）／慶安五壬辰年七月下旬書之」。「潜龍閣」は水戸藩第九代藩主徳川斉昭（一八〇〇～六〇）の蔵印、彰考館に『潜龍閣御書目』（亥八、写本）・『潜龍閣蔵書目録』（亥九、写本）がある由だが未見。

『平家』・『太平記』の和歌を抄粋したもので、欄上に巻・章段名を記し、その下に和歌を二行書きし、欄下に作者名を書く。『平家』は、内題「平家物語哥集」とあり、巻一・鱸の「有明の月も明石の浦風に／なみはかり社よると見えしか」（忠盛）から灌頂巻・御往生の「いささらは涙くらへんほとゝきす／われも憂世に音をのみそ鳴」（女院）までの九七首を掲載する。『太平記』は一三ウからで、内題「太平記哥集」とあり、釵巻の「わか国の梅の花とは見たれとも／大宮人はいかゝいふらむ」（宗任）から巻四〇・中殿御会の「さきにほふ雲居（井）の花の本つ枝に／百代の春をなをや契らむ」（御製）までの一〇八首を載せる。巻頭三首は『太平記』釵巻（慶長一五年刊古活字本）の和歌である。巻一五に「賀茂神主改補事」があり、巻二二存、巻二五～二七・巻三九・四〇の巻区分のあり方から見て依拠本文は流布本であろう。

ただ巻二五・自伊勢遣宝釼の箇所では「廿六 宝釼執奏イ」とし「思ふ事なと問人のなかるらんあふけは空に月そさやけき 神哥」を追記しており、この段が巻二六にある本（甲類本）も参照していることが判る。またその直後、「香久山の葉若の下に」の歌と「八雲立出雲八重垣」との間に、「小蝿なすあらふる神もあらしかしけふは名越のはらへしつれは」の歌を記しており、これは神宮徴古館本（七六〇頁）・南都本系諸本にのるものである。天正本も同歌を載せるが第二・五句に異同がある（新編全集二七〇頁）。巻二七・田楽の条では、「四条河原ニ札ヲ書テ　去年ハいくさ今年ハ桟敷討死の所ハ同し四条也けり落書」と追記がある。この歌は南都本・毛利家本・今川家本・天正本（新編三二八頁）・慶長一五年古活字本等に載る。「小蠅なすあらふる神も」の歌は慶長一五年古活字本には載らず、本書の編者は恐らく南都本系統の異本も参照したのであろう。

本書奥書の慶安五年は一六五二年、日静は浅井政尹の法名とみてよいか。政尹は寛永二年（一六二五）生れ、元禄七年（一六九四）八月没、千石取りで狂歌もよくしたという（『国書人名辞典』二・二八四頁）。『参考太平記』刊行（元禄四年〈一六九一〉）以前に、異本をも参照して和歌抜書が作られていたことは注目に値する。

〔目録〕『彰考館図書目録』（一九七七・一一、八潮書店）四一九頁、書名「平家物語太平記内寄集」とあり。

〔参考〕櫻井陽子「神宮文庫蔵『平家物語和歌抜書』に窺える和歌の受容」（『平家物語の形成と受容』第三部第二章、二〇〇一・二、汲古書院）。

〔備考〕東京大学史料編纂所蔵『潜龍閣函次目録』の二冊目（RS二〇〇〇・三五・二）の第五六に「平家物語歌集　一／太平記　一」と載るのに該当するだろう。国立公文書館内閣文庫蔵『類字潜龍閣書目　二』（二一九・一四九）の「たの部」に「太平記歌集　五十六」とある。

147　静岡県立中央図書館あすなろ県立図書館収蔵庫久能文庫蔵（太平記之詩歌連）

（整理番号　久能文庫　Q九一三・一）

写本一冊。

後補薄茶色表紙（二四・〇×一六・四糎）、左上に後補題簽（双郭）を貼り、「太平記之詩歌連」と墨書。匡郭（単、二一・〇×一二・八糎）、界線あり（幅一・一糎）。柱刻下に「湯岱文庫」と印刷した用箋使用。一面一一行、漢字片仮名交（一部平仮名交）、朱の書き入れあり、墨付一〇丁。見返しに印記「関口氏寄贈／久能文庫」の長方形単郭朱文、その下に貼り紙「昭和3．6．11登録／20439／静岡懸立葵文庫」。巻頭右肩に印記「静岡懸立／葵文庫／蔵書之印」の方型単郭朱文。久能文庫は初代静岡県知事・関口隆吉（一八三六～八九、言語学者新村　出の父）の収集になる江戸時代から明治中期までの和漢書を収める。

本書は『太平記』中より和歌・漢詩・頌を抜書したもので前後の本文はごく簡略。一例を示す。

巻ノ十鎌倉攻普恩寺前相模入道信忍自害之段、／子息越後守仲時六波羅ヲ落テ、江州番場ニテ腹切給ヌト／告タリケレハ云々、一首ノ歌ヲ御堂ノ柱ニ血ヲ以テ書付給ケル、／（合点）待暫し死出の山辺の旅の道同く越て浮世語らん信

忍（大系三四三頁相当）

巻七・一〇・一一・一三・一五・一六・一七・一八・二〇・二一・二七・二九・三三・三五・三六から引く。辞世・遁世の場面が多い印象はあるが網羅的ではない。賀茂神主事は巻一五にあるなど、引用箇所の所在巻からみると依拠本文は流布本と思われる。

〔目録〕『静岡県立中央図書館　久能文庫目録　増補改訂版』（一九八九・一〇）一〇六頁左。

148 静岡県立中央図書館あすなろ県立図書館収蔵庫久能文庫蔵（太平記抜書）

（整理番号　久能文庫　Q九一三・五）

写本一冊。

後補薄茶色表紙（二二・七×一四・九糎）、左上に後補題簽（双郭）、「太平記」と墨書。一面一三行、漢字片仮名交、朱の書き入れあり、墨付二九丁。「太平記之詩歌連」と同じ装丁で同筆ならむ。見返しに印記「関口氏寄贈／久能文庫」（長方形単郭朱文）。『太平記』の摘記、ただし合戦記事でなく、説話的な興味からか。頌・詩歌・牒状を含む部分か、宝剣進奏は長文を引く。

〔目録〕『静岡県立中央図書館　久能文庫目録　増補改訂版』（一九八九・一〇）一〇六頁左。

＊なお『小城鍋島文庫目録』（一九七六・九、佐賀大学附属図書館）四〇頁に掲載の『太平記歌』（〇九二一八）は、櫻井陽子氏が指摘するように（『平家物語の形成と受容』四七七頁）、『太平記』の和歌ではなく、『源平盛衰記』の和歌の抄出。「時鳥名をも雲井にあくるかな弓はり月のいるにまかせて」以下、「南無やくしあはれみ給へ世の中にありわすろふもやまいならすや」までの一四〇首を載せる。

【部分的な抜書・抄出】

149 天理大学附属天理図書館蔵（銘肝腑集鈔）

（整理番号　〇九一　イ七五）

写本一冊。斑山文庫・宝玲文庫旧蔵。

牡丹唐草模様布地の一帙に収む。帙の題簽（左肩）に「九條家本／銘肝腑集鈔／異本太平記／永正四年以前古寫本高野辰之博士舊蔵」とある。後補青色雲形模様表紙（二八・二×二三・五糎）の中央上に金砂子散らし模様題簽（一七・四×三・〇糎）を貼り、「銘肝腑集鈔」と墨書。見返し本文共紙、見返しに後掲高野辰之識語を貼る。内扉中央に「銘肝腑集鈔和漢愚勘 并古詞等」とし、左下方に「重祐之」とある。

一オに「太平記序　公家方異名　名所盡并哥詞　阿伽之事／源氏付会　飛梅申詞　一女三男問答」とあり、内容の目次を示す。

二オ、内題「太平記上上之／序」、以下『太平記』の序文「夫採天地之正理、察安危之所由、覆無外／玄象之徳也、明君體之保國家、載無棄素／鵜之道也、良臣則之守社稷……」から始まり、「関所停止事　并施行事」・「女御入内事」の「婦人ノ身ト百年ノ苦楽因他人ニ白楽天ノカ、レシモ理リ也ト覚タリ」（大系三九頁一二行相当）までの本文を記す（六丁目裏まで）。序の書き出し、多くの諸本が傍線部を「蒙竊採古今之変化」（神田本）、二重傍線部を「天」「地」とするのに対し、本書のごとき語句を用いるのは特徴的で、ほぼ天文本・武田本に近い。本文は漢字片仮名交、一面一〇行、字面高さ約二五・五糎、一筆書写。楮紙袋綴四穴、綴じ糸紫色。

以下、「公家方異名」（七オ〜八ウ）・「初學鈔中」（九オ〜二〇ウ）・「六種供養事」「四重秘尺」など（二一オ〜二二オ）・「光源氏一部連歌寄合付詞」（二三オ〜三四オ）・「飛梅申詞」（三四ウ〜三六オ）・「問日本紀　一男三女問答」（三七オ〜三八ウ）から成り、その奥に「永正四年丁卯初冬上幹之比得之、本来是／慈父兼守法師之持者也、次第之相得末代重／寶也、輸外見不可許者歟、秘蔵　重祐（花押）」とある。

表紙見返しに高野辰之識の貼り紙がある。その全文以下の如し。

此ノ書銘肝腑集鈔一巻モト九條家ノ蔵也、何人ノ抄録カ明／ナラズ、名所尽源氏付合飛梅申詞、皆有用珎奇ノ文字ナリトイ／ヘドモ、巻首太平記抄ノ数紙最モ尊ムベシ、題下ニ上之上トアリ、コレ／九巻又ハソレヨリ少キ巻ヨリ成レル太平記ノアリシヲ告グルモノ也、而／シテ太平記ノ最古ノ写ト称セラル、神田本ハ、流布本ト同ジク四十／巻ヨリ成シヲ思ヘバ、此ノ書ノ更ニ古様ヲ存スルヲ知ルベシ、記事／マタ之ヲ証ス、序ニアリテ高時ノ乱違ヨリ数ヘテ、今ニ至ルマデ四／十餘年トナスモノハ流布本也、三十餘年トナスモノハ神田本也、而シテ／此ノ書ハ實ニ二十餘年トナセリ、コレ其ノ最モ古キ一証也、此他序ノ／分段ヨリ見ルモ、此ノ書最モ当ヲ得タリ、行文訓讀用字等ノ古体／ナルハ更ニモイハズ、／奥書ニヨレバ、此ノ書ハモト兼守法師ノ蔵ナリシヲ、永正四年子ノ重／祐ガ獲得シテ秘蔵シタルモノナリ、兼守重祐ノ傳来未ダ詳ナラザレド、／永正ヨリ四五十年ヲ遡リタル頃ノ写トナスベク、少クトモ應仁文／明ヲ下ラザル書ナリトイフベシ、／昭和四年十二月十二日　斑山文庫主人高野辰之識

（＊傍線長坂）

永正四年は一五〇七年、その一〇月上旬に重祐が慈父兼守法師から譲られたもの。高野氏は本写本を応仁・文明（一四六七〜八六）頃の古写とみている。兼守・重祐は未詳。

印記、一オ右上に「天理圖／書館蔵」（長方形単郭朱文）・同右下に「寶玲文庫」（長方形〔五・六×一・八糎〕単郭朱文）、裏表紙見返し下方に「月明荘」（長方形〔二・六×一・三糎〕、単郭朱文）・「斑山／文庫」（方型〔四・六糎〕単郭朱文）。本書は九条家 → 高

野辰之→フランク・ホーレー→弘文荘→天理図書館と伝来したか。

本書に関しては高野識語の傍線部の記述により、成立年代考証の手懸りとされた研究史がある。

〔目録〕『天理図書館稀書目録 和漢書之部第三』（一九六〇・一〇）四二頁上。

〔参考〕

・高野辰之「太平記作成年代考」（『古文学踏査』所収、一九三四・七、大岡山書店）。

・【高橋】一一頁。

〔備考一〕

昭和四年（一九二九）一二月、九条家の本が売りに出され（一誠堂書店）この中に「九五 太平記 永正寫本 一冊」（『入札目録』八頁下）があり、これに該当。反町茂雄『一古書肆の思い出1 修業時代』（一九八六・一、平凡社）の二二一頁以降に記事あり。

〔備考二〕

本書を亀田純一郎氏が忠実に影写した写本が市場に出、現在鈴木登美恵氏蔵である。その末尾に「銘肝腑集鈔一冊斑山文庫所蔵本ニシテ九條家ノ舊蔵本／ナリ、影写シテ架蔵ニ加フ／昭和五年一月四日　亀田純一郎識」とある。備考一にあるように本書が売りに出されたのは昭和四年（一九二九）一二月で、亀田氏は本書が高野辰之氏の蔵に帰してすぐに影写したものか。高野辰之の古典籍蒐集に関しては、武井和人「古典籍学者としての高野辰之」（『日本歌謡研究』四五号、二〇〇五・一二）参照。

150 宮内庁書陵部蔵（『管見記』紙背、太平記断簡）

〔整理番号（園）一〇五、特一〇六〕

原本未調査、〔翻刻〕長谷川氏論文による。

西園寺家の家記『管見記』全一〇五巻中の第一〇〇巻にあたる一軸。浅葱鼠色無文、鳥の子紙軸装、軸は八角（檜材）、紐は真田平紐。外題・内題なし、端裏書に「太平記切かさしたる事なし」とある。見返し楮紙、紙高二六・三糎、一葉長さ約四三糎。もと冊子本袋綴の八葉を継いだもの、第四紙と第六紙を除く六葉に『太平記』巻一三の部分を書写、他の面には『平治物語』を書写している。八葉の順序は正しくない。漢字平仮名交。書写年代は、室町中期、一六世紀初頭の永正・大永年間（一五〇四～一五二八）を下らない頃とする。

本書は巻一三「眉間尺釬鏌剣事」の眉間尺の故事の話の最後（新編全集二・一三二頁八行目「物は皆一同にぞ感じける。」から、同巻の末尾（同一四二頁）までに該当、本文はほとんど天正本に一致し、長谷川氏論文は「天正本系テキストの意外に古い成立を首肯させてくれるであろう」（一三六頁）と結ぶ。

〔目録〕

・『和漢図書分類目録 下』（一九五三・三、宮内庁書陵部）八八頁上。

・『圖書寮典籍解題 歴史篇』（一九五〇・二、養徳社）の『管見記』の項、「三、部類記次第等」に「太平記断簡／巻第十三「足利殿東国下向の事」の断簡、八枚」（一〇七頁下）。

・『書陵部紀要』四五号（一九九二・三）の「彙報（平成二年四月─平成三年三月）」の「新収書分類目録／日本史／四一五記録」には「管見記」（一〇五〔冊〕・F一一〔函〕・一〔号〕）が載り、「一〇〇 太平記断簡巻一三／（裏）平治物語断簡等（室町写）」とある。整理番号の変更があるようだ。

〔翻刻〕長谷川 端「管見記・太平記断簡」（『太平記 創造と成長』第四章、二〇〇三・三、三弥井書店）。

〔備考〕山崎 誠「宮内庁書陵部蔵「管見記」巻六紙背「括地志」残巻について─付翻刻」（『中世学問史の基底と展開』Ⅲ、一九九三・二、和泉書院）は、同じく『管見記』第六紙背に残る、唐代の地理書『括地志』（全体は亡佚）を紹介したもの。

151 国立公文書館内閣文庫蔵（神木入洛記）

（整理番号 古文書・二四・四一九）

原本未見、以下は紙焼写真による。

写本一冊。

改装表紙（約二九・〇×二一・〇糎）の左肩に題簽（双郭）を貼り「神木入洛記 全」と墨書。その次の扉に内表紙（茶色斜格子模様）中央に打付書「尋尊御筆／神木入洛記 貞治三年河口庄事」、左下に「大乗院」と墨書。遊紙一枚あり、その次に原表紙「神木入洛記 貞治三年河口庄事」。内題「神木入洛事」。本文は漢字片仮名交、一面九～一二行。墨付一〇丁。文書の反故に書写したものを台紙に貼る。印記、内表紙ウ左下・原表紙左下に「日本／政府／圖書」（方型単郭朱文）、巻末下に「内閣／文庫」（方型単郭朱文）。本書は、南都興福寺大乗院の所領である越前国河口庄を斯波高経が押領した事件に端を発する春日神木入洛・高経失脚・神木帰座のことを記しており、『太平記』巻三九「神木入洛付洛中変異事」「諸大名讒高経入道道朝付大原野花会并道朝下向北国事」「神木帰座事」（大系四四〇～四五〇頁相当）にあたり、『太平記』の抜書と思われる。反故である裏文書に載る人名などから勘案して、『神木入洛記』は寛正四年（一四六三）以降明応七年（一四九八）までに書かれたものであろう。この時期の『太平記』写本はきわめて稀少で、抜書であるにしても貴重、本文は梵舜本に近い。

〔目録〕『改訂内閣文庫國書分類目録 上』（一九七四・一一）一八二頁下。

〔翻刻〕長坂成行「内閣文庫蔵『神木入洛記』─『太平記』抜書の類として、付翻刻─」（『奈良大学紀要』一六号、一九八七・一二）。

〔参考〕後藤丹治『太平記の研究』（一九七三・三再版、大学堂書店）一四二頁。

152 東京大学史料編纂所蔵（徳大寺家本太平記抜書）

（整理番号 徳大寺、09-31-1）

江戸中期以降写、一冊。

灰色表紙（二七・〇×一九・九糎）、左上に「太平記 北山殿むほんの事」と墨書。本文は漢字平仮名交、一面九行、楮紙袋綴。墨付九丁。印記、一丁オ右上に「徳大寺蔵」（縦長長方形で上下丸み単郭白文）、右下に「藤印／公迪」（方形〔三・二糎〕単郭白文）。徳大寺公迪は権大納言実祖息、明和八年（一七七一）生れ、正二位権大納言、文化八年（一八一一）七月二五日没、四一歳（『公卿補任』五・二〇五頁下）。

内容は巻一三「北山殿謀反事」の段のみの抜書。「太平記巻第十三／北山殿むほんの事／故さがみ入道の舎弟」ではじまり、「北山右大将実俊卿これなり、下略」で終る。中に「下として上をおかさんとくはたつるはつのほとこそをそろしけれ」とある点は流布本に同じ（大系二六頁相当）。

153 三原市立図書館蔵（太平記剣巻）

【国フ222－103－2′、紙E10261】

原本未見、【小秋元】一二一頁。および国文学研究資料館蔵紙焼写真による。

本文共紙表紙（二四・六×一七・二糎）の左側に「太平記剱巻」と打付書。大和綴。内題「太平記剱巻」、剣巻の全文を記す。漢字片仮名交、一面一一行。つぎに巻二八「彗源禅巷南方合体事付漢楚合戦事」の途中からと、「太平記三十巻殷紂王事」と題し、同段の記事を引く（漢字平仮名交、一面一〇行）。

154 弘前市立弘前図書館蔵（中殿御会事抜書）

（整理番号 下沢文庫・五三六W一二三・八、二〇）

原本未見、複写による。写本一冊。

表紙左上題簽に「大學經典餘師抜書／官職、太平記抜書」とあり、二四丁オに「太平記巻第四十／中殿御会之事」とし、以下「貞治六年三月十八日、長講堂へ行幸有」と同章段本文を書き、三二丁ウ「目出度なんどいふ斗なし云々」（大系四七四頁相当）で終る。漢字平仮名交、一面一一行。江戸末期写。一オは「巻一／聖人の道とは天下國家を語るよりして」で始まり、『經典餘師』（経籍の自学自習書）の抜書か。一オ上に「昭和26年11月／下沢 保寄贈」との印あり。同右下に「弘前市立／弘前図書館／蔵書」（横長楕円横書単郭陽刻ゴム印）。『經典餘師』については鈴木俊幸『江戸の読書熱 自学する読者と書籍流通』（平凡社選書）（二〇〇七・四）第三・四章参照。

〔目録〕『弘前図書館蔵書目録 和装本の部その二』（一九六七・九）

一〇頁右には「大学経典余師抜書 附官儀・太平記抜書／渓世尊／写（下沢保躬）一冊 半紙半 和」。

155 天理大学附属天理図書館吉田文庫蔵（太平記牒状の類抜書）

〔整理番号 八三・吉四四〕

楮紙四枚（縦二五・五糎、横未詳）。虫食い多し。書状（「五月十八日（花押）」のみ判読）の紙背に『太平記』中と推定される三点、建武二年十一月日興福寺衙（一枚目）・新田義貞牒状（二・三枚目）・延暦寺由来（四枚目）を記す。

〔目録〕『吉田文庫神道書目録』（一九六五・一〇）三〇三頁上。

156 山口県文書館蔵（出羽元実書写太平記断簡）

「出羽家文書」の中にあり、「出羽元実記録断簡 永禄10年6月28日 1」と記した封筒に収。巻一六の末尾四行分のみ（「染ミ肝ニ給ケレハ」から「只軍ヲノミ業トセリ」まで。楠正行が亡父正成の復讐を誓う場面で大系一七一頁に該当する。詞章は神宮徴古館本や大系本とは異なり、国学院大学図書館蔵益田本と用字まで一致する。楮紙一枚を袋状に折る。大きさ二八・二×二〇・五糎。漢字片仮名交、付訓墨書（本文に同筆）、朱点・朱引・朱書送り仮名あり。末尾は「十六終リ 民部太輔／伴元實（花押・朱）／永禄十年六月廿八日」。「伴元實」とある右上に「四拾二帖之内」と朱書する。全部で四二帖あったことを示すか。出羽元実は石見国邑智郡の国衆で、彼が永禄一〇年（一五六七）に書写したもの。

〔参考〕

- 岸田裕之「〈史料紹介〉岡本正子氏所蔵の口羽通良書写『太平記巻第廿六』一冊」（『山口県地方史研究』八九号、二〇〇三・六）。
- 岸田裕之・中司健一「永禄三年の口羽通良書写『太平記巻第廿六』―その解説と翻刻―」（『内海文化研究紀要』三二号、二〇〇四・三）。
- 『平成15年度 秋の企画展 安芸吉川氏とその文化―今よみがえる戦国時代の新たな歴史像―』（二〇〇三・一〇、広島県立歴史博物館）一六頁二一参照。
- 長坂成行「管見『太平記』写本二、三―伝存写本一覧、補遺―」（『汲古』四六号、二〇〇四・一二）。

〔備考〕出羽 正『出羽家古文書抄』（一九八八・三）に本断簡の流伝の事情についての記事あり、〔参考〕拙稿参照。

157 昭和四八年東京古典会出品（太平記序）

未見、所在未詳。『昭和四八年古典籍展観目録』（一九七三・一一、東京古典会）に「太平記序 寛永五年写 一冊」（七頁）とあり。

【古筆切】

以下二点は小林 強「太平記の古筆切について」（「指定研究 龍谷大学図書館蔵『太平記』の研究」〔主任 大取一馬〕、『佛教文化研究所紀要』四五集、二〇〇六・一一）による。

158平成一四年七月第五二回『東西老舗大古書市出品目録抄』掲載（伝浄通尼筆太平記切）

原本未見、所在未詳、当該目録未見。

目録一六八番に「浄通尼筆、古筆琴山極札、浄通―足利幕府第十三代将軍、義輝の母。24㎝×15㎝」。図版によればほとんど平仮名の漢字平仮名交、九行存。小林氏論文に掲載の図版により翻字しておく（読点は私意）。

はてんかの大ちしきにておはするうへ、ことさら／
たうきむのこくしとして、ふけのそうきやう／
たくひなかりしかは、さりともかれかいのち①は／
かりは申なためんする物をとおもはれけれは、／
さま〳〵②に申されけるを、たゝよしのあつそん／
③事ゆるにおこなふては、きやうこうのせき／
しうたるへしとて、つゐによりとをめ／
し④いたして、六てうかわら⑤にてそかうへをはね／
⑥られける、そのおとゝにしゆさいはうとて、

〔校異〕①「はかりは」…「ハカリヲハ」（西源院本・玄玖本・松井本）
②「に」…………ナシ（西源院本）
③「事ゆるに」…「緩ル々ニ」（玄玖本）
④「いたして」…「イタシ」（玄玖本・松井本）
⑤「にてそ」……「ニテ」（西源院本・玄玖本・松井本）
⑥「られける」…「ラル」（西源院本）、「ラレケリ」（玄玖本）

巻二三「土岐参向御幸狼籍之事」の一節で、夢窓のとりなしもむなしく土岐頼遠が処刑される場面である（『神宮徴古館本』六九四頁三行～六行相当）。玄玖本・西源院本・松井本と比較した結果、小林氏は微細な異同に過ぎないものの、やや玄玖本との距離が近い本文かという。貝原益軒旧蔵本・京大本などいくつかの平仮名表記本に徴してみたが、一致する写本は未勘。未詳の伝称筆者浄通尼の問題も興味深い所である。

159『物語古筆断簡集成』所載（伝一条兼冬筆太平記切）

久曾神 昇編『物語古筆断簡集成』（二〇〇二・一、汲古書院）に「第七〇図 伝一条兼冬筆平家物語 二一・三糎×一四・五糎」（一四二頁）として載る、漢字平仮名交断簡一六行。翻字、つ

ぎの如し（読点は私意）。

一條殿兼冬公　南都は（印「養／心」方形単郭陽刻）

南部は此比世に勝《スクレ》たる兵の藝《ケイ》／
有けるか、只一騎整へ四方を敵／
に受て戦ひけるに、左衛門佐／
の兵とも馬の足を立堪たり、／
爰《コヽ》に左衛門佐の兵に首藤／
左衛門五郎兄弟、後藤掃部／
助定基、西塔の金乗《コンセウ》とて名／
誉の大剛の者あり、互《タカヒ》に屹《キツ》／
と目くはせして、南部に組《クマ》む／
と相近く、南部から〳〵とうちわ／
らひ、物々しの人々や、とう切て太／
刀の金の程を見せんとて、五／
尺六寸の太刀を持《モツ》て、開て／
片手打にうたむとす、西／
塔の金乗、甲の鉢《ハチ》を打れ／
て懸抜たり、是をみて首藤、

書誌的事項について、小林氏論文を要約すれば、料紙は楮紙で、消息の紙背が再利用されており、ために料紙下部・左端には若干の裁断が想定されること、極札の記主は筆跡から四代神田道伴と思われるが、兼冬自筆の短冊と比較した結果から、兼冬筆という伝称は認め難いという。また、書写時期は、兼冬の生存期間（一五二九〜五四）の室町後期頃であろうが、さらに幾分下るかとの印象もある由である。

本文は巻三二「京軍事」の一節（大系二四三頁、天正本では巻三二「東寺合戦事」、新編全集八三頁相当）。天正本系統の本文だが、天正本・教運本（義輝本）ともに微差があり（天正本は傍線部「比」ナシ、教運本は点線部「せ」を「エ」とする）、小林氏論文によれば現存が確認されていない天正本系統の伝本の存在を示唆するものか、という（三七頁）。伝浄通尼筆切は室町後期の書写、伝一条兼冬切はそれをやや下るかとされるが、写本時代の本文が存在する意義はいうまでもなく、いわゆる完全校合を課題としたい。書かでものことだが、『物語古筆断簡集成』が刊行された折通覧したが、本切について『平家物語』とあり、それを疑うことすらせず『太平記』の一部とも気づかなかった。不明と怠慢を恥じる他ない。

【その他】

以下、他の資料に引用された『太平記』の詞章は限りなくあろうが、ここでは本文研究にいささかでも資するかと思われるものを、私意の範囲であげてみる。

160 早稲田大学図書館蔵（伝三条西実枝筆『源氏物語』表紙裏反故のうち、太平記抄出）

（整理番号　へ二、四八六七、五一）

原本未見。〔参考〕新美氏論文による。

三条西家旧蔵『源氏物語』列帖装五四帖。表紙裏反故四点に『太平記』写本が用いられている。

・賢木裏、二〇行

ときまさつとにおきてらうをうのゆめにしめし／つることくあるさふらひに水をあひせてこの／たちのさひをのこわせ……扨こそ／このたちををにまると名つけて高ときの／代にいたるまて身をはなさすまもりと成（大系巻三二「直冬上洛事付鬼丸鬼切事」二二六頁五行から後五行までに相当）

・花散里裏、二〇行

つな去る文和《ふんわ》二年六月に山名《な》伊豆《いつ》のかみか／むほんによつて主《しゆ》しやうていとをさらせおはし／ましてこしちの雲にまよはせ給ふ……人みな／あやしみ思へりこれを聞てはたけ山大夫／入たう道誓《たうせい》さまのかみ殿に向ひて申され（大系巻三四「宰相中将殿賜将軍宣旨事」二七七頁六行から二七七頁後一行まで）

・真木柱裏、一〇行

是より御車をはやめられあやしけなるは／りこしに召かへさせまいらせたれとも俄の事／にてかよちやうもなかりければ大せんの大夫／しけやすかく人……くそくしたるていにみせて御こしのせんこにそく／ふしたりけるこつの石地蔵を過させ給ひける（大系巻二「天下怪異事」八四頁後三行から八五頁三行まで）

・竹河裏、八行

さい人にむかひいかれることはをいたしてさい／人をせめていはく……見てたま／しゐもうかれこつすいもくたけぬる心地《こゝち》しておそろ（大系巻二〇「結城入道堕地獄事」三三二頁後三行から三三三頁二行まで）

いずれの箇所もほとんど大系に同じだが、平仮名交表記でもあり直接の依拠本は未詳。

〔参考〕新美哲彦「伝三条西実枝筆『源氏物語』の表紙裏反故―翻刻と紹介・文学資料篇―」（『早稲田大学図書館紀要』四七号、二〇〇〇・三）。

161 金沢市立玉川図書館近世資料室加越能文庫蔵（『越後在府日記ひろい草』のうち、太平記抜書）

（整理番号、特一六、九三、一～三、三）

写本三冊。

薄茶色表紙（二三・五×一七・一糎）の左肩に刷題簽（単郭〔二六・五×三・〇糎〕）を貼り、「越後在府日記 ひろい草 上（中・下）」と墨書。藍色罫線（字高二〇・三糎、一行一・〇糎、一面二三行）あり。漢字平仮名交（片仮名混用）。明治年間写。本奥書、上巻末尾に「越後在府日記上終早／慶長九甲辰載夷則仲浣／中原秀種」、中巻末尾に「于時慶長九甲辰年夷則仲浣／中原秀種」、下巻末尾に「右此上中下三冊之事、去慶長之年初已天下乱しかは／京方に有会者共、関東為御下知国々に被為配流、予／越後国左迁つれ〳〵のあまり、不顧他嘲書記侍なり、／後見其憚多し／于時慶長九甲辰夷則仲浣　□□（虫損）秀種」。

奥書および〔備考〕福田氏論文から要点を摘記すれば、本書の著者堀秀種（信長・秀吉に仕えた秀政の弟、元和二年（一六一六）没、五二歳あるいは四九歳）は、関ケ原の合戦の後、前田利常を頼って北国に蟄居していたが、慶長六～九年頃越後春日山の甥秀治（秀政嫡子）のもとで諸書を抄出して、慶長九年（一六〇四）七月中旬に清書したものという。『枕草子』『方丈記』『徒然草』その他和漢の諸書の抄出と注解で、慶長当時の本文の流布状態、鑑賞態度などを窺う上での好資料と言える。

『太平記』関係の抄出は以下のごとし。上巻（目録は一～四六）の一四項に巻一四の矢作川合戦での長浜六郎のこと、中巻（目録は一～一七）の一三項に巻一一の隠岐広有怪鳥を射ること、一五項に巻一九の尊氏将軍就任のこと、下巻（目録は一～六五）の二項に巻一六の正成首を六条河原に懸けることあり。以下に引用する。

京童部の申けるは、去年もあらぬ者の首を楠がとて梟／たり、去元弘にも討れぬとたばかりし正成はよもうたれし／など、各申さたしければ、例の狂哥を／疑は人によりこそ残兼まさしけなるは楠か首／と高札にかきて獄門の傍にぞ立にける、

抄出が原本にどの程度忠実になされたかはわからないが、この部分諸本と見比べてみると、少なくとも流布本とはかなりの懸隔があり（大系一六九頁）、傍線部の表現に近いのは西源院本（四六一頁）で、波線部に完全に合致するのは米沢本であることは少しく注意される。下巻一九項に巻一六日本朝敵のこと、三〇項に巻一七の還幸供奉の人々禁殺のこと、四三項に巻二四の応和の宗論のこと、五七項に巻二七田楽桟敷倒壊のことが引かれる。田楽の件、「去年は軍今年は桟敷打死の所は四条川原なりけり」の落首あり。この歌を載せる他本を検するに「処は同じ四条也けり」（天正本三一八頁）とある。米沢本（巻二八・一三ウ）だけが「同じ」を欠き本書と一致する。正成首の記事とこの落首の二件だけで、堀秀種が見た『太平記』は米沢本であるというのはきわめて早計で、現に他の箇所で一致しない点もあるが、彼が米沢本の類を見たかもしれないという可能性は否定できないだろう。またこのころ慶長七年・八年（一六〇二・〇三）に古活字本の刊行があるが、披見の有無は微妙な所である。

〔目録〕『加越能文庫解説目録　下巻』（一九八一・五、金沢市立図書館）六一五頁右。

〔備考〕本書については、早く稲賀敬二「越後在府日記（ひろひ草）所載「枕草抜書」解説」（紫式部学会編『源氏物語・枕草子研究と資料』〈古代文学論叢第三輯〉（一九七三・一、武蔵野書院）に要点が解説されている。福田秀一「越後在府日記所引「古今狂歌抄」（翻刻と解説）」（臼田甚五郎博士還暦記念論文集編集委員会編『日本文学の伝統と歴史』一九七五・六、桜楓社）に、本書中に『太平記』の抄書があることの言及があるが、具体的な紹介はされていない。なお本書は広島大学文学部国文学研究室蔵の写本（現、広島大学附属図書館中央図書館貴重資料室蔵、国文二二六四、日二一九）の方が自筆原本らしいが、未見。

162 不如意文庫蔵（『内典外典雑抄』のうち、太平記抜書）
（仮称）

原本未見、複写による。

写本一冊。『一誠堂古書目録』五九号（一九八三・一二）に「内典外典雑抄　江戸初期明暦頃筆　漢詩・和歌・太平記等の抜書その他」（二二九頁下）。一面八行、漢字平仮名交、諸書の抜粋や覚書。

複写により適宜内容を記すと、太平記巻一、昌黎文集赴潮州ト云長篇有、（中略）慶安龍集壬辰仲春（慶安五年〈一六五二〉二月）如意珠曰、（中略）太平記巻六、天王寺未来記記文、呉越戦、（中略）太平記巻二、為明詠歌、天竺波羅奈国の故事、（中略）太平記中の和歌、平家中の和歌、時頼の歌など、（中略）以下、花町宮、甲州八宮石水寺、長嘯、後光明天皇（一六三三～五四）御追善、乙未歳旦正月朔日立春（明暦元年〈一六五五〉か）、同十一日於御城御連歌、帝有王山での詠歌、藤房詠歌、具行、八歳宮の歌、津守国夏歌、資朝・俊基辞世、正保五（一六四八）四月七日天野同三月十三宇治南都一見、など。散見する年次から正保・明暦の頃の覚書であろうか、『太平記』からの抜粋が多いのは注目される。花町宮は後の後西天皇（一六三七～八五）のこと。仔細に検討すれば記者などの特定も不可能ではなかろう。依拠本文は未確認だが『参考太平記』以前の資料で注意される。

163『武器考證』所収（異本太平記抜書）

原本未見、所在未詳。

武具に関わる一六項目の詞章の掲出。掲出巻数や詞章などから、丁類本に依拠すると推測されるが、直接該当する本は未確認。

〔翻刻〕『武器考證』巻一七「異本太平記抜書」（『増訂故実叢書二〇』三八二～三八四頁）。

〔参考〕長坂成行「『写本太平記 参考太平記 見合抜書』解説、付『軍記抜書九種』覚書」（『奈良大学紀要』二一号、一九九三・三）。

164素行文庫蔵（太平記抜書）

原本未見、所在未詳。

『素行文庫目録』（一九四四・九、平戸素行会）五九頁に「ケ七八 八三〇 太平記抜書 大 一 惟十八」とある本。「惟」は『惟揚庫書籍目録』（廣瀬 豊編『山鹿素行先生著書及舊蔵書目録』（一九三八・三、軍事史学會）所収）に載る（同目録九九頁）。

165浅野図書館蔵（太平記抜書）

『国書総目録 第五巻』四七六頁C。焼失か。

〔追記〕

本書のうち『太平記抜書』の類の部は、粗稿を「『太平記抜書』の類（写本）書誌解題稿（上）（下）」として『奈良大学紀要』三六号・『奈良大学大学院研究年報』一三号（二〇〇八・三）に掲載したが、それについて今井正之助氏・鈴木登美恵氏から追加すべき抜書の御教示をいただいた（御礼申し上げる）。初校後であり登載番号の変更は煩雑になるので、以下に簡記する。

1『醍醐枝葉抄』（醍醐寺他蔵）中、「西山／谷堂炎上事太平記載之」など抜書

『太平記』巻八「谷堂炎上事」の谷堂・浄住寺の縁起の部分（大系二七三頁後二行目から二七四頁後三行目相当）、及び巻九「尊氏被籠願書於篠村八幡宮事」（大系二九二頁三行目から二九三頁末尾相当）の抜書。〔参考〕稲葉氏論文などによれば、本書は醍醐寺報恩院の僧隆源（一三四一～一四二五）の手になるもので、ここに引かれる詞章は、当時流布しつつあった一五世紀初期の『太平記』の本文の相を伝えるものといえ、今後精細な検討が必要である。

〔翻刻〕

・続群書類従九二四雑部七四（三一輯下、五一九～五二一頁）。

・加美 宏「『太平記』享受史料（中世篇）」（『太平記享受史論考』所収、一九八五・五、桜楓社、四〇四～四〇八頁）。

・馬渕和夫「『枝葉抄』翻刻と解題（二）」（『研究紀要』二一号（醍醐寺文化財研究所）、二〇〇六・一〇）。

〔参考〕

・坂巻理恵子「『枝葉抄』の現存伝本について」（『説話』一〇号、二〇〇〇・二）。

・稲葉二柄「醍醐寺『枝葉抄』の編者・筆者」（『説話』一〇号、二〇〇〇・二）。

2『南朝実録資料』（前田育徳会尊経閣文庫蔵）所収、兼良校合本太平記抜書（79桑華書志著録本の項、参照）

『太平記』巻一「立后事付三位殿御局事」の一部（大系三九頁後三行目、及び四〇頁後四行目から四二頁二行目相当）。〔参考〕鈴木氏論文の指摘するように、梵舜本形の本文を主とする詞章を持ち、一条兼良没（文明一三年〈一四八一〉）以前のものとして貴重。

〔参考〕鈴木登美恵「太平記の成立と本文流動に関する諸問題―兼良校合本太平記をめぐって―」（『軍記と語り物』七号、一九七〇・四）。

3『太子未来記伝義』（石川　透氏蔵）

『太平記』巻六「正成天王寺未来記披見事」の内容を漢文体に改めて取り込み、さらに人王一一〇代までの予言に及ぶ。室町時代から戦国乱世を経て、江戸幕府による統一を予言した書。宮内庁書陵部蔵『池底叢書六六』にも同書あり。

〔翻刻〕石川　透「『太子未来記伝義』解題・翻刻・校異」（長谷川　端編『太平記とその周辺』一九九四・四、新典社）。

4『太平記こころの枝折』（静嘉堂文庫蔵）（『マイクロフィルム版　静嘉堂文庫所蔵　物語文学書集成』第五編所収）

5『太平記摘解』（静嘉堂文庫蔵）（『マイクロフィルム版　静嘉堂文庫所蔵　物語文学書集成』第五編所収）

6『太平記のおこり』（天理大学附属天理図書館蔵）（国籍類書九五、写本一冊）

『太平記』写本（含『太平記抜書』の類）関連年表

月日のうち日は不記、ただし複数の事項ある場合などは示す。原則として奥書・識語に拠る。＊印は『太平記』書写流伝関係以外。楷書部分は書写・貸借など（「読む」は省略）記録類にあり、当該写本現物は未確認のもの。

和暦	西暦	事項
応安七	一三七四	＊四月末、『太平記』作者小島法師没（洞院公定日記）。
永和三	一三七七	永和本巻三二、二月七日以前に書写か。**九月二八日、法勝寺の執事慶承、『太平記』二帖を花厳院御房に返却（東寺百合文書）。**
明徳元	一三九〇	一〇月、永和本、玄心識語（玄勝律師から相伝）の年紀。
応永九	一四〇二	＊二月、今川了俊『難太平記』成る。
応永二三	一四一六	宝徳本巻三三巻頭目録「東寺合戦事」の付注「應永廿三年丙申當六十年」。
応永二七	一四二〇	**一一月、「諸物語目録」（『看聞日記』応永二八年一月一二日紙背文書）に『太平記』三帖（巻三・四・五）、および一巻（第九半書残）記載。**
応永二八	一四二一	応永一九年（一四一二）以後、この年七月（細川満元、官領職辞任）以前、西源院本の原本書写か。
応永三二	一四二五	三月、醍醐寺の僧隆源没、『枝葉抄』（中に太平記抄書あり）これ以前に成るか。
永享四	一四三二	吉田文庫本巻二八末尾識語に「先代滅亡以来至永享四年百歳也」。
永享八	一四三六	**五月〜九月、後花園天皇、伏見宮貞成親王をして『太平記』を書写せしむ（看聞日記）。**
宝徳元	一四四九	八月、梵舜本巻三九、日下部宗頼奥書。
宝徳三	一四五一	六月上旬、源英、『法流相承両門訴陳記』

		付載『太平記抜書』書写。
		八月、業忠（清原か）、『太平記自（ママ、目カ）六』を撰出（康富記）。
		一一月～同四年七月まで、宝徳本（巻一一～四〇下は存否未詳）書写。
宝徳四	一四五二	一月、宝徳本巻八奥書。七月、同巻四〇上奥書。
応仁二	一四六八	七月、大乗院経覚、『太平記』の借用を申し入る（経覚私要鈔）。
文明二	一四七〇	＊八月、『太平記秘伝理尽鈔』、今川心性奥書の年紀。
文明三	一四七一	八月、西南院に『太平記』あり、経覚（興福寺大乗院）、一九帖を一乗院御房（教玄）に貸す（経覚私要鈔）。
文明一三	一四八一	四月、一条兼良、没。
文明一五	一四八三	＊一二月下旬、『中書王物語』（一条兼良）成る。
文明一七	一四八五	一〇月～一二月内裏（後土御門天皇）の命で、中院通秀・三条西実隆・近衛政家・甘露寺親長ら、『太平記』を書写・校合（実隆公記・十輪院内府記・吉田日次記・後法興院記・親長卿記など）。
文明一八	一四八六	二月、内裏（後柏原天皇か）、『太平記』の銘を侍従中納言（三条西実隆）に書かしむ（御湯殿上の日記、頭書）。
長享二	一四八八	この年七月から翌延徳元年（一四八九）一二月までに、梵舜本の祖本書写。
延徳三	一四九一	八月、太平記二九抜書有（蓮成院記録）。
明応七	一四九八	『神木入洛記』、寛正四年（一四六三）以降、これ以前に成るか。
文亀元	一五〇一	六月、三条西実隆、中納言の所望により『太平記』外題を書く（実隆公記）。
文亀三	一五〇三	この冬、丘可、武田信懸の命で今川氏親所蔵本を書写。
永正元	一五〇四	七月、陽明文庫本巻二一奥書。八月、同本巻三九奥書。
永正二	一五〇五	五月～六月、甲斐の丘可、北条早雲校訂本『太平記』を書写。陽明文庫本巻一～二〇奥書（除、巻一八）。他に永正元年、天文一三年（一五四四）の奥書あり。
永正四	一五〇七	一〇月上旬、重祐、慈父兼守法師より『銘肝腑集鈔』を受く。
永正六	一五〇九	一一月、三条西実隆、『太平記』御本を室町殿（足利義尹）に進上（実隆公記）。

永正一四	一五一七	八月、中御門宣胤、三富宗観から『太平記』一部四〇巻（巻二二欠）を借覧、翌年七月に返却（宣胤卿記）。
永正一五	一五一八	四月、太平記抜書一巻を駿河守護（今川氏）に遣わす（宣胤卿記）。
永正一七	一五二〇	『太平記聞書』、延徳二年（一四九〇）以後、永正年間（一五〇四～二〇）頃までに成るか。
天文一二	一五四三	＊一一月上旬、乾三（江州住侶）『太平記賢愚抄』跋文年紀。
天文一三	一五四四	一〇月、陽明文庫本巻二四・三四奥書。
天文一四	一五四五	二月、禁裏（後奈良天皇）より中御門宣治に『太平記』四一帖貸し下す（言継卿記）。四月、五月、山科言継、中御門宣治（宣胤孫）の『太平記』（宣治姉〈遠州守護代、朝比奈泰就室〉のため）整備・校合に助力（言継卿記）。
天文一七	一五四八	武田本、この頃書写か。他に天文一九・二二・二三・二四年および永禄二年（一五五九）の書き入れ年紀あり。
天文一八	一五四九	八月二四日、龍安寺大休宗休没、西源院本は大休の筆にて、大永天文頃の書写か。
天文二一	一五五二	八月、黒川真道蔵本、加納養牛軒識語。
天文二三	一五五四	一〇月、この頃、玄玖本、玄長医王に伝わるか。
天文二四〈弘治元〉	一五五五	天文本（竹柏園旧蔵）書写か。巻六本文中傍書。 一二月中旬、法印弁叡、神宮徴古館本の底本書写。
永禄三	一五六〇	六月、口羽通良、『太平記』巻二六を書写。 一一月下旬、奈林学士、神宮徴古館本書写。
永禄六	一五六三	閏一二月、吉川家本巻一奥書。
永禄七	一五六四	一月～一二月（除、四・五月）、吉川家本巻二～二九奥書。
永禄八	一五六五	四月～八月、吉川家本巻三〇～四〇奥書。
永禄一〇	一五六七	六月、石見の出羽元実、巻一六を書写。 一〇月、相承院本巻四〇に宗哲御判あり。
天正元	一五七三	八月、朝倉義景（生前、御前にて太平記に関する議論あり、中京大本識語）、没。
天正二	一五七四	正月、美濃美江寺福蔵坊、天文二一年写本を入手。 八月、相承院本巻二～四奥書。 一〇月、相承院本巻六～八奥書。

天正三　一五七五　閏一一月、相承院本巻二〇奥書。

三月、相承院本巻一一・一四奥書。

四月、相承院本巻一六・一八・一九奥書。

五月、相承院本巻二一・二三〜二五・三〇奥書。

六月、東京帝国大学本、留蔵跋の年紀。

八月、相承院本巻二七奥書。

九月、豪精本巻一〇奥書。


天正四　一五七六　五月、相承院本巻二六奥書。

六月、七月、山科言経、竹内長治から『太平記』巻一〜九を借用（言経卿記）。

八月、相承院本巻三一・三三奥書。

九月、相承院本巻三四・三五奥書。

一〇月、相承院本巻三六奥書。

一二月、相承院本巻三七奥書。

一二月、山科言経、竹内長治から『太平記』巻一二〜二一を借用（言経卿記）。

天正五　一五七七　二月、相承院本巻三八奥書。四月、相承院本巻四〇奥書。
一二月、豪精本巻一一奥書。

天正六　一五七八　一月、豪精本巻一三奥書。

二月、豪精本巻一四奥書。同月、野尻本書写（除、巻八・三七）。

一〇月、豪精本巻一六奥書。

一二月、豪精本巻二一〜二三奥書。


天正七　一五七九　一月、豪精本巻二四〜二六奥書。四月、豪精本目録・巻四一奥書。

一二月、豪精本巻一二奥書。

二月・四月・五月益田兼治、益田本を書写。

天正八　一五八〇　一月、豪精本巻一五奥書。

天正一一　一五八三　五月、織田長意、織田本を書写。

五月一四日、吉田兼見、近衛殿（信輔）に『太平記』一〇巻返却、つぎの一〇巻借用（兼見卿記）。

八月、山科言経、竹内長治から『太平記』一巻を借用（言経卿記）。

天正一三　一五八五　駿河御譲本、書写。

天正一四　一五八六　四月〜六月、梵舜、現梵舜本を書写。

天正一五　一五八七　三月、興福寺の多聞院英舜、同寺の院家金勝院から『太平記』（巻二二は本来なし）を借用、また『（太平記）字抄』一帖・『（太平記）年譜』品二地一帖も借る（多聞院日記）。

天正一六　一五八八　前田家本（四一冊）書写か（あるいは天正一五年）。
天正一八　一五九〇　七月、小田原攻めにて韮山城落城、石尾治一、北条家本を入手（参考太平記凡例）。
天正一九　一五九一　一〇月、関白秀吉、吉田兼見らに『太平記』を書写せしむ（北野社家日記、兼見卿記）。
天正二〇〈文禄元年〉　一五九二　二月、梵舜本巻一四奥書。
三月、天正本、書写。梵舜本巻一・二・三七奥書。
四月、山科言経、幽庵（易林）から太平記巻一～巻五（〈粟津か〉右近本）を借用（言経卿記）。
四月、梵舜本巻三一・三三・七・八・一二・一六奥書。
五月、梵舜本巻一五奥書。
五月一〇日、『太平記音訓』なる書あり（言経卿記）。
文禄二　一五九三　六月、梅谷元保（南禅寺二六四世、梵舜本朱点・校合関係者）没。
文禄三　一五九四　梵舜、梅谷和尚本を以て朱点・校合了。
三月、梵舜本巻一～四・六・九～一二奥書。
四月、梵舜本巻七・八・一七～二四・二六～二九奥書。
五月、梵舜本巻三〇・三三～四〇奥書。
文禄四　一五九五　相承院第一五代融元（相承院本書写者）、没。
文禄五〈慶長元〉　一五九六　四月、正木長時、正木本を入手、同類本にて校合。
八月、南部信愛、南部家本を書写。
慶長三　一五九八　正月、北畠文庫旧蔵本、これ以前に書写。
慶長六　一六〇一　八月、相承院本巻二八、頼元奥書。
慶長七　一六〇二　五月、山科言経、多忠季（備前守）から『太平記』二一冊借用（言経卿記）。
九月、建仁寺の梅仙東逋、両足院本（太平一覧）を書写か。
一一月、相国寺の僧（鶴峯宗松か）、松勝右の依頼により、無点の『太平記』四〇巻、及び印本四〇巻、合計八〇巻に点を付す。（鹿苑日録）。
＊この年、無刊記古活字本（五十川了庵刊）刊行。
慶長八　一六〇三　＊三月、慶長八年刊片仮名古活字本刊記。

慶長九 一六〇四 **六月、山科言経、興正寺昭玄から『太平記』巻一〜一〇借用（言経卿記）。**
四月、黒田如水手択本、鍋島生三に形見として贈らる。
七月、堀秀種、越後にて『太平記』など抄書（越後在府日記ひろい草）。

慶長一〇 一六〇五 ＊九月、片仮名古活字本刊記。

慶長一二 一六〇七 ＊正月、片仮名古活字本刊記。
＊五月、『太平記賢愚抄』片仮名古活字本刊記。

慶長一四 一六〇九 ＊一〇月、平仮名古活字本刊記。

慶長一五 一六一〇 ＊二月、片仮名古活字本刊記。

慶長一九 一六一四 ＊二月、『太平記鈔』の著者世雄房日性没。

元和二 一六一六 ＊七月、片仮名古活字本刊記。

元和四 一六一八 九月、中京大学本、日置孤白軒奥書。

元和八 一六二二 ＊五月、『太平記秘伝理尽鈔』（中之島本など）大運院陽翁奥書。
八月、正木長時（正木本旧蔵者）没。

寛永二 一六二五 六月、西源院本を伝存した篠屋宗礀没。

寛永三 一六二六 三月・四月、国籍類書本、書写。

寛永五 一六二八 **この年書写の『太平記序』あり（昭和四八年東京古典会）。**

寛永八 一六三一 **一月、神田本付載「家珍草創太平記来由」自得子年紀。**
閏一〇月、竹中重門（竹中本旧蔵者）没。

寛永九 一六三二 一一月、梵舜（梵舜本書写者）没。

寛永一五 一六三八 二月、益田本巻三七末尾、『新古今集』十戒歌書写。

慶安五 一六五二 七月、日静、『平家物語太平記内歌集』を著す。

明暦元 一六五五 五月、『太平記在名類例鈔』成るか。

明暦頃 一六五五〜五七 『内典外典雑抄』成るか。

寛文八 一六六八 **三月、薩摩の島津久通から、林鵞峰の許に写本『太平記』届く（国史館日録）。**
七月、京都より古本『太平記』（内閣文庫現蔵）、林鵞峰に届く（国史館日録）。
八月、国史館にて『太平記』（薩州本・古本・俗本）の三部の校合終功（国史館日録）。
九月、『太平記補闕』巻一まで書写。
九月、薩摩の島津久通に『太平記』返却（国史館日録）。
＊この年『太平記綱目』（原友軒）刊。

寛文一二 一六七二 八月、山城新右、島津家本巻一六など三冊を書写。

延宝元　一六七三　一〇月、『太平記補闕』後半一三枚書写。

延宝五　一六七七　九月、『太平記絵巻』の画者と目される海北友雪、没。

延宝七　一六七九　七月、『太平記抜書』（島津家本異文）書写。

延宝九　一六八一　二月、水戸史館、『参考太平記』校訂のため金勝院本・今出川家本、校合（大日本史編纂記録）。

元禄元　一六八八　＊二月、『太平記要覧』（岸友治）刊行。
一二月頃、水戸史館、『参考太平記』校訂のため東寺から金勝院本を借用、翌年五月に返却（大日本史編纂記録）。

元禄二　一六八九　閏正月、水戸史館、『参考太平記』校訂のため龍安寺から西源院本を借用、翌年五月に返却（大日本史編纂記録）。

元禄四　一六九一　＊二月、『参考太平記』刊行。

正徳三　一七一三　正月、貝原益軒、群馬県立歴史博物館本三二冊を蔵。益軒は翌正徳四年八月没。

正徳五　一七一五　一〇月、狛近寛（享保五年〈一七二〇〉一二月没、五三歳）から前田綱紀の許へ一条兼良校合本の写しという奥書ある『太平記』二冊（巻一・三九）届く。

享保六　一七二一　五月、将軍吉宗、右筆をして『参考太平記』を書写せしめ、世子家重に与う。

享保七　一七二二　一一月、下田師古、吉宗の命により『太平記綱要』を撰進。

宝暦五　一七五五　三月、『太平記畑氏談』書写。

宝暦九　一七五九　閏七月～宝暦一一年八月、山口県文書館蔵小田家文書内『太平記』書写。

明和五　一七六八　＊この年から安永八年（一七七九）までに『武器考證』（伊勢貞丈）成る。

安永一〇　一七八一　一月～二月、稲葉通邦、現存宝徳本（巻一～一〇）を書写。二月二七日、神村忠貞（宝徳本の旧蔵者）没。

天明四　一七八四　『参考太平記抜要』、この年二月（伊勢貞丈没）以前に成る。
八月、村井古巌、『太平記抜萃』を林崎文庫に奉納。

享和頃　一八〇一～〇三　＊この頃までに松平定信『集古十種』編集。

文化六　一八〇九　一二月、屋代弘賢、豪精本を天正年間（一五七三～九二）書写と鑑定。

文化八　一八一一　徳大寺家本『太平記抜書』、この年七月

（徳大寺公迪没）以前に書写。
文政四　一八二一　**一二月、尾張徳川家にて両足院本を新写。**
文政七　一八二四　一一月、村上忠順（一三歳）、『太平記』巻一二末尾に「大森彦七事」を書写。
文政一二　一八二九　五月、松平定信（神田本旧蔵者）、没。
天保三　一八三二　冬、『勝鹿文庫蔵書目録』（松本子邦旧蔵本掲載）成る。
天保五　一八三四　このころ『太平記類名』成るか。
天保七　一八三六　一一月、中山信名（『筆熊手』著者）没。
天保一二　一八四一　閏正月、屋代弘賢（阿波国文庫本旧蔵者）、没。
六月、松浦静山（松浦本旧蔵者）、没。
天保一四　一八四三　六月、堀内長郷（太平記歌抄編者か）、没。
嘉永元　一八四八　六月、新見正路（賜盧書院蔵書として写本二点所蔵）、没。
安政二　一八五五　六月、色川三中（『筆熊手』旧蔵者）、没。
安政五　一八五八　一一月、小津桂窓（筑波大学本旧蔵者）、没。
万延元　一八六〇　八月、徳川斉昭（平家物語太平記内歌集旧蔵者）、没。
明治八　一八七五　一〇月、江藤正澄、奈良の骨董屋にて神宮徴古館本を入手。
明治一〇　一八七七　五月、深江仙助、『太平記抄書』を書写。
五月、松田本生（神田本旧蔵者）没。
明治一九　一八八六　一一月、浅井幽清『摂津徴』成る。
明治二九　一八九六　一二月、江藤正澄、神宮徴古館本を伊勢徴古館に奉納。
明治四五　一九一二　『太平記畑氏談』識語。

主要諸本巻区分対照表

一、巻の区切り方の異同の大きい本を中心に、以下の九本を対象とした。
　甲類：神宮徴古館本・西源院本
　乙類：毛利家本・米沢本・前田家本・慶長八年古活字本
　丙類：天正本
　丁類：豪精本・中京大学本
二、神宮徴古館本を基準にし、巻数・巻区分が同じ場合は注記しない。
三、異同ある場合は巻頭・巻尾の章段名を略して記した。
四、神宮徴古館本を基準にし、比較的分量の多い記事の有無や配列の異同について略記した。
【　】は記事の増補、（　ナシ）は記事を欠くことを示す。〔　〕は注意書き。

伝本＼巻	巻一
神宮徴古館本	先代草創事付後醍醐天皇御事 立后御事付三位殿局事 儲王御時 御産御祈事付俊基篭居事 無礼講事付談義事 隠謀露顕事 土岐多治見発向事 資朝俊基生捕事 告文使立事付斎藤頓滅事
西源院本	
毛利家本	
米沢本	【章房暗殺】
前田家本	
慶長八年古活字本	
天正本	
豪精本	【章房暗殺】
中京大本	

巻／伝本	巻　二	巻　三	巻　四	巻　五
神宮徴古館本	南都北嶺行幸事付講堂供養事 三人僧徒六波羅捕事付為明詠哥事 三人僧徒関東下向事付圓観上人事 俊基朝臣関東下向事 長崎新左衛門尉異見事付阿新殿事 俊基朝臣死罪事付北方事 笠置潜幸事 師賢卿登山事付唐崎浜合戦事 持明院殿六波羅御幸事 師賢卿下山事付紀信事	主上御夢事付楠事 笠置城合戦事付陶山小見山事 宮方敗北事 新帝登極事 赤坂城合戦事付楠偽落城事 桜山自害事 【楠金剛山】	囚人配流事 備前三郎高徳事付呉越事 先帝御下着事	持明院殿御即位事付宣房卿事 都鄙間有恠異事 相模入道翫犬事付北条四郎時政事
西源院本	（沙門被切ナシ）		〔囚人配流順序大異〕	
毛利家本		【楠金剛山】		
米沢本				
前田家本		（巻３） 俊明極参内	先帝隠岐迁幸 （巻４） 弁才天影向	５） 大塔宮
慶長八年古活字本				
天正本	【石清水行幸】	【楠金剛山】	〔巻末に〕具行ら処刑	【正慶大嘗会】
豪精本				
中京大本				

	巻　六	巻　七	巻　八	巻　九
大塔宮熊野落事付熊野別当挙旗事	三位殿御夢想事 楠出張天王寺事 楠望見未来記事 関東勢上洛事付三城手配事 赤坂城合戦事付人見本間抜懸事	吉野城合戦事 千劔破城合戦事 新田義貞賜綸旨事 赤松蜂起事付河野謀叛事 先帝船上潜幸事 船上合戦事	摩耶城合戦事付酒辺瀬川合戦事 三月十二日京軍事 於禁裏御修法事付西岡合戦事 山門衆徒寄京都事 四月三日京軍事付妻鹿孫三郎事 千種殿京責事付西山炎上事	足利殿御上洛事 久我縄手合戦事付足利殿丹州下向事 六波羅要害事 高氏御立篠村事付内野合戦事 六波羅合戦事付平氏没落事 番場自害事

（巻 熊野落	東国勢上洛	東国勢手分 （巻６） 土居得能	船上臨幸 （巻７） 山門京都寄	四月三日軍 （巻８） 足利叛逆	六波羅合戦

伝本＼巻		巻十	巻十一
神宮徴古館本	千劔破寄手引退事	宰相禅師自害事 新田義貞謀叛事付天狗催越後勢事 小手刺原并久米川合戦事付分倍河原合戦事 三浦大多和源氏合戦事 鎌倉合戦事 赤橋相州自害事付本間山城自害事 稲村崎成干潟事付鎌倉乱入事 曽我奥太郎降参事 鎌倉灰燼事 長崎基氏翔事 大仏貞直討死事 金沢貞将討死事 普恩寺信忍自害事 塩田父子自害事付狩野五郎重光事 塩飽父子三人自害事 安東昌賢自害事 相州子息令落他国事付左近大夫偽落奥州事 相州入道并一族自害事	五大院右衛門宗繁事 先帝船上御立事 書写山行幸事付義貞注進事
西源院本			
毛利家本			
米沢本			
前田家本	（巻９） 殺竹若殿	（巻10） 義貞謀叛	
慶長八年古活字本			
天正本			
豪精本			
中京大本			

巻十一	巻十二	巻十三	巻十四
先帝御入洛事付筑紫合戦事 長崎〔門〕探題降参事 牛原地頭自害事付同妻子入水事 越中守護自害事付同怨霊見人事 金剛山寄手被誅事付佐介右京亮事	公家御一統事付大塔宮御入洛事 政道騒乱事 大々裏造営事付北野天神事 天下安鎮法事付忠顕朝臣文観僧正事 恠鳥夜来事付神泉苑事 兵部卿親王囚事付驪姫事	龍馬進奏事付藤房卿遁世事 西園寺公宗隠謀露顕事付玉樹三女廊事 前代蜂起事 兵部卿親王薨事付干将莫耶劔事 高氏卿関東下向事付時行滅亡事	新田足利確執事付公卿僉議事 節度使下向事 矢矧合戦事付鷺坂合戦事 手越合戦事 箱根合戦事 箱根寄手引退事 諸国朝敵蜂起事 将軍御進発事付京都手配事
〔巻末に〕越中守護			
〔巻末に〕越中守護			
（巻11）〔巻末に〕越中守護	（巻12）神泉苑	（巻13）兵部卿流刑	（巻14）朝敵蜂起 山崎大渡
【工藤左衛門】		【八宮将軍】【藤房行粧】【渋川合戦】	
		【東海道合戦】【女影原合戦】	（巻14）諸国朝敵 尊氏進発
		【東海道合戦】	

伝本＼巻	巻十四	巻十五	巻十六
神宮徴古館本	大渡合戦事付山崎合戦事 大渡官軍引退事 聖主都落事付勅使河原自害事 長年帰京事付大裏炎上事 将軍御入洛事付大田判官事 東坂本皇居事	三井寺取陣事付三摩耶戒壇事 奥勢着坂本事 三井寺合戦事 正月十六日京戦事 正月廿七日京戦事 将軍都落事付薬師丸帰京事 接津合戦事 主上還幸事付賀茂神主改補事 棟堅奉入将軍事 少弐菊地合戦事付宗応蔵主事 多々良浜合戦事付高駿河守異見事	西国蜂起官軍進発事 児嶋三郎熊山上旗事付船坂没落事 尊氏卿上洛事付同御瑞夢事 福山城没落事 新田義貞兵庫取陣事付楠遺言事
西源院本	（東坂本皇居ナシ）		
毛利家本		（巻15） 賀茂神主	将軍筑紫
米沢本		（巻15） 賀茂神主	大宮司将軍
前田家本		（巻15） 薬師丸	大樹摂津 （巻16） 義貞正成会
慶長八年古活字本		（巻15） 賀茂神主	将軍筑紫
天正本		（巻15） 賀茂神主	義貞西国
豪精本		（巻15） 正月十六日	正月廿七日 （巻16） 三石軍 将軍上洛
中京大本		（巻15）	棟堅奉入 賀茂神主 （巻16） 義貞被引兵庫

巻十六	巻十七	巻十八
海陸二勢寄兵庫浦事付本間遠矢事 経嶋合戦事付正成自害事 湊川合戦事付主上都落事并持明院殿御事 将軍入洛事付日本開闢并藤原千方事 正成首送故郷事	山責事付日吉神託事 初度京軍事 二度京軍事 山門牒南都事付東寺合戦事 近江合戦事 聖主還幸事付執立儲君被付義貞事 義貞没落事 還幸供奉禁殺事 没落軍勢凍死事 瓜生判官心易事付義鑑隠義治事 義助義顕入金崎城事 金崎船遊事付白魚入船事 金崎城責事付野中八郎事	先帝吉野潜幸事 根来伝法院事 瓜生判官挙旗事 越前国府軍事 金崎城後詰事 瓜生判官老母事付程嬰杵臼事
（巻16）		
（巻16）		
兵庫合戦 （巻17） 長年討死	江州軍 （巻18） 越前府中	金崎後詰
（巻16）		
（巻16）		
（巻17） 高師重	京初度軍 （巻18）	（巻19）
正成兵庫下向 （巻17） 日吉神託	初度京軍 （巻18）	（巻19）

伝本＼巻	巻十八	巻十九	巻二十
神宮徴古館本	金崎城落事 春宮還幸事 一宮御息所御事 義顕首渡大道事 比叡山開闢事	光明院殿重祚御事 本朝将軍任兄弟無其例事 新田義貞落越前府事 春宮并将軍宮御隠事 諸国宮方蜂起事 相模次郎時行勅免事 奥州国司顕家卿上洛事付新田徳寿丸上洛事 追奥勢跡道々合戦事 青野原合戦事付嚢砂背水陣事	黒丸城初度合戦事 越後勢打越々前事 義貞朝臣宸筆頂戴事 義貞朝臣山門牒送事 八幡社炎上事 義貞重催黒丸合戦事付平泉寺調伏法事 義貞夢想事付諸葛孔明事 水練栗毛付離事
西源院本			
毛利家本			
米沢本			
前田家本	（巻19）	（巻20）	八幡炎焼｜義貞黒丸
慶長八年古活字本			
天正本			
豪精本	春宮還幸｜（巻20）一宮御息所	（巻21）	
中京大本	春宮還幸｜（巻20）一宮御息所	（巻21）	

巻二十	巻二十一	巻二十三	巻二十四
義貞朝臣自害事 洗義貞首見事 義助朝臣集敗軍守城事 義貞首掛獄門事付勾当内侍事 奥勢逢難風事 結城入道堕地獄事	天下時勢粧事 佐渡判官入道流罪事 法勝寺塔炎上事 先帝崩御事 南帝御受禅事 任御遺勅被成綸旨事 塩冶判官讒死事 〔巻22欠〕	畑六郎左衛門尉時能事 脇屋刑部卿被参吉野事付隆資卿物語事 上皇祈精直義病悩事 土岐参向御幸狼藉事 高土佐守被盗傾城事	義助朝臣与州下向事 正成怨霊乞劔事 義助朝臣死去事付河野城軍事 備後鞆軍事 世田城落事
	〔巻22欠〕		
		(巻22) 畑六郎 義助吉野 信胤宮方 義助西国 義助病死 篠塚	(巻23) 上皇願文 土岐参会 正成怨霊 朝廷事
	〔巻22欠〕		
(巻21)	尾張守高経 〔巻22欠〕 塩冶判官	(巻23) 義助予州	(巻24) 正成怨霊
		(巻22) 畑六郎 義助吉野 信胤宮方 義助予州 義助病死 篠塚勇力	(巻23) 大森彦七 直義病 土岐狼籍
	〔法勝寺炎上 巻23へ〕	(巻22) 畑六郎 義助吉野 信胤宮方 義助西国 義助病死 篠塚振舞	(巻23) 霊剣 直義病 法勝寺炎 土岐参会
(巻22)	(巻23)	(巻24)	(巻25)
(巻22)	(巻23)	(巻24)	(巻25)

伝本＼巻	巻二十五	巻二十六	巻二十七
神宮徴古館本	朝儀年中行事事 天龍寺建立事 付大仏供養事 三宅荻野謀叛事 付壬生地蔵御事	持明院殿御即位事 宮方怨霊会六本杉事 付医師評定事 藤井寺合戦事 宝劔執奏事 付邯鄲午炊夢事 住吉合戦事 正行参吉野事 四条縄手合戦事 正行討死事 付吉野炎上事	賀名生皇居事 執事兄弟奢侈悪行事 上杉畠山擬讒高家事 付廉頗藺相如事 妙吉侍者事 付秦始皇帝事 直冬朝臣西国下向事 将軍塚鳴動事 付清水炎上事并勧進田楽事 左馬頭欲誅師直事（雲景ナシ） 師直師泰奉囲将軍事 直冬朝臣筑紫落事 直義朝臣落髪事 付玄恵法印末後事 上杉畠山死罪事
西源院本			〔巻尾に〕雲景未来記
毛利家本	天竜寺供養（巻24）	（巻25）【阿闍世王】邯鄲夢事 住吉軍（巻26）焼吉野	（巻27上）直冬西国 天下怪異（巻27下）
米沢本		（巻26）【阿闍世王】住吉合戦 四条縄手	（巻27）廉頗相如 妙吉侍者（巻28）
前田家本	朝儀 （巻25）天竜寺【阿闍世王】天狗化生	楠帯刀正行（巻26）住吉合戦 四条阡軍	（巻27）直冬西国 天下怪異（巻28）大礼
慶長八年古活字本	（巻24）	（巻25）住吉合戦 正行参吉野	（巻26）直冬西国下 天下怪異（巻27）大嘗会
天正本	（巻24）	六本杉怪〔記事順序大異〕（巻25）黄粱夢	（巻26）即位大礼
豪精本	（巻26）	（巻27）	（巻28）（雲景ナシ）
中京大本	（巻26）	（巻27）	（巻28）

巻二十八	巻二十九	巻三十
義詮朝臣世務事 少弐奉取直冬於聟事 三角入道謀叛事 直冬朝臣蜂起事付将軍進発事 錦小路殿逐電事 恵源南方合躰事付漢楚合戦事	義詮下国桃井入京事 将軍親子御上洛事付阿保秋山河原合戦事 将軍親子御退失事付井原石室事 越後守師泰従石見引退事 光明寺合戦事付師直怯異事 接津守護注進事 小清水合戦事付師夏河津瑞夢事 松岡城周章事付薬師寺遁世事 高播磨守自害事付諏方五郎事 師直兄弟与力生涯事	将軍兄弟御和睦事付天狗勢汰事 錦小路殿京都退失事付殷紂王事 直義追討宣旨御使事 薩埵山合戦事 錦少路禅門御逝去事 南帝羽林偽御和睦事付住吉臨幸事 七条大宮軍事付讃岐守頼春討死事 義詮朝臣京都没落事
(巻29)	(巻30)	(巻31)
(巻29) 井原合戦	師泰石見 (巻30)	(巻31)
仙洞妖怪 在登夭死 (巻27) 〔漢楚合戦簡略〕	(巻28)	【蒲生野八重山軍】 (巻29)
(巻29) 丹波井原	師泰石見 (巻30)	(巻31)
(巻29) 井原石窟	越後守師泰 (巻30)	(巻31)

伝本＼巻	巻三十	巻三十一	巻三十二	巻三十三
神宮徴古館本	持明院殿吉野潜幸事付梶井宮御事	武蔵野合戦事 鎌倉合戦事 笛吹嶽合戦事付長尾祢津二人事 八幡合戦事付官軍夜討事 南帝八幡御退失事	茨宮践祚事 無劔璽御即位事付院御所炎上事 山名右衛門佐成敵事付武蔵将監自害事 主上義詮没落事付佐々木秀綱討死事 山名右衛門佐京落事 南帝直冬合躰事付梵漢物語事 直冬朝臣上洛事付鬼切鬼丸事 神南合戦事 京合戦事付八幡御託宣事	三上皇吉野出御事 当時公家武家分野事 将軍御他界事付新待賢門女院并梶井二品親王御隠事 細川奥州子息霊死事 菊池少弐合戦事 新田左兵衛佐義興自害事
西源院本				〔尾題後に神明事〕
毛利家本				
米沢本		（巻32）	（巻33）	（巻34）
前田家本		（巻32）	（巻33）	（巻34）
慶長八年古活字本			（巻32）秀綱打死／京軍（巻33）	（巻33）
天正本		（巻30）	（巻31）虞舜説話／山名立将（巻32）	
豪精本		（巻32）	（巻33）	（巻34）
中京大本		（巻32）	（巻33）	（巻34）

巻三十六	巻三十五	巻三十四
仁木越州宮方降参事付大神宮御託宣事 諸国恠異事 天王寺造営事 変異御祈事付最勝講事 山名豆州落美作城事付筑紫合戦事 佐々木秀詮兄弟討死事	諸大名擬討仁木事 諸大名重向天王寺事付仁木没落事 南方蜂起事付畠山下向事 山名中国発向事 北野詣人世上雑談事 土岐佐々木与仁木方軍事	宰相中将殿賜将軍宣旨事 畠山入道々誓上洛事 和田楠木軍評定事付諸卿分散事 義詮朝臣南方進発事付軍勢狼籍事 紀州龍門山軍事 二度龍門山軍事 住吉神主吉野密奏事 銀嶽合戦事付曹娥精衛事 龍泉城合戦事 平石城合戦事 和田夜討事付結城若党討死事 吉野御廟上北面夢事付将軍為始諸勢開陣事
（巻37）	（巻36）	（巻35）
（巻37）	京勢下向 （巻36） 北野政道 土岐東池田	諸大名仁木 （巻35）
（巻36）		
〔徴古館本の二巻36・37の巻分〕	（巻35） 〔北野通夜は巻38〕	
（巻37）	（巻36）	（巻35）
（巻37）	（巻36）	（巻35）

巻／伝本	巻三十六	巻三十七	巻三十八	巻三十九
神宮徴古館本	相模守清氏隠謀露顕事 頓宮四郎心易事付清氏参南帝事 畠山入道々誓没落事 南軍入洛京勢没落事 将軍帰洛宮方没落事	主上還幸事 清氏渡四国事 可立大将事付義帝立将事 尾張左衛門佐遁世事付異国本朝道人物語事 畠山入道謀叛事付楊国忠事	悪星出現事付湖水干上事 宮方蜂起事付桃井没落事 筑紫探題下向事付李将軍沈女事 菊池大友合戦事 畠山入道逐電事 相模守清氏討死事付西長尾城落事 摂津合戦事 年号改元事付大元軍事	大内介降参事 山名京兆降参事 仁木義長降参事 基氏芳賀合戦事
西源院本				（巻39）
毛利家本				（巻39）
米沢本		（巻38）	（巻39）	（巻40）
前田家本	畠山鎌倉 細川楠京都	（巻38）	（巻39）	（巻40）
慶長八年古活字本	畠山道誓 清氏正儀京	（巻37）		（巻39）
天正本	（巻36）		（巻37）太元宋朝軍 （巻38）〔北野政道雑談事に一巻あてる〕	（巻39）
豪精本		（巻38）	（巻39）	（巻40）
中京大本	畠山落鎌倉 細川清氏	（巻38）	（巻39）	芳賀入道

巻三十九	巻四十
神木入洛事付洛中変異事 諸大名讒道朝事付道朝北国下向事 神木帰座事	高麗人来朝事付大元責日本事并神功随三韓事 光厳院禅定法皇御茸藪事付同崩御之事 中殿宸宴再興事 左馬頭基氏逝去事 三井衆徒訴詔事 最勝講砌喧嘩事 将軍義詮捐館事 右馬頭頼之輔佐新将軍事

光厳崩御	中殿御会　（巻40）
光厳崩御	神木帰座　高麗来朝　中殿御会　（巻40）
光厳崩御	道朝杣山　中殿御会　（巻41）
神功皇后	光厳院　（巻41）
法皇葬礼	中殿御会　（巻40）
光厳崩御	神木帰座　高麗来朝　道朝杣山　中殿御会　（巻40）
光厳崩御	中殿御会　（巻41）
神木入洛	（巻40）

後記

もうひとむかし以上も前のことになるが、軍記・語り物研究会の大会で〝軍記物語諸本研究の現在〟というテーマのシンポジウムが開催された（一九九六年八月二二日、於：新潟大学）。その際の報告を「『太平記』諸本研究の現在」（『軍記と語り物』三三号、一九九七・三）としてまとめ、末尾に「伝存『太平記』写本一覧」を付したが、各本二〇字程度のごく短い記述のため、補訂し解題の体に改める要を当初から感じていた。その後、新たな写本の出現や、所在が判明する写本があったりして、一部を発表する機を得た（「管見『太平記』写本二、三―伝存写本一覧、補遺―」、『汲古』四六号、二〇〇四・一二）。その折「個々の本に関する本誌程度の解説を記しても膨大な著作になろう」（同誌編集後記）との宿題を頂戴した。

また近時、諸本に関する小秋元　段氏の論考が相次いで公にされた。

・小秋元　段「古活字版『太平記』書誌解題稿」（『法政大学文学部紀要』四七号、二〇〇二・三）

・同「古活字版『太平記』の諸本について」（『かがみ』三六号、二〇〇三・六）＊この二点の論文は同氏『太平記と古活字版の時代』（二〇〇六・一〇、新典社）所収。

・同「国文学研究資料館蔵『太平記』および関連書マイクロ資料書誌解題稿」（国文学研究資料館調査収集事業部『調査研究報告』二六号、二〇〇六・三）

・同「国文学研究資料館所蔵資料を利用した諸本研究のあり方と課題―『太平記』を例として―」（国文学研究資料館文献資料部『調査研究報告』二七号、二〇〇七・二）

一方、『保元』『平治』『平家』関係の本文研究では以下のような成果が見られ、軍記研究において伝本の総覧が要請される機運が高まりつつある。
・原水民樹「『保元物語』流布本系統写本についての基礎調査」(『汲古』二六号、一九九四・一二)
・同「『保元物語』写本目録稿」(『言語文化研究　徳島大学総合科学部』六巻、一九九九・二)
・同「『保元物語』写本目録稿補遺」(『言語文化研究　徳島大学総合科学部』一五巻、二〇〇七・一二)
・「国文学研究資料館蔵『平家物語』関係マイクロ資料解題」(村上　學編『平家物語と語り』〔三弥井選書21〕、一九九二・一〇、三弥井書店)
・「八坂系平家物語書誌」(山下宏明編『平家物語八坂系諸本の研究』、一九九七・一〇、三弥井書店)
・松尾葦江監修「国文学研究資料館蔵『保元物語』・『平治物語』及び『平家物語』(写本)マイクロ資料解題」(『調査研究報告』二五号、二〇〇四・一一)
・岡田三津子「源平盛衰記本文に関する基礎的研究」(『源平盛衰記の基礎的研究』第一部、二〇〇五・二、和泉書院)
『太平記』に関する小秋元氏の一連の仕事は写本・古活字本・整版本の他、抜書・『太平記秘伝理尽鈔』など関連書にも範囲を広げ、各本に詳細な解説を付すきわめて有用な労作であるが、タイトルにあるように国文学研究資料館にマイクロ写真が収集されている伝本に限定されるため、写本に限って言えば、今日知られるものの約四分の一程度が対象である。そこでこの機会に旧稿を増補改訂し、『太平記』の写本を総覧しようとするのが本書の目標である。ここでいう写本の範囲は、現存する本だけでなく、現在は所在未詳だが目録・記録類に存在の情報がある写本も含み、可能な限り網羅することをめざした。

なお『理尽鈔』の関連書は除き、また絵巻類については調査不十分にて所在の情報のみを示す。未調査の写本もかなり残り羊頭狗肉のそしりは免れないし、記載事項の繁簡の差も甚だしく不体裁ではあるが、現段階での報告とする。

この種作業の常として遺漏・誤謬多きを恐れるが、より《総覧》に近づけるべく、大方の諸氏の御批正・御教示を切にお願い申しあげる。

長期にわたり、あるいは本書の成るに際して、各地の図書館・文庫や個人の所蔵者の方には閲覧に際し多大な便宜を賜り、関係諸機関には写真掲載の御許可もいただいた。また先学同学の諸氏にも、資料の拝借、所在情報の御教示など、御世話いただいた機会は数え切れない。一々に御芳名をあげることは控えるが、永く御厚志を忘れることはないだろう。あわせて記して厚くお礼申し上げる。最後に、採算が合うはずもない本書の刊行をお引き受け下さった和泉書院の廣橋研三氏に深く感謝申し上げる。

二〇〇八年八月

長坂　成行

索　　引

本書で立項した諸本については、伝本名または抜書の書名および現所蔵者名を**掲載番号**で示した。

また本書中の要語を以下のように分類抽出し、通行の読みに従い五十音順に配列し**頁数**を示した。項目の採録は解説本文・引用文(『太平記』本文は除く)・奥書・識語等から行い、書名・論文名等に含まれる要語などは採録しない。本書の内容に関連する著書・論文その他を執筆の研究者は著書・論文等執筆者名の部に入れ、蒐集家・旧蔵者等は、伝来関係者・寺社・地名・事項等の部に配した。書名索引（雑誌・月報の類は除くが古書目録・図録の類は採録した）では、特に必要な場合以外は副題・巻数は省略した。本書で立項している『太平記』写本および『太平記抜書』の類は採録しないが、立項していない写本名および『参考太平記』は採録した。

立項諸本(含、太平記抜書)索引

(楷書体は所在未詳、または焼失のもの。数字は掲載番号)

【な行】

【は行】

【ま行】

立項諸本(含、太平記抜書)所蔵者索引

(所在未詳本については、旧蔵者名または掲載目録名などを楷書体で示す。数字は掲載番号)

伝来関係者・寺社・地名・事項等索引

（数字は頁数）

【あ行】

【か行】

【さ行】

【た行】

著書・論文等執筆者名索引

【さ行】

【た行】

【な行】

書名索引

【か行】

【さ行】

【た行】

【な行】

【は行】

【ま行】

【や行】

【ら行】

【わ行】

蔵書印(票)印文索引

【あ行】

【か行】

■著者紹介

長坂成行（ながさか　しげゆき）

一九四九年四月、愛知県生れ。

一九七八年三月、名古屋大学大学院文学研究科博士課程後期単位取得満期退学。

現職　奈良大学文学部教授。

共編著、『神宮徴古館本太平記』（一九九四年、和泉書院）、『太平記秘伝理尽鈔』一〜四（東洋文庫）（二〇〇二〜〇七年、平凡社）。

研究叢書 380

伝存太平記写本総覧

二〇〇八年九月一〇日初版第一刷発行
（検印省略）

著者　長坂成行
発行者　廣橋研三
印刷所　太洋社
製本所　大光製本所
発行所　有限会社　和泉書院

大阪市天王寺区上汐五−三−八
〒五四三−〇〇〇二
電話　〇六−六七七一−一四六七
振替　〇〇九七〇−八−一五〇四三

ISBN978-4-7576-0484-1　C3395